北条は退かず(中)

御館の乱と天下争乱

近衛龍春

角川文庫
24548

目次

第十七章　新旧交代

一

元亀《げんき》二年（一五七一）十月朔日《ついたち》――。

半月前に続き、再び武田《たけだ》勢は氏邦《うじくに》領秩父《ちちぶ》郡の阿熊《あぐま》に侵攻してきた。

敵将は西上野《こうずけ》・箕輪《みのわ》城将の内藤昌秀《ないとうまさひで》で、いつものように焼き討ちと人狩りなどを行った挙げ句、阿熊の郷に乱暴狼藉《ろうぜき》は許さぬという高札《こうさつ》を出した。同地は武田家の地であると宣言したのである。当然、氏邦としては許せるはずがない。

「ええい、かような時に、またも武田か！」

氏邦は憤《ふん》怒《ど》をあらわに吐き捨てた。虫風《ちゅうぶ》（脳梗塞《こうそく》）で倒れた氏康《うじやす》の容態がかなり悪いとのことなので、本来ならば小田原《おだわら》城に駆け付けたくて仕方がないところである。書を送ってよこした氏照《うじてる》は、小田原城に詰めていた。

三山綱定《さんやまつなさだ》死去のあと、筆頭家老の席には日尾《ひお》城主の諏訪部定勝《すわべさだかつ》が座っているものの、まだ綱定ほどの信頼はない。失ってみてはじめて綱定の重みを実感している。

それでも、定勝が格上げになり、鉢形《はちがた》城に常勤するようになったので、氏邦はすぐさま吉田政重《よしだまさしげ》、朝見玄光《あさみげんこう》ら秩父衆に出陣命令を出し、武田勢の排除に当たった。

藤田家にあって秩父衆は精強で知られているが、敵将の内藤昌秀は戦上手で知られ、猛将の山県昌景《やまがたまさかげ》をして、「古典厩信繁《こてんきゅうのぶしげ》、内藤昌秀こそは、何事にも相整う真の副将なり」と言わしめる知略に秀でた武将である。三増《みませ》峠の合戦では、荷駄《にだ》隊を守り通したあとで戦場に戻り、北条勢を敗走させる活躍をしている。

また、先年、児玉《こだま》郡御嶽《みたけ》城の長井政実《ながいまさざね》を裏切らせて氏邦領に武田の拠点を築かれてもいる。秩父でも同じように、切り崩しを行われては目も当てられぬ。親子の情にかまけている場合ではない。それゆえに敵への憎しみも倍増した。

氏邦自らも出陣し、吉田村の鍛冶《かじ》山に陣を布いた。

「よいか、西上野の山猿ども、一匹たりとも生かして帰すな」

いつになく厳しい口調で氏邦は命じ、秩父衆をはじめ、配下の者を合わせて二千ほどを内藤勢に向かわせた。敵もおよそ同数であった。

氏邦勢は阿熊山の内藤勢に接近し、弓・鉄砲を撃ちかけるが、それ以上のことはしない。山岳戦と野戦の中間のような三増峠の合戦以来、武田恐怖症とでも言おうか、北条家の武士は籠城《ろうじょう》戦以外は弱いという先入観が双方に植え付けられている。そのため、干戈《かんか》を交え、剣戟《けんげき》を響かせようとする意欲が乏しかった。

逆に、弱兵なにするものぞという思いのある内藤勢は、阿熊の山中に広がり、一揆《いっき》衆さながらに木陰、岩陰から躍り出て氏邦勢に襲いかかる。

（まったく、いずれの地元で戦っておるのじゃ）

弱腰の配下に憤るものの、事実、腰が引けているせいか氏邦勢は攻撃力が弱い。尻を叩いて反撃を試みるも、芳しくはない。しばらく睨《にら》み合いが続いた。


十月三日、小田原城では一つの時代が終わろうとしていた。

文武を兼ね備えた大人物と謳《うた》われ、一代のうちに何度も合戦したが、決して負けたことがないと言われた氏康も今では病床に横たわるばかりであった。端整な顔は黒ずみ、もはや一人で起きることもままならぬ状態である。

死期を感じてか、側には正室の於《お》瑞《たまご》御前《ぜん》だけを呼んでいた。

御前はひっそりと座し、時折り氏康の乾いた唇を濡れた懐紙《かいし》で湿らせていた。

氏康は口がきけなくなる前に氏政《うじまさ》を呼び、今後のことを幾つか指示していた。

「また、武田が氏邦領を侵したようだの。未《いま》だ同陣を口にして謙信《けんしん》は兵を出さぬか」

「はい」

「されど、儂《わし》は謙信への義理があるゆえ越後《えちご》との盟約を破ることはできぬ。また、武士として信玄《しんげん》への意地があるゆえ甲斐《かい》と手を結ぶ訳にもゆかぬ。それゆえ、儂が死したあと、そなたは上杉と手を切り、武田と結べ」

「盟約を反故《ほご》に致せば、質に出した三郎（景虎《かげとら》）が斬られるやもしれませぬ」

「柿崎《かきざき》の息子を無事に帰せば、斬られるようなこともなかろう。また、謙信は三郎を気に入っているようじゃ。惨《むご》いことはすまいと思うが、何分にもそなたが計らってくれ」

「はっ、必ず」

氏康の遺言とも言える苦渋の命令は越相同盟の破棄であった。

また、葬儀は質素に、位牌は古河公方《こがくぼう》の妻となった娘の住む古河に、墓は早雲寺《そううんじ》内に造れなどと細々したことまで伝えていた。

もう何度目か、御前は氏康の唇に懐紙を宛てがった時、その手を止めた。指にかかる僅《わず》かな息がしなくなった。関東管領《かんれい》を遠い越後に追いやり、古河公方を手中に収め、北条の勢力を関八州《かんはっしゅう》に広めた偉大なる武将の静かな最期である。享年五十七歳。諡号《しごう》を大聖寺殿《だいしょうじでん》東陽宗岱大居士《とうようしゅうたいだいこじ》とした。大往生であった。

於瑞御前は髪を下ろして瑞渓院《ずいけいいん》と称し、氏康の菩提《ぼだい》を弔《とむら》うこととなった。

翌日、伝馬《てんま》を使い、氏康死去の報《しら》せは秩父の陣にいる氏邦の許にも齎《もたら》された。

「…………」

いずれは、と覚悟をしていたが、こうも早いとは思わなかった。嘗て周囲の敵を震え上がらせた氏康がもうこの世にいないということが信じられず、氏邦は無言のままでいた。

だが実の父である氏康の死に直面して、三山綱定の死以上の悲しみは湧かなかった。まだ、氏邦の心に捨てられたという感覚が残っているのかもしれない。

親の死に目に会えなかった。時は乱世ゆえ致し方ない。また、氏康も息子を他家の養子に出した以上、陣を捨てて会いに来ることなど望んではいなかったであろう。人の死は止められない。いつ自身にも降り掛かってくるか判らない。ならば、悔いのないように今を精一杯生きる。己がすべきことは目の前の敵を撃破する。氏邦の双眼に闘気が滾《たぎ》った。

「悟られてはなりませぬな」

諏訪部定勝が弔い合戦などするなと静かに進言する。氏邦は我に返った。

家督は十二年前に氏政が相続しているが、実際には後ろで氏康があれこれ指図していた。北条家にとって氏康は病床にあっても象徴であり、頼りになる大樹であった。それを失ったとなると、敵の戦気が高まるのは必定であった。

悟られぬためには今までと違った行動を取らぬこと。積極的に攻めることなく、また、消極的に守ることもなく、他家から見れば覇気なき戦をすることであった。

氏邦は定勝の主張に頷《うなず》いた。

(父上、どうぞ安らかに……)

胸の内で静かに手を合わせる氏邦であった。

ほどなく内藤勢も兵を退き、ようやく氏邦も帰城することができた。

氏康が死去したのち、氏政はさっそく遺言を守って武田家に使者を送った。

最初は疑念の目を向けていた信玄であるが、透波《すっぱ》にでも北条家のことを探らせていたのであろう。半月とたたぬ間に同盟に応じてもいいという返事をしてきた。武田家としても東に気を遣わなくてすむようになるからに違いない。斡旋《あっせん》したのは内藤昌秀である。

このことは氏康の葬儀の時に氏邦も聞かされていた。

十一月十日、上杉謙信は北条家と武田家のきな臭い動きを察知したようである。上野の厩橋《まやばし》城将の北條高廣《きたじようたかひろ》にその旨《むね》を伝え、越相同盟を結んだことにより、里見、佐竹、太田と疎遠になったことを悔いている。

同月中旬、謙信は越山《えつざん》し、上野の総社《そうじゃ》城に着陣した。北条に盟約の真意を質《ただ》し、今度こそ信玄と雌雄を決するつもりでいるようであった。

同月二十一日、氏康の正室である瑞渓院《ずいけいいん》は四十九日を終らせ高野山《こうやさん》の日牌料《にっぱいりょう》を納めたのち、後を追うように身罷《みまか》った。法名は瑞渓院殿光室宗照大姉《でんこうしつしゅうしょうだいし》が贈られた。

氏邦は父に次いで母も失った。小田原城を出る前に見た母の涙を思い出すと目頭が熱くなるが、離れて暮らした歳月が長かったせいか、悲嘆に暮れる、というほどではない。

(儂は情が薄いのであろうか)

己の非人情さを憂えつつ、氏邦は冥福を祈った。

北条家の凶事を知り、同盟を結ぶ前に版図を広げておこうという魂胆か、十二月三日、再び武田勢が秩父領に侵入してきた。

「おのれ、盟約はいかがあいなったのか。本家はなにをやっておるのじゃ」

甲相同盟のことは理解するが、自領を侵された氏邦は無視できない。すぐに兵を出した。だが武田勢は偵察だったのか、あまり覇気がなかった。新井新二郎《あらいしんじろう》、高岸対馬守《たかぎしつしまのかみ》、栗原宮内左衛門尉《くりはらくないざえもんのじょう》などが敵を討ったので、氏邦は感状を与えた。

暮れも押し詰まった十二月二十七日、いよいよ武田家と北条家の同盟は纏《まと》まり、誓詞《せいし》の交換が行われた。講和の条件は次の五項目である。

一、関八州は北条領とするが、以前から武田に属している西上野は武田領とすること。

一、北条から上杉への絶縁状の写しと、上杉からの同書を武田に見せること。

一、上杉陣営についての情報を武田に報せること。

一、北条から武田方に人質を出すこと。

一、今川氏真《いまがわうじざね》を追放すること。

など現実的な信玄らしい条件であった。同盟をもちかけた氏政は、氏康七男の氏忠《うじただ》と九男の氏光《うじみつ》を甲斐都留《かいつる》郡の上野原《うえのはら》城主・加藤景忠《かとうかげただ》の元に送った。

早河《さが》屋敷にいた今川氏真は妻の早河と離別させられ、追放された。小田原から船に乗り、徳川家康のいる浜松《はままつ》に移送された。

このことは年が明ける真際、氏邦にも報された。

謙信に了承させるのに半年、質の交換をするまでに一年以上を費やしてようやく結んだ名ばかりの越相同盟は、こうして破れることとなり、両家の関係は決裂した。

（あの散々苛立《いらだ》った日々は何であったのだろうか……これが乱世の現実か）

落胆するも、安心したのもまた事実だ。ものの哀れも感じた。

また、北条幻庵《げんあん》を不憫《ふびん》にも思った。駿河《するが》・蒲原《かんばら》城の戦いで息子の氏信《うじのぶ》・長順《ちょうじゅん》兄弟を失い、それでも氏康の八男・三郎を婿に得たかと喜べば、越相同盟で奪われ、代わりに今度は氏康九男の氏光を養子に迎えたかと思えば、再び甲斐へ人質として出すはめになった。幻庵も娘の松姫も憂いているに違いない。

これで武田方から自領を侵される心配はなくなったが、今度は上杉の侵攻に気を配らねばならない。手数の多い信玄が厄介か、管領として関東に固執する謙信が迷惑か、今後のことなので今は判断でき兼ねるが、新たな同盟は新たなる戦いの始まりであった。

二

年が改まった元亀三年（一五七二）正月十五日、氏政は越相同盟の破棄を宣言する書を上野・金山《かなやま》城主の由良《ゆら》成繁《なりしげ》、国繁《くにしげ》親子に示した。

氏政の病気のこと。敵（上杉謙信）に氏邦から筋目を通す書を送らせ、返書が十五日に届いたことと、謙信への批判。相模《さがみ》、甲斐の盟約が整ったこと。由良家の本領安堵《あんど》。上杉の様子は具《つぶさ》に報せろとの五ヵ条であった。

謙信への宣戦布告とともとれる内容に合わせ、氏政は上杉家の背後を脅かすかのように、祇園《ぎおん》城とも呼ばれる下野《しもつけ》の小山《おやま》城を攻めるよう氏邦に命じてきた。同城は小山孝哲《おやまこうてつ》（秀綱《ひでつな》）

の居城である。

氏政自身は武田軍の到着を待って上野へ出向くという。

「上野は目と鼻の先。儂が上野に向かうべきであろう」

氏政の思考が理解できず、いつもながら氏邦は疑念を覚えた。

「武田とは先月まで干戈を交えていた我らゆえ、気を遣われたのではないでしょうか」

「ふん、余計な気づかいだ！」

憤りながら氏邦は吐き捨てた。つい先日まで敵対していた信玄を、旧来の同盟者のように言う諏訪部定勝にも腹が立つ。また、これが的を射ているだけに腹立たしい。謙信の後方攪乱《かくらん》はよいとしても、またもや子供扱いされ、遠ざけられているような気がしてならない。今までの努力を無にされたようで、考えるほどに腸《はらわた》が煮え繰り返る。

（それになにゆえこの軍勢に兄上の名がないのだ）

氏照は永禄十一年（一五六八）下総《しもうさ》の栗橋《くりはし》城主となり、氏康から北関東制圧の方面司令官を言い渡されている。以降、下総から下野方面にたびたび兵を出し、今なお役目は変わらない。どこかに出陣しているのならば納得もできるが、氏照は滝山《たきやま》城にいる。おそらく氏政と一緒に信玄と同陣することになるのだろう。

この命令の裏に松田憲秀《まつだのりひで》の思案が見え隠れする。

（かような寄せ集めの兵で、しかも、とってつけたような企て。これで城攻めがなるものか。お屋形様は先の敗走から学ばれておらぬのか？　評定《ひょうじょう》衆は何をしているのだ）

昨年五月の下妻《しもつま》城攻めの失態は、偏《ひとえ》に本家の判断違いである。城攻めは入念な計画の下に行われねばならない。にも拘《かか》わらず、行き当たりばったりのような作戦は稚拙《ちせつ》すぎる。その責任は当主の氏政にあるが、補佐する評定衆のほうにも問題があった。

北条家は代々、評定衆を集めて合議する民主的な大名であった。諸将の意見も聞かねば立ち行かぬという実情はあるが、戦国の世には稀有《けう》な存在だ。これが確立したのはやはり氏康の時で、主な顔ぶれは筆頭家老の松田憲秀をはじめ、狩野泰光《かのうやすみつ》、石巻家種《いしまきいえたね》、笠原綱信《かさはらつなのぶ》、清水康英《しみずやすひで》、垪和氏続《はがうじつぐ》、安藤良整《あんどうりょうせい》、山角康豊《やまかくやすとよ》、板部岡江雪斎融成《いたべおかこうせつさいゆうせい》などである。

とはいえ、氏康は評定衆が話し合う前に、氏政と松田憲秀あたりで主立ったことを決めていた。氏政もこれに倣っているであろう。

このたびの出陣は、氏康が死去したのち事実上の初めての戦になる。気負う気持が判らぬではない。早い段階で家臣たちの忠誠心を確かめておく必要もあろう。いわゆる本気で城攻めをさせる気のない出陣である。その大将に氏邦が選ばれた。

(儂は単なる当て馬か。お屋形様は儂を疑っておられるようだ)

心当たりがないわけではない。過去に氏政には何度も反論をした上に、今も不満がある。とは言え、北条本家に背くつもりなど微塵《みじん》もない。試されるのは非常に不本意である。氏邦の心中は穏やかではなかった。

(松田奴《め》、慣れぬ地に儂を出陣させ、陥《おとし》れようというつもりか。いや……)

妙な疑念が氏邦の脳裏を過《よぎ》る。城攻めが失敗することを前提に出兵させ、無能の烙印《らくいん》を押そうという魂胆か。いやまだ、その程度ならば我慢もできようが、万が一、謙信の鋭い鉾先《ほこさき》が北条勢を追撃しようとするときのための餌ではないか。もしやそれが真実ならば許せない。


（こたびの出陣、断ってくれようか）

眉間《みけん》に皺《しわ》を刻み、氏邦は憤恚《ふんい》を滾《たぎ》らせた。

「今が一番、北条家にとって大事な時期にございます」

氏邦の心中を察したのか、諏訪部定勝が柔らかく諭した。

「判っておるわ」

氏邦は憤慨をあらわに言い捨てた。盟約の相手を変えた後の最初の軍事行動である。実の弟が当主の命令に背いていては家中が纏まらぬ。その程度のことは理解している。

（儂は松田の望みどおり、城攻めを失敗して負け犬がごとく退いてまいればいいのか）

綱定が死去したせいか、愚痴をこぼすこともできず、蟠《わだかま》りが募るばかりであった。

「早急に陣触れ致せ」

石でも飲みこむような気持で氏邦は下知《げち》した。

自領以外の者と合流して大将となるのは初めての氏邦だ。三増峠では副将であったが、諸将を束ねる難しさは実感していた。またも胃に酒の染みる晩が続きそうであった。


数日後のよく晴れた日、氏邦は鉢形勢二千五百を率いて出陣した。

秩父を吹き抜ける風は冷たく、馬上の氏邦を震えさせる。できれば真冬の城攻めは避けたいものである。気乗りしないせいか、着用している甲冑《かっちゅう》も重く感じた。

東に進んで下総の古河城に入る。そこへ岩付《いわつき》、河越《かわごえ》、江戸、相模《さがみ》衆などが続々と到着し、軍勢は一万ほどになった。

氏邦を首座に置き、さっそく評議が開かれた。北条氏繁《うじしげ》（康成《やすしげ》）、大道寺《だいどうじ》政繁《まさしげ》、遠山政《とおやままさ》景《かげ》などなど。古河公方の足利義氏《あしかがよしうじ》は出陣しないが、評定には形だけ参加している。

（頭数だけの寄せ集めよな。まこと城攻めができるのか……）

氏邦に文句こそ言いそうにないが、覇気に満ちた勇者揃いとは言いがたい。不安を感じていた時、目鼻立ちの整った二十歳前の若武者が氏邦の前に罷り出た。

「松田尾張守憲秀が次男・左馬助《さまのすけ》直憲《なおのり》（直秀《なおひで》とも）にござる。父の名代でまいりました」

松田直憲とは何度か小田原城内で顔を合わせたことはあるが、声を聞くのは初めてのことだ。噂では忠義に篤《あつ》く、氏政の寵《ちょう》を得ているとのことであった。氏邦の目付《めつけ》でも言い渡されて来たのか、この段階では何とも言いようがなかった。

「父の名を辱めぬよう」

心にもないことを口にした。申し訳ないとは思うが、たとえ松田直憲が誠実な人物でも憲秀の息子ということで、嫌悪のある先入観で見てしまう。氏邦は気持を切り替えた。

「ところで、すぐに下野に向かっても構わぬが、上野の総社城におる謙信が気掛かりだ。何か聞いては来なんだか」

「まず間違いなく越後勢が我らに仕寄せることはないかと存じます」

「なにゆえだ」

「武田様が沼田と厩橋の連絡を断たれるそうにございます」

信玄は土屋《つちや》昌続《まさつぐ》（昌次）に、沼田と厩橋の間を往復する者は斬れと命じている。

「よく存じているの」

「おそらく、上杉とは違い、盟約の重みを判っておられるものかと」

信玄がそのようなことまで氏政に報せてきているのは驚きである。真実を言っているのであろうが、武田とは、つい先月も干戈を交えた敵である。その武田を褒めるような口ぶりに氏邦は疎《うと》ましさを覚えた。

（松田は武田と通じていたのではあるまいか）

邪推かもしれないが疑念を覚えた。

「随分と武田を買っておるの」

「上杉は盟約を結ぶのに半年もの月日を費やし、また北条家中が御機嫌取りに奔走致したにも拘わらず、同陣を理由に武田領への出陣を致しませんでした」

「さもありなん。今まで敵対していたのだ。警戒するは至極当然」

同盟の名目人にされたこともあるが、氏邦は謙信を擁護する自分を可笑《おか》しく思った。

「されど、武田様はあっさりとこれを了承されました。思考は柔らかきお方と」

「そちは、この盟約に満足か？　我が異母弟（氏忠、氏光）は二人も質となったのだぞ」

「それで北条家のためになるならば致し方なきことかと存じます」

当然だといった表情が生意気に見えた。

「黙りおろう！　その方がごとき若造に家を出される辛さが判ってたまるか！」

温厚な氏邦であるが、珍しく怒鳴った。松田直憲の言葉は戦国の世としては正しいかもしれないが、冷めた口調の向こうに父の憲秀が見え、つい怒号した。

「これは失礼致しました」

反論したいこともあろうが、大将を怒らせてはならぬと、直憲は機転をきかせたようである。聡《さと》い者であるが、厭《いと》わしく思うと、そんなところにも腹が立つものだ。

気まずい空気が流れる中、松田直憲が改めて口を開いた。

「されば行軍の陣立てにござるが、先陣は常陸介《ひたちのすけ》（氏繁）殿。二陣は某《それがし》。三陣は大道寺殿……大将は氏邦様。小田原の評定で決まったことでござる」

虎の威を借る狐のごとく、直憲は諸将に伝える。評定の決定事項ならば、氏政が了承したことである。当主の命令ならば大将の氏邦とはいえ異論を挟むことはできない。

行軍の陣立てとはすなわち隊列の順番なので、何番目でもいいではないかと考えがちであるが、いつ戦になるか判らぬ以上、極めて大事な配置であった。

意外なのは、先陣が北条氏繁であること。氏繁は玉縄《たまなわ》城主・綱成《つなしげ》の嫡子で、以前は左衛《さえ》門大夫康成《もんのたいふやすしげ》と名乗っていたが、今までの忠義を労《ねぎら》われ、氏康が死去する二ヵ月ほど前に「氏」の字を賜り、受領名ともども改名した。永禄十年（一五六七）八月より、武蔵《むさし》の岩付城将を務めている。

北条家の先陣は常に綱成が駆けてきた。嫡子なので、父同様、勇猛果敢に先頭を疾駆《しっく》すると考えてのことであろうが、率いるのは岩付衆だ。三増峠では氏繁の命令も及ばず、あっけなく戦線を離脱している。とても玉縄衆のような働きができるとは思えない。

あるいは、氏繁が城将を務めているうちに少しでも岩付衆を北条家の意のままに動くよう鍛え、国増丸《くにますまる》が入城した時には、何もせずともよいようにしておこうという氏政の魂胆か。いずれにしても、氏邦には二陣にいる直憲の玉除けにしか見えなかった。

その後、城攻めの陣立てから攻撃方法まで細々としたことが伝えられた。周囲を焼き払い、攻め口を絞って猛攻を加える。ごく常識的なことばかりだ。間違ってはいないであろうが、まるで、初陣の将に指図するようなものである。これでは氏邦の立場がなかった。

(本家の傀儡《かいらい》となれか。成功すれば本家の功。失敗致せば儂の責任。さすが松田だ。儂は雁字《がんじ》搦《がら》めになってしまった)

氏邦は眉間に皺を寄せたまま直憲の言うことを聞いていた。

「よろしいでござろうか」

言い終わった直憲は一同を見廻した。反論する者は誰もいなかった。

氏邦が口を挟まなかったので、評議は特に波風立たずに終わった。

(これで戦ができるのであろうか)

敵国に入る前から厭戦《えんせん》気分になる氏邦であった。

翌日、先頭に玉縄北条の『地黄八幡《じきはちまん》』旗を靡《なび》かせ、北条勢は古河城を出発した。のちに日光御成道《にっこうおなりみち》と呼ばれる鎌倉街道中道《かまくらかいどうなかみち》を北に向かい、下野の小山城を目指した。

小山城は東西七町（約七百六十三メートル）余、南北十二町（約一・三キロ）ほどと細長い城で、西は思川《おもいがわ》の侵食によって切り立った崖となり、天然の要害をなしていた。北側は傾斜の険しい堀切《ほりきり》があり、周囲は幅五間半（約十メートル）の空堀《からぼり》と土塁が築かれているので、平城《ひらじろ》とはいえ堅固である。あえて攻め口と考えられるのは東側となろうか。水の手は切れないので、兵糧攻めは無理であった。

城に籠《こも》る兵は周囲の百姓を合わせても一千五百余。合戦を経験している兵は半数ほどか。兵力は北条勢の一割以下なので、まず城を出ることはないと考えられる。

氏邦らは予定どおり領内の民家を焼き払い、城下に迫った。外郭から半里ほど南の小高い丘に本陣を決め、物見、細作《さいさく》を放って各隊をどこに布陣させるかと思案していた。

街道の東は閑散《かんさん》とした土色の田が広がり、西は緑の消えた僅かな丘があるだけで、姿を隠すようなところはなかった。

ところが細作が戻る前に小山勢は予想に反して、丘の上から出撃してきた。岩上伊勢守《いわがみいせのかみ》、栗宮長門守《くりみやながとのかみ》、小山右馬亮《おやまうまのすけ》、妹尾平三郎《せのおへいざぶろう》ら五百ほど。いずれも一騎当千の兵《つわもの》である。

泡を喰ったのは北条勢で、まさか出撃してくるとは思わず慌てた。

「すぐに敵に備えさせよ」

氏邦は先陣の氏繁に遣いを出し、他の者にも伝えさせた。だが、使者が各陣に到着するよりも早く、小山勢が迫った。

「放て！」

小山家の重臣・岩上伊勢守が怒号し、一番北側に陣する岩付勢に鉄砲をみまった。十数挺ばかりの鉄砲であるが、奇襲さながらの攻撃に氏繁ら岩付衆は狼狽《うろた》えた。また身を守るところがないので、恐怖心を煽《あお》られた。

「敵は寡勢、恐れることはない。まずは弓衆、前へ。鉄砲組、後ろで用意致せ」

氏繁は慌てた素振りも見せず、配下の者たちを指揮する。少々浮き足立った岩付衆ながら、城将の命令どおり、鉄砲足軽が玉ごめするまで、弓衆が前線に出て応戦する。

ようやく乱れた陣が治まったと思いきや、今度は高井豊前守《たかいぶぜんのかみ》、細井《ほそい》伊勢守、水野谷《みずのや》左衛門大夫《さえもんのたいふ》、横倉藤蔵《よこくらとうぞう》などの別働隊が、街道を真直ぐ南に向かい、岩付勢の先陣を混乱させる。

「ええい、下野の芋侍めが」

十八歳になる岩付衆の広沢信秀《ひろさわのぶひで》は、矢玉《やだま》をかい潜って前線に繰り出すと、血鑓《ちやり》を振るって敵を突き倒し、獅子奮迅《ししふんじん》の働きをした。これに感化された春日与兵衛《かすがよへえ》・小次郎《こじろう》兄弟も勇猛果敢《ゆうもうかかん》に戦った。

若武者たちの活躍に岩付衆も勇み立ち、小山勢を押しはじめた。これに、相模衆、武蔵衆が加わった。一旦は陣を崩されても、態勢が整えば兵数がものを言う。北条勢は優勢となり、小山勢を蹴散らした。

「いかぬ。退け！　退くのじゃ」

岩上伊勢守は退き法螺《ぼら》を吹かせ、小山城へ退却していった。

北条勢は敵を追って城に近づくが、土塁と堀に守られた城内に入ることは叶わず、外から弓・鉄砲を撃ちかけるばかりであった。

氏邦は敵を城から誘い出すために態《わざ》と退かせてみたが、小山勢は乗ってこない。仕方なしに力攻めを行うが、土塁や堀切を越えることができない。正直、攻めあぐねた。

大将にありながら、独断を許されぬ氏邦は、朝から本陣で評議を開いた。

「なに！　多功《たこう》城に向かうと？」

氏邦は怪《け》訝《げん》な顔で直憲に問う。

「小山城が落とせぬと判ったならば、鉾先《ほこさき》を変えること、古河城でお伝え致しました」

河内《かわち》郡の多功（多劫）城は宇《う》都宮広綱《つのみやひろつな》の重臣・多《た》功房興《こうふさおき》の居城だ。小山城から五里（約二十キロ）ほど北東に築かれている平城で、さして大きくはない。

「追い討ちを受けよう」

出陣したからには小城《こじろ》でも落とさねば面目が立たぬ。本家の意向も理解できるが、氏邦は最悪の事態を恐れた。

「小山が出陣するならば物怪《もっけ》の幸い。返り討ちにし易いではございませぬか」

「挟み撃ちになったらいかがする？　いらぬ小城に手を出すは、藪蛇《やぶへび》と同じぞ」

下妻城攻めの時にも宇都宮広綱は佐竹義重《よししげ》とともに出陣した。しかも相手はあの時と同じ北条。家臣の城を攻撃されれば、間違いなく領内の兵をあげて出陣してくる。いくら敵が少数とはいえ、前後から攻められれば、相当の被害を受ける。氏邦は反対した。

「今のまま、ここにいても宇都宮は出てまいるかと存じます」

「宇都宮が小山に加わろうとも、合わせて三千がほど。野戦ならば負けはすまい」

「これに常陸《ひたち》の佐竹が加われば倍の六千にはなるかと存じますが」

「坂東太郎《ばんどうたろう》か」

直憲の言葉に氏邦以外の者たちが難色を示す。この陣に北条の精鋭と言われる玉縄衆や勇将の氏照はいない。しかも佐竹義重の奮闘ぶりは皆の記憶に生々しく残っていた。

（いかがするか……退くか）

思案は揺れている。このまま城を囲んでいても、落とせる見込みはなかった。また、さらに日にちを費やせば厭戦気分が高まり、負傷者が増えるばかりであろう。おまけにこの寒さ。毎朝、地には霜《しも》が立つ。荷駄の残りも心配であった。

（儂は本家から試されている）

淡白な城攻めをして退いたとあっては、北条家内においての立場が弱くなる。

（立場などは、どうでも構わぬが）

松田憲秀の思惑どおりになるのは我慢ならなかった。

（だいたい、こたびの城攻めも準備不足じゃ。力で捩《ね》じ伏《ふ》せることができるのならば構わぬが、そうでなければ敵の中に内応者を作るなどして入念に行うべきである。打撃を受けての後退では再起に月日がかかり、自信を喪失するばかり。犠牲は小さくして退くが一番。敵情を知らぬ者に大将を命じるのは間違っている)

考えるほどに前進する意欲が失われていった。

氏邦には苦難の中でも最善を尽くすという氏照のような積極性はなかった。

「来るか来ぬか判らぬ佐竹に怯《おび》えるならば退くも一つの手よな」

「これは氏邦様のお言葉とは思えませぬ。退くは構わぬとしても、ならば敵が来る前に、多功城を落としてから退くが筋ではありませぬか」

筆頭家老の息子として、あくまでも直憲は本家の命令を実行しようとする。

「手柄が欲しいそなたの気持が判らぬではない。されど、たとえ城を落としたとしても、保つことできねば、余計な手負いを出すだけじゃ」

「奪ってみねば判らぬではありませぬか。気概なくば、落ちるものも落ちませぬ」

「おのれ、よう申したな！」

自分が無能なので城が攻略できないとの愚弄に激怒し、氏邦は床几《しょうぎ》から腰をあげた。

「まあ、大将がそう気短では、城攻めもなりますまい。少し落ち着きなされ」

岩付城将の氏繁が氏邦を宥《なだ》める。他の者たちも続いた。

「家臣を思い遣る氏邦様の気遣いは痛み入ります。されど、我らとて下野まで出向いて手ぶらで帰る訳にはまいりませぬ」

「左様。今後のこともござれば、何がしかの成果を持って帰る必要があるというもの」

氏政の実弟としてある程度の地位を約束されている氏邦とは違い、諸将は版図が広がらねば実入りは増えない。常陸の佐竹が強くとも、下野、下総方面には謙信や信玄ほど強烈な武将はいない。皆の顔には乱世を生きる武将の欲がありありと見えていた。

「そちたちは、この城攻めの無駄が判らぬのか？　城を攻略しても維持できねば無駄働き。城を預かる後詰《ごづめ》を小田原の本家が用意しているのならばまだしも、気紛《きまぐ》れの城攻めは、兵と領地が疲弊するばかりぞ」

強く主張して、氏邦は諸将を見廻した。

(左様か。考えてみれば、この陣にいる者たちは儂以外に城主はいない。皆、城将であくまでも城を預かっている身分じゃ。領国の仕置というものをしたことがない。兵が死ねば田畑を耕す者が減り、その家への補償もせねばならぬことが判らぬのか)

己とは自ずと発想が違っていることを認識させられた。

「よかろう。早急に陣を引き払い、多功城に向かう。それでよいのだな」

言葉が通じぬ者に何を言っても無駄と氏邦は諦《あきら》めた。

「されば、これにて」

直憲は一番に席を立ち、諸将もこれに続いた。氏邦は一人床几に座っていた。

「殿、大将は投げ出す訳にはまいりませぬ」

諏訪部定勝が慰めるが、氏邦には虚《むな》しく聞こえるばかりであった。

北条軍は小山城をあとにして多功城に向かった。道は多少の勾配はあるものの、ほとんどは平坦に近い。午前中に移動しはじめたので、陽が落ちる前には城の近くに到着した。小山勢の追撃を受けずにすみ、やや安堵している。

氏邦は多功城から半里ほど南東にある田川淵《たがわぶち》の妙光寺《みょうこうじ》に本陣を置いた。

多功城は鎌倉街道中道の石橋から十五町（約一・六キロ）ほど東にある隆起した台地の上に築かれている。東西約四町（約四百三十六メートル）、南北に三町（約三百二十七メートル）ほどと、さして大きな城郭ではないが、三重もの土塁と堀に守られ、特に北西隅の堀は深さにして三間半（約六・三メートル）、幅にして七間半（約十三・五メートル）にも達する。また、東には田川《たかわ》が流れ、小山城に劣らず堅固な城である。さらに、一里ほど東には今泉泰光《いまいずみやすみつ》の籠る上三川《かみのかわ》城がある。

「誰だ、簡単に落とせると申したのは？」

報告を受けて氏邦は怒号した。とは言え、移陣するにあたり、よく下調べをさせなかったのは大将である自身の失態である。感情を抑えられなかった己にも腹が立つ。だが、文句ばかりも言っていられない。宇都宮勢が到着する前に城を落とさねばならない。

一方、城主の多功房興は大軍の接近を知って宇都宮城に退こうとしたが、間に合わぬことを悟り、すぐに領民をも掻き集めて城門を堅く閉ざした。籠る人数は一千ほど。そのうち戦陣に出た経験がある者は四百余であった。

氏邦は開城を勧告したが、武士の意地か、いとも簡単に拒絶された。

「致し方ない」

氏邦は緒戦の総攻めで一気に勝負を決めるつもりであった。

三

翌日の未明、まだ周囲が暗く、吐く息の白さで人がいることが判る頃、氏邦は妙光寺を出た。再度、無血開城をさせるために、一万の軍勢で城を取り囲み、矢文《やぶみ》を放った。

だが、返ってきた答えは昨日同様に「否」であった。もはや思案する必要はない。

辺りが明るくなり、朝靄《あさもや》がようやく薄れはじめた頃、氏邦は本陣で軍配を振り下ろした。

途端に法螺が多功村に鳴り響き、陣鉦《じんがね》、戦鼓《せんこ》が乱打された。

天地を響動《どよ》もす唸《うな》り声と地鳴りのような音とともに、寄手《よせて》が城に迫った。

この日、先陣を賜った松田直憲は南側の正面に陣を布き、まっ先に城に突撃した。

「かかれーっ！　敵は僅か、鉄砲も少ない。恐れるな！」

直憲は陣頭に立って大音声で命じ、鉄砲組を前線に出した。

「放て！」

号令と同時に筒先《つつさき》が火を噴き、轟音《ごうおん》が鳴り渡る。すぐに弓衆が矢を射る。直憲が多功城攻めを主張したせいもあり、松田勢は気合いが入っていた。

敵も弓・鉄砲を撃ちかけるが、いかんせん数が少ない。四方の兵には手が廻らない。

「今ぞ、進め！」

直憲は怒号し、堀に梯子《はしご》を架けさせ、渡らせようとする。

「渡らせるな！　打ち落とせ！」

多功房興は阻止せんと自ら弓を引き、少ない鉄砲を咆哮《ほうこう》させ、飛礫《つぶて》を投げさせた。

多功勢に負けじと松田勢も応戦する。必死に引き金を絞り、矢を放った。

さすがに北西の幅広い堀ではできないが、他の三方でも松田勢と同じことをするので、再び多功勢は分散した。

その隙に直憲は配下に堀を渡らせ、外郭に迫った。松田勢は次々に続いた。

堀が深いせいか、塀はさして高くはない。松田勢は塀をよじ登って外郭櫓《がいかくやぐら》に群がった。

これに松田定勝《さだかつ》、岡上佐渡守《おかのぼりさどのかみ》などの相模衆が続く。その間にも矢玉は雨霰《あめあられ》のごとく城兵にみまい、その轟《とどろ》きが消えることはなかった。

寄手の猛攻に多功勢は南の外郭櫓を放棄し、ついに松田勢は城の一角を手に入れた。

「よう、やった！」

直憲は歓喜し、自身も堀を渡って外郭に侵入した。郭の中には本丸と二ノ丸がある。勢いに乗った直憲は本丸に向かって進撃を命じる。

「一気に蹴散らせ！」

相模勢は喊声《かんせい》とともに本丸に詰め寄った。集団の中には直憲もいる。

ところがその時、二ノ丸から放たれた矢が直憲の足を貫いた。直憲はもんどり打って倒れ、霜で湿った泥にまみれた。

「殿!」

松田家の家臣たちは直憲の許《もと》に駆け寄り、両脇から肩に担いで退いていく。

先陣の直憲が負傷すると相模衆の松田定勝、岡上佐渡守らは途端に臆して後退した。

直憲を射た多功勢は勢いを盛り返して反撃に出ると、相模衆は右往左往しながら逃亡する。城兵に向かう者は一人もいなくなった。

相模衆が次々に城外に逃れ出た頃、岩付衆の広沢信秀が現れた。

「待て、待たぬか。そなたらは敵に後ろを見せるのか」

大声で叱咤《しった》するが、逃げまどう相模衆の足を止めることはできなかった。

仕方なしに広沢信秀も一旦城門の外に出て、侍屋敷の角で踏み止まり、御宿三河守《みしゅくみかわのかみ》、黒田半兵衛《くろだはんべえ》、渡辺主水佐《わたなべもんどのすけ》、沼田孫九郎《ぬまたまごくろう》らの相模衆と敵を待ち構えたが、多功勢は深追いせず、城門を閉ざして城壁や櫓の上から矢玉を浴びせる戦いに切り替えた。

報せはすぐに本陣にいる氏邦の許に届けられた。

「松田が負傷したと?」

功を焦るからだと口許まで出かかったが、大将として堪《こら》えた。氏邦は、つまらぬ感情にこだわっている場合ではない。続報は劣勢ばかりを伝えた。

(外郭を越えたあとで二ノ丸を奪い、あとは開城を勧めれば城は落ちたはず)

後悔したがすでに遅い。簡単に外郭を突破できるとは思わなかった上に、松田勢がいきなり本丸に向かうとは予想だにしなかったことである。今では各将が敵に払い除《の》けられたという敗北感に浸っていた。ここは、今一度、尻を叩かねばならなかった。

氏邦は諸将を本陣に集めた。その席に負傷した直憲も家臣の肩に担がれて姿を見せた。太ももに巻かれた白い布に血が滲《にじ》んで痛々しかった。

「よいよい、休んでおれ」

「いや、この不覚、取り戻せねば帰城はできませぬ」

すぐに帰国を主張するかと思いきや、意外に気概はあるようだ。氏邦は少し見直した。

「こたびの失態は敵を背後の二ノ丸に残したまま本丸に迫ったがため」

ちくりと直憲に皮肉を言った氏邦は、一息吐いて続けた。

「敵の外郭は堅固そうでも、案外、簡単に越えられることが判った。それゆえ、次は本腰を入れて、確実に二ノ丸を落として本丸に迫る。さすれば、間違いなく落とせよう」

「それが、どうも腑《ふ》に落ちませぬ」

詰《なじ》られたことが気に喰わぬのか、直憲が反論する。

「なにゆえだ」

「今、考えてみれば、あの外郭が容易《たやす》く越えられたは、懐深く誘いこんで討ち取るための敵が仕組んだ策のような気がしてなりませぬ」

「一歩間違えば落城ぞ。わざわざ城内に入れねばならぬ理由はいかに？」

「誰もがそう思うゆえの策。前線にいた者ならば皆、同じことを言うかと存じます」

あなたは後ろにいたから判らない。直憲は遠廻しに答えた。

「負け惜しみもいい加減にいたせ。左様な戯《たわ》けた采配を振る者がどこにいようぞ」

「ならば、同じように仕寄らせて見るがよかろうかと存じます」

「おう、そのつもりよ。常陸介、そなた、松田と同じよう南から仕寄せてみよ」

「某でござるか？　相模衆の敗走を目の当たりにしておりますれば……」

配下の者たちの攻める気が萎《な》えていると言わんばかりに言葉尻を濁した。

「ならば駿河守、そなたに先陣を許そう」

「我が河越衆も負傷者が多く出ましたれば……」

大道寺政繁も難しい顔で拒んだ。

「ええい、どいつもこいつも腰抜けめ。ならば、我が鉢形衆が先駆け致すわ！」

氏邦は激昂《げっこう》し、諸将を怒鳴りつけた。その時だ。

「申し上げます。城より北二里ほどに宇都宮勢が迫っております」

「なに？」

「ご注進、東の上三川城におります今泉勢が出陣する気配がございます」

「申し上げます。鬼怒《きぬ》川の東に佐竹らしき軍勢がいるとのことにございます」

「おのれ！」

氏邦は指揮棒を叩き折り、地に投げ捨てた。

（だから多功城攻めに反対したのだ）

松田直憲らを罵倒したい氏邦であったが、そのような暇はなかった。これで南の小山勢が出陣すればまさに袋の鼠《ねずみ》であった。

「即刻、陣を退く」

嘔吐《おうと》したものを飲みこむような気持で氏邦は指示を出した。

すぐに諸将は用意にかかる。本陣を退いていく時、大将が未熟ゆえの負け戦だと言わんばかりの直憲の目が癪《しゃく》に障《さわ》って仕方なかった。

北条勢は即座に陣を引き払い、帰途に就いた。幸いにも判断が早かったので、追撃されることはなかったが、氏邦の心中たるや、腸が煮え繰り返って仕方なかった。

(この下野攻め自体が、そもそもの間違いだったのだ)

大将にやる気のない戦は勝てないということは棚に上げ、氏邦は胸の内で独りごちる。

(敵とて本気だ。思いつきで数だけ揃えても必死の力には及ばぬ。これで少しは本家も考え直してくれればよいが……)

夕闇が立ち籠《こ》める中、氏邦はひそかに氏政の考えが改まることを期待する。負け戦のせいか、睦月《むつき》の風はいつになく冷たく感じた。益なく帰路に歩む北条勢は皆、消沈《しょうちん》していた。

氏邦が鉢形城に帰城した頃、氏政は上野に出陣していた。

氏邦ら北条勢が下野を攻めたことなど上野の総社《そうじゃ》城にいる上杉謙信にはあまり興味がないらしい。それよりも、北条が越相同盟を破棄し、武田家と盟約を締結したということの方に憤りを覚えているようであった。

閏《うるう》一月三日、謙信は武田方の石倉《いしくら》城を落とし、近くの厩橋城に入城した。

自領となる西上野を攻められた信玄はこれを抛《ほう》っておけず、一万の軍勢を率いて利根《とね》川の西に陣を布いた。これに氏政も応じ、同じく一万の兵とともに合流した。

上杉軍八千と武田・北条軍二万は利根川を挟んで対峙《たいじ》した。だが渡河して攻撃を仕掛けるのは戦略上不利である。双方、動きが取れず、膠着《こうちやく》状態が続いた。

戦の報告と今後の指示を仰ぐべく、氏邦は使者として諏訪部定勝を利根川の陣に遣わすと、直憲から報告を受けていたので、氏政の対応は冷たかったという。

おそらく、直憲らが傷を負ってまで本丸に迫ったにも拘わらず、氏邦は本陣にいて何もしなかったがゆえに退くはめになったというところにでもなっているのであろう。

帰城した定勝によれば、氏邦の評価は著しく低かったとのことであった。

「言わせておけ」

吐き捨てるが、戦塵《せんじん》を落とす間もなく、氏政から上野への出陣命令が出された。

「戦に動きがないので、文句の一つも言おうという魂胆かの」

「お戯《たわむ》れを。何か大事なお役を賜《たまわ》るのではございませぬか」

氏邦の嫌味を定勝が軽く窘《たしな》める。

「謙信の後方を襲えとでも申すか。陣触れの際には皆に白装束を着用させよ」

愚痴をこぼした氏邦は兵を整え、利根川の陣に向かった。三山綱定が死去したせいか、氏邦領の国人《こくじん》たちはさして不満を口にする者はいなかった。纏まりがでてきたようである。

(五郎兵衛が一人悪役を買っていたのか)

まさに皮肉なことである。

氏政に何を言われるのか。叱責《しっせき》されれば、氏政を非難してしまいそうである。また、どんな難題を押し付けられるのか。先読みするほどに胃が痛くなる。馬の揺れが響いた。

上野は鉢形からすぐである。ほどなく氏邦ら鉢形勢は上野の陣に到着した。

氏邦は定勝と太刀持ちの小姓《こしょう》を連れて本陣に入った。

「少しはゆるりとできたか」

氏照が気軽に声をかけてきた。仲の良い陽気な兄がいるので、氏邦はやや安堵した。

「多少は」

答えながら周囲に目を移す。他には、床几に座す氏政の周りに側近が十名ほどおり、あとはいつものように筆頭家老の松田憲秀が腰巾着《こしぎんちゃく》のように氏政の側にいた。

「こたびは意に適わなかったこと、お詫びの申しようもございませぬ」

氏邦は氏政に詫びた。

「心にもないことは申さずともよい。我が戦ぶり、よう見ることじゃ」

氏政は鷹揚《おうよう》に告げる。松田憲秀が薄ら笑いを浮かべていた。

(儂は晒《さら》しものか)

床几を蹴って帰城したいが、氏邦は堪えて藤田家の陣に戻った。

その後も両軍は利根川を挟んで互いに身動きできず、対陣は続いた。

膠着状態が続く中、氏邦には少々頭に来る命令が、兄の氏照に出された。先日の下野出陣と同じ軍勢で小山城を攻めよというものである。敵も、そうたびたび侵攻してくるとは思っていないと考えてのことらしい。また、牽制《けんせい》によって対岸の謙信に動きがあれば、北条・武田連合軍が渡河して撃破するという計画である。

「ご武運をお祈り致します」

「任せよ。そなたの苦杯は無駄にせぬ」

ぽんと氏邦の肩を叩いた氏照は笑顔で騎乗すると、下野に向けて出陣していった。前回と同じように古河城で諸将と合流し一万の軍勢で小山に向かう。さすがに怪我をした松田直憲の姿はその隊列にはなかった。

およそ一月の間、城を囲んで攻めた氏照はついに小山城を開城させるに至った。城主の小山秀綱《ひでつな》は居城を去って常陸の佐竹義重を頼ることを決めた。謙信は目の前に連合軍がいるので援軍を出すことができなかった。

二月十七日、謙信は、小山秀綱のことを、なにぶん面倒を見てやって欲しいと佐竹義重に書を出している。

翌日、氏照が小山城に入城したという報せが北条本陣に届けられた。

「さすが氏照様でございます」

さも、お前は無能だと言わんばかりに憲秀は氏政の前で喜んでみせた。

「殿あったればこそ、氏照様が城を落とすことができたのでございます」

小声で定勝が慰めるが、氏邦には最早どうでもいいことであった。

「儂は当て馬よ」

独り言のようにぼそりとこぼすだけで、あえて何も主張する気はなかった。

上杉軍とは二ヵ月ほど対陣したが、結局干戈を交えることもなく、西上に主眼を置く信玄は帰国した。同じように北条軍も陣を引き払って帰城の途に就いた。

対岸の謙信は北条・武田の策と見たのか追撃することはなかった。

三月二十日、謙信は、利根川西岸に砦《とりで》を築いて武田を挑発するが、信玄は誘いには乗らず、兵を出陣させることはなかった。

信玄との決戦ができなかった謙信は、地団駄《じだんだ》踏んで悔しがったようであるが、田植えのために越後に戻ることとなった。

関東にもしばしの平和が訪れた。

四

爽《さわ》やかな風が吹き抜け、汗ばむ肌に心地いい季節になった。周囲では水を張った黒茶の田に点々と小さな稲が並べられていた。すっかり初夏の装いである。

相州・小田原城の主殿では、氏政と筆頭家老の松田憲秀が真顔で語り合っていた。

「亡き三山綱定をはじめ、氏邦様に付いて行った者たちは、武蔵の生温《なまぬる》い風土に馴染み、北条本家の下知を蔑《ないがし》ろにしております。あとから行った諏訪部定勝も然《しか》り。〈朱に交われば赤くなる〉とはこのこと。それゆえ、我が倅《せがれ》は下野の陣で負傷するはめになりました。このままでは良臣を失い、上野に版図を広げること叶わなくなりましょう」

憲秀は懇々と氏政を説く。

「氏邦は悪い者ではないのだがの。少々変わっておるかの」

「それが問題にございます。お屋形様の命令は二つ返事で受けたのち、早急に腰をあげるようでなければ、これからの世は渡ってゆけませぬ。畏《おそ》れながら氏邦様は武田が敵であった時、水際で阻止したことは一度もございませぬ。少々鈍いようにございます。上杉との盟約を切った以上、北の守りは堅固にしておかねばなりませぬ」

「そちはいかがしろと申すのだ。鈍くとも彼奴《あやつ》は我が実弟。領地変えなどは出来ぬぞ」

「左様なことは申しておりませぬ。某は、お屋形様の側近を鉢形城に送り込むがよかろうと存じます。さすれば風通しもよくなるかと存じます」

「我が家臣をか」

「はい。亡き大聖寺様（氏康）の政に倣われるべきと存じます」

「左様のう。誰ぞいい者がおるか」

氏政はすっかり憲秀の話術にはまっていた。

「富永助盛《とみながすけもり》など、間違ってもお屋形様の命に背くことはないかと存じます」

「左様か。されば助盛を呼べ」

氏政の命令に従い、憲秀は予《あらかじ》め別室で待たせておいた助盛を呼びよせた。

富永助盛は江戸城将を務める富永政家《まさいえ》の一族である。富永氏は伊勢《いせ》新九郎《しんくろう》と名乗っていた早雲の代より仕えているので、北条家にとっては譜代《ふだい》の家臣にあたる。

「富永助盛、お呼びと伺い参上致しました」

平伏したまま富永助盛は答える。

「うむ。実は、そちの忠義を見込んで、お屋形様の御舎弟・氏邦様のおられる鉢形城に行き、家臣として働いてもらいたいとの仰せである」

「それは、氏邦様の家臣になるということにございますか」

能面のような顔をした助盛はやや頭をあげ、疑念に満ちた声をあらわに尋ねた。

「左様」

「お断り致します。某はお屋形様の家臣にて、氏邦様の家臣にはございませぬ」

「戯けめ。それゆえお屋形様が、こうして頼まれておるのではないか。そちはお屋形様の家臣として鉢形衆の一員になるのじゃ」

「と申しますと……？」

「言わずとも判っておろう。判らねば、そちは一生、冷や飯喰らいぞ」

憲秀の言葉に助盛はしばし無言でいた。少し考えてから口を開いた。

「判りました。お受け致します。されど御家老に今一度お尋ね致します」

「何じゃ。遠慮なく申せ」

「某はあくまでもお屋形様の家臣。それでよろしゅうございますな」

助盛ははじめて顔をあげ、蛇のような視線を憲秀に向けた。

「儂が保証する。助盛、頼むぞ」

憲秀の後ろから氏政が声をかけた。

「有り難き仕合わせに存じます。この富永助盛、命をかけてお屋形様のために働きます」

「うむ。それでこそ富永一族の者というもの。細かきことはあとで申し伝える」

「はっ。ではご免」

助盛は床に額を擦りつけると、主殿《しゅでん》から下がっていった。

「尾張守、頼むぞ。越後の謙信を抑えねば東に版図は広がらぬ。さすれば北条家代々の悲願である関八州に北条の国を築くことは叶わぬ」

「はっ、命に替えても」

助盛には、いずれ城将そして城主の地位が与えられると言い含めてある。現在で言えば官僚の天下りか。憲秀は、してやったりと肚裡《とり》で北叟笑《ほくそえ》んでいた。

「なに！　また本家から奉行《ぶぎょう》が来ると？　なにゆえだ」

報せを受けた氏邦は、眉を顰《しか》め、不機嫌に問う。

「上杉に備えるためではないでしょうか」

憲秀の思惑が読める諏訪部定勝は、遠廻しに誤魔化した。

定勝はこの頃より、受領名を主水助から遠江守に改めている。

「なにゆえ謙信に備えるために奉行がいるのだ。本家の考えが判らぬわ！」

氏邦は怒りをぶつけた。今、氏邦領は纏まっている。そこに新たな者が入ってくれば、再び波風が立つ。つまらぬ介入で人が死んだりするのだ。無駄な争乱はご免であった。

「とは申せ、本家の意向ゆえ、断る訳にもまいりますまい」

「いや、必要ない。儂は秩父衆や児玉衆から有能な者を奉行にしておる。今さら我が領内の事情を知らぬ者にかき乱されるはご免だ。本家にはいらぬと申しておけ」

「人一人増えたとて、今までと変わらず政を行う。これが大将ではございませぬか」

「今までと変わらねば、余計な者などいらぬではないか。其奴《そやつ》がまいれば、我が領地の米を喰い、荒川《あらかわ》の鮎《あゆ》を貪《むさぼ》るのだ。一年に換算すればいかほどになる？　そのぶん、百姓の年貢を軽くしてやりたいわ」

氏邦は最近、本家の者に異常な反発をみせている。皆が皆、松田家の人間のような気がしてならない。ある意味、被害妄想のようなものに取り憑《つ》かれていた。

「殿、こうは考えられませぬか。敵の間者《かんじゃ》を雇い入れ、逆に敵の様子を聞き出す」

「すると、そちは逆手に使えと申すか」

「はい。畏れながら殿は小田原の松田殿には快く思われておりませぬ。されば、松田殿が何を考え、今後いかにしようかと思案していること、先に摑《つか》んでおいても損はなさらぬと存じます。小田原から来る富永助盛、某《それがし》が監視致しますゆえ、なにとぞ本家と諍《いさか》いを起こさぬよう、お願い致します」

定勝は必死に懇願する。細い目であるが、嘘はなさそうであった。

「左様か。そちがそれほどまで申すのであれば、そちに預けよう」

定勝は本家から来た者であるが、今では鉢形領の武士たちと何ら変わらない。氏邦は定勝を信じるしかなかった。

(お屋形様は何を考えておられるのだ。それとも松田の策謀か)

氏邦には落ち着きはじめた鉢形領を再び混乱に陥れるものとしか思えなかった。

(松田め、誰を送りこんでこようとも、儂はそちの言いなりにはならぬ。鉢形の領主としてしか動かぬ)

氏邦は藤田家の当主として、国人衆としての意識をますます強くした。

本丸から見る田園は緑の点が綺麗に並んでいた。秋には黄金色の波を作ることを期待しながら、もっと増やす方法はないかと模索する氏邦であった。

第十八章　因果応報

一

日々刻々と色濃くなり、大きくなってゆく木々の葉は薫風《くんぷう》に翻《ひるがえ》り、風をも緑色に染めるような清新さに満ちている。秩父の山は眩《まぶ》しいほどに萌《も》えていた。

爽やかな初夏の日差しが照りつける中、小田原からの一行が鉢形城に到着した。

氏邦が片肌を見せて弓場で矢を射っていた時、近習《きんじゅ》の町田《まちだ》秀房《ひでふさ》が近づいた。

「申し上げます。小田原より使者がまいりました」

町田秀房が告げた時、気が散ったせいか矢は的を外れた。

「左様か。主殿に待たせておけ」

氏邦は命じ、再び矢を射た。今度は掠《かす》りはしたが、珍しくも二度続けて的を外した。

(弓は気が逸《そ》れると当たらぬものよな)

冷めた感情を抱きながら、氏邦は主殿に向かった。諏訪部定勝が同席した。

上座について下座を見ると、二人が平伏した。

「よい。面をあげよ。小田原から来た新たな奉行はいずれだ。儂が氏邦だ」

面倒臭いが氏邦は告げ、二人の顔を見た時、右後ろに座す者に懐かしさを覚えた。

「そなたは、確か……」

「柿崎左衛門大輔晴家《かきざきさえもんのたいふはるいえ》殿でござる」

柿崎晴家に代わり、左前に座す富永助盛《とみながすけもり》が答えた。

「お久しゅうござる」

暗い声音である。幾分、窶《やつ》れたのか頬は瘦《こ》けたように見えた。

およそ一年前、越相同盟を結ぶ際に、越後から人質として北条家に来た者である。だが盟約は破れ、今は上杉家とは敵対関係にある。

(なにゆえ柿崎を……よもや、お屋形様は儂に柿崎を斬れと申すか？　左様なことをすれば、越後の三郎景虎も斬られることになろうぞ)

嫌な役目を押し付けよってと、富永助盛を見た。能面のような顔で表情がない。松田憲秀もそうであるが、氏政の周囲はこのような顔の者ばかりがいる。家臣は主君に似ると言うが、誠かもしれないと氏邦は思った。

「申し遅れました。富永能登守助盛でございます。お屋形様の命にて、これより氏邦様を主と仰ぎ、粉骨砕身《ふんこつさいしん》励む覚悟にございます。よろしゅうお願い致します」

丁寧《ていねい》に挨拶をし、富永助盛は額を床に擦りつけた。

「して？」

聞きたくはないが、聞かねばならぬ。氏邦は重苦しい空気の中で質問した。今は新たな奉行の富永助盛よりも、背後にいる柿崎晴家が気がかりであった。

「お屋形様におかれましては、鄭重《ていちょう》にお送り致せとの厳命にございます」

「左様か」

胃の辺りにあった固い塊のようなものが、解けていくようであった。自分も養子という形で家を出された身。ある意味、人質であった。同じような境遇の者を斬るのは忍びないと思っていただけに安堵した。

（はて、柿崎は斬られずに戻されるにも拘わらず、嬉しそうな顔をしていない。小田原では、そう虐《しいた》げられた扱いは受けていないはずじゃが）

その人にしか判らぬものがあったのかもしれない。氏邦は疑問に思う。

「小田原はどうであったかな」

「雪を見ぬ冬を過ごしたは初めてのこと」

「越後の山にはまだ残ってござろう。じき見ることができよう」

「一度、暖かい冬に体を慣らすと、なかなか戻らぬようでござるゆえ……」

力なく柿崎晴家は答えた。氏邦は言葉の重さをずしりと感じた。

やはり、人質生活は人には言えぬ恥辱に満ちたものであったに違いない。一年もの間、敵から人質として見続けられていれば、卑屈《ひくつ》にも陰鬱《いんうつ》にもなろう。

氏邦も藤田家の白い目とそれによるいたたまれなさを思い出した。

（帰国しても、越後の者たちは、質になった者という目で見るに違いない。確か幼き童が二人もおると申していたが……。小田原にいても地獄、帰国しても地獄か）

考えるほどに不憫《ふびん》という言葉しか浮かばない。戦国の哀れな定めである。

「そなたならば、戻れるであろう」

「戻った時、貴殿らには迷惑になるのでは？　小田原の城、一年かけて調べましたぞ」

「なんの、戦場で相まみえるは武家の倣い。遠慮のうかかってまいられよ」

「できうることならば、今ここで、かかりとうござる」

そう言って晴家は寂しく口許に笑みを作った。

「その方、無礼であろう。我がお屋形様のご厚意を無下にするつもりか」

富永助盛は肩ごしに振り返り、晴家を叱責する。

（柿崎は、斬られたがっておるのか。さもありなん）

息苦しい生活から解放されても、再び屈辱に耐える生活が待っている。ならば、敵に斬られて死んだ方が自身の名誉にもなり、また上杉家の怒りを一つにできる。残された子たちも妙な目で見られず、越後では取り立てられるであろう。

（死が苦しみから逃れられる道とはの）

元来、臆病と言われ続けてきた氏邦だけに、自ら死を選ぶという発想はない。乱世とはいえ、晴家の考えていることは悲哀に満ちている。できれば望みを叶えてやりたいが、そうすれば春日山《かすがやま》にいる景虎が、やはり斬られてしまう。可哀想だができない。

「死して望みは叶えられぬ。また、生あればこそ、取り戻すこともできよう」

「貴殿ならば叶えてくれそうな気がしたのでござるが、やはり駄目なようですな」

晴家は翳《かげ》りある目を向け、哀しげに笑う。

「残念だが」

あえて突き放した。敵になる者に生きる意志を持たせるようなことを言う者がどこにいようか。だが氏邦は、人質という一種独特の境涯に身を置いた者に鞭打《むちう》つような仕打ちはできなかった。言ったあとで間抜けな己であると思う。氏邦も口端を上げた。

会話はそれが最後であった。主殿から下がっていく柿崎晴家をずっと眺めていた。

「随分とお気になされますな」

本来の主役である富永助盛が、無視された不満をぶつけるように言う。

「悪いか」

「いえ。ただ、新たに仕える主のことを少しでも知りたいと思いましたゆえ」

感情を押し殺したような口ぶりが、どうも気に喰わない。

「儂に仕えよと申すのは、お屋形様ではなく、松田の入れ知恵ではないのか」

「滅相もない。お疑いならば、お屋形様に確かめるようお願い致します」

能面のような無表情の顔の中で、富永助盛は二度速い瞬きをした。

(そんなことだと思うたわ)

養子生活が長いせいか、氏邦は人の癖で虚実を見極められるようになっていた。

「疑ってすまぬ。本家に仕えていたように、藤田家にも尽くしてくれ。期待しておる」

目付として送り込まれた富永助盛に心にもないことを言った。

別に本家と事を荒立てるつもりはない。ただ、支えはするが傀儡《かいらい》になるつもりもない。

とりあえずこの場は体裁を取り繕った。大人になったのか、狡猾《こうかつ》になったのか、柿崎晴家の方がよほど純真であると思うばかりだ。そんな己には嫌悪を感じた。

翌日、柿崎晴家は沼田城に向かっていった。

柿崎晴家が越後に帰国しても、景虎が北条家に戻ることはなかった。

越相同盟の名目人となった氏邦は、謙信に書を出して柿崎晴家を無傷で戻したのだから、景虎を戻すべきだと主張した。

すると、上杉家からは景虎達《たつ》ての願いで越後に残るという回答があった。

（よもや、そのようなことがある訳がない）

自分以上に辛酸を舐《な》めた景虎を、謙信が盲目的に受け入れたということを氏邦は知らない。ゆえに、そんな謙信に景虎が惹《ひ》かれているなどということは理解できなかった。

本家の氏政に問うと、いずれは関東管領職につく景虎が、越後ならびに周辺の国を引っさげて北条家に加わるのだから、つまらぬ同情はいらぬと、あっさり切り捨てられた。

（真実とはいかなるものかの）

独り困惑する氏邦であった。

梅雨の雨が滴《したた》る中、お経を唱える声が聞こえる。鉢形城下の東光寺《とうこうじ》でしめやかな法要が営まれている。氏邦の傅役《もりやく》にして家老であった三山綱定のものである。

綱定が死去してから一年が経つが、未だ犯人の手掛かりは見つかっていない。

忙しさにかまけて先延ばしにしていたが、氏邦は決して事件を黙殺するつもりはない。

（三之介《さんのすけ》も戻らぬ以上、もう、待つ訳にもいかぬか。少し日にちが経ちすぎたが、誰ぞに調べさせるか。今なれば皆の動揺もないやもしれぬ）

周囲にも薄々毒殺の噂は広がり、暗黙の了解となっているが、まだ氏邦は思案が整理できていなかった。

法要が終わり、氏邦は珍しく東光寺の本堂で乳母の於園《おその》と二人でいた。

「お忙しいことは承知しております。されど、このままでは三山殿も浮かばれますまい」

以前から於園は早く下手人をあげよと催促している。もう四十代の半ばをすぎた年齢か。いつまでも若いと思っていたが、綱定の死から急に老け込んだように見える。

「五郎兵衛にも、そなたにもすまぬと思っておる。今少し待ってくれ」

犯人探しを公にできぬ理由は、当初も迷ったが人選である。今、氏邦領の家臣は一応纏まっている。小田原から来た者を立てれば、武蔵衆を疑うであろうし、武蔵衆を任命すれば一生解決しないかもしれない。氏邦は、やはり武蔵衆に疑念を持っていた。

「なにゆえ、於福《おふく》殿を調べられませぬか」

やはり問われ、言葉に窮した。怪訝な視線に耐えられず、氏邦は目を逸らした。

「なにを恐れておいでですか」

「恐れてなどおらぬ。ただ……」

「ただ、何でございましょう？　ご正室とはいえ、疑わしきは糺《ただ》さねば政にも響くというもの。嫌なことを避けていては、良臣が殿から離れますぞ」

いつになく於園の口調は厳しかった。

「於園が儂を脅すとは驚きだの」

「脅しではございませぬ。真実を申しております。古《いにしえ》より、女人《にょにん》に甘い主は家を滅ぼしております。まして、於福殿は未だ子を成そうといたさぬ性悪女。殿とてすでに三十路《みそじ》。世継ぎのこともござれば、真剣に考えねばなりませぬ」

涙ながらに於園は訴える。

「儂を思うそなたの気持はありがたい。されど、於福は人を殺《あや》めることができるような女《おな》子《ご》ではない。左様なことは二度と口に致すな」

「殿、下手人が出なかった時はいかが致すおつもりでございますか」

於園の質問が胸に突き刺さる。

（なんと……）

乳母という立場からか、綱定の恨みが言わせたのか、子を産めぬ於福を罪人として廃せと勧めている。今まで三十年ほど側にいて、氏邦は初めて於園を恐ろしいと思った。

「下手人は必ず見つける。於福にも必ず子はできる。それゆえ、二度と口にするな」

氏邦は言いきると、於園を見ずに本堂を出た。

女子の情念は侮れぬことを実感した。相変わらず小雨は続いていた。

二

翌日の晩、氏邦は居間で文机《ふづくえ》に向かっていた。灯火の僅かな光を頼りに家臣への所領安堵書や、新役の任命書などに目を通し、花押《かおう》を書きこんでいた。

その時、外に人の気配を感じた。気になった氏邦が縁側に出ると、そこには一年ぶりに戻った三之介が地に跪《ひざまず》いていた。

「おう、三之介か。今までいかがしておったのだ」

見ると農夫と見間違うような出で立ちをしていた。

「ご連絡もせず申し訳ございませぬ。三山殿毒殺の下手人をあげるまでは戻らぬと決意しましたゆえ、今まで姿を見せなかったこと、平にご容赦のほど」

「よい。して、判ったのか。五郎兵衛に毒を盛った者が?」

「畏れながら未だ叶わず。ただ、一つお耳に入れておいた方が良いかと思いまして」

「左様なことは遣いを出せばよかろう」

氏邦はやや落胆した。

「下手人が判らぬゆえ、誰も信じられず、遣いを出すのを止めに致しました」

「慎重だな。して報せたきこととは」

「はい。お方様の侍女の菖蒲《あやめ》殿は、畑《はた》の者のようにございます」

「畑？　畑とはいかに」

「はい。鎌倉の北条家が滅んだ時、新田義貞《にったよしさだ》に味方した武蔵の武将・畑六郎左衛門時能《はたろくろうざえもんときよし》の一族にございます。時能は自身姿形を変える術を使うとかで、配下も剛力の者や犬使いなどの手練《てだれ》揃い。城攻めの時にはたいそう役立ったと聞いております。時能が出た畑の地は高麗《こま》郡にあり、今は畑村と呼ばれております」

「忍びか。高麗郡は兄上の領地よのう。して、菖蒲は畑の出なのか」

「はい。それを調べるのに一年もかかってしまいました」

「菖蒲はいつ頃から於福に仕えておったかの」

「おそらく殿と婚儀をあげる少し前ぐらいかと存じます」

三之介の答えを聞き、氏邦は遠い目をする。

（於福が菖蒲に命じて毒を盛らせたか……いや）

あの時の自分の手でと悔しがった於福の表情が、命じていないことを示している。

（於福の真意を察して密かに動いたとあらば合点がいく。されど、ならば父の用土康邦《ようどやすくに》が斬られたすぐあとに動くはずだ。また、忍びが勝手に動くであろうか？　されば誰が）

氏邦の頭には用土重連《しげつら》の顔が浮かんだ。暗殺実行の日時についてはこだわらず、ただ油断している時を狙ったからこそ成功した。これで説明がつく。

（畑か。それで、於福は色々なことを知っていたのか）

於福があれこれ情報を得ていたわけも納得できた。

「菖蒲が於福に仕えるようになったのは、おそらく康邦の命令であろう。と言うことは畑の者は、以前から藤田家、いや今の用土家に仕えていたと申すか」

「まず間違いないのでは」

「されど、それでは、まだ確たることとは申せぬの」

「仰せのとおり。従って、某は再び下手人探しを致します。しからば」

「待て」

言って氏邦は部屋に入り、金子《きんす》が入った袋を三之介に渡した。

「用立てが必要ならば、いつでも我が許へまいれ。三之介、期待しておるぞ」

「はっ。必ず。ではご免」

三之介は雨の中、消えていった。

氏邦は雨に濡れた暗い夜の庭を眺めながら、犯人捜索はしばらく三之介に任せることにした。三之介の報告で、於福の疑いが少し晴れて安堵している。あとは子が生まれてくれればいいが、これればかりは神頼みするしかなかった。

寝室に行くと、於福は眠らずに待っていた。氏邦が城にいる時はいつもそうである。

昼間、於園に言われたので、改めて於福を直視する。氏邦と同じ年なのでもう三十路である。子を産んでいないせいか実際の歳よりも五、六歳も若く見えるが、母体とするにはそろそろ限界かもしれない。そんな目を向けていた。

「於園殿が、わたしを遠ざけることを勧めたとか。わたしは構いませぬ」

俯《うつむ》いたまま於福は口を開く。いつもながらに寂しげな口調である。

「菖蒲に調べさせたか。於福、そなたのすべきことは、左様なことではない。いい加減に己の運命を見定めて、つまらぬ感情は捨てよ。頼む、我が子を産んでくれ。男子《おのこ》とは言わぬ。女子でも構わぬ。そなたと儂の子が欲しいのだ」

氏邦は於福の手を取り抱きしめた。

於福は抵抗せず、氏邦に身を任せている。いつもは耐えているだけであるが、今夜は不思議と氏邦の首にしなやかな手を廻した。

於福はその気になったのかもしれない。氏邦はいつもより激しく愛した。

相変わらず雨の音は止まなかった。


残暑が過ぎた八月の半ば、氏照は武蔵・忍《おし》城主の成田氏長《なりたうじなが》、深谷《ふかや》城主の上杉憲盛《うえすぎのりもり》と合流し、謙信配下の羽生《はにゅう》城を攻略した。城主の木戸忠朝《きどただとも》、城将の菅原直則《すがわらなおのり》は上野の由良成繁を頼り金山城に退いていった。

すぐに報せは鉢形城にも届けられた。

(兄上は城攻めが得意であるの。畑衆でも使っておるのかの)

城兵になりすまして潜りこみ、内部攪乱をして城門を開かせるような忍びがいれば、氏邦としても欲しいところである。一度、氏照に聞いてみようかと思っていた。

羽生城が落とされても、越後の上杉謙信は越中《えっちゅう》の一向一揆《いっこういっき》を討伐中なので越山はできない。その間にと、氏照は周囲を掃討していた。見事な活躍である。

そんな雄々しくも荒々しいことよりも氏邦には嬉しい報せが届けられた。

「真実か？　まこと於福が懐妊《かいにん》したと」

「はい。薬師《くすし》の見立てでございます」

於福の侍女はつが答えるが、氏邦は最後まで聞かず、奥の部屋に小走りで向かった。

「於福、でかしたぞ」

戸を開けるや否や、氏邦は大声を出し、満面の笑みを見せた。苦節十五年。ここに至るまで紆余曲折《うよきょくせつ》し待ちに待った懐妊である。まさに踊り出したいほどの喜びであった。

「そのようなお声で、恥ずかしゅうございます」

於福は少女のように含羞《はにか》んだ。その身に新たな命を授かり、嬉しそうである。母になった実感を満喫しているのかもしれない。初めて見る表情であった。

「なにを申す。こんな目出度《めでた》きことはない。我が生涯、至上の時だ。於福、もう、そなた一人の体ではない。大事に致せ。来年の桜が咲く頃には元気な稚《やや》を産むのだ」

氏邦は人生において、最大の幸福感に浸った。

鉢形城で氏邦が歓喜に浸ってからおよそ二ヵ月後、ついに甲斐の武田信玄は岐阜の織田《おだ》信長《のぶなが》を打倒すべく、十月三日、大軍を率いて甲府《こうふ》を出立した。

信玄は進む先々で徳川《とくがわ》領の城を落とし、十二月二十二日、ついに織田・徳川連合軍と遠江の三方原《みかたばら》で激突した。

武田軍は信玄の見事な采配で快勝した。まさに鎧袖一触《がいしゅういっしょく》であった。

連合軍は大敗し、完膚なきまでに粉砕《ふんさい》された。家康《いえやす》は命からがらの敗走中、あまりの恐怖で馬上、脱糞《だっぷん》する始末であった。

大勝利をした信玄は、さらに三河《みかわ》にまで侵入し、二月十五日には同国の野田《のだ》城を陥落させた。喜びも束の間、信玄は発病し、回復を待つも容態は悪化する一方であった。

武田家の重臣たちは相談の上、帰途に就いた。その最中の四月十二日、信濃《しなの》の駒場《こまんば》にて波瀾《はらん》の生涯を閉じた。享年五十三歳。死因は肺疾患あるいは胃癌だという。

信玄は自らの死に際し、三、四年の間は喪を秘し、領国の備えを堅固にするよう命じた。

武田軍はすぐに帰国し、信玄の遺言を守り喪を秘した。

信玄、死去の噂はほどなくして小田原にも伝わった。報せを受けた氏政はすぐに評定衆である板部岡江雪齋融成を使者として甲府に向けた。

だが同盟を結ぶ北条家でも武田家は信玄の死を知られたくはない。重臣たちは苦悩した挙げ句、何度も信玄の影武者を務めた弟の信廉《のぶかど》を信玄として会わせることにした。

信廉は病床に横たわり、屏風《びょうぶ》・障子を引き廻し、夜陰に板部岡江雪齋と対面した。

暗い部屋で病に窶《やつ》れた顔では見分けがつかず、板部岡江雪齋はそのまま小田原に戻り、氏政にその旨を報告した。

報せは直ちに鉢形城にも届けられた。すぐに氏邦は主だった者を召集した。

「妙でございますな。織田・徳川勢を蹴散らした武田勢が急に帰国せねばならなかったこと。並びに、病の信玄殿が夜陰に江雪斎と会《お》うたこと。合点がいきませぬな」

家老の諏訪部定勝が氏邦に疑問の意を告げる。

「おそらく、誰もが同じことを思案しておるゆえ、小田原にまいれとのことであろう」

「信玄殿他界の噂が真実ならば、いかにするつもりでございましょうか」

「それをこれより話し合うのであろう。未だ氏忠、氏光が質として甲斐に取られておる。滅多なことはすまいと思うがの」

氏邦は眉を顰め、不安げな顔をした。異母弟たちには冷たい対応をする氏政。その主君を操作したがる松田憲秀。二人が何を考えているか読めないだけに危惧《きぐ》した。

「そうだ。重連を呼んで、このこと調べさせよ。内密にな」

小声で命じた氏邦は小田原に向かって鉢形城を発《た》った。

信玄が死去したとすれば、北条家ならびに周辺の諸将たちにも重大な問題だ。特に越後の上杉謙信には、満を持して関東制圧に意欲を燃やされてはたまらない。

一方、信玄を恐れていた織田信長は、嬉しさのあまり狂喜乱舞していることであろう。また、徳川家康などは安堵の念に胸を撫で下ろしているに違いない。

甲斐と隣接する氏邦にとっては、信玄は敵にすれば厄介この上なく、味方にすれば、これほど心強い武将はいない。だが乱世において強過ぎる大将は諸刃《もろは》の剣でもあった。

昨年の十一月八日、約定により児玉郡の御嶽城が返還された。喉元に突きつけられていた刃が外れた。信玄が約束を守ったので氏邦はひとまず安堵していたところだった。

信玄の死の確認も重要だが、氏邦にはさらに大事なことがあった。

正室の於福は臨月で、薬師の見立てでは出産が近いという状態である。歳を取ってからの子であり、いろいろな障害を乗り越えて授かっただけに、城を空けたくないというのが本音だが、戦国の武将として、妻のお産で登城を拒むことなど許されない。心ここに有らずといった状況であった。

三

小田原城では、表向き武田家のことを気遣う形で、本家、氏照、氏邦がそれぞれ見舞いの使者を出して信玄の死の真実を探りながら、謙信に備えるべしという評議が長々と繰り返された。

氏邦は辟易《へきえき》としながら帰途に就いた。

勝手な推量だが、こたびの懐妊は於福も望んでのことと思いたい。それが僅かでも罪滅ぼしになればいいと考えていた。さすがに朝出てもその日の夕方に着くことはできず、途中、内藤綱秀《ないとうつなひで》の津久井《つくい》城で一泊し、再び未明に城を出て陽が落ちた頃、鉢形城に帰った。

「おめでとうございます。珠のような男子でございます」

替え馬を乗り継ぎ、駆けどおしで到着した氏邦を待っていた至福の言葉であった。

「左様か！　いつ、生まれたのだ」

「今朝方にございます」

諏訪部定勝も嬉しそうであった。

「左様か。して、於福と子は？」

「はい。お二方とも健《すこ》やかにございます」

聞くや否や、氏邦はいても立ってもいられず、汗にまみれたまま於福の部屋に向かおうとした。すると、定勝が諌《いさ》める。

「お待ちくだされ。若君は生まれたばかり。何かにつけ過敏にございます。まずは湯あみをされ、お着替えめされてお訪ね戴くようお願い致します」

定勝も人の親。経験したであろうことを口にした。

「左様か」

聞いた途端に氏邦は湯殿に向かった。

「男子か、跡継か。儂の子だ。儂と於福の子だ」

まるで子供が宝物でも得たように、氏邦ははしゃぎまわった。

用意してあった湯を浴び、着替えを身に纏い、帯も歩きながら乱雑に締め、ついに母子がいる部屋の前に辿り着いた。

「於福、でかしたぞ！」

氏邦は大声をはりあげ、戸を開いた。於福の侍女たちはすぐさま平伏した。於福の横には小さな褥《しとね》が敷かれ、僅かに小さな顔が見えた。氏邦はそっと覗《のぞ》きこむ。

「おお、なんと愛《う》いこと」

まだ目を開けられぬ赤子は皺が多く、客観的に見れば猿のようであるが、氏邦の目にはこの上なく可愛《かわい》く映った。自然に凛々《りり》しい顔は崩れ、腑抜けた表情になった。

「どうぞ、お抱きくだされ」

侍女に勧められて、氏邦は手を伸ばした。あまりにも小さく、脆《もろ》そうで、触れれば壊れてしまいそうな気がして躊躇《ちゅうちょ》する。もし落としでもしたらと手が震えたが、父親としての本能で、そっと取り上げて胸に抱く。軽いような重いような、何とも言いがたいものである。乳の香りただよう我が子を手にし、氏邦はこの世の幸せを感じた。跡継を得たということで、男として一仕事終えた達成感のようなものも実感した。

「於福、ようやった。よう産んでくれた。礼を申すぞ」

我が息子を抱きながら、氏邦は褥の上で横になっている於福を労った。

「いえ、神仏の御加護でございましょう」

於福も女として最大の難事を成し遂げて幸福感に包まれていた。まさに菩薩《ぼさつ》のようである。このような幸せに満ちた顔は、懐妊を知った時に続いて二度目であった。

氏邦は於福と真の夫婦になったような気がした。

男子は東の国を制する願いを込めて東国丸《とうごくまる》と名づけられた。また、これより於福は大福《おふく》御前《ごぜん》と呼ばれるようになった。しばし氏邦領は祝い事に沸いた。

幸慶《こうけい》に浸る鉢形城ではあるが、周辺の政情は緊迫していた。

信玄の死を秘す武田家ではあるが、四月二十五日、飛驒《ひだ》の江馬輝盛《えまてるもり》が、越中に在陣する上杉家の家臣・河田長親《かわだながちか》に一報を伝え、月末には越後・春日山《かすがやま》城の謙信にも届けられた。あまりの衝撃に謙信は食事中に箸を落とし、落涙して信玄の死を悔しがったという。

同じ時期に岐阜の織田信長もこれを知った。東の脅威が失われたので、信長は着々と天下取りの下準備にかかりだした。逸早く報せを摑んだ徳川家康も五月には駿河に兵を進めさせた。信玄の死は三年の間隠し通せという遺言であったが、僅か半月も隠すことはできなかった。戦国最強と謳われた武田軍団を継いだ勝頼《かつより》の前途は多難であった。

「左様か、やはり」

主殿で用土重連から報告を受けた氏邦は、喜びから一転し端整な顔を緊張させた。

「武田家では、勝頼をお屋形様として崇《あが》めておるのか」

「なかなか宿老《しゅくろう》たちとは合わぬようで。お子の信勝《のぶかつ》殿が元服するまでの陣代《じんだい》とか」

あいかわらず重連は淡々とした口調で報告する。東国丸が誕生した時も、ありきたりの祝辞を述べただけ。氏邦の子ゆえか、実妹の子という感覚はないようである。

(武田が纏まらぬとあらば、一悶着《ひともんちゃく》起きそうだの。勝頼とお屋形様は、どうなろうか)

何かよからぬことが起きるのではないか。氏邦は唇を嚙みしめ懸念した。

小田原本家の方でも信玄死去の事実を摑み、新たな盟約と人質の返還を交渉した。およそ二ヵ月間のやりとりで、七月十四日、氏政は勝頼と誓詞を交わすこととなる。結果、甲斐の上野原《うえのはら》城に預けられていた氏忠、氏光が戻された。

七月十八日、織田信長は山城《やましろ》国の槇嶋《まきのしま》城に籠る将軍足利義昭《あしかがよしあき》に無条件降伏をさせて都から追い出し、二百三十六年続いた室町幕府を滅亡させた。

二十八日、朝廷は信長の奏請《そうせい》により、「元亀」を「天正《てんしょう》」に改元した。

改元が影響したのか、この夏は日照り続きで水涸《が》れが続き、収穫は例年の六割ほどと武蔵では財政難に陥った。百姓は年貢を払えずに欠落《かけおち》する者が続出した。

氏邦は各地の代官に欠落者の捕獲を命じ、年貢の軽減策を考えねばならなかった。

嫡男が生まれた年にも拘わらず、豊かな正月を迎えることはできなかった。

年が明けた天正二年（一五七四）――。

昨年の夏は連日の猛暑に加えて雨が降らず、この冬はその反動か、北国を思わせる厳寒の日ばかり続いている。厳しい天候のせいか、前年に続いて百姓の欠落者が後を絶たず、氏邦は再び捕らえることを命じなければならなかった。

領内の整備に力を入れなければならぬ時期なのに、二月五日、越後の上杉謙信は八千の軍勢を率いて越山し、沼田《しるし》城に入城した。謙信は早速、後藤勝元《ごとうかつもと》らに命じ由良成繁の金山城を攻めさせ、討った首級と捕虜《ほりょ》を厩橋城に送らせた。

すぐに報せは齎され、氏邦は警戒しなければならなくなった。

この時、北条勢は、岩付城の北条氏繁が武蔵の羽生《はにゅう》城、深谷《ふかや》城を攻めていた。

三月になり、上杉軍総攻撃の印である『懸《か》かり乱れ龍』の旗が猛威を振るった。

十三日、上野の膳《ぜん》城、女淵《おなぶち》城、山上《やまかみ》城、深沢《ふかさわ》城、五覧田《ごらんだ》（五乱田）城を攻略し、上杉軍は破竹の勢いで南下した。

謙信は、常陸の片野《かたの》城将となった太田《おおた》資正《すけまさ》、江戸崎《えどさき》城主の土岐《とき》治英《はるふさ》、下総《しもうさ》・関宿《せきやど》城将の簗田《やなだ》晴助《はるすけ》、武蔵・羽生城主の木戸《きど》忠朝《ただとも》などに北条家との決戦を呼びかけた。

利根川を隔てたところに謙信がいる。氏邦はいつ謙信が疾風怒濤《しっぷうどとう》の出撃をしてくるか判らぬ恐怖をひしひしと感じながら、二十日、逸見《へみ》義重《よししげ》らに陣番普請の際の兵糧、衣装、馬、武具など、支度要項の四ヵ条を定め、出陣に備えさせた。

四月に入り、一万五千ほどの兵を集めた謙信は満を持して兵を南に進めた。

謙信に利根川を渡河され、野戦ともなれば絶対に勝ち目はない。かといって、再び城に籠っていれば、せっかく北条方についた者たちが上杉方に寝返ってしまう。水際で食い止めるが一番と氏政は各城に対し、埼玉郡の羽生に出陣するよう触れを出した。

当然、下知は鉢形城にも届けられた。

「謙信と戦か……。こたびは、昨年のごとく睨み合いでは終るまい」

領内が貧した状態で、戦などしている場合ではない。戦えば、必ず死傷者と活躍する者が出る。敵が攻めてきているので家臣たちに奮闘してもらわねば困るが、正直、恩賞を与える余裕がない。だからと言って出さねば御恩と奉公という武士の関係が崩れ、それどころか、敵に寝返る者すら出てしまう。合戦などしたくないのが氏邦の本音だ。

（戦などなければ、豊かな国を造れるというのに……）

豊かな国を造るには軍事力は不可欠だ。安全は只ではない。これが国を疲弊させるという矛盾から氏邦は抜けられていない。何とか、恩賞分を捻《ひね》り出さねばならない。

（百姓を締め付ける以外の何か、いい案はないものか）

重税を課せば一揆に結びついて足下を揺るがしかねない。軍神・上杉謙信に鉾先を付けることと同じほど、氏邦にとって貧困からの脱却は重要な問題であった。とは言え、死んで花実は咲かない。結局、大局は当主の氏政が思案するので、氏邦は北条家の一員として敵を排除し、その上で出陣する兵を一人でも死なさぬことを考えるのが役目であった。

氏邦は二千五百の兵とともに出陣し、羽生城を包囲する形で埼玉郡に向かった。鉢形勢が同地に到着すると、すでに北関東方面司令官の氏照がおり、色々と差配していた。

「早かったの」

「いえ、兄上こそ」

「役目がら仕方ない。こたびはお屋形様もまいられる。大きな戦になるやもしれぬな」

「つまらぬ戦はしとうありませぬな」

「負ければつまらなき戦。面白き思いをしたくば勝てばよい。簡単なことだ」

「はあ」

任されている地の広さ、方角の相違はあっても、ともに方面司令官という立場は変わらない。ただ、根本的に戦をやりたくない氏邦と氏照は、ものの考え方が違うようであった。

その後も続々と北条勢は参陣し、氏政本隊も着陣して二万五千の軍勢になった。

四月十三日、上杉謙信は一万五千の兵とともに利根川北岸の大輪《おおわ》に布陣した。一方、北条軍も対岸に陣を布いて対峙した。氏政本陣を中心に氏照が右翼、氏邦は左翼という陣形で、精強な越後軍を絶対に渡河させせぬ構えであった。

緊張の中、氏邦の思いが天に通じたのか、その晩から北関東に大雨が降り、翌日には利根川が増水し、とても渡河などできる状態ではなくなった。しかも雨は止まない。
四、五日では水は引かぬと判断した氏政は十六日、羽生から七里（約二十八キロ）ほど南西の本田《ほんだ》城に退いた。
雌雄を決するつもりでいた謙信も仕方なく今村《いまむら》城に兵を退かせた。謙信は鉾先を切り替え、新田《にった》の金山城に軍勢を向けた。羽生城には佐藤筑前守《さとうちくぜんのかみ》に命じて武器弾薬と兵糧を運ばせようとしたが失敗し、続いて玉井豊前守《たまいぶぜんのかみ》にも行わせたが北条家の守りが堅く城に搬入させることはできなかった。

結局出陣はしたが、干戈を交えることがなく終わった。氏邦はほっと胸を撫で下ろして帰城し、皆を田植えの準備にかからせた。

四

謙信が金山城を攻めあぐねている間、氏政は氏照と軍勢を下総に向け、二十六日、関宿城を攻めた。城将の簗田晴助は以前、古河公方の家臣で北条家にも従っていたが、独立を目論《もくろ》み離反して北関東の反北条勢らと手を組んだ。だが、氏照勢の猛攻の前に屈し、五月十一日、晴助は関宿城を捨てて常陸の佐竹義重を頼ることになった。

金山城を攻めあぐねている謙信は援軍を差し向けることができなかった。同城も攻略できなかった謙信は鋒先を上野の桐生《きりゅう》城に変えて攻撃を仕掛けたが、陥落させるには至らず、六月、苛立ったまま帰国の途に就いた。

「謙信という漢《おとこ》、気力が充実している時はまさに毘沙門天《びしゃもんてん》のように恐ろしいが、少し躱《かわ》してやれば、あんがい諦《あきら》めるのが早いのかもしれぬの」

報せを聞いた氏邦の印象である。まだ謙信とは直接戦ったことがないだけに、未知の恐怖は持っているが、堅く守れば、簡単に城は落とされないという気がした。

「亡き大聖寺様（氏康）や信玄殿が左様でございました」

諏訪部定勝が答えた。

「何にしても、野戦でまともにぶつからぬことだな」

定勝に答えるというよりも、自身に言いきかせる氏邦であった。

ようやく田植えも終り、一息ついた七月の半ば、謙信が帰国した隙を突き、上野に版図を広げんと氏政から出陣命令が出た。当然、氏邦は従った。

茹《う》だるような暑さの中、重い甲冑を着けて進軍するだけでも体力を消耗する。それでも北条勢一万の軍勢は隊伍《たいご》を整えて七月二十六日、上野に侵入した。

この情報を摑んだ羽生城の木戸忠朝はすかさず謙信に報せた。

報告を受けた謙信は八月三日、上条政繁《じょうじょうまさしげ》、上杉景信《うえすぎかげのぶ》、本庄秀綱《ほんじょうひでつな》、松本鶴松《まつもとつるまつ》、栗林政頼《くりばやしまさより》ら一千五百ほどを沼田城に派遣した。

北條高廣《きたじょうたかひろ》の籠る厩橋城を囲んだ北条軍であるが、上杉勢が大挙して越山したという報せを摑み、激しい戦闘は行わずに兵を退いた。謙信が沼田に到着していないことを知ったのはのちのこと。悔しがったが、後の祭であった。

謙信が沼田に在陣していないことを確認した氏政は、九月に再び利根川を渡って上野に進出し、五日には春に奪われた深沢城を、八日には同・五覧田城を攻めたが、攻略するには至らなかった。

沼田城の上杉勢は精強であっても寡勢で、なかなか援軍とまではいかなかった。『毘』の旗を見れば怯えて帰国するという謙信の判断は間違ってはいなかったが、兵数を聞き、また軍神の姿がない越後軍を、さすがに氏政も恐れはしなかった。

十月になると氏政は古河城に入り、氏照は栗橋城に入り北関東の仕置に当たった。

氏政らが下総に移動したので、十八日、上条政繁らは谷山《たにやま》城を攻略した。

謙信は簗田晴助や佐竹義重などからの要請もあり、十九日、ようやく越山した。

十月下旬に沼田城に着陣した謙信は、金山城に軽く一当《ひとあて》し、十一月七日、利根川を渡って武蔵の国に進撃した。

謙信出現の報せに武蔵の諸将は驚愕《きょうがく》し、亀のごとく城門を閉ざして城に籠った。

氏邦とて例外ではない。永禄《えいろく》十二年（一五六九）武田信玄が襲来した時のように、いくつかの城に兵を分け、領民に兵糧を担がせ城に入れた。武田軍と同じぐらい越後軍の人攫《ひとさら》いは激しい。女子供は城内で震えていた。上杉軍も稲刈を終えての出陣であろう。当然、鉢形領でもとっくに終っているので、長期戦になっても食糧の心配はなかった。

「定勝、守りは充分であろうな。弱きところがあれば、今からでも普請させよ」

「今一度、調べさせておりますが、おそらく問題はないかと存じます」

「油断するでないぞ。こたびの謙信は侮れぬぞ」

氏邦は諏訪部定勝に注意を促し、永禄十二年を思い出す。

（あの時、信玄は本気で仕寄せはしなかった。万が一、本腰を入れておれば……）

手塩にかけて築いた鉢形城であるが、小田原城ほど堅固ではない。どこまで耐えられるのか正直、疑問であった。氏邦は不安でじっとしてはいられず、城内を歩き廻った。勇ましく鑓の稽古をする者の陰で、怯える百姓の母子の姿を目撃した。

「大丈夫じゃ。安心致せ」

声をかけた途端に大福や東国丸が気にかかる。氏邦は本丸に戻り御殿曲輪《くるわ》に向かった。

曲輪に入ると大福は、襷《たすき》をかけて侍女たちに焚《た》き出しの指図をしていた。武田軍が城を囲んだ時は、もっと冷めていたように見えたが、今では率先的に動いている。やはり、守る者があると違うものか。氏邦は母の強さを見た気がした。

「これは」

氏邦の姿を見て侍女たちは平伏し、大福は驚いたような顔を向けた。

「いかがなされましたか」

「いや、なに、ちと気になっての」

「東国丸でございますか。奥にて於《お》はつと遊んでおります」

「左様か」

大福の姿にやや安堵し、氏邦は東国丸のところに向かった。

東国丸は大福の侍女・於はつや乳母の於《お》節《せつ》と鞠《まり》を転がして遊んでいた。

生まれてから約一年と半年。よちよちと歩き、於はつが転がした鞠を追い掛ける。

今のところは大福に似た丸顔で愛らしい。ただ、あまり体が丈夫ではなく、先日も咳込んで寝ていた。親としては切ないばかりである。

「これは殿様」

於はつは氏邦の姿を見つけ、両手をついて平伏する。

「よいよい。東国丸、鞠遊びが好きか」

氏邦は鞠を持つ東国丸を抱えあげ、目の高さで揺さぶってみせる。すると笑顔を返してくれる。親としては何もかも忘れて嬉しさを覚える時である。

但《ただ》し、もし城門を打ち破られれば、上杉勢は城内に雪崩《なだ》れ込み、殺戮《さつりく》を繰り返すであろう。先ほどの母子ともども、手に抱く東国丸の命も奪われてしまうかもしれない。

「東国丸、父は必ず守りぬくぞ。越後勢など一歩たりとも城内には踏み込ませぬ」

「おぎゃーっ！」

つい、手に力が入りすぎたのか、東国丸は泣きだした。

「おう、すまぬ痛かったか」

氏邦は抱きかかえてあやすが、泣き止まない。

「殿様、よければわたくしめが」

乳母の於節が申し出るので、氏邦は東国丸を渡した。すると、不思議に泣き止んだ。

「ははは、やはり子は父よりも、乳をくれる者に懐いておるわ」

笑い声をあげながら、氏邦は本丸の主殿へと戻っていった。あとは戦うだけである。

(我が子、我が妻、家臣、領民のためにも絶対に守り抜く！)

身には不屈の闘志が漲《みなぎ》り、不退転の決意をあらわにした。


迎撃の態勢は何とか整い、物見の報告があれば、すぐに各門、各城壁に兵が繰り出し、矢玉を浴びせるように差配した。戦に出たことのない領民たちにも石を投げ、岩や丸太を落とし、糞尿を撒《ま》く手順を教えた。あとは上杉軍の襲来を待つばかりであった。

氏邦は本丸の南にある御殿下曲輪に移り、具足《ぐそく》を着けて床几に座し、いつでも劣勢になった場所に駆け付けられる用意はできていた。

嵐の前の静けさか、城内は静寂そのもの。口をきく者もなく緊迫感に満ちていた。

その時、物見台からの報告を受けた者が御殿下曲輪に走り込んできた。

「申し上げます。上杉勢、荒川の対岸に現れました。今のところ数は二千ほど」

「対岸に二千か。謙信は源九郎義経《げんくろうよしつね》を崇《あが》めていると聞き及びます。いかな奇襲をするか判りませぬ。間違っても城を出ることがなきよう」

定勝が氏邦を宥《なだ》める。

「判っておる。ところで、こたびは、景気づけに一杯飲まぬのか」

「また、それを申されますな。某、あれ以来、一滴も酒を口にしておりませぬ」

緊張を和らげようと軽口を言うと、定勝は顔を真っ赤にして訴える。

「許せ。されば心強いというものじゃ。謙信め早《はよ》うかかってまいれ」

凜々しい顔を引き締め、氏邦は城の北側に険しい目を向けた。

氏邦らの前に姿を現わした上杉勢は、やがて姿を消して辺りに火をつけはじめた。ここ最近、あまり雨も降らず、初冬の風にも乗って鉢形城の周囲は炎に包まれた。

「おらが家が焼かれておる」

「おらのところもじゃ」

城内に籠る百姓たちは紅蓮《ぐれん》の炎を見て、今にも泣きそうな顔である。

「命あっての物種じゃ。あのような家など生きていれば、また建てられるわ」

近くの足軽大将が窘《たしな》めるが、まだ昨年の凶作が尾を引いている百姓たちにとって、簡単に家を築くことなどできない。今にも火を消しに城を飛び出しそうな顔で眺めていた。

上杉勢は城下を放火するだけで城に兵を向けてはこなかった。

周囲が紅く染まってから一刻、氏邦は苛立った。

「上杉め、まだ仕寄せて来ぬか」

「お焦りにならぬよう。敵は殿がお怒りになるのを待っているに違いありませぬ」

「判っておる。左様な児戯《じぎ》の策に乗ると思うてか」

自身に言い聞かせるように氏邦は言い放つ。直接攻めて来ず、城下を焼き払って傍観しているとは謙信らしくない。真綿で首を締められるようで気味が悪かった。

「申し上げます。川岸北の木持《きもち》山に敵が見えまする。その数二千」

報告を受けた氏邦が、場所を移して城の北を眺めると、以前、信玄が本陣を置いた川岸北の木持山に「毘」の字を田と比に分けた『崩れ毘』の馬印《うまじるし》と『九曜右巴《くようみぎともえ》』の家紋を描いた旗が初冬の風に靡《なび》いていた。

「あれは上杉ではなく長尾家の家紋。おそらく上田《うえだ》長尾家にございましょう」

「上田の長尾家か」

「はい。上田の長尾家には三郎様と同じ謙信の養子の顕景《あきかげ》がおります。三郎様は上杉姓を許され、謙信旧名の景虎名を名乗っておりますが、甥《おい》の顕景は長尾姓のままとか。愚鈍なのかもしれませぬな」

定勝は、伝えられている情報に自分の思案を重ねて氏邦に告げる。

「愚鈍の寡勢に城下を焼かれたとあっては黙っておれぬぞ」

「とは申せ、上杉の中でも上田衆は柿崎家と並ぶ精鋭揃い。また、伏兵もいるやもしれませぬ。ここは今しばらく様子を見るが肝要かと存じます」

「おのれ！　武蔵の兵はなにゆえ越後や甲斐の兵よりも弱いのかの」

壁を拳で殴りつけ、氏邦は悔しさをあらわにした。手からは血が滲んでいた。

ほどなく上杉勢は氏邦領から姿を消した。謙信は鉢形領、忍領、松山領に放火して、これらの兵を出陣させぬようにして下総の関宿城に向かおうとしたのだ。

ところが、深谷の上杉憲盛より、関宿城を守っていた北条勢が城を放棄して撤退するとの報せを聞き、謙信は再び利根川を渡って上野の金山城を攻めようとした。

すると、簗田晴助より、北条家は関宿城を放棄していないことを知らされ、再び利根川を渡河して関宿城に向かった。だが、同城を攻略することができず、謙信は羽生城を破棄し、北埼玉《きたさいたま》郡の騎西《きさい》城を放火して閏十一月、越後に帰国した。

氏邦にとっては、城下を焼かれ、百姓たちには住む場所の支援をしてやらねばならず、とんだ上杉襲来であった。だが、一人の死者も出ずにすんだことは、非常に喜ばしいことである。これを翌年の力に何とか変えようと、皆と評議を重ねた。

上杉軍が去ったのち、氏邦は翌年にかけて領民を動員し、熊谷の荒川沿いの堤を補強した。これは現在、北条堤と呼ばれている。

第十九章　安堵杞憂

一

天正三年（一五七五）。氏邦は正月から諸問題の解決に忙しい日々を送っていた。

昨年の十一月、上杉勢が城下に放火していったので、百姓たちへの支援や焼けた寺の寺領の安堵などをしなければならない。氏邦は夥《おびただ》しい書に目を通し、手が痛くなるほどの花押を書いていた。というのも、この頃、物資の輸送が円滑《えんかつ》になったせいもあり、その許可を申し出る書も多数届けられたせいであった。

二ヵ月前の閏十一月、謙信が羽生、騎西両城を破棄したお陰で、武蔵は全域北条家の領地となった。これにより、武蔵領内で通行を遮られることはなくなった。

北条家は下総の殆《ほとん》ども配下に収めているので、水運は利根川の本流（現在の江戸川）を通じて江戸湾に達し、また支流（現在の利根川）では銚子《ちょうし》の海にまで辿り着けるようになった。同川には神流《かんな》川、烏《からす》川などが支流として交わっているので、秩父地方にも海魚が届けられ、また塩が以前よりも多く齎《もたら》された。

その商いの代表が城下の甘粕《あまかす》に居を置く長谷部源三郎《はせべげんざぶろう》であった。源三郎は忍城の成田氏長の家臣であったとも言われている。源三郎は利根川を利用した交易だけではなく、武蔵の北から西にかけて広範囲で商いを営んでいた。

そのため氏邦は源三郎に対して、商売に伴うかなりの権限を認めるかわりに、栗崎《くりざき》、五十子《いかっこ》、仁手《にって》、今井《いまい》、宮古島《みやこじま》、金窪《かなくぼ》と利根川、神流川で区切られる範囲で塩荷留《しおにどめ》を行わせた。敵地である東上野への流出を警戒してのことである。

以前、武田信玄が駿河に侵攻しようとしたさい、今川家をはじめ、北条、徳川がこぞって塩留を行い、甲斐の民は困窮した。塩はそれほどの重要品である。

また、新田開発と治水、両方に通じる用水工事を行わねばならない。荒れ地を開墾して田にするにはどうしても水が必要なので、川から水を引き堤を築かねばならぬ。大雨でも壊れぬように石垣を造るがごとく石積みもする。今も児玉郡神川《かみかわ》郷用水に残る九郷堰《くごうせき》がそれである。氏邦は地道に年数をかけて執り行わせた。

旱魃《かんばつ》に左右されずに米を作る。氏邦の理想であった。

田植えも終り、鬱陶《うっとう》しい梅雨に入った五月下旬、衝撃的な報せが届けられた。

「真実《まこと》か！　真実に武田が負けたのか？」

「真実にございます。織田・徳川勢に打ち懸かり、敗走したよしにございます」

驚愕する氏邦とは裏腹に、用土重連はいつものごとく、無表情のまま淡々と答えた。

五月二十一日、ユリウス暦では六月二十九日、三河の設楽原《したらがはら》で織田・徳川連合軍三万四千と武田軍一万二千が激突した。

織田・徳川連合軍は南北二十余町（約二・五キロ）に亘って馬防柵《ばぼうさく》を築き、堀を掘って出た土を馬防柵の西側、織田・徳川軍側に盛り上げて土居《どい》とし、さらに後方の山を削って切岸《きりぎし》にした陣城《じんしろ》を構築して、柵の外に出した足軽兵で迎え撃ち、敵が懸かってくれば退き、敵が引けば打ち懸かる。さらに敵を柵に引きつけ鉄砲射撃で蹴散らし、足軽がとどめを刺した。いわば野の籠城戦を行ったのだ。

武田勝頼は前年、織田領である東美濃《みの》の城を十八も落としているので自信を持って突撃を繰り返した。火薬や鉛玉は簡単には入手できない。すぐに底を突くと思っていたようだが、和泉《いずみ》の堺《さかい》を勢力下に置く信長は全兵を仕留められる量を所有していた。

日の出から始まった戦は未ノ刻《ひつじ》（午後二時頃）まで続いたが、武田軍は多数の軍兵が討たれ、勝頼は敗走を余儀無くされた。

武田軍は山県昌景《やまがたまさかげ》、内藤昌秀《ないとうまさひで》、原昌胤《はらまさたね》、土屋昌次《つちやまさつぐ》、馬場信春《ばばのぶはる》、甘利信康《あまりのぶやす》、真田信綱《さなだのぶつな》、同昌輝《まさてる》、望月義勝《もちづきよしかつ》、川窪信実《かわくぼのぶざね》、小幡信貞《おばたのぶさだ》など他家から恐れられた武将たちを失った。

戦死者は数千とも言われ、戦国最強の名を恣《ほしいまま》にしていた武田軍団は、この一戦によって壊滅的な打撃を受けてしまった。

「あの武田が敗れるとはのう」

三増峠では北条勢を完膚なきまでに打ち負かした武田勢が、いとも簡単に織田・徳川連合軍に敗れるとは、とても信じられない。戦国の世は何があるか判らない。安穏《あんのん》と胡座《あぐら》をかいておれば、天狗《てんぐ》の高転びとなるという警鐘《けいしょう》を鳴らす設楽原の戦いであった。

「そちに報せたは舅《しゅうと》か。なにゆえ自家の不利を教えてきたのだ」

「さあ、そこまでは。いざ、という時の手を打ったのやもしれませぬ」

武田家が滅んだ時は北条家の配下になると言うことか。確かに考えられなくはない。

(数千もの兵を失ったとあらば、簡単に武田は立ち直れぬであろう。重臣たちとの折り合いがうまくいっていなかったというのも敗戦の理由かもしれぬ。他人事《ひとごと》ではないの)

早いうちに氏忠、氏光を取り戻していてよかったと氏邦は思う。

(こののち、いかがあいなろうか)

信玄が死に、勝頼が大きな痛手を負ったとあれば、武田との同盟は意味がない。

(またも、謙信と盟約を結ぶとでも言いだすのであろうか)

もう少し状況を明確にさせねばならぬが、報せが真実だとすれば、充分に考えられる。信玄と同盟を結ぶのはさして苦労はなかったが、謙信は妙な思考に凝り固まっているので、正直、再び面倒臭い越相同盟の名目人にさせられるのはご免であった。

再度、大きな変動がありそうな予感がしていた。

「それにしても、一千の鉄砲とはたいしたものにございますな」

諏訪部定勝が羨《うらや》ましげに、また感心したように言うと、重連がさらに上乗せする。

「三千という噂もござる」

「ほう、三千とな。しかも鳶ヶ巣山《とびがすやま》（設楽原を見下ろす砦のある山）には五百。さらに、設楽原に参陣した織田兵は全てではないとのこと。はてさて、何挺持っていることやら。北条全てを合わせても三百挺ほどにございますな」

「そのことだ。以前、武田と戦《たたこ》うた時に思うたのだが、今少し鉄砲が手に入らぬか。舟の出入りが楽になったのだ。何とかならぬか」

農地整備の他にやらねばならぬのは武器の購入、鉄砲の所有であった。一兵が強い上杉や武田と並ぶには多くの鉄砲を手にすることだと、氏邦は前々から思っていた。

今までは流通が遮られ、また高価なので手に入らないと諦めていたが、精鋭揃いの武田勢が、弱兵で有名な織田勢に鎧袖一触されたと聞いては、入手しようとするのは戦国の武将ならば当たり前のことである。

「左様でございますな。源三郎に命じてみますか」

定勝が頷くと、同席していた奉行の富永助盛《とみながすけもり》が口を開いた。

「お待ちください。鉄砲は本家お抱えの小田原商人が一手に扱う貴重な品。支城の我らが勝手に購入しようとするは筋違いかと存じます」

氏政の側近として鉢形城に遣わされただけに、指示どおりのことを口にする。

「されば、そちから本家に申せ。できうるかぎりの数が欲しいとな」

つまらぬことで本家と争っても仕方ないと、氏邦は一歩退いた。

（此奴《こやつ》、このままでは鉢形の者たちともめるであろう）

嫌な予感が氏邦の脳裏に渦巻いた。

城から見る箱根の山々も沖の海原も白く霞《かす》んでいる。雨に濡れる小田原城の中で、当主氏政と松田憲秀は膝を突き合わせていた。

「鉢形の富永能登守より、氏邦様が鉄砲を欲しているとの書が届けられております」

「我らとて同じよ。一挺でも多く欲しいものじゃ。そのこと、いかがなっておるか」

「はあ、鉄砲の商いは、堺の商人が一手に握っているとか。また、鉄砲作りも行われているようにございますが、堺は天下人たる織田信長が治めておりますれば、誼《よしみ》を通じねば、買うこと難しゅうございますな」

「勝頼を敗走させた織田か。出来星大名を信ずるには足りぬな」

「では、武田との縁組みお受けなされますか」

設楽原の敗戦後、武田家から勝頼の正室に氏政の妹をと申し入れがあった。以前、勝頼は信長の養女として遠山直廉《とおやまなおかど》の娘・おりゑを娶《めと》っていたが、信勝を産んだのち、産後の肥立ちが悪くて永禄十年（一五六七）十一月に死去していた。以来、正室はいない。

「先の敗戦を、ただの偶然と捉えるか、真実の力とするか。見極めぬうちは答えは出せぬ。まだ幼き者ゆえと伝えておけ」

氏政の妹は、氏康と憲秀の妹との間に生まれた娘で数え年十二歳であった。

「はい」

「鉄砲が買えぬとあれば、鉄砲作りを小田原に呼ぶか、こちらの刀鍛冶に習わせよ」

「はい。いずれにしても氏邦様の申し出は受けられませぬな」

憲秀の胸三寸ではなく、手に入れたいのはやまやまだが入手できないのが本家の現状であった。だが、却下された氏邦としては、憲秀憎しの思いが募るばかりであった。

二

風はなく、なにもしなくとも汗が滲む。周囲では短い生命を燃やし尽くすかのように、蟬《せみ》が勢いよく鳴いている。三山綱定の法要は灼熱《しゃくねつ》の日差しが照りつける中で行われた。

綱定が死去して四年目になるが、未だ毒を盛った犯人は明らかになっていない。

哀しげで、不満に満ちた於園の視線が氏邦の脳裏に残っていた。

(この世のどこかに五郎兵衛を殺《や》った者がのうのうと生きておるとはの)

そう思うと腹が立つが、下手人探しは三之介に任せてある。今さら家臣に命じて、大騒ぎもできない。公にする時期を逸した以上、今までどおりにしておくしかなかった。

(五郎兵衛の法要じゃ。今宵《こよい》あたり、三之介が姿を見せるかもしれぬな)

氏邦は寺の木陰にある石に腰を下ろし、沢水を飲んでいた。

「殿、そのままお聞きください」

背後の茂みの中から声がした。

「三之介か。待っておったぞ。いかがであったか?」

「申し訳ございませぬ。昨年、何の報告もできませんでしたのは、畑《はた》村に潜り込んでおりましたゆえのこと。どうぞ、お許しくだされ」

「構わぬ。して、何か摑んだか」

気は後方に集中しているが、氏邦は背後を振り返らず、そしらぬ顔のまま尋ねる。

「畏れながら、畑の地には、それらしき動きはございませんでした。また、三山殿に恨みを持つ者のこと、この一年半あまりでは見つけられませんでした」

「左様か。畑は兄上が領地。たとえ忍びといえども、実弟の家老を殺った者がおれば抛っておくまい」

報告を聞いて、これで完全に大福の線は消えたのではないかと氏邦は安心した。

「はい。それゆえ春先より畑を離れ、用土殿の城を窺っておりました」

「なに！　新左衛門尉《しんざえもんじよう》を？」

いきなり殴られたような衝撃を受け、氏邦は思わず大声を出した。確かにまだ、重連が用土家に仕えていた菖蒲に命じたという線は消えていなかった。

「お声が高《たこ》うございます。今少し小さな声でお願い致します」

「すまぬ。して」

本当は聞きたくないが、つい質問してしまった。

「下手人かどうかは、今のところ判りませぬ。されど、甲斐や西上野の者がたびたび城を訪れております。軽き身のこなしから察するに、ただの遣いとも思われませぬ」

「左様か……」

聞き終えてやや安堵するが、胃の底がじんと重くなった。

「このまま、新左衛門尉を探るか」

「はい」

「くれぐれも気をつけるよう。一歩間違えば……」

「ご懸念には及びませぬ。万が一のことあらば、殿の御名を出す前に腹を切ります」

「すまぬな」

「いえ、亡き三山殿のためにございます」

「判った。何かあれば申してまいれ」

氏邦は持ち合わせの銭を後ろ手で渡すと、三之介の声は聞こえなくなった。

（新左衛門尉か……）

大福との溝は当初から比べればそれなりに埋まっているが、重連とはまだである。いや、綱定殺しの犯人は重連ではない。そう思いながら氏邦は竹筒に残る水を流しこんだ。

相変わらず、蟬のやかましい鳴き声が止まなかった。

数日後の晩、氏邦は平素のように寝室に入った。子ができてから夫婦仲も良好になったが、この日は違っていた。険悪であった時のように、大福は褥の横に端座していた。

「いかがした」

「お聞きしたいことがございます」

久々に感情を押し殺した口調である。懐しいが聞きたくない音調であった。

「申せ」

「殿はなにゆえ兄上をお調べになっておりますのか」

「はて、何のことかの。誰が申したのだ」

恍《とぼ》けながら、三之介のことが露顕《ろけん》したかと思い、背筋に汗が浮いた。

「妙な者が用土城の様子を窺い、侍女たちが怯えていると信吉《のぶよし》が申しておりました」

「新左衛門尉はそちの実兄、儂にとっては重臣ぞ。なにゆえ疑う必要があるのだ」

「左様ですか。されば、なにゆえ兄の子である里姫を、東国丸の許嫁《いいなずけ》にするという話、進めて戴けぬのですか。二人とも同じ歳。似合いの夫婦になりましょう。わたしには、何やら、粗探しをして難癖つけようとしているようにしか思えませぬ」

「考えすぎだ。先延ばしにしたことは謝る。されど、東国丸と里姫の婚姻は諦めよ」

「なにゆえでございますか」

「東国丸は体が弱くとも領主の嫡男。姫はしかるべきところから娶らねばならぬ」

「藤田家、いえ、用土家からでは不服にございますか」

「そなたも城主の正室じゃ。武家にとって婚姻は政の一つと心得よ」

氏邦も息子に政略結婚をさせて辛い思いはさせたくない。思いは大福と同じである。

大福としては重連を鉢形城主にはできないので、せめて兄の娘を娶らせて、その子に藤田家をと望んでいることであろう。氏邦としても心情的には賛成するが、綱定殺しの一件が明確になるまで重連に心は許せない。それに、北条家の血を引く自分の子が同族と婚姻をすることを、小田原の本家が必ず阻止してくることは目に見えている。

「子は親の道具ではございませぬ。真実の幸せを願うならば、信じられる者どうしを結びつけるが親の情にございます」

何年ぶりかで見た哀しげな表情である。真剣に東国丸のことを思っている。母の愛が氏邦にも伝わるが、戦国の武将である以上、情に負けるわけにはいかない。

「大福、今一人子を産め。さすれば両家が結ばれることはできよう」

「まことにございますか。されど……」

それでは藤田家の当主、鉢形城主にはなれないのではないかと潤んだ目を翳《かげ》らす。

「先々のことは誰にも判らぬものじゃ」

可能性を予感させ、氏邦は大福を抱きしめた。

大福も氏邦の意図を理解したようで、拒みはしなかった。


天正四年（一五七六）正月――。

年始の挨拶《あいさつ》で小田原城に登城すると、氏邦は氏政から安房守《あわのかみ》を名乗ることを許された。

安房守は上野の守護であった山内《やまのうち》上杉氏の受領名の襲用である。上野支配を目指す北条家が氏邦に名乗らせることによって上野進出の正当性を主張するためのものである。

氏照は陸奥守《むつのかみ》であった。

「安房守殿、お屋形様より、有能な家臣を得られることになりましたぞ」

松田憲秀が、感謝しろ、と言わんばかりの口調で告げる。

(官途と引き換えに、またも本家から儂への監視を送り込む腹か。本家は儂が鉢形に根を張るのが、それほど嫌なのか)

言い返したいが、氏照が、正月早々もめるな、と目で釘を刺す。

「左様ですか」

氏邦が応じた時、若い武士が姿を見せた。

「三山五郎兵衛綱定が息子の又六《またろく》でございます」

面長で細い目。確かに綱定に似ている。

「左様か。そちが五郎兵衛の息子か……」

すまぬ、と詫びの言葉が出そうになり、氏邦は慌てて口を噤《つぐ》んだ。表向き、綱定は病死ということになっている。毒殺されたことは口にしてはならぬことであった。

「そちの父の五郎兵衛は我が傅役にして、よき家老であった。五郎兵衛がなくば今の儂はないであろう。父同様、励んでくれ」

「はっ。亡き父に負けぬよう、働く所存にございます」

折り目正しく挨拶をした又六は氏邦の前から下がっていった。その背に改めて胸中で詫び、必ず下手人をあげると誓った。

（なにゆえ五郎兵衛の息子を我が家臣に？　新左衛門尉らを排除しろということか。いや、かくたる証《あかし》もないのに排除できぬ。させぬ）

本家の意向といえども、こればかりは筋を通すつもりであった。

六月、小田原の本家ならびに北関東の指令長官である氏照は、再び常陸・下総国境の多《た》賀《が》谷《や》政経《まさつね》を討つべく二万の軍勢を率いて出陣した。

氏邦には動員命令はかからなかったので、もっぱら上野方面に警戒をしていた。設楽原の戦いで箕輪《みのわ》城将の内藤昌秀《ないとうまさひで》が戦死したことにより、武田家が支配する西上野が手薄になった。これを窺っているところである。

（武田とは盟約を結んでいるゆえ兵を出すことが出来ぬ。もし、信玄が儂の立場であれば内藤の跡継〈昌月《まさあき》〉を助けるなどという名目を掲げて兵を進めて所領を手に入れるのであろうな。儂はそこまで悪にはなれぬ。本家の許しもないゆえの）

手薄な上野に進むことができず、惜しくてならなかった。

そんな最中、下妻の陣で北条軍が敗戦したという報せが届けられた。数年前に氏邦が参陣した時と同様に、常陸の佐竹義重らに蹴散らされたということである。

「あの湿地を落とすことは至難の技であるの」

「まさしく」

定勝と参陣を強要されなかったことを喜んでいると、惨敗した氏照が鉢形城に立ち寄った。氏政はそのまま小田原に向かったらしい。

「これは兄上、たいへんな戦でございましたなあ」

「ああ、負けじゃ、負け。また敗走させられたわ」

努めて明るく振る舞っている。三ヵ月の陣暮らしでやや窶《やつ》れていた。

「なにもございませぬが、まずはゆるりとなさいませ」

氏邦はすぐに膳《ぜん》を用意させ、氏照を持て成した。

「下妻を叩かねば、これより北には進めぬ。次こそは落としてみせようぞ」

強気に言うが、表情は明るくない。本家とうまく嚙み合っていないに違いない。

「松田が何か横槍を入れましたか」

「左様ではないがの。またも佐竹にしてやられたわ」

女々しく言い訳はしないが、表情から不満が溢《あふ》れ出ていた。

「こたび参陣しなかった某が、かようなことを申すは筋違いかと存じますが、今の仕寄せ方では何十回城を囲もうとも結果は同じではありますまいか」

「的を射ておるの。そちならばいかがする」

「北条家の兵を存分に使うことが叶うならば、某は二度、下妻を仕寄せます」

「初夏の麦の刈り入れ前に城を囲んで田畑を焼き、秋には稲を先刈りして兵糧を断つか。長きに亘って城を囲むことでしか陥落させられぬか」

氏照は寂しげに呟く。氏邦の意見と同じであった。落城のさせ方が判っていながら出来ないもどかしさ。おそらく、誰かが否定しているに違いない。

「ご心中をお察し致します」

兄の苦悩を考え、氏邦は溜息を吐いた。氏照は本気で攻めているが、本家の者たちはそれほどでもない。しかも時期や攻撃方法を考えず、兵を集めれば勝てると思っているので始末が悪い。哀れなのは最前線で戦う兵ばかりであった。

しばし本家を非難したのちに、氏邦は改まる。

「兄上、正直、年貢や所領のこと、厳しいのではありませぬか」

氏政にすれば氏照は頼りになる弟で、信頼できる家臣であった。だがそのぶん皺寄せも多い。氏邦に比べて出陣回数も圧倒的に多かった。

出兵する時の武器、弾薬、兵糧は全て自前である。戦は只ではできない。また、臣下に対しての恩賞をはじめ、治水《ちすい》工事に新田開発を含めた農地整備、旱魃《かんばつ》への備えなどの賦役《ふえき》。氏邦が苦悩することを、当然、氏照も抱えているはずである。だが、戦場に出ていては、なかなか肌理細《きめこま》かな政はできない。しかも、敵を倒して新たな領地を得られぬので、実入りは増えない。財政は逼迫《ひっぱく》するばかりであった。

そう考えると決して弱味を見せず、陽気で頼りがいのある姿を演じている氏照が、哀れに見える。鉢形城に寄ったのも、文句の一つも言いたかったのに違いない。

童の頃から大きく見えた氏照が、いつになく小さく映ったのは気のせいか。

「儂に限ったことではない。この乱世で安穏と暮らしている者が何処にいようか。泣き言を申したとて、誰も助けてはくれぬ。辛くとも我慢して前進するしかないのじゃ」

未だ戦場にいるような険しい目で、氏照は弱き己を叱咤するかのように言う。

「兄上……」

それ以上、氏邦は言葉をかけられなかった。氏政から頼られていないことをこれ幸いに、己は己の領地のみのことを考え、できうるかぎり戦には参陣しないことを喜んでいたからだ。

北条家の血を引く者が、同じ血を引く兄が困っている時に何もできないもどかしさを感じるが、兄弟とはいえ、隣国を助けてやれるほどの余裕は正直ない。

確かに版図を広げるには謙信が関東にいない今が好機だが、勝てぬ戦を無思慮に行う本家の政策に腹が立つ。父の氏康や信玄は違っていた。なぜ、先人に学ばぬのか。支城の一城主の立場からしか見ていない氏邦ではあるが、憤懣《ふんまん》が湧いていた。

翌日、氏照は帰路に就いた。最後まで弱音を吐かぬ兄であった。

自分は何をすればいいのか。氏邦は明確な答えを出せなかった。


七月の末には小田原で評議が行われた。

備後《びんご》の鞆《とも》にいる足利義昭から、上杉、武田、北条三家が和を結び、都で天下を私している織田信長を討てという書が何度か届けられたので、今後の方針を決めるためである。

「あの頑固な謙信と、一から盟約を結ぶ交渉をするのでござるか？　しかも武田は落ち目。

新たに結ぶならば天下を握る織田でございましょう」

氏邦は謙信への嫌悪感から、三国同盟には反対した。

だが氏邦に同意したのは下の弟の氏規《うじのり》のみだった。殆《ほとん》どは事前に松田憲秀に説得されていたのか同盟に賛成。氏照も本家の意向に従った。

八月六日、氏政は足利義昭の家臣・眞木嶋昭光《まきしまあきみつ》に、越甲相の三和を約束する書を出した。

三

年が明けた天正五年（一五七七）正月――。

越甲相同盟に応じたことにより、落ち目の武田家からの氏政の妹を勝頼の正室にという求めに応じざるを得ず、嫁入り道具を持った長々とした列が小田原城を出立した。

勝頼の正室になる姫は数え年十四歳。氏康と憲秀の妹との間に誕生した姫である。

だがそうして安穏としていたのは正月だけで、二月になると氏照は下野の小山に出兵した。また、四月には氏政が上総の三舟台《みふねだい》に船にて出陣し、海で安房の里見義弘《さとみよしひろ》と対峙した。

五月二十日、元服した氏政嫡男の氏直《うじなお》の初陣である。攻める先は常陸の小田《おだ》城である。

同城は小田氏治《うじはる》の居城であったが、佐竹義重らに奪われ、氏治は土浦《つちうら》城、木田余《きだまり》城と転々としながら、同盟を結ぶ北条家に奪還を哀願してきた。

小田城は何度も落ちた城なので、氏直の初陣にはもってこいと氏政は判断し、氏治の懇願に応じての出陣であった。

本家・当主の嫡男が初陣するとあって、氏照をはじめ氏邦も参陣した。

小田城は筑波《つくば》山塊《さんかい》の一つ宝篋山《ほうきょうさん》の南麓《なんろく》にある平城で、東西約九町（約九百八十一メートル）、南北約四・五町（約四百九十一メートル）の敷地に築かれていた。中央に本丸を有し、周囲は四重、五重の土塁と堀に守られていた。同城には太田《おおた》資正《すけまさ》の次男である梶原政《かじわらまさ》景《かげ》が城将として籠っていた。

北条軍の二万の兵が城を囲み、氏邦は西の田土《たど》部郭《べぐるわ》に向かい陣を布くことを命じられた。

「この城が、なにゆえ何度も落ちたのか判らぬの」

陣で床几に腰を下ろす氏邦は、小田城を眺めながら首を捻った。

「いずれにしても、このたび城に籠っているのは、北条家に異様な執念を燃やす太田資正・梶原政景親子じゃ。また、この親子には常陸の佐竹が支援をしている。先年どおりと思ったら手痛い目に遭う。舐めてかかるなと今一度、皆に伝えよ」

氏邦は定勝に触れさせた。とはいえ命じはしたが、とても城を攻略するまでには至らぬと踏んでいる。このたびは氏直の初陣。戦を長引かせて汚点をつけさせぬうちに、素早く兵を退くのが氏政の思案であろう。ならば、無駄な力攻めはさせずに、弓・鉄砲を放っておけばよい。だが、武将としてそう口には出せず、本陣からの攻撃命令を待つばかりだ。

その途端、氏邦勢の右隣、城の南側に陣する小田勢から鉄砲を放つ音が聞こえた。

「いかがした？　まだ本陣からの下知は出てないはず」

「城兵が先に仕掛けたか、もしくは血気に逸《はや》ったか。調べさせます」

定勝がすぐに物見を出すと、入れ替わりに目付として前線に出した富永助盛が血相を変えて氏邦の許に走りよった。

「申し上げます。用土信吉、小田勢の鉄砲放ちに触発され、郎党とともに敵に近寄り、矢玉を浴びせております」

「なに！　戯け。なにゆえそちを目付として出したのだ。なぜ、止めなんだ」

氏邦に代わり、定勝が激怒した。

「勿論《もちろん》、止めました。されど、用土は制止をふりきって敵に向かったのです」

「痴《し》れ者め。抜け駆けは禁じてあろうに。すぐに連れ戻してまいれ」

定勝の命令に助盛は渋々前線に戻っていった。

（あの慮外者《りょがいもの》め！）

氏邦は嚙んだ唇の奥で吐き捨てた。本家は落城まで攻めぬとの読みがあったので、このたびの先陣を用土勢に命じたのだ。弓・鉄砲の戦だけでも充分に面目を果たせると考えたのだが、見誤ってしまったのか。

（新左衛門尉が付いていながら……いや！）

重連の顔を思い浮かべた途端、その顔が嘲《あざけ》た笑みを作った。

（抜け駆けは軍律違反。彼奴が知らぬはずがない。彼奴は儂に挑んでおるのだ）

軍法違反を犯した義兄弟をどう裁くのか。氏邦は憤りで手に持つ扇子を歪めた。

戦は小田勢の射撃で口火を切り、他の陣からも攻撃が始まった。氏邦の予想どおり弓・

鉄砲が放たれるだけの戦いで、兵を城内に向けて投入することはなかった。北条軍は城下を焼き払って陣を退いた。佐竹の援軍がなかったので太田親子も追撃はしなかった。

鉢形城に戻ると、すぐに評定の席で用土兄弟の問題が持ち上がった。さすがに氏邦も黙殺することはできず、皆のいる前に重連、信吉を呼び出した。

評議の席には諏訪部定勝と富永能登守助盛の他に主だった者が十数名居並んだ。

重連と信吉は中央の末席に座して首座の氏邦に目を向けている。罪の意識など微塵《みじん》も感じていなそうな太々《ふてぶて》しい顔である。何でも申してみろとでも言わんばかりの視線である。

「抜け駆けは禁じてあること判っているはず。なにゆえ下知に背いたのか」

家老の定勝が詰問をはじめた。

「本家の下知なくば戦はできぬと能登守殿が申すゆえ、左様な命なくとも戦はできることを証明したのみ。戦は生き物でござる。その時々によって動くが真と考えます」

案の定、信吉は反省の色など欠片《かけら》もなく言ってのけた。おそらく戦陣ではこの席では言えないようなことを富永助盛と言い合ったに違いない。目が敵意に満ちている。

「それが違反じゃ。大将の下知なく勝手に動いて、戦などできるか」

定勝が叱責する。

「畏れながら、某よりも小田勢が先に仕掛けたはず。抜け駆けではござらぬ」

「他家は他家。我が藤田家とは関係なきこと」

定勝が一喝するが、二人とも他所者《よそもの》が藤田家などと申すなと不快な表情である。

「新左衛門尉はいかに」

挑戦するような眼差《まなざ》しをする重連に、氏邦が問う。

「戦とは読んで字のごとく戦うこと。戦わぬ戦に出陣させられ、敵を目前にして何もするなとは笑止千万。お披露目は身内でなされればよいことかと存じます」

北条本家への痛烈な皮肉であった。これに助盛が嚙みついた。

「なんと、そちは本家を愚弄する気か」

「奉行ずれの汝《うぬ》に、そち呼ばわりされる筋合いはない」

重連は今にも切りつけんばかりに鋭い視線で睨んだ。

「なに」

助盛も睨み返した。互いに藤田家と富永家の血を引く者。一歩も引かぬ剣幕だ。

「二人ともやめよ。殿の御前ぞ。控えよ」

すかさず定勝が止めに入る。それでも険悪な空気は消えなかった。

「確かに我ら武士は物見遊山では実入りが増えぬの」

重連と同じ秩父衆の黒沢繁信《くろさわしげのぶ》がぼそりとこぼした。

「どんな戦上手とて、百戦百勝とはいかぬはず。こたびは次の勝利の用意でござる」

奉行の興采女正《おきうねめのしょう》が異論を唱えた。

その後、奉行と国人衆らがそれぞれに分かれて、互いの意見を主張し合った。

（また、昔に逆戻りではないか）

氏邦は根古屋《ねごや》城に来たての頃を思い出した。顔を合わせれば武蔵衆と相模衆が啀《いが》み合っていた。それを年数をかけて、やっと一つに纏めたと安心していたが、富永助盛の登場で元の木阿弥《もくあみ》に戻ってしまった。溝が埋まったと思っていたのは勘違いだったのか。

このままでは、さらに亀裂が入る。氏邦は厳しい対処をしなければならなかった。

「勝敗にかかわらず抜け駆けは禁止しているはず。用土兄弟は役高《やくだか》の五分（年収の五パーセント）を召し上げる。また、目付の職にありながら、抑えられなかった能登守も同罪。同じく役高の五分を召し上げる。以後、二度となきよう致せ」

反論は許さぬという態度で氏邦は裁定を下した。

不服であるが、助盛も罪に問われたので、用土兄弟は渋々平伏をした。

だが、助盛は承知しない。

「お待ちくだされ」

「能登守、職に命をかけるが武士じゃ。控えよ」

不満を表わす助盛を定勝が叱責した。

定勝は相模の出だけに、助盛もそれ以上反論はしなかった。

一応は収まりを見せたが、火種を残したままである。氏邦の懸念もであった。

この年の梅雨、三之介からの報告はなかった。どこにいるのか消息は不明であった。

六月から閏七月にかけて北条家は下総、常陸へと兵を進め、佐竹義重と在郷の武士たちと干戈を交えていたが、なかなか勝敗はつかなかった。

刈り入れが終った秋、北条家は下総から上総へと出陣した。すると、北条、里見の間で揺れていた養老《ようろう》川の中・下流域に住む村上《むらかみ》、大坪《おおつぼ》、有木《ありき》、宮原《みやはら》、皆吉《みなよし》、鹿島《かしま》、高滝《たかたき》氏らが勢いに乗る氏政らに傾いた。これにより、里見氏は劣勢になった。

窮地に立たされた里見氏は再三に亘って関東管領の上杉謙信に出陣を求めたが、謙信は北陸に兵を進めて越山することはできず、とうとう北条家の要求を受け入れて和議を結ばねばならなくなった。いや、和議とは名ばかりで、実質的には傘下に降ることである。

領地を割き、十一月には氏政の娘が里見義弘の息子・義頼《よしより》に嫁ぎ、里見氏は北条家に臣下の礼を執ることになった。

その間の氏邦は常陸、上総など手伝い戦《いくさ》の要請を受け参陣していた。さしたる戦功もなく、また大した打撃もないといった状況であった。その一方で、大きな変動もない自身とは裏腹に、秋が深まるにつれて北からは衝撃的な報せが次々と届けられた。

九月十五日、能登《のと》に出陣していた上杉謙信は天険の七尾《ななお》城を攻略したという。

続けて二十三日、謙信は加賀《かが》の手取川《てどりがわ》（加賀湊川《かがみなとがわ》）で柴田《しばた》勝家《かついえ》が率いる四万八千の織田勢を三万数千で打ち破った。鎧袖一触《がいしゅういっしょく》した戦は、世に手取川の戦いと呼ばれている。

逃げる織田勢に向かい、上杉勢は餓狼《がろう》のごとく追撃し、手取川に追い詰めた。同川は暴れ川として有名で、折りしも二、三日の雨で川は増水し、夜陰で川底が見えず、重い甲冑を着用していることも重なって、織田兵は激流に呑み込まれた。逃げ遅れた兵たちも討ち取られた。命を落とす者数知れず。逃げ遅れた者一千余だという。

手取川の勝利により、謙信は加賀の大半をも勢力下に組みこんだ。支配する領地は百六十万石ほどになろうか。のちに豊臣秀吉が示した軍役《ぐんえき》に換算すれば、四万の兵を動員できることになる。謙信は天下人の織田信長に次ぐ武将に躍り出たのだ。

「上杉よりも織田を選べと申したは間違いであったか。本家をはじめ、滝山の兄上もさぞかし儂の先見のなさを嘲笑《あざわら》っていようなあ」

手取川合戦の報せを受けた氏邦は、大言を吐いたことを少々後悔した。

「よもや天下の織田が負けるとは思いませぬ。殿は決して見誤った訳ではありませぬ」

諏訪部定勝は宥《なだ》めるが、氏邦はどうしても己の未熟さを卑下するばかりであった。

越後からの驚くべき報せはさらに続く。

この年天正五年（一五七七）の暮れ、鉢形城にも来たことのある柿崎晴家が謀反《むほん》を起こして誅殺《ちゅうさつ》されたという。何でも信長が謙信を恐れて上杉家の内部攪乱を目論み、晴家に馬を贈ると、これを疑った謙信が軍勢をさしむけ、腹を切らせたらしい。

「あの柿崎が……」

今も氏邦は翳りある目をした晴家の表情を思い出す。人質の身から解放されながら、斬られることを望んだ晴家。

（彼奴は切腹を命じられることを知っていて、わざと織田の策略に乗ったのではないか）

氏邦には、晴家が死に場所を探していたように思えてならなかった。

何ともやるせない気持にかられた。

四

天正六年（一五七八）正月。

「今年は寅《とら》年、儂の年じゃ。悪しき逆賊どもを討伐し、天下に静謐《せいひつ》を取り戻す」

一月十九日。謙信は支配領に下知を飛ばし、三月十五日に関東出陣の大号令を発した。

上杉、武田、北条家は和睦《わぼく》し、共に織田信長を討てとの内書が、足利十五代将軍義昭から届けられ、三家は一応合意している。だが、和睦と版図の拡大は別の話。氏政は北関東に兵を出し、自領の拡大を続けていた。

宿敵であった武田信玄や北条氏康はすでにこの世になく、昨年には天下の織田勢を一蹴した。今や謙信の行く手を遮る者はいない。

謙信は、越山の大動員令で長年の夢であった関東管領の職をまっとうし、北条家を撃破して関東に安寧《あんねい》を取り戻す。その上で坂東武者を引き連れて東海道を一気に駆け上り、朝廷や将軍を蔑《ないがし》ろにする織田信長を討伐するという壮大な計画を立てた。

すでに越後・上野国境である雪深い三国《みくに》峠は周辺の者たちによって、大軍が通行できるよう整備がなされていた。また、謙信の居城である春日山城近くの郷津湊《ごうづみなと》も、他国からの大型の船が多数停泊できるように整えられていた。お陰で今や隣国から乗り付けた大小の船で湊が埋まっていた。次々に兵が上陸し、物資が下ろされていた。

城下には謙信が統治する地の軍兵と、一旗あげようと夢見る牢人《ろうにん》衆。また、それらを相手に商売をする商人たちなどで、領民を合わせて数万にも達する勢いである。

誰もが『毘』旗が都に靡くものと心を弾ませていた。その最中の出来事であった。

炊事の香りがする午《うま》ノ刻（正午頃）。謙信は厠《かわや》に入ったまま出てこない。

心配した近習が恐る恐る戸を開けると、謙信は倒れたまま動かなかった。それどころか、いきなり鼾《いびき》をかき、昏睡《こんすい》状態に陥った。薬師は虫風（脳梗塞）と見立てた。

瞬時に春日山城内は騒然となった。すぐに側近が集まり、重臣たちが顔を揃えた。

誰の顔にも謙信の身を案ずる表情が窺えた。その中に謙信の跡継候補と目されている二人の養子の姿があった。景勝《かげかつ》（顕景から改名）と三郎景虎。ともに上杉姓を名乗る若武者である。景勝は三年前の正月に上杉姓を許され、官途は謙信が任じられていた弾正少弼《だんじょうのしょうひつ》を名乗るようになった。

景勝は越後国主に、また景虎は関東管領職につけるつもりだったのではないか。後世の史書はさまざまなことを書き記しているが、天下のための戦を目前にした謙信は二人の今後について何も口にはしていなかった。

その後、どんなに加持祈禱《かじきとう》を行い、薬師が薬水《やくすい》を飲ませても、謙信は鼾をかき続けるばかりで、目を開くことはなかった。

三日間、眠り続けている謙信の枕元に一人の尼が座った。重臣の故直江《なおえ》景綱《かげつな》の夫人にして、同じく故山吉豊守《やまよしとよもり》の妹である。

直江夫人が入室した時、鼾をかく謙信の呼吸が乱れた。

刹那《せつな》、直江夫人は謙信に尋ねた。

「お屋形様、御跡継は景勝様ですか、それとも景勝様ですか？」

夫人は景虎の名を口にせず、景勝の名を二度尋ねた。

苦しむ謙信はただ頷くばかりであった。

しばらくして苦悶《くもん》の表情であった謙信は静かになり、直江夫人は隣室に控える諸将の前に姿をあらわした。

「跡継は景勝様と御遺言なされ、お屋形様はたった今、身罷《みまか》られました」

諸将は驚愕《きょうがく》と悲嘆《ひたん》に包まれ、慟哭《どうこく》と嗚咽《おえつ》が城を取り巻いた。

「四十九年一睡夢《しじゅうくねんいっすいのゆめ》　一期栄華一盃酒《いっきえいがいっぱいのさけ》」

四十九年の我が生涯は、一睡の夢であった。この世の栄華は一盃の美味な酒と同じだ。

こうして、自ら毘沙門天《びしゃもんてん》の化身と豪語し、周辺諸国の武士たちを怯えさせた上杉謙信は、天下に挑む戦を夢見ながら黄泉《よみ》の国に旅立った。

享年四十九歳。諡号《しごう》は「不識院殿真光謙信《ふしきいんでんしんこうけんしん》」。

大動員は行われなかった。

代わりに、越後では新たな戦いが勃発《ぼっぱつ》した。俗に言う御館《おたて》の乱である。

まるで英雄の死期を知っていたかのように、景勝直属の上田衆がすぐさま春日山の実城《みじょう》を占拠し、そこに通じる道を閉鎖して、武器蔵、金蔵をも手中に収めた。まさに非合法な政権奪取《クーデター》である。

寝耳に水であった景虎はすぐに実城（本丸）へ駆け上るが、上田衆ならびに直江家の与《よ》板《いた》衆に遮られて謙信の死に顔を見ることができなかった。

すぐに景虎配下の者たちも駆け付け、両者は一触即発の状態に陥った。これを制止したのは、もう一人の謙信の養子・上条政繁《じょうじょうまさしげ》であった。

謙信の霊前で騒ぎを起こすなということで、景虎方は憤りに五体を震わせながらも実城の下段にある三ノ郭へと退いていった。

上杉謙信の死と、景勝の専横を報せる早馬が、すぐに景虎の家老・遠山康光《とおやまやすみつ》の元から放たれた。

葬儀は二日後の十五日、上田衆や与板衆の下で行われた。奇《く》しくも謙信が出陣を予定していた日であった。この日も景虎は謙信の遺体を目にすることすらできなかった。

二十日すぎ、鉢形領は麗《うら》らかな日が続いている。

越後の動乱を知らぬ氏邦ではあるが、鉢形城で今後のことを憂いていた。

上杉謙信が、北条討伐の準備を着々と進めているにも拘わらず、小田原の本家からは何の対抗策も出されていない。三国峠の地均《なら》しは上洛《じょうらく》戦をしないと織田信長を油断させるための策とでも確信しているのか、それとも、堅固な小田原城を疑っていないのか。

氏邦には謙信が策を弄するような武将とは、とても思えなかった。

北条本家としては謙信が上洛している間、いわゆる鬼の居ぬ間に洗濯と、北関東に版図を広げる算段である。上杉が西進すれば、手取川で敗走したとはいえ、天下人の織田信長が黙って道を空けるはずがない。総力をあげて阻止しにかかるに違いない。そうなれば、双方、周囲の大名を巻き込んだ大戦に発展し、互いに損傷、打撃も相当受けることは必定。とても関東まで足を延ばしている余裕はないという判断をした。

北条家の中では一番、謙信に近い地に在していることもあってか、氏邦としては上杉の大軍が関東に向くような気がしてならない。だが、先年行われた評議の席で、謙信と同盟を結ぶことに反対しただけに、今さらこれに備えよと声高に主張するわけにはいかなかった。不安は募るばかりである。

氏邦の懸念とは裏腹に、おだやかな陽気が人々を活発にさせる。

「えい、やーっ！」

「もっと力を入れて打ちこめ。左様な力では人は倒れぬぞ」

数え年六歳になる東国丸は、氏邦の家臣を相手に太刀稽古に汗を流すようになっている。今日も庭先から木刀の叩き合う音と、叱咤激励する声が聞こえる。

体の線が細く病気がちで、激しく動くと夜は咳《せき》込んだりするので心配である。東国丸の身を案じると同時に、藤田家のことを考えると子が一人では心許なかった。

丈夫な次男が欲しいのはやまやまながら、氏邦と同じ年の大福はすでに三十六歳。東国丸を産んだ時でさえ、この時代では高齢出産であった。

(側室か……いや、それでは偽りを口にしたことになる)

領主として万が一のことは常に考え、手を打っておかねばならぬ。側室か養子か、究極の選択をしなければならぬ時期にさしかかっていた。

若き日の初夜の晩、氏邦が宣言した言葉が、凍りついていた大福の心を僅かずつ解かしていった結果が東国丸の誕生であると信じている。ここで前言を撤回したら、入国時に逆戻りとなってしまう。今のところ夫婦仲はまずまず、さして問題はおきていない。とはいえ、大福に無理を強いるわけにはいかない。悩みは尽きなかった。

そんな時である。廊下を走る音が近づき、氏邦がいる部屋の前で止まった。

「申し上げます」

入れと命じると、家老の諏訪部定勝が顔をこわばらせて平伏した。

「上杉謙信、先の十三日に死去。養子の景勝が実城を奪い、三郎様を近づけぬとのこと」

「なんと！　真実か」

「はい。江戸の遠山殿からの報せにございます」

景虎の家老・遠山康光の嫡子・康英《やすひで》は江戸城勤め。また康光の亡き兄・綱景《つなかげ》の嫡子・政景《まさかげ》は江戸城代《じょうだい》。康光の使者が江戸城に駆け込み、報せは伝馬を使い放射状に広がった。

驚くべき事実に氏邦は一瞬、声を失った。北の脅威《きょうい》は収まったが、だからと言ってその後も只ではすまない。事実、異母弟の景虎と長尾家の血を引く景勝が反目している。

「三郎を守る兵は越後にいかほどおるのだ」

「確実なのは、小田原から付いてまいった遠山衆だけではないでしょうか」

「それでは、五十もおるまい。すぐに……」

斬られるではないかと言いかけて、縁起でもないので口を閉じた。氏邦は名ばかりとはいえ、越相同盟の名目人であった。異母弟の身を案じた。

「馬曳《ひ》け！　至急、小田原に行く」

氏邦は召集がかかる前に鉢形城を出た。越後の争乱は関東にも波瀾を呼びこんだ。

第二十章　越後動乱

一

時折り初夏を思わせる関東の南端。氏邦は汗を滲ませながら小田原城に到着した。

主殿に入ると、幻庵宗哲《そうてつ》をはじめ、氏照、氏規、氏忠、氏光、玉縄の綱成ら一門衆と、主立った評定衆が顔を揃えていた。河越、松山、岩付ら諸城の城主・城将たちはまだのようである。ただ、兄弟の中で一番遠い鉢形城の氏邦は馬で疾駆したが最後であった。

いつものように氏邦は氏照の横に腰を下ろした。

「早かったな」

氏邦の顔を見るや氏照から声をかけてくる。この年、氏照は滝山城から半里（約二キロ）ほど南西の八王子山《はちおうじやま》に新たな城を築いていた。

「すぐに駆け付けたのですが、なかなか。それよりも、一大事にございますな」

「左様の。大酒飲みと聞いていたゆえ、虫風も仕方あるまい。我らも気をつけぬとな」

謙信は馬上盃《ばじょうはい》というものを作り、移動の最中も騎乗しながら酒を呷《あお》っていた。

「左様なことではなく、三郎のことにございます」

「判っておるゆえ、そうむきになるな。確かに配下は少なく難渋しておろう」

「お屋形様はいかがなされるおつもりでございましょうか。まごまごしている間にも景勝は三郎のいる館に仕寄せるのではありますまいか。もう、すでに……」

氏邦は北方に鋭い目を向け、強く口を結んだ。景虎への懸念も然《さ》ることながら、景勝には顕景と名乗っていた天正二年（一五七四）、城下を焼かれた恨みがあった。

「とは申せ、遠き関東の地でいくら吠えたとて、越後に飛んで行ける訳ではなし。また、早急に軍勢を押し立てて進んだとて、幾日で越後に着けることか。さらに、見知らぬ春日山までとなれば見当もつかぬ。その間に景勝が本気になればどうにもならぬ」

　意見は間違いではないが、情の厚い氏照にしては少々冷たい気がした。

「されど、このままでは」

「昔を振り返っても仕方ないが、こうなるに至ったわけを検めるべきであろう。三郎の身を案ずるならば、なにゆえ謙信に当方へ戻すよう詰め寄らなかったかということだな」

　越相同盟の名目人としては耳が痛い。厳しい氏照の叱責に氏邦は閉口した。

「まあ、そなた一人が責めを負うものではないが、謙信に三郎の命を握らせておいたことが全ての過ち。その謙信が死んだのじゃ。こうなることは判っていたこと。それを儂らが関東管領という職と、三郎が与《あずか》る地を労せずに得ようと欲をかいた結果じゃ」

「いえ、それでも、某は盟約の名目人。責を問われても仕方ございませぬ」

「己を責めたとて、何も先には進まぬ。今少し前向きに考えよ。昨年末に誅伐《ちゅうばつ》された柿崎の息子は何年も前に返したはずじゃ。三郎が小田原に帰国しようと思えば出来たはず。戻ろうとしなかったは、三郎の意思に違いなし。彼奴にも覚悟はできていよう」

「されど……」

どこまでも深く暗い目をしていた景虎を思い出し、氏邦は溜息を吐いた。養子に出された経験があるだけに、小田原に戻ってきたくない気持は多少は判る。もしかしたら景虎も柿崎晴家同様、死に場所を探しているのではないだろうか。

「義を口にしていた謙信。景勝にその欠片でもあれば、四十九日までは事を荒立てまい」

「その間に三郎を助け出さねばならぬということにございますな。また三郎自身も己の身の振り方を決めねばならぬということにございますな」

「左様。ほどなく越後も色分けされよう。家臣たち全てが景勝に味方するとも思えぬ」

氏照は冷めた口調で言うが、願望なのかもしれない。

「一兵でも多く三郎に参じてくれればよいのですが」

「三郎と景勝の戦いとも言えまい。この機に乗じて我もと思う輩《やから》もいるやもしれぬ」

「まさに乱世でございますな」

「儂らが一番に気を遣わねばならぬことは、三郎の身も然《さ》ることながら、景勝が謙信の所領をそのまま受け継ぎ、関東に兵を向けること。北条家としていかに対するかだ」

非情な判断である。評議の前に兄弟の情は捨てよと、氏照は忠告していた。

（情に左右される儂は未熟か……）

毎度のことであるが氏照は氏邦の一歩も二歩も前を歩いていると思わされた。

論議をしているところに、松田憲秀を先頭に氏直、氏政が続けて入室した。評定の前に三人で打ち合わせをしていたようである。

己が北条家を牛耳っているとでも言わんばかりの憲秀の見下した顔に腹が立つ。

初陣以来、氏直も評議の席に出るようになった。北条家五代目の次期当主である。

「まだ、揃うてはおらぬが、火急のことゆえ集まった者のみではじめる。松田」

氏政が一声かけて憲秀に振る。いつもの光景である。

「すでに江戸からの報せで伝わっていることと存ずるが、月半ばの十三日、越後の謙信が死去致した。噂によれば謙信は関東征伐などと途方もない企てをしていたとかで、それが真実ならば、謙信の死は我らにとってありがたきこと。されど、謙信の養子である景勝が、今一人の養子である三郎様を押し退《の》けて城を奪ったとのこと。それゆえ、今後、我らはいかにするかを決める必要がござる」

「左様なこと、即座に軍勢を仕立てて越後に向かうべきである」

評議の前、氏照に釘を刺されはしたが、黙ってはいられない。北条家の腰は重い。誰かが尻を叩き、出陣を強硬に主張しなければ、取り返しがつかぬことになる。危惧した氏邦が口火を切った。それが家のためだと判断してのことである。

「儂も氏邦に賛成じゃ。早うせねば三郎の身が危うい」

氏照も賛同してくれた。氏邦は心強い味方を得て強気になった。氏規をはじめ他の弟たちも、景虎に援軍を送ることに異議を唱える者はいなかった。

「後詰を送ること、某も同じにござる。さればその時期でござるが、はたして氏邦様が申されたとおり、即と言うことがいいかどうか、その件についてはいかがでござろう」

憲秀は乗り気ではないようである。否定されたようで氏邦の癇《かん》に触れた。

「なにゆえ、すぐに兵を出せぬ」

「まずは、ご冷静にお考えくだされ。越後にまいるは上野を通るか信濃を通るかの二つしかござらぬ。氏邦様は何《いず》れがよいと思われますか」

「どちらでも構わぬ。武田とは盟約を結びし間柄。否とは申すまい」

「いくらお屋形様の御妹様を娶られているとはいえ、万の軍勢が領内を通ること、勝頼殿がお許しになるとは某には思えぬのでございますが」

「されば、上野を通ればよい」

「幾日で越後に達しましょうか。西上野は武田のものですが、我らが上野に持つ地は猫の額ほど。大半は上杉の領地です。三国峠まで行くには敵の城を一つずつ落とさねばなりませぬ。おそらく倉内《くらうち》（沼田）に辿り着くまでに早くて一月半はかかりましょう。されば田植え時期になります。我らは帰国しなければならず、再びの出陣は一からの出直しとなり、再び城攻めにござる。また、万の軍勢を上野に差し向ければ領国の守りは手薄になるはず。これを佐竹やそれに一味する北関東の輩が抛っておきましょうか」

ついに憲秀は本音を口にした。氏邦の意見には反対であるようだ。

「そちの息子が質になっていても、同じことが申せるか」

「氏邦様が三郎様の身を案じられる気持はお察し致します。されど、北条家としていかに動くがよいか、深く思案せねばならぬと申しておるのでございます」

「されば、いかがすると言うのだ」

「氏邦、そう急《せ》くな。大事なことじゃ。一つずつ片づけねばならぬ」

珍しく氏政が窘《たしな》める。

「されど、まごまごしていれば、三郎の首が飛びますぞ」

「今は喉元に刃を突きつけられているも同じこと。景勝が僅かに手首を返せば、三郎の命はない。それゆえ、景勝に喉元から刃を離させるようにするのが政というものじゃ」

「政？」

「左様。氏照、そちは、いかにすれば上野を滑らかに通れると思うか」

感情的になっている氏邦では埒《らち》があかぬと思ったのか、氏政は氏照に振る。

「厩橋《まやばし》の北條高廣《きたじょうたかひろ》は十年ほど前に、亡き大聖寺様（氏康）の誘いに応じたことがござるゆえ、この者に調略を持ちかけるも一つの案ではございましょう」

「それはよき思案じゃ。できれば戦は越後までしたくはないものよな。他には」

「どうせならば、武田や蘆名《あしな》、遠くは伊達《だて》にも協力を求め、三方から兵を進めさせるがよいかと存じます。国境まで出陣させることができれば牽制《けんせい》にもなりましょう。さすれば、景勝とて、三郎の首に突きつけた刃を他に向けねばならぬかと存じます」

「さすが氏照じゃ。早速、差配するように」

氏政は満足そうに頷いた。

(兄上は、もしや儂が来る前にお屋形様と話し合われていたのではないか)

どうも口火を切らされたような気がしてならない氏邦であった。

その後の評議でも、田植えまでに領内の整備と上野出陣の準備を行うということが決まっただけで、今すぐに腰をあげるということはなかった。

「あとは、三郎がどれほど謙信の跡継として相応《ふさわ》しいか。また、景勝を倒したあとの領地をいかに分け与えてやるか。それを上手く伝えられれば味方を増やすことができよう」

あくまでも氏政は他力本願であった。

だが氏照が言ったように、景虎の命は景勝が握っている。関東でいくら咆哮《ほうこう》してもその事実は変わらない。同盟の名目人でありながら、異母弟を助けてやれぬもどかしさに氏邦は苛《さいな》まれた。

「そちが言わねば、本家は出陣を決意しなかったやもしれぬ。充分に役目を果たした。気を落とすことはない。田植えののちに越後にまいろうぞ」

評議のあとで氏照は慰めの言葉をかける。

「三郎の遺骸《いがい》を引き取りにですか？」

裏切られたような気がしてならない氏邦は皮肉を口にするしかなかった。

三月二十五日。氏照は会津《あいづ》の蘆名《あしな》盛氏《もりうじ》の重臣・荒井釣月斎《あらいちょうげっさい》に確認の書を送っている。書を出すことによって謙信の死を確実に報せ、北から牽制をさせ、少しでも景虎の手助けをしようという配慮であった。

これを受けた盛氏は翌二十六日、家臣の小田切孫七郎《おだぎりまごしちろう》に確認させている。

だが、それが景虎の勝利に結びつくかどうかは、まだ、誰にも判らなかった。

北条家の行動が鈍いのに対し、当事者である越後の上杉景勝は積極的であった。

三月二十四日、越中の小島職鎮《こじまもとしげ》に自分が後継者であることを告げた。

二十六日、上野・厩橋城将の北條高廣・景廣《かげひろ》親子に謙信の死を報告した。

同日、常陸・片野《かたの》城主の太田資正に謙信の死と自分が後継者であることを告げた。

二十八日、敵意を示した中越《ちゅうえつ》・三条《さんじょう》城主の神余親綱《かなまりちかつな》に遣いを送った。

三十日、上田庄《うえだのしょう》・坂戸《さかど》城将の深沢利重《ふかざわとししげ》に国境を固める通達を出した。

四月朔日、会津の蘆名盛氏に謙信死去を告げ、家督を継いだことを報せた。

十五日、刈羽《かりわ》郡・北條城に居る北條高廣の弟長門守高政《ながとのかみたかまさ》に、兄高廣に従うよう指示をした。景勝はこの時、高廣が敵対しないよう願ってのことである。

因みに、三月二十七日には天下人の織田信長が謙信の死を知り、羽柴秀吉《はしばひでよし》に伝えている。

四月三十日、信長は越中の河田長親《かわだながちか》に調略の手を伸ばしてもいた。

二

この間、北条家は、評議どおりに領内の整備を行うだけで、特別なことはしていなかった。ようやく動きだしたのは四月半ばのことである。と言っても己の意思ではなかった。常陸の佐竹義重が、下野の壬生義雄《みぶよしかつ》を攻撃した。謙信が死去し、北条家は上野に向かい、北関東に兵を出せぬと見たのかもしれない。

四月十八日、義雄が氏照に救援の依頼をしてきたので、氏照はこれに応《こた》えて出陣した。氏邦も四月中に田植えを終らせ、出陣の準備を整えていた月末、本家から、露払《つゆはら》いとして上野へ出陣することを命じられた。

予期していたことなので驚きはない。月が明けた五月、氏邦は二千五百の兵を率いて上野へ出陣した。攻略目標は那波顕宗《なわあきむね》の那波《なは》城であった。

那波城は西の利根川と東の広瀬《ひろせ》川のちょうど中間に位置した平城である。城主の那波顕宗は大江広元《おおえのひろもと》の血を引く一族で、厩橋城将の北條高廣《きたじょうたかひろ》と祖を同じくする。その縁で高廣の娘を妻にして、上杉方に属していた。

城は要害と言われているが、利根川の水を引きこんだ堀が一重あるだけの簡素なものであり、堀の幅も狭く、土塁も城壁も低い。城に籠る兵は五百ほどで、力攻めすれば落とせぬ城ではない。それでも氏邦は城を囲むと、開城を勧告した。

「謙信が死去したので、もはや上杉に義理立てすることもあるまい。越後は二つに分かれている。国内では景勝が有利であろうが、景虎には北条家がついている。また、北条家は武田家と盟約を結び、蘆名家、伊達家とも誼《よしみ》を通じ、近日、四家で越後を攻めるつもりである。悪いことは言わない。我らに味方すれば本領は安堵しよう」

というもの。すると四、五日考えさせて欲しいという回答があった。

「城からは一人たりとも出すな。特に厩橋との往来を厳しく取り締まれ」

了承した氏邦は油断せず、城からは鼠一匹出させなかった。

城内ではいろいろと議論が交わされたことであろう。六日、顕宗は降ることを納得し、人質を出して北条家の傘下になることになった。

無血開城をさせた氏邦は同日、那波領である川辺《かわべ》（ほとり）五郷の百姓に、鉢形領の者が乱暴狼藉をすることを禁じて安心させた。

那波城に入った氏邦は、顕宗をして舅である厩橋城の北條高廣の説得にかからせた。

高廣らは悩んでいた。七日には一族の北條重治《しげはる》が景勝方として上野勢多《せた》郡の八崎《はっさき》城を攻撃した。同時に景虎方として越後には父の下野守高常《しもつけのかみたかつね》（高定《たかさだ》）と、その家臣の片野《かたの》元忠《もとただ》（秀充《ひでみつ》）を派遣した。どちらに転んでもいいような二股膏薬《ふたまたごうやく》である。

その頃、越後は混乱を極めていた。

春日山の実城を奪って優位に立つ景勝に対し、劣位の景虎は巻き返しを図るべく、前関東管領の上杉光哲《こうてつ》（憲政）と交渉し、味方につかせることを何とか取り付けた。

これまで緊迫感の中で睨み合いが続けられていたが、謙信の四十九日が過ぎた途端に、枷《かせ》から解き放たれたように、双方は激突した。

五月五日、景虎方の佐倉入道全心《さくらにゅうどうぜんしん》、中条兵衛尉《ちゅうじょうひょうえのじょう》らが、光哲が住む越後政庁の御館《おたて》からの帰路、景勝方の福王寺重綱《ふくおうじしげつな》らと遭遇し、ついに城下で剣戟が響いた。勝敗は重綱らが佐倉らを追い散らす形で終った。

十日、厩橋城を出た北條高常らは春日山城下に到着し、景虎の居る三ノ郭に向かおうとした。その時、城下を警備していた景勝家臣の岡田十左衛門重治《おかだじゅうざえもんしげはる》らが北條勢を発見し、猛襲をかけて討ち取った。

同日、景虎派で栃尾《とちお》城主の本庄秀綱《ほんじょうひでつな》は、景勝らの行動に激怒し、景勝の懐刀である直江《なおえ》信綱《のぶつな》の与板《よいた》城と近くの芹川《せりかわ》城を急襲した。

本庄秀綱は揚北《あがきた》の雄・本庄繁長《しげなが》の父房長《ふさなが》の兄慶長《よしなが》の嫡子である。房長は謙信幼少の時からの忠臣で、上田長尾家とは敵対関係にあったので、秀綱は景虎に味方した。

景勝の方では敵が攻めてきた時、周囲の者たちが連携して撃退する策を立ててある。与板城襲撃の報せを聞いた赤田《あかだ》城主の齋藤朝信《さいとうとものぶ》はこれを助け、城主信綱のいない与板衆は齋藤勢と協力して、本庄勢を撃退した。

翌十一日には与板衆の直江重総、今井源右衛門、木村新助が本庄勢を追撃した。

勢いに乗る景勝は十三日、実城から眼下の三ノ郭に鉄砲を撃ち掛け、直接攻撃に出た。兵数や火力で劣る景虎は、三ノ郭に居座ることができなくなった。やむなく景虎は夜陰に乗じて、郭に火をかけて、妻子ともども光哲のいる御館に移ると、鳥坂《とっさか》城将の本田《ほんだ》重政《しげまさ》、鮫《さめが》ヶ尾《お》城主の堀江《ほりえ》宗親《むねちか》、三条《さんじょう》城主の神余親綱配下で同町奉行の東条利長《ひがしじょうとしなが》、信濃・飯山《いいやま》城将の桃井義孝《もものいよしたか》など、景虎派の将がぞくぞくと御館に集結した。

十七日、兵数で優位に立った景虎は春日山城を攻めた。謙信の鍛えた精鋭同士の戦いは早朝から行われたが、春日山城は難攻不落。景虎らは攻めあぐねた挙げ句、桃井義孝が討ち取られ、結局御館に退却せねばならなかった。

兵数で劣っても、戦は統制が取れている景勝方が勝つといった状況が続いた。

話は少々遡《さかのぼ》る。那波城に入り、厩橋城の北條高廣と交渉をしていた氏邦であるが、本家から下総、常陸方面に出陣するので合流しろとの命令を受けた。

「今少しで纏まりそうなものを。調略を致せと申したのは、どこの誰ぞ！」

使者の口上を聞き終るや、氏邦は吐き捨てた。

（一つのことだけに囚《とら》われてはいられないという本家の政は理解できる。とは申せ、このところ何をやっても中途半端じゃ。今少しで結果が出るものは、きっちり結果を出してから先に進むべきである。那波城に居て厩橋城に重圧をかけていればこそ、北條《きたじょう》の心も動こうというもの。今、移陣して圧力から解放されれば、傾きつつある心も元に戻る。また、一からの出直しをしなければならぬ）

氏邦は肚裡で怒号するが、我慢できなくなった。

「田植えののちには上野に向かうと申していたではないか！」

「されど、下知には従いませぬと」

「判っておるわ。本家は同じことの繰り返しが好きなようだ。城を出る用意を致せ」

語気を荒げて命じると、諏訪部定勝は叱責されまいとすぐに部屋を出ていった。

二刻後、氏邦は僅かな兵を城の守りに残し、厩橋城からの返事を聞く前に那波城を出た。顕宗を伴い下総の結城《ゆうき》、山川《やまかわ》領に到着したのは翌十四日のことであった。

先月、佐竹義重が下野の壬生城を攻撃したので、こののち上野に兵を進めるためにも、ここで大打撃を与えておく必要がある。氏政は出羽《でわ》・米沢《よねざわ》の伊達輝宗《だててるむね》、陸奥《むつ》・会津の蘆名《あしな》盛氏《もりうじ》の養子盛隆《もりたか》と書を交わし、佐竹を挟撃するために北関東へ出陣した。

戦上手で「鬼佐竹」や「坂東太郎」の異名を持つ義重には何度も手痛い目に遭わされた。上杉家と手を結んでいるということも、北条家には厄介であったが、謙信はすでに過去の人。ここは一気に佐竹を叩き、後顧の憂いをなくして、北の動乱に対するつもりである。その手始めとして、義重の同盟者である結城晴朝《ゆうきはるとも》を討つことにした。

結城晴朝は蝙蝠《こうもり》のごとく北条家と上杉家との間を往来し、天正五年（一五七七）四月、上杉方に鞍替《くらが》えしたばかりであった。

北条軍は下総の結城城と山川城に対し、鬼怒川を挟んだ関本《せきもと》に本陣を布いた。

五月二十二日、北条軍は渡河して山川領を焼き払い、下野の上三川《かみのかわ》まで進軍した。そこへ、佐竹、宇都宮、結城ら反北条軍が出撃し、北条軍の侵攻を阻止した。仕方なく北条軍は鬼怒川の東に退き、睨み合いをすることになった。

この間、氏政は甲斐に使者を送り、景虎支援の出陣を武田勝頼に懇願していた。

三

二十八日になっても北条軍は鬼怒川を挟んで佐竹勢と対峙し、身動きできなかった。鬼怒川の陣にも越後で景虎方が敗北した報せは届けられていた。

膠着状態にあるので、氏照が氏邦の陣に顔を出した。

「やはり、三郎は負けたよし。このまま、この地におっては、まこと討たれますぞ」

氏照の顔を見るや否や氏邦は訴えた。

「左様じゃな。されど、敵を前に退く訳にもいかぬ。兵を返すにしても、追い討ちをかける気を起こさせぬほど佐竹を叩かねば帰路にはつけぬ」

下総、下野は氏照の管轄だけに、苦しい言い訳である。

「先の三月、小田原の評議で決めたことを曲げて、結城や佐竹に鉾先を向けねばならぬこと、兄上はいかが考えておられますか」

苦しい氏照の立場が判らぬわけではないが、つい氏邦は愚痴をこぼした。

「壬生と三郎、どちらが大事かと申すか。儂らは三郎じゃ。されど、お屋形様は両方と申すであろう。同じ山の上でも高い山と低い山の上では、自ずと見える景色が違う」

「左様ではございますが、あまりに三郎が哀れ。異母でも弟にございますぞ」

「三郎とて、ただ飾られた雛《ひな》人形ではあるまい。大聖寺様が追った前関東管領の許に逃れたであろう。敗れはしたが、兵を率いて景勝に向かったではないか。彼奴にも我らと同じ北条の血が流れておる。そちも兄ならば弟を信じてやれ」

「同じ血……」

人生を捨てたような目をした景虎。そんな表情しか思い浮かばぬ氏邦に、景虎が軍勢を率いて立ち向かう姿は想像できなかった。謙信と会って覚醒したのかもしれない。

「そうですな。それにしても、前管領は、よくも仇の息子を受け入れましたなあ。三郎に罪はありませんが、某が前管領の立場であれば、受け入れなかったと存じます」

「背に腹は代えられぬのであろう。前管領も景勝の暴挙に怯えているのではないか」

氏照の言葉に氏邦は頷いた。

「武田は動くでしょうか。漁夫の利を得んとする本家の腹を見透かすのでは」

「勝頼も辛き立場ゆえの。ここらで巻き返しを図らねばなるまい。信玄が大きかっただけに、小さき者が受け継ぐは至難の業じゃ」

氏照の言葉には実感がこもっている。おそらく氏邦の知らぬところで、氏政からは、かなり頼られていることであろう。そのため北関東には本腰を入れて後押しをされているに違いない。あるいは、これが真実の兄弟なのではなかろうか。そう思う氏邦は困惑した。

翌二十九日。甲斐の武田勝頼は氏政の要請を受け、従弟《いとこ》の典厩信豊《てんきゅうのぶとよ》を信濃国境に出陣させた。これで、兵数の上では今までにも増して景虎は有利になった。

同日、氏政から越後進軍のための全権を任せるので帰国せよという命令が氏邦に出た。

(なにを、今さら)

と吐き捨てたいところだが、おそらく氏照の助言で決まったことに違いない。

(兄上も三郎のことは気にしておられる。壬生が後詰を頼まねば上野に向かったはずだ)

氏照の情を疑った己を恥じつつ、氏邦は帰国の途に就いた。

鉢形城に戻った氏邦は、本格的に北條高廣《きたじょうたかひろ》を説得しなければならなかった。

(ただ、書を送っても埒《らち》が明かぬ。誰を使者として向わせるか。かようなことは、やはり新左衛門尉か、それとも能登守か)

かつて、交渉の相手は秩父衆であったが、用土重連には実績がある。一方、氏邦に仕えながらも未だ本家の者であることを曲げぬ富永助盛。あれこれ悩んだ末、北條に北条の家欲をちらつかせるべきではないと判断し、重連を呼んだ。

「北條安芸守(高廣)を説いてくれ。領地のことは本家と相談するので今は明確にはできないが、相応の地を用意する。武田と蘆名は我らと意を共にしており、すでに武田は北信濃より越後に向かっている。儂も越後に出陣するゆえ同行されたし、と」

同行は婉曲《えんきょく》な言い方で、実際には露払いをさせるのが目的である。

「三郎殿は劣勢とか。断られるやもしれませんぞ」

「安芸守は父親を景勝方に斬られておる。同族も三郎方じゃ。嫌とは申すまい」

「左様ですか。まあ、あまり期待なさらぬよう」

冷めた口調で告げた重連は厩橋城に向かった。

重連が北條高廣を説いている頃、六月朔日付けで、勝頼から氏邦に書が届けられた。氏政の鬼怒川着陣を労い、自身も同月の四日には出陣する、とのことであった。

(兄上が申していたとおり。勝頼は必死だの)

景虎の援軍を得たことは素直に嬉しい。

(家の立て直しを計るため、勝頼は属国の将に甘んじるのか。そうはなりたくないの)

氏邦は、他国の武将である氏政の指示で兵を出す勝頼を哀れに思った。

数日して重連は帰城した。

「安芸守殿は大方納得したので、早く北条家に兵を出してくれるようにと申してござる」

重連は淡々と報告する。

景虎方、景勝方のどちらに付くか迷っていた北條高廣は、先月、春日山城下の戦いで父高常を景勝方に討たれているので、景虎方に加担することを決意した。すでに弟の刑部《ぎょうぶの》少輔《しょう》、近江守《おうみのかみ》の二人を御館に差し向けているとのことであった。

(儂の取り越し苦労であったか)

早速、氏邦は鬼怒川の陣にいる氏政に報せ、北條高廣から沼田城将の河田《かわだ》重親《しげちか》と上野家《うえのいえ》成《なり》を説得させた。

河田重親は謙信が頼りにしていた越中《えっちゅう》の魚津《うおづ》城将・長親《ながちか》の叔父で、沼田城には永禄五年(一五六二)から在城している。上野家成は弘治《こうじ》二年(一五五六)に起こった駒帰《こまき》の戦いで大熊朝秀《おおくまともひで》を撃破している武士である。永禄十二年（一五六九）より沼田城に入り、共に謙信が見込んだ両将である。

河田重親は北條高廣ともども上野の地には長く住んでいるので、北条家の誘いには頷いているようだが、上野家成は魚沼《いおぬ》郡の節黒《ふしぐろ》城に居を置き、景勝の出身地の上田庄に近いこともあってか、高廣の誘いを拒んでいるようである。

いざという時には重親に家成を攻めさせ、自分も後詰を出すと北條高廣が伝えてきている。沼田城を掌握できれば、三国峠まで小城が僅かにある程度なので進軍は楽になる。あとは小田原の本家が本気になって軍勢を出すかどうかにかかっていた。

十日、氏政は上野で独立的な立場にある金山城の由良成繁、国繁親子に対し、北條高廣が味方になったので支援してくれと書を送った。

翌十一日、氏邦は河田重親に誓書を送り、沼田の領有を認めた。

これを知った上野家成は景勝の春日山実城乗っ取りを真似て、沼田城の本丸を占拠した。北条家の後ろ楯を得た河田重親であるが、慌てて本丸を囲む状態になっていた。

十三日、武蔵の岩付城将である北条氏繁が、下総の飯沼《いいぬま》にて病死した。享年四十三歳。氏繁の死で、数年の間、岩付衆は纏まりに欠けることになる。

その頃、激動の越後ではどうなっていたか――。

六月初旬、越後・頸城《くびき》郡の小出雲坂《おいずもざか》に武田勢が進軍すると、敵である武田に対し、景勝は素早い対応を示した。

七日、景勝は武田に使者を出し、北信濃と上野一国を譲り、さらに一万両の金を贈るので、越後には手を出さないで欲しいと和睦を持ちかけた。

十一日、御館にほど近い居多浜《こたはま》で景虎と景勝は激戦を行い、またも景勝が勝利した。この時、御館方の副将である上杉景信《かげのぶ》が討たれ、北條高廣の弟・刑部少輔、近江守も討死した。武田勢の出陣も景虎への援軍とはならなかった。

十二日、勝頼が北信濃の海津《かいづ》城に入城した日、景勝は武田家に誓詞を出した。さらに勝頼が二十七日に春日山城下、二十九日に木田《きだ》に移陣すると、景勝が挨拶に訪れた。誠意ある景勝の態度に勝頼は満足し、顎《あご》で使おうとする北条家を見限った。ここに勝頼と景勝の和議が成立し、勝頼は景虎と和睦することを景勝に勧めた。


景勝と勝頼が盟約を結んだことは氏邦の許にも届けられた。

「なりふりかまわずとはこのことか。あの上杉と武田がのう」

勝頼の父・信玄と景勝の養父・謙信は、信濃の川中島《かわなかじま》で五度も戦った宿敵である。いくら次世代の者たちとはいえ、家中には戦国でも稀《まれ》な激戦を経験をした家臣たちが多々残っているであろう。手を結ぶとは信じられぬ出来事であった。

乱世では何があるか判らぬと氏邦は考えさせられた。だが、暢気《のんき》に構えてはいられない。武田家が敵対とまではいかなくとも、中立の立場を取ったのだ。北条家としては越後への進軍を早めなければならなくなった。まずは鬼怒川の陣に居る氏政に報せた。

勝頼の態度を知った氏政は、さすがに激怒し、いつまでも北関東にいることはできず、六月末帰国の途に就いた。

「新左衛門尉、再び厩橋城にまいり、早く倉内（沼田）城を落とすよう促すのだ」

氏邦も上野出陣の準備を行いながら、用土重連を厩橋城に送った。

北條親子は了承し、兵を沼田城に進めた。河田重親に拒まれたのか、それとも、最初から別の思惑があったのか、北條勢は沼田を通過して三国峠を越え上田領に侵入した。

報せは春日山にも届けられ、七月五日、景勝は魚沼郡の坂戸城将の深沢《ふかざわ》利重《としげ》らに厩橋衆の侵入を防ぐため近くの直路《じきろ》城・荒砥《あらと》城に兵を集めるよう命じた。景勝方の対応は非常に早かった。

物見が目的の厩橋衆は、城の守り具合を見て帰国した。

七月六日、氏政は上野・白井《しろい》城の長尾《ながお》憲景《のりかげ》に、明日、当方の兵五千が上野に向かうので、参陣するよう書を送った。

氏邦も本家の兵に合わせて上野に出陣し、北條高廣のいる厩橋城に入城した。

厩橋城は上野の南中央、武蔵国境から三里（約十二キロ）ほどの地に在している。利根川と風呂《ふろ》川を外堀とした城は、東西約四町（約四百三十六メートル）、南北約四・五町（約四百九十一メートル）の三角形の敷地を擁する平城である。

建物のほとんどを利根川沿いに集めるという一風変わった城で、上杉家の関東支配の拠点であった城である。城将は北條高廣。氏邦は何度か攻めたことがあるが、とても三、四千の兵で落とせる城ではなかった。

「遠路、ご苦労に存ずる」

大手門を潜ると北條高廣の嫡子・丹後守景廣《たんごのかみかげひろ》が出迎えた。景廣は、ある日、謙信から白地に黒の熊蟻《くまあり》を象《かたど》った旗指物《はたさしもの》が他の武将より小さいと咎《とが》められた。すると、

「何の心配もありません。誰よりも敵前近くに仕寄せますので、他の大きな旗印よりも我らの旗は大きく見えることでしょう」

と答えて謙信を満足させた剛の者。『上杉家御年譜』にも「一騎当千の丹後守」とある。

昨年、謙信が能登《のと》の七尾城から連れ帰った美人で誉れ高い畠山義隆《はたけやまよしたか》の三条夫人と婚姻を結び、本領の北條に置いていた。

氏邦は永禄五年（一五六二）十月、武蔵の石戸砦《いしと》に籠る景廣を攻めたが、払い除けられた経験がある。だがその後、夜襲で城を攻略したので卑屈にはならずに胸を張った。

「出迎え、痛み入る」

一応、武士の礼儀として馬から降りて挨拶をし、氏邦は本丸へと向かった。

本丸の主殿に入ると今度は景廣の父・安芸守高廣が出迎えた。

「これは、ようまいられた」

老将ながら長身で、数々の戦陣で場数を踏んでいるせいか、目にはただならぬ輝きがある。天文《てんぶん》二十三年（一五五四）十二月には武田信玄に、永禄十年（一五六七）四月には北

条氏康にと、過去に二度も謙信に背信した経緯がある漢だ。

それでも一度戦に出れば、剛毅果断《ごうきかだん》に戦場を疾駆する。永禄六年（一五六三）五月には七手組隊頭に選ばれている。

「安芸守殿も息災にてなにより」

氏邦は上座に腰を下ろし、下座に席を列《つら》ねる北條親子に対した。

「倉内城の方はいかがか」

「伯耆守《ほうきのかみ》（河田重親）の申すところでは、あと五、六日もあれば、本丸を落として中務少輔《なかつかさのしょう》（上野家成）の首級《しるし》をあげられるとのこと。今しばらくの辛抱でござる」

「これは頼もしき言葉にござるの」

とは言うが、話は過大に言うのが常識。あと半月ほどはかかるだろうと認識した。

「小田原からの兵はいつ頃、到着なされようか」

「あと二、三日でまいるはず。ご舎弟たちのことは痛み入る。越山した暁には存分に仇討ちをなされよ。陰ながら協力致す所存にござる」

「これは有り難きお言葉。頼みにしてござる」

表裏のある北條高廣ながら、さすがに肉親の悲しみには駆け引きはないようであった。

「まずは酒でも召され、ごゆるりとなされよ」

氏邦は北條高廣らに持て成された。

二日後、北条家の兵が厩橋に到着したが、その兵数を聞いて氏邦は顔を顰めた。

当初、先発の兵として五千と聞いていたが、実際は江戸衆を含む二千ほどであった。

「なにゆえ、かように少なき兵数なのだ」

「下野が再び乱れ、お屋形様はこれを鎮めたのちに上野にまいると仰せられました」

江戸城将の遠山政景が答えた。

(なんと、この期に及んで下野とは……。守りの兵を置くだけでよかろうに)

他家の者たちの前なので、さすがに口には出せず、飲み込んだ。

氏邦の兵が二千五百。江戸衆と武蔵衆が二千。厩橋の北條勢が五百。見知らぬ越後に兵を進めるにはどう考えても倍は必要であった。これでは進軍できなかった。

北條高廣らの怪訝な視線が突き刺さる。

遠山政景が伝えたように、氏政は一万余の兵を率いて七月中旬、下野の皆川《みながわ》城を攻略するために小田原から出陣した。先陣は先に死去した氏繁の次男・氏勝《うじかつ》。二陣は氏政の三男・源五郎《げんごろう》。越相同盟を結ぶ時、幼少で不憫といった国増丸である。

厩橋の北條高廣は越後の北條城から老母を呼び寄せたので、後顧の憂いはなくなった。いつでも越後に雪崩れ込む準備は整ったので、氏邦に催促する。

「今少し待ってくれ。儂も三郎が気掛かりで早う越山したいのじゃ」

氏邦はなんとか北條高廣を宥《なだ》めた。

(北条家の方から誘っておきながら、兵を止めねばならぬとは)

惨《みじ》めで仕方ない。今さらながら本家への憤りを募らせた。

一方の氏政は下野に出陣して上野に来る素振りもない。

（本気で三郎を助ける気があるのか。越後に行きたくないゆえ下野に出陣しているのではなかろうか。これも松田の画策か）

穿《うが》った見方までしてしまう。氏邦は厩橋城で溜息を吐いた。

十六日の晩、もはや沼田城の本丸を支えられぬと判断した上野家成は、雲が月明かりを隠したことを確認し、夜陰に乗じて城を抜け出た。

河田重親は知らぬ訳ではないが、長年一緒に城を守ってきた朋輩なので見逃してやった。

翌十七日、本丸に入り、早く越後に向ける軍勢をよこせと厩橋に催促をしてきた。

上野における行動は予定通りに進んでいるが、氏政が下野に出陣してしまったので、越後攻めの予定は大幅に狂っている。氏邦は厩橋で肩身の狭い思いをしながら、北条本隊の到着をひたすら待っていた。

二十七日、再び御館近くの大場《おおば》にて、景虎方と景勝方は激突した。この戦いでも景勝方が有利に終った。ほどなく報せは厩橋の氏邦に届けられた。

「お屋形様は何をなされているのだ！」

さすがに激怒した氏邦は、他家の城でも構わずに声を荒げ、使者を下野に出した。だが、氏政からの返事は「今しばらく待て」というのみであった。

（単独で攻め込めということか？　それならば、すぐに命令を出せばいい）

足留めされているのは苛立つ上に残暑が追い討ちをかけていた。

戦は好きではないが、今のままならば越山するほうがよほどいい。それとも景虎を見殺しにするつもりなのか。氏邦にはまったく理解できなかった。

氏邦以外にも鉢形勢の中に躁擾《そうじよう》している者がいた。用土信吉である。娶った妻（紅林紀《くればやしき》伊守《いのかみ》の娘）が病にて臥《ふ》せっているとのことで、気が気でないであろう。

「新六郎、こたびは一旦、帰国致せ。出陣はいつになるか判らぬ」

「ご厚意、忝《かたじけ》のうございます。されど、我が妻とて武士の娘。戻れぬことは判っております。また、某だけ戻っては士気が下がります。お気遣いは無用に願います」

信吉は断固として拒むので氏邦はそれ以上勧めなかった。

このような状態で厩橋城にいたくない。帰国したいのは自分の方であった。

それから無為に一月ほどが過ぎた八月二十日。勝頼は景虎と景勝に形ばかりの和議を結ばせ、帰国の途に就いた。もはや武田は頼りにならぬ存在となった。

これを知った氏政は、八月下旬、下野から厩橋に到着した。氏照を含めた軍勢は一万五千ほど。すでに夏は過ぎ、赤城山《あかぎやま》から心地いい風が吹きはじめていた。

四

氏政の顔を見た途端、文句の一つも言ってやろうと思ったが、氏照が堪えよと目で訴えているので、何とか抑えた。そのせいか、すぐに越後出陣が発表された。

「こたびは兄上にも申させて戴きます。なにゆえ下野に出陣されたのでござる」

評議のあと、氏邦は氏照に詰め寄った。

「実はの、先月、天下人たる織田信長から常陸・片野《かたの》城における太田道誉《おおたどうよ》（資正《すけまさ》）に対して、関東出陣のことを示唆《しさ》する書が出された。これを風魔《ふうま》の者が摑んだのじゃ」

信長から太田資正宛ての書は七月二十二日付けで出されている。

「織田信長と？　真実にございますか」

「ああ、謙信が死んで北の不安がなくなったゆえ、信長は東に目を向けてきたのじゃ」

「されど、下野出陣は七月半ばであったはず」

「左様。下野の陣で報せを聞いたゆえ、太田や佐竹、その他の者どもを警戒して長陣《ながじん》せねばならなかった。相手は天下人ゆえ、我らに従いし者たちが、いつ背信せぬとも限らぬ。そちや三郎にはすまぬと思うておるが、北条家を揺るがすことゆえの。許せ」

氏照は氏邦に頭を下げた。もしかしたら初めてのことかもしれない。

己の知らぬところで、様々なことが行われている。氏邦はそれ以上は言えなかった。

翌日、北條親子を先陣に、およそ二万の軍勢は沼田街道を北に向かった。途中、沼田城に立ち寄り、氏政ら北条本隊は同城に残った。

北に向かう兵は氏照を大将とし、滝山勢二千五百、氏邦勢二千五百、それに相模衆の篠《しの》窪出羽守《くぼでわのかみ》らが僅か、厩橋勢に沼田勢を加えた一千、合計六千ほどの軍勢で三国街道を北進した。

八月末には上野・越後国境の三国峠を越えた。

北条勢が仕寄せるとあって、越後の上田衆は城門を堅く閉ざして待ち受けた。

先の七月、北條勢が物見の越山をした時に、景勝は坂戸城将の深沢利重に対し、荒砥、直路の二城に兵を集め普請するよう命じていた。また、八月には春日山から樺沢《かばのさわ》城に弾薬と援軍を送り、安部政吉《あべまさよし》に続いて嶋津泰忠《しまづやすただ》を派遣していた。

越後に進軍した北条勢の先陣・北條高廣・河田重親は、まず手始めに三国街道を監視するために新たに築いた荒砥城に襲いかかった。

荒砥城は三国峠の頂上に築かれた要害で南に主郭、北に二ノ郭、西に三ノ郭を持つ構造になっている。北に大手口、西に搦手口《からめて》があり、各郭に薬研《やげん》形の空堀《からぼり》を巡らせ、北に土塁が築かれている。東は急傾斜で二筋の竪堀《たてぼり》を山腹まで掘り下げている。城には深沢利重、登坂安忠《のぼりさかやすただ》ら上田衆の精鋭五百ほどが籠っていた。

氏照本隊は三国街道のある北側の麓《ふもと》に陣を布き、氏邦は西側に廻って退き口を押さえた。北條勢は大手口に、河田勢は搦手口に迫った。

澄み切った秋空が広がる中、氏照本陣から法螺が吹かれた。

「放て!」

宙を舞う蜻蛉《とんぼ》も鉄砲の轟音に驚き、瞬時に逃げ散るも、荒砥の城兵は逃げることはせず、狭間《さま》から矢玉を撃ち返してくる。途端に両門で戦いが始まった。

今までは味方であった者たち同士が死にもの狂いで戦っている。泉下《せんか》の謙信は憂いているであろうが、互いに感傷に浸っている場合ではない。少しでも気を抜けば死あるのみ。

力の尽きるまで矢を放ち、引き金を絞った。

寄手は四半刻《しはんとき》（約三十分）ごとに交代するが、城兵は寡勢でも必死に応戦していた。

開戦して二刻後、氏邦は大窪木工之助《おおくぼもくのすけ》、紅林紀伊守らに指示を与えた。

「よいか、二ノ郭と三ノ郭の中間に井戸がある。それを奪って声高に叫ぶのだ」

「畏《かしこ》まりました」

大窪、紅林らに続き、兵二百ほどが急峻《きゅうしゅん》な城山を登った。

水の手を切るのは力攻めができない時にする手段。城方もすぐに井戸を攻めてくると思っていなかったのか、守る者は僅かであった。

鉢形勢は一斉に殺到し矢玉を浴びせて井戸を奪った。

「井戸は我ら鉢形勢が奪ったぞ！」

喚声《かんせい》をあげるとさすがに勇猛な上田衆も怯んだ。山頂にある荒砥城は他に水源はない。水を失った城は五日と持たないことは常識である。

「今ぞ、かかれ！」

攻めあぐねていた上野衆は、ここぞとばかりに突撃し、土塁を登り堀を越えた。これに鉢形勢、滝山勢が後詰として続き、上田衆を血祭りにあげていった。

「退け！」

防戦できぬと判断した上田衆は、二ノ郭、三ノ郭を放棄して本丸に逃げ込んだ。

あと一押しで陥落させられることは目に見えていたが、陽が落ちたので氏照は各門を破壊して、兵を退かせた。総攻撃はいつでもできる。見知らぬ地で行う夜戦は危険が高い。明朝一番で落城させるつもりであった。

「夜襲に気をつけよ」

氏邦は何度も家臣たちに触れさせた。

一方、荒砥城の本丸に退いた深沢利重らは相談し、命をかけるならば、難攻不落の坂戸城に籠って戦うべきだという結論に達した。深沢らは夜陰に乗じて、急傾斜の東側を滑り落ちるようにして城を出ると、坂戸城へ落ちていった。

よもや嶮岨《けんそ》な東から退くとは思わず、寄手は追撃ができなかった。また、九月初旬とはいえ、三国峠付近の夜は寒く、暖を取り勝利の美酒に酔っていたせいもあった。

翌朝、氏照の本陣に氏邦、北條高廣、河田重親が集まった。

「恰好《かっこう》の獲物を取り逃がしてしまいましたな」

「不馴れな地ゆえ仕方ないが、今少し引き締めなければならぬな」

氏照の言葉に氏邦も自戒をした。

荒砥城を落とした北条勢は勢いに乗って直路城、樺沢城と相次いで攻略した。

直路城の長尾景憲、樺沢城の栗林政頼も荒砥衆と同じく、坂戸城に逃げ込んだ。

「死んだ謙信が神がかっていただけで、今の上杉勢は烏合《うごう》の衆。上杉神話は謙信とともに消滅した」

剛勇揃いの上田衆が籠る三城を立て続けに陥れた北条勢は、尊大になっていた。

恐怖心が薄れつつある北条勢はさらに魚沼郡の寺尾《てらお》城、藪神館《やぶかみやかた》、坂木《さかぎ》城、浦沢《うらさわ》城を連日攻めて攻略した。

もはや遮るものはない。あとは上田庄最大の坂戸城に兵を進めた。

坂戸城は景勝誕生の城であり、巻機連峰前衛《まきはたれんぽうぜんえい》の金城山《きんじようさん》から真北に延びる一筋の尾根の先端に位置する峻険《しゆんけん》な城山（標高約六百三十四メートル）に築かれた山城《やまじろ》である。

大手にあたる西面と南面は急崖《きゆうがい》で、北東面は西や南に比べて緩やかではあるが、幾つもの深い谷が入り込み、斜面の上半部は急傾斜である。山の麓には東に五十沢《いかさわ》川、三国《さくり》川、西に魚野《うおの》川、南に登《のぼり》川が流れる、まさに天険の要害であった。

坂戸城は上田衆にとっては最後の砦。同城を失えば、この辺りに逃れる場所はない。大軍を迎えてまさに背水の陣であった。

春日山にいる景勝にとっても、坂戸城を落とされることは、上杉最強と謳われる上田衆の崩壊を意味し、心の拠《よ》り所も失ってしまう。また、坂戸を突破されると、大井田《おおいだ》から松之山《まつのやま》街道を通過して春日山城までは苦もなく辿り着けてしまう。

逆に北条勢にすれば坂戸城の向こうに春日山が見えるというところであった。どちらにとっても、今後を占う大事な一戦となることは間違いなかった。

深沢利重らと坂戸城に籠っていた長尾景憲は北条勢の圧力に恐れをなし、城を抜け出て樺沢城にいる氏邦らに降った。

坂戸城に籠る兵は一千と領民二千ほど。対して、攻撃する北条勢は約六千。

「こたびは今までと同じようにはまいりませぬな」

氏邦は氏照と馬上、麓から山を見上げながら口にした。

「左様、ここが正念場だ。この城を落とせば三郎の許に後詰を出せる。日ならずして春日山に迫れるであろう。景勝の首級をあげるもあげぬも、この一戦にかかっておる」

「今は我らに追い風。一気に落としましょうぞ」

二人は鋭い視線を山頂の本丸に向けていた。

城の北、東面には登口がなく、攻め口は西、南面となる。

麓の御屋敷と呼ばれる北側の山道を氏邦勢、薬師堂の横を抜ける西が氏照勢、途中から氏照勢と合流する南に北條、河田勢と決まった。

九月十二日の未明、寄手は魚野川を越え、坂戸城への細い山道を登りはじめた。

渡河するとすぐに上田衆の屋敷が立ち並ぶが、すでに山頂の城郭に籠っているので蛻《もぬけ》の殻《から》であった。一気に駆け上がれぬよう、道は蛇行させてある。北条勢は三方向から、ほぼ二列になって進んだ。騎馬は二頭並べない狭さである。

氏邦勢は横地忠春らの児玉衆を先頭に秩父衆、荒川衆、鉢形衆と続いた。垂れ下がる左右の枝を払いのけ、時折り、足を滑らせながら傾斜のある道を登る。冬は一間以上もの雪が積もるので、至るところから清水が湧き出し足下を湿らせる。これを見るだけでも水の手を切ることは不可能であると考えられた。

上杉景勝や樋口兼続《ひぐちかねつぐ》が生まれたとされる地に生える一本杉を過ぎ、頭上に見える上屋敷へと向かう。すでに多数の城を攻略しているので、かつて、謙信に攻めこまれた時のような恐怖はない。それよりも、他の二方向に分かれて進軍する味方に負けまいと、力強く地を踏みしめ、頂上に向かってひたすら進んだ。

ちょうど中間をすぎ、山の上の方がちらほら見えてきた頃であった。突如、朝の静寂《せいじゃく》を切り裂くかのような轟きが響き渡った。鉄砲の射撃音が谺《こだま》し、氏邦勢の先頭を進む兵が血《ち》飛沫《しぶき》をあげて倒れた。

「敵じゃ。敵の鉄砲じゃ。伏せろ！」

先陣の将・横地忠春の大音声が響き、兵たちは身を屈《かが》めた。

「竹束を前に」

横地忠春の下知と共に、竹束を持った兵たちが前進して並べた。さらに忠春は命じる。

「鉄砲は僅かじゃ。進め！」

轟音が鳴る中、児玉勢は山道を登り、上屋敷の間近に達した。途端に鉄砲だけではなく矢も上から降ってきた。児玉勢も鉄砲を放ち、矢を射た。

氏邦勢だけではなく、氏照勢のところでも、北條、河田勢のところでも鉄砲が咆哮し、矢が唸《うな》った。ようやく陽が姿を見せた頃、坂戸城は戦の音に包まれた。

児玉勢は数にものを言わせて山頂に駆け登ろうとするが、道は狭く、斜面は急、前進する兵たちは順番にしか近寄れなかった。

だがこれも全て想定の内、坂戸の城兵は寄手の先頭を順に射る。児玉勢は竹束を前に押し出しながら山頂に迫る。これを打ち破らなければ城は攻略できない。正念場であった。

一方、城兵は老若男女を問わず、領民も一丸となって寄手に当たった。山の頂きから矢を射かけ、鉄砲を放ち、石を投げた。また、大小を問わず岩を落とし、丸太を転がし、熱湯や糞尿を撒いて、山道を登る敵を追い返した。落城すれば死あるのみ。生き長らえたとしても、悲劇に直面するのは目に見えている。皆、必死だ。

「敵は寡勢じゃ。今が踏ん張りどころぞ。かかれーっ！」

横地忠春は声を嗄《か》らして下知を飛ばすが、兵は前に進めなかった。無理に進むと城兵の攻撃を受けて峻険な崖を岩や丸太、矢玉とともに転がり落ちる。寄手は攻めあぐねた。

「ええい、児玉勢は何をやっておるか。我らに代われ！」

藤田重庸、吉田政重、朝見玄光らの秩父衆が先陣の腑甲斐無さを嘆いて攻撃を代わるが、結果は児玉勢と同じであった。

窮鼠《きゅうそ》猫を噛むの例えどおり、追い詰められた者は、尋常ではない力を発揮する。後がない上田衆は休む間もなく、また食事や水を摂ることもなく不休で敵を排除し続けた。

日暮れまで攻め続けた北条勢であったが、日没とともに兵を退いた。

「城の守りは堅いようでございますな」

「なに、最初だけよ。そのうち矢玉が続かなくなる。その時が勝負ぞ」

本陣で氏邦は氏照と話し合った。城兵が北条勢を追い返したといっても、まだ初日。あくまでも攻城勢が有利であることには変わりなかった。

だが、連日、攻防戦は続くが、坂戸城を死守する上田衆は敵を寄せつけなかった。

予想に反して粘る坂戸城に攻める北条勢の方が疲弊しはじめた。そこで評議の末、先に落とした樺沢城に入り、そこを本陣とした。寄手は城方の矢玉を尽きさせる作戦に出た。

翌日から、近寄っては退却し、退いては接近して敵の矢玉を放ち尽くさせた。

矢玉が不足した城方は東の鬱蒼《うっそう》とした茂みから城を抜け、春日山に使者を送った。

坂戸城で弾薬が不足しているとの報告を受けた景勝は、鉄砲と弾薬五百発、煙硝五斤、鉛と兵糧を送った。城は包囲されているが、そこは勝手知ったる地元である。木々を掻き分け、巨木を越え、蔓《つる》を手繰《たぐ》り寄せて城内に持ち込んだ。

城に籠る兵の士気が上がったのは当然である。

そのようなことを知らぬ北条勢は、総攻めをすると、多大な死傷者が出て、慌てて兵を退かせた。これも謙信死去のおり、景勝方が実城の武器蔵を押さえた結果だ。

なかなか落ちぬ城に、北条勢は力攻めをせず、小競り合いが続いた。

この戦いで城方の登坂安忠は深傷《ふかで》を負い、傷が元で戦死した。坂戸城近くの下倉《したぐら》城主・福王寺重綱も重傷を負い、身動きできない身体となってしまった。

「ええい、かような田舎城に……」

樺沢城から坂戸城を睨《にら》み、氏邦は愚痴をこぼすが、状況は変わらなかった。

第二十一章　猿猴捉月《えんこうそくげつ》

一

北条軍が越後に兵を進め、次々に城を落とした。この報せを聞いた会津《あいづ》の蘆名《あしな》盛氏《もりうじ》も、先の恨みを晴らさんと九月十四日、家臣の小田切弾正《おだぎりだんじよう》を越後に侵攻させた。

上田庄は坂戸城を残すのみで、北条軍に席巻されたという報告が越後国内に広まり、各地で御館方についた者たちは奮起した。勝敗の行方は不明という状況である。

今まで劣勢に立っていた景虎は、この勢いに乗って挽回せんと、二十六日、再び御館近くの大場口《おおば》で景勝と激突した。朝から始まった戦は激戦を極めたが、春日山方には戦上手が揃っているせいか、後退を余儀無くされた。景虎はまたも敗れた。

樺沢《かばのさわ》城に入っている氏邦らも、何度も坂戸城の攻略を試みるが、なかなか嶮岨な山頂に達することができず、攻めあぐねていた。

そこに衝撃的な報せが届けられた。

二十七日、武田勝頼の軍勢が魚沼《いおぬ》郡の妻有庄《つまりのしよう》に到着したという。勿論、北条勢への援軍ではなく、上田衆への支援であった。

妻有庄は樺沢城から三里九町（約十三キロ）ほど北西に位置し、一日で到着できる距離にある。北条軍に緊張が走った。

景勝は早速、勝頼を坂戸城に入城させるため、小森沢政秀《こもりざわまさひで》を頸城《くびき》郡の犬伏《いぬぶせ》城に移し、他の者たちも同郡の長峰《ながみね》城に入るように命じた。

だが勝頼は景勝の要請は受けず、坂戸城には入らずに、妻有庄にて戦況を観ていた。

「勝頼め、何を考えておるのじゃ。よもや我らに鉾先を向けてくる気ではあるまいな」

報せを聞いた氏照は眉間に皺を作り、憤った。

「ないとは申せませんな。鉢形城主と滝山城主を討ち取ることできれば、武蔵に版図を広げられます。されど、顎で使おうとしたお屋形様への威嚇《いかく》が本音かと存じます」

氏邦は腕を組み、冷静に答えた。

「つまらぬ意地で家を傾けるか。いずれに利があるか、童でも判りおろうに」

「勝頼の浅い思慮も踏まえ、簡単には動けなくなりましたな」

「それゆえ腹が立つ。この際、猿ヶ京《さるがきよう》のお屋形様に頼み、甲斐に兵を進めて戴くか」

「どうせならば、坂戸攻めに加わって戴く方がよいのでは？　北条の大軍を目に致せば、勝頼とて無闇に手は出さぬはず。それどころか、城攻めに参陣するやもしれません」

二人とも勝頼の微妙な心情までは察することができなかった。

「佐竹ら北関東のことがあるゆえ、お屋形様が越山されることはなかろう」

「また、佐竹にございますか。こたびは越後攻めに腰を据えた方がよろしいのでは」

皮肉を言うと氏照は黙ってしまった。

武田勢の出現で氏邦らは動くことができず、坂戸城を眺めているばかりであった。

ほどなく上田庄には雪が舞いはじめた。

樺沢城で戦々恐々としている北条勢には二つの報せが届けられた。一つは武田勢が妻有の陣から兵を退いたということ。

二つ目は猿ヶ京城の氏政からで、帰国するので北條、河田を越後に残し、氏照らも戻れということ。報せではなく命令であった。自身はすでに帰途に就いているという。

「お屋形様は三郎を見捨てるつもりか。雪に囲まれれば後詰も兵糧も送れまいぞ」

我が身に置き換えて、氏邦は寂寥《せきりょう》感に包まれた。

すぐに樺沢城の主殿で諸将は評議を開いた。

「それは、あまりに無体な下知。我らのみにて坂戸城など落とせる訳がない！」

北條高廣が唾を飛ばして抗議すると、河田重親も続く。

「左様。それどころか、雪に慣れた上田衆。我らが逆に仕寄せられましょう」

「なにも敵の城を攻めろとは申してはおらぬ。来春の雪解けには再び大軍をもって越山する。それまで、せっかく落とした城を守って欲しいのだ」

氏照は申し訳なさそうに説得するが、北條高廣、河田重親はきかない。

「陸奥守殿は、この地の雪を知らぬゆえ、簡単に申される」

「左様。この地に屍《しかばね》を晒すだけにござる」

「雪で身動きできぬのは敵も同じはず」

「彼奴らは大雪に慣れてござる。同じ越後人でも我らとは違う」

「無駄死にはご免でござる。陸奥守殿らが帰国なされるならば、我らとて戻りましょう」

二人は猛烈に抗議する。それほどこの地は過酷な場所かと無言の氏邦は思わされる。

「貴殿ら、北条家の麾下に参じたのでござろう。さればその証を見せるが筋。危うきを乗り越えなくて、誰が信じられようか」

「こたびの城攻め、我らは常に先陣を務めた。それでも信じられぬと申されるか」

「左様。我らが流した血を何と思われるか」

「先陣は承知のことでござろう。今さら文句を言うのは筋違い。安芸守殿は父御や御舎弟らの恨みを晴らすためであったはず。恩着せがましい口上は止めて戴きたい」

氏照の一言で主殿は険悪な空気に包まれた。このままでは二人は離陣しかねない状況である。

「兄上、某が残りましょう」

場が緊迫する中、今まで黙っていた氏邦が口を開いた。

「なんと！」

瞠目《どうもく》する氏照に対し、北條高廣らは喜びに満ちた目を氏邦に向けた。

「これはお屋形様の命令ぞ。そちは背くつもりか」

「越後と相模が盟約結びし時、名ばかりとはいえ、某は名目人になりました。北条家の血を引く者が誰か一人ぐらい越後に残らねばなりますまい」

「それを申すならば、儂とて同じよ。残らねばならなくなる」

「いえ、関東の仕置もありますれば、兄上はお屋形様の命に従ってくだされ。お屋形様は兄上の支えが必要でございます。なに、一度、深雪《しんせつ》というものを味わってみたいのでござる。お屋形様には何とか言い繕うようお願い致します」

「氏邦……」

樺沢城に残ることが、どれほど過酷なものか判るのかと、氏照は実弟を哀れんだ。

(判っております。されど、誰かがやらねば。北条家は信頼を失います)

氏邦も目で応える。しばし二人は視線で会話をした。

「さすが安房守殿」

北條高廣が遮った。せっかくその気になったのに、氏照に説得されてはたまらない。

「但し、皆には某の指示に従ってもらう。構いませぬな」

氏邦は厳しい口調で言い放った。腹を立てたのは北條高廣ではなく、命令を出した氏政に対してかもしれない。

「それは、もう」

ばつが悪そうに高廣は答えるが、北条本家への不信感と怒りは消えなかった。

評議により、氏照が帰国すると同時に、北條高廣の嫡子の景廣《かげひろ》と篠窪出羽守《しのくぼでわのかみ》は景虎が籠る御館に向かい、氏邦と高廣は氏照らが追撃されぬよう坂戸城を攻撃することが決まった。

十月五日。朝から雪が降っていた。底冷えで身体が震える。今からこれかと、氏邦は前途は多難であることを改めて思い知らされた。

「よいか。決して無理を致すな。そちが、危ういと思うた時は、遠慮のう城を捨てて逃れるのじゃ。城の代わりはあるが、そちの代わりはないのだぞ」

氏照は実の弟だけあって、北條高廣らに言うことと逆のことを口にした。

「心得ております。兄上も道中お気をつけて」

氏邦は笑みを作って見送った。

樺沢城を後にする氏照の後ろ姿はどことなく寂しげであった。

「よいか、一兵たりとも兄上を追わせてはならぬ。白い雪を敵の血で赤く染めようぞ！」

「おおーっ！」

白い息を吐いて兵たちは雄叫《おたけ》びをあげるが、とめどなく降ってくる綿雪に吸い込まれていった。

氏照が城を出るや否や、氏邦らは厳寒の魚野川を渡河し、坂戸城を攻撃した。

水に濡れた手足は悴《かじか》み、感覚が麻痺《まひ》して思うように動かない。しかも、膝よりも高く雪が積もって斜面は滑り、登ることも困難であった。

「敵だ。放て！」

城将の清水言信《しみずことのぶ》が怒号すると、矢玉が降り注ぎ、石や丸太が落ちてくる。寄手は敵の攻撃をかい潜って山道を駆け上がろうとするが、思うように近寄れない。

「気合いじゃ。気合いがあれば雪になど負けぬ！」

各所で侍大将が叫ぶが、焦るほどに兵たちは足をもつれさせて前には進めない。それどころか上の者が足を取られてずり落ちると、下の者たちは雪崩れを打って滑り倒れた。

氏邦らはあえなく排除された。白い雪を赤く染めたのは関東武士たちの血であった。

それでも、氏照と北條景廣らが追撃されることはなかった。一応は成功である。

馬上、樺沢城へ退くだけで甲冑や兜《かぶと》を雪が白く染めた。

(越後に残ったは間違いであったか。先が思いやられるの)

初日から後悔する氏邦であるが、まだまだ越後の冬は序の口であった。

翌日、御館の景虎から四日付の書が氏邦の家臣・志津野《しづの》美作《みまさか》宛てに届けられた。

「願わくば、一人でも多く送って戴きたい」

さぞかし難儀していることであろう。できることならば氏邦自身が配下の者を率いて駆け付けたいところであるが、雪の中で待ち伏せされでもしたら全滅になるかもしれない。武蔵九郡の領主として、さすがにそこまで深入りはできなかった。

六日後、再び景虎から書が届けられた。

「わざわざ使者を預かりまして、たいへん喜んでおります。早々に参府して戴きたいところではありますが、上田仕置の為に北条氏邦殿、北條高廣殿を留めおかれることはとても重要なことです。このうえは越後で年を越され、来春、本意を遂げる行《てだて》を相談されること、お任せ致します。御苦労でもそのまま留まって下さい。また、祝儀の品、樽《たる》、肴《さかな》ならびに小袖《こそで》一重を戴《え》きまして、うれしく存じます。恐々謹言。

十月十日　　　　景虎（花押）」

これ以外に河田重親に二通、前日には北條高廣に一通出されている。また、謙信が関東管領に就任した鎌倉の鶴岡八幡宮《つるがおかはちまんぐう》へ戦勝祈願をしている。北条家の兄弟とは顔を合わすことさえできない。せめて、神頼みでもしなければ、やっていられない心境なのであろう。

〈なぜ、自分だけ蔑ろにされるのか。異母とはいえ、なぜ弟を見捨てるのか〉

そう訴えられている気がする。思わず目頭に熱いものが浮かぶ。悲痛な景虎の叫びが聞こえるようであった。

景虎としては氏政らの帰国を、歯がゆいどころか恨みに思っているに違いない。

（下野や下総になど出陣する暇があれば、夏のうちに越山し、一気に春日山を突けば、かような書を読むこともなかったであろうに）

今さらながら、氏政の政が間違いであったと氏邦は感じた。

だが、感傷に耽《ふけ》っている場合ではない。十二日、春日山の景勝から樺沢城にいる河田重親に対し、景虎を倒すのも時間の問題なので、背信しろとの書が届けられた。

「なに、某が返り忠などする訳がござらぬではないか」

疑いの目を向けられた河田重親は、一笑に付すが、顔が引き攣《つ》っていた。

武田信玄が得意であった調略の手を、謙信の養子の景勝が使ってくるとは驚きだ。勝つためには手段を選ばぬとは、これも勝頼との同盟がそうさせているのかもしれない。

さすがに北條高廣には父と弟たちを討ち取っているので、謀《はかりごと》の手は伸びてこない。また、景勝の父・長尾政景《まさかげ》暗殺にも関わっているとされているからかもしれない。

氏邦の方でもただ、小競り合いを繰り返すだけではなく、他にもすることがあった。

二十三日、氏邦は蘆名盛氏に対し、来春、北条勢は沼田城を拠点に越後の上田に進軍するので、引き続き景勝と手を結ばないようにという書を送った。

（それにしても、日を追うごとに雪は深くなるの）

辺り一面銀世界。すでに腰ほどは積もっていよう。まるで白い檻《おり》に閉じ込められたようである。何とも言えない閉塞感《へいそく》に包まれて、息苦しさを感じるようであった。

（かような中でも人は生きていけるものなのか）

初めての体験に氏邦は戸惑うばかりであった。これでは敵と戦う前に、まずは寒さや雪と戦わねばならなかった。樺沢城にいるのは雪に慣れていない関東勢と北條高廣、河田重親である。高廣は越後出身であるが、雪の少ない北條で育ち、重親は近江《おうみ》出身で雪に埋もれる生活はしていない。氏邦は、今さらながら大丈夫なのかと疑念を持った。

敵情視察に物見や細作《さいさく》を放つと、半数は討ち取られてしまう。上田衆は雪の中でも異様な速さで駆けるという。さらに、恐ろしいほど遠目が利くとも報告があった。これでは家臣たちを死なせるばかりなので、簡単に城外へは出せない。まるで、真綿で首を絞められているような錯覚すら感じた。

氏邦らが居とする樺沢城は、丘陵上（標高約三百メートル）に築かれた山城で、坂戸城のような峻険な地形ではなかった。山頂の本郭《ほんかく》は、西側部分に帯郭《おびぐるわ》に取り囲まれた南北に細長い本丸が建ち、中心部に三ノ丸と二ノ丸が連なり、その南に西ノ丸が並んでいる。周囲には三重四重の空堀と土塁が巡らされ、鉢巻き状の防塁を築いていた。

氏邦は城の四方八方に遠目の利く物見を立たせ、敵を警戒させた。だが、兵たちはすぐに目の痛みを訴えて役に立たなくなる。北国特有の雪目《ゆきめ》というやつであった。晴れた日などは日差しが地の雪に反射して、とても目を開けていられたものではなかった。

「晴れていても雪は人に襲いかかるのか」

報告を受けた氏邦は、異国にでも来たような気さえした。

一方、坂戸城に籠っている上田衆は、雪が深まるのを待っているかのように、今までは貝のように固く殻を閉ざしていたが、今や辺りは腰をも覆うほど積もっていた。

氏邦らが城に閉じ籠ったのに対して、坂戸城兵は攻勢に出てきた。深沢利重《ふかざわとししげ》、栗林政頼《くりばやしまさより》、登坂清忠《のぼりさかきよただ》、樋口兼豊《ひぐちかねとよ》らの城将たちである。いずれも各地の前線で敵を蹴散らしてきた精鋭たちは、雪にまぎれて樺沢城を目指した。両城の距離はおよそ二里ほどであった。

元々は自分たちが守っていた樺沢城なので、深沢らは地形の隅々までを知り尽くしている。しかも他国の慣れぬ物見は、雪目で遠近感が麻痺することも熟知している。

深沢らは時折り、雪の中に身を隠し、半刻もそのままでいる。とても関東に育った者には真似《まね》のできないことである。そうして物見の目をかい潜り本郭に迫った。

「放て！」

突如、静寂を切り裂く号令ののちに風切り音がする。続いて矢が獲物を捉えた。

「ぐあっ」

呻《うめ》き声をもらし、物見は物見台から倒れ落ち、真皓《ましろ》き雪を朱に染めた。

雪の中の急襲に鉄砲は使用しない。煙が目立ち、玉込めに時間がかかり、火薬が湿って発射できない恐れがある。弓の方が実戦的であった。

「敵ぞ」

樺沢城に籠る兵は急襲に慌て、おっとり刀さながらに弓を持って物見台に登る。

すると、恰好の獲物とばかりに、上田衆から狙い撃ちされる。

ようやく城内で玉込めを終えた鉄砲組が狭間から筒先を出すと、上田衆は雪にまぎれて姿を消す。じれた城兵が顔を出すと、再び矢が飛んだ。

城内から攻撃をしないと、城門に火矢が打ち込まれて炎が上がる。虎口《こぐち》から軍勢を押し出すと、上田衆は瞬時に退いてしまう。皆かんじきを履いているので、雪中の行動も早い。下手に深追いすれば、逆に討ち取られてしまう。氏邦は退却命令を出すしかない。

「おのれ、小賢《こざか》しい真似を」

地団駄を踏んで悔しがるが、これが現実。兵たちを叱咤したとて問題の解決にはならなかった。雪中の戦では少々兵数が多いという程度では有利な展開にはならない。敵の土俵で戦うには、あまりにも無計画であったとしか言いようがなかった。

陽が落ちると、氏邦は夜襲を警戒するよう命じた。敵は当然のことながら、二ノ丸にいる河田重親を監視させる意味もあった。景勝からの書が届けられてから、信用が置けなくなった。疑うのは悪いとは思いつつも不安は消えず、用心させるしかなかった。

一度、夜廻りをしてみようと、氏邦は数人の近習と郭を出た。外は身が凍りつくほど寒い。風が吹くと肌が切れそうである。

注意を怠るな、敵を見逃すなと厳命したが、四半刻も外気に曝《さら》されれば凍えてしまい、命令などはどうでもよくなる。睡魔にでも襲われれば朝には凍死するかもしれない。しかも真の冬はこれからだと言う。改めて越後の恐ろしさを実感した。

厳寒の状況とは裏腹に、月の出た夜は幻想的であった。月明かりが地の雪に反射して、まるで昼のように明るい。空は濃い碧《あお》色で、夜という認識を考え直させる。

「殿、風邪でも召されては士気に関わります。そろそろ戻られた方がよろしいかと」

近習の町田秀房が勧める。実際、足先などは痛いほど冷たくなっていた。

氏邦は秀房の進言に従い、歩き出した。本丸に戻りながら氏照と一緒に帰国しなかったのは失敗であったと後悔していた。

その後も上田衆の急襲、夜襲が行われ、反撃するがあまり効果もなく、樺沢城の兵たちは城に籠って戦々恐々とするばかりであった。厳冬の中で夜も眠れず、風邪をこじらせる者が続出していた。

十一月十六日、関東勢が劣勢の中、上杉家中で上野・女淵《おなぶち》城将の後藤勝元《ごとうかつもと》が二百の軍勢を率いて樺沢城を訪れた。氏政に命じられてのことである。

氏邦は手を取って歓迎したが、北条家の者は誰も越山しない。焦燥感に包まれた。

十一月の下旬、河田重親は我慢できず、小田原の氏政に出陣を哀訴する書を送った。

十二月九日、氏政から重親に返答が送られたが、あっさりと断り、城を厳守し、来春の出馬を待つよう命じてきた。氏邦の予想どおりであった。再び重親は哀願した。

十七日。氏政は大雪で出陣などとんでもないと拒む書を送ってきた。

同日、これに対して、春日山の景勝は、手も足も出ぬ関東勢を相手になぜ樺沢城を落とせぬと深沢利重らに長文の書を送って叱責している。

悲観する氏邦らに対し、尻を叩かれた上田衆は散々に奇襲を仕掛けてくるようになった。関東勢は死傷者を出すばかりで敵を討つことなど稀であった。

(生きて再び鉢形の地を踏めるであろうか)

何のために残ったのか。今さらながら疑念を持つ氏邦であった。

斯《か》くして悪夢の天正六年は暮れていった。

二

天正七年(一五七九)一月——。

連日、吹雪《ふぶ》いているせいか、積もる雪は身の丈を越えて一間（約一・八メートル）以上にも達している。いくら雪掻きをしても限りはなく、今では一階の窓は開けられず、二階の窓から出入りする状態だ。まさに白い鬼神に押さえつけられたようである。

正月を祝うなどという余裕はなかった。生きるために必死だ。

「兵糧は足りそうか」

氏邦は家老の諏訪部定勝に問う。

「……なんとかなりそうです」

少し間があった。足りないようだ。気を遣わせぬようにする定勝の配慮である。

その晩の膳から品が一皿減り、粥《かゆ》の水気が多くなった。末端の家臣たちは一汁一碗《わん》だけになったので不平を漏らすが、大将の氏邦が文句を言えるはずはなかった。

（このままでは雪解け前に家臣たちが離れていくやもしれぬな）

逃亡したとしても、雪に埋もれて凍死するのがおちではあるが、死を前にすれば、人は何をするか判らない。武蔵の者であっても氏邦を裏切ることは考えられる。とはいえ、援軍を要請するにも、身の丈を超える雪の中に出して、はたして小田原に辿り着けるか疑問だ。また、とても氏政が兵を送るとは思えない。

（兄上ならば……）

氏照の顔が浮かんで希望の光が一瞬点灯したが、もし、断られたら絶望して戦意さえ失くしかねない。だが、このままでは死を待つより仕方なくなる。

（和睦《わぼく》致すか。退くゆえ追い討ちをかけるなと。左様に都合よくゆくまい）

和議ではなく降伏である。己の判断で北条家が敗北をしたことになる。たとえ腹を切ってもそのようなことはできなかった。

（三郎とて、同じ境遇で耐えておるのだ。何で儂が耐えられぬ訳があろうか。彼奴の方が儂よりも数倍、危うき立場にある。我らが相手にする敵は少ないではないか）

氏邦は己を鼓舞し、弱い自分に負けまいとした。

「殿、用土兄弟が話をしたいと申してきましたが、いかが致しますか」

ようやく鬱屈《うっくつ》した状態から己を取り戻した時、定勝に声をかけられた。

昨年の年末から、雪をかき分けても帰国するべきだと重臣たちは進言しに来る。おそらく同じ内容に違いない。またか、と溜息を吐きたいが、堪えた。皆、真剣なのだ。

「新左衛門尉か。うむ、通せ」

少し考えた氏邦は許した。義兄弟で膝を突き合わせるのは珍しいことであった。

すぐに兄弟は入ってきた。感情を表わさぬ重連はいつもどおり無表情だが、起伏の激しい弟の信吉は怒っているようである。

「いかがした」

「殿はいつまで、かような体《てい》たらくを続ける気か。出撃せぬならば退くがよい」

開口一番、気の荒い信吉は言いたいことを主張した。

「ほう、そちらしくないの。なにゆえ退かねばならぬ」

「このままでは座して死を待つばかり。正月というに汁と粥では力が出ぬわ」

食い物の恨みは恐ろしいと言うが、どうやら事実である。

「武士は喰わねど高楊枝《たかようじ》。鷹は死すとも穂は摘《つ》まず、という諺《ことわざ》があろう。何も腹に入っておらぬわけではなし。これみな、雪解けまで持たすための処置だ。とは申せ、そちの気持も判らぬではない。されど、粥に喰い飽きたとはいえ、このまま城におれば死にはすまい。しかれども、この雪の中で追い討ちをかけられれば死は免《まぬが》れぬ。どうだ」

「城に籠っているというのが気に喰わぬ。こちらから仕寄せればいかがか」

「地の利、兵の質、悔しいが共に敵が上だ。兵数で勝っても雪の中では勝てぬ」

「端《はな》から、それでは勝てるものも勝てぬ。時には策を講じられてはいかがでござろう」

「なに！　されば申してみよ」

義弟に窘められ、さすがに立腹した氏邦は声を荒げた。

「和議を申し込んでくだされ。某が使者に立ちまする」

今まで黙っていた重連が口を開いた。

「新左衛門尉とも思えぬ。敵の戦意が旺盛《おうせい》な時に和議など結べぬこと判りおろう」

「もとより承知。それゆえ、坂戸城に乗り込み、敵の城将と刺し違えましょう。それゆえ、用土家は弟の信吉にお譲り戴きたい」

淡々と重連は言いきった。目は瞬き一つせずに氏邦を見据えていた。

一瞬、氏邦はたじろいだが、負けずに重連を睨み返した。

（いや、違う。此奴、切り死にしようなどとは考えておらぬ。ただ儂を試しておるのだ。春まで兵糧が持たぬことを知り、決死の覚悟で帰国せよと申すか）

氏邦は重連の目から、そう読み取った。

（切り死には、この場でということか。坂戸城に行かせるような思慮ならば、儂を討ち果たして鉢形勢を帰国させる。犠牲は最小に致すと）

冷たい汗が背筋を伝う。返答次第では本当に斬りかかってきそうだ。二人同時に攻められれば、とても躱《かわ》せるものではなかった。

「敵の城将を一人や二人斬ったとて、状況は変わらぬ。左様なことで、そちを失うわけにはいかぬ。そちには、まだまだ働いてもらわねばならぬ。帰国の儀は思案しておる。今しばらく考えさせよ。よき日を選ばねばならぬゆえな。よいな」

今にも飛びかからんとする重連を見据え、氏邦は答えた。

「いらぬことを申しました。さればこれにて」

納得したのか、重連は平伏すると座を立ったが、信吉は合点がいかぬようである。

「兄上、それでは話が違うではありませぬか」

それでも重連が退室したので兄の後を追っていった。横顔も不満に満ちていた。

二人が部屋を出て、氏邦は安堵して一息ついた。すると定勝が話し掛ける。

「危のうございましたな。彼奴等、真剣ですぞ」

「脅しに屈したと申したいのか」

「いえ、最善のご判断でございます。殿のお立場は殿しか判りませぬ。されど、次からは風邪ぎみだと申された方がよろしいかもしれませぬな」

定勝ならではの言い廻しで、不満を持つであろう家臣には会うなと進言する。

「そうもいくまい。されど、そちに任すとするか」

言い繕いはするが、氏邦の心に釈然としない思いが残った。藤田家を思う気持は察するが、重連は危険だという考えが刻み込まれた。

(儂は、それほど家臣たちを追い込んでいたのだ)

とはいえ、反省しなければならぬのもまた事実であった。

氏邦らが大雪に囲まれているこの月、重連や信吉、大福らの祖母が死去した。信吉にとっては立て続けの訃報になるが、遠地にいて知ることもできなかった。

その後も一月ほど上田衆の奇襲に悩まされ続けていたが、二月二日、驚くべき事件が勃発した。立て直しの見込みがないと判断したのか、氏邦らと樺沢城に籠っていた長尾景憲が城を抜け出し、坂戸城に逃げ込んでしまった。

「もともと、彼奴は蝙蝠《こうもり》がごとき輩よ」

河田重親は蔑む言葉を口にするが、羨ましそうな顔をしていた。

確かに長尾景憲は機に敏である。数日後、衝撃的な報せが樺沢城に届けられた。

「まことか！」

聞いた瞬間、我が耳を疑った。猛将の北條景廣が春日山勢の名もよく知らぬ岡田孫十郎長繁と言う若者に傷を負わされ、数日後に死去したとのことであった。

景廣を討った春日山勢は嵩《かさ》にかかって御館を攻め、反撃の隙をも与えぬらしい。

嫡子を失った北條高廣は、しばらくは誰も近づけず一人咽《むせ》び泣いていた。

これを知った坂戸勢は、援軍を得たかのような攻勢に出て、毎日のように攻めかかってきた。逆に兵数で勝っているはずの関東勢は押される一方であった。

「安房殿、ここは一番、越山し時期を見て、再び戻ろうではござらぬか」

嫡子を討たれた北條高廣は乱心したかのように出陣を主張するかと思いきや、氏邦に嘆くように懇願する。何かは判らぬが、悔しさだけではないものを感じた。

「安芸守の申すとおり、ここは再起をかけるがよかろうと存ずる」

河田重親も北條高廣に賛同した。あとは氏邦の決断である。

氏邦としても退くのは吝《やぶさ》かではない。それどころか早く帰国したい。

(されど、儂らが退けば、坂戸城の何人かは春日山城に入り御館攻めに加わるであろう。さすればさらに三郎は窮地に立たされる)

自分たちが退くことによって異母弟の命を縮めるような気がして氏邦は決めかねた。

「安房殿、某は老いた身。死は恐ろしくはござらぬ。されど、死して仇を討てぬのは承服できぬ。なにとぞ上野に退くこと、お頼み致す」

北條高廣は白髪まじりの頭を床に擦りつけて氏邦に懇訴した。

河田重親や鉢形の重臣たちも同意し、氏邦に迫った。ここまで帰国の意志が固まっていては、もはやこの地に止まることは無理である。そう判断せざるをえなかった。

（三郎、許せ。皆の意見を無視できぬ）

無言のまま苦渋の選択をした氏邦はついに重い口を開いた。

「あい判った。撤退致そう」

吐いたものを飲みこむような思いで氏邦は口にした。

〈異母兄上《あに》（氏邦）も、お屋形様同様、某を見捨てなさるのですか〉

景虎の哀しい声が聞こえるようであった。

二月中旬、氏邦らは陥落寸前の樺沢城を出立して帰国の途に就いた。

（三郎、すまぬ。一月《ひとつき》踏んばってくれ。必ず戻ってまいる）

氏邦は何度も西の方を向きながら詫び、後ろ髪を引かれる思いで関東を目指した。

近くを流れる魚野川の形状から、なんとなく三国街道と判断するが、見極めることができぬほど一面雪に埋もれている。雪の中を泳ぐようにして歩く。騎馬が隠れてしまうほどである。雪中の進軍なので、先頭と言えどもなかなか前に進まなかった。

すぐに上田衆の知るところとなり、猛然と襲いかかってくる。

殿軍《しんがり》は北條高廣、河田重親であった。元上杉家臣なので鉾先が鈍るかと思いきや、上田衆は容赦《ようしゃ》しない。餓えた野獣が弱った獲物に群がった。

何といっても追撃が一番楽に敵を討てる瞬間である。上田衆は狩りでもするかのように関東勢を討ち取っていった。

しかも敵は上杉兵だけではない。途中、魚野川支流の仁田《にた》川や大野《おおの》川、小黒《おぐろ》川などなど、樺沢城と三国峠の間には、幾筋もの川が街道を横断している。しかも氷となんら変わらぬ冷たさで水嵩も増している。退却軍は極寒の水にずぶ濡れになりながら渡河する。力尽きて川の流れに呑み込まれていく者もいた。それでも、他人を助ける余裕など誰にもない。川を渡った者はただ、南へ南へと進路を取った。

熾烈な上杉勢の鋒先を躱して安堵したのも束の間、その後も峻険な谷に転がり落ちる者や、雪の中で力尽きる者などが続出した。

峠を越えた時には全体を通して二百余名もの命を失うことになった。

氏邦にとって、この越山は惨澹《さんたん》たるものであった。

三

まさに地獄からの生還。厳酷《げんこく》の白い世界から三国峠を越えて上野に達した時、地面に見えた土に思わず涙が出そうであった。越後から逃れてきた者たちは凍傷《とうしょう》にかかって顔の肌が変色している者や、手や足の爪先が動かぬ者も多々いた。峠では荷駄《にだ》を失い、雪を喰らって生き長らえた顔は死相が出ていた。帰還できたのが不思議である。三増峠の敗北が飯《まま》事《ごと》に思えるほどであった。

一方、当時の関東はどうしていたのか——。

氏邦が越後の樺沢城に閉じ込められていることを知る武田勝頼は、二月になって軍勢を東上野から武蔵へ侵入させてきた。

報せを受けた氏政は氏邦領である武蔵・児玉郡の広木《ひろき》、大仏《だいぶつ》に砦を築き、筆頭家老の松田憲秀を派遣して、これを守らせた。

氏邦の家臣の大半が越後に出陣しているので、領内には殆ど残っていない。憲秀は百姓などを七百ほど掻き集め、自身三百の兵と合わせて一千ほどの兵で備えた。

勝頼は従弟の典厩信豊を大将とし、小幡昌盛《おばたまさもり》、多田治部右衛門《ただじぶえもん》、初鹿野昌次《はじかのまさつぐ》（昌久《まさひさ》とも）ら一千余の軍勢を差し向けた。

武田勢は児玉郡に押し寄せ、周囲に火をかけた。この時、名刹《めいさつ》の常福寺《じょうふくじ》が炎上し、寺宝、古記録等一切が灰燼《かいじん》に帰した。

典厩信豊らは児玉領深くまで入りこんだが、広木、大仏両砦を落とすまでには至らず、ほどなく兵を退かせた。憲秀は何とか守りきったという結果であった。

武田勢と息を合わせ、常陸の佐竹義重が下総の結城晴朝を伴い、下野に向かったという報せを受けた氏政は、二月二十四日、大軍を率いて松山城に出馬した。

一応は氏邦のことも気にかけているようであるが、あくまでも関東の制圧が優先で、越後に足を延ばそうという様子ではなかった。

氏邦らが鉢形城に到着したのは三月に入ってからのことである。周囲には椿《つばき》や榛《はしばみ》が花を咲かせ、都忘れや薺《なずな》が野を賑《にぎ》わせていた。武蔵は春の装いであった。

「無事のご帰城、御目出度うございます」

大福が三ッ指をついて優しく労うが、氏邦の窶《やつ》れた形相に驚いていた。

逆に何ヵ月も見ていなかったせいか氏邦には大福が菩薩《ぼさつ》にも見えた。

「そなたも息災でなにより。祖母殿のことは聞いた。すまなかったな」

「いえ、大往生でございました。最後まで我が身を案じてくれたことが……」

「あとで線香でもあげよう。そなたも身を大切に致せ」

声を詰まらせる大福に言いつつ、氏邦は嫡男の東国丸を探すが、姿は見えなかった。

「申し訳ござりませぬ。東国丸はまた、風邪をこじらせたようで臥せっております」

氏邦の気持を察して、聞かれる前に大福の方から進んで口にした。

「左様か。薬師には見せておるのか」

「はい。日に三度、見てもらい、薬を飲ませております」

「左様か。よく薬師の申すことを聞いてのう」

元気な我が子に会うのを楽しみにしての帰国であったが少々失望した。それでも一目見たいと、食事ののちに氏邦は東国丸の部屋を訪れた。

「東国丸、具合はどうだ」

枕元に座して声をかける。陽に当たらぬせいか顔が青白い。食も細いせいか頬が窪《くぼ》み、童独特の丸みがない。親として病んでいる子を見るのは切なくて仕方ない。

「父上……」

氏邦を見つけた東国丸は咳込みながら起きようとする。

「よいよい。寝ておれ」

制した氏邦は、子供の視線で話そうと、東国丸の横に寝そべり肘枕をついた。

どんなに体が弱くとも我が子には変わらず、何よりも愛しいものである。氏邦は咳込む東国丸の胸を撫《な》ぜながら、代われるものならば代わってやりたいと真剣に思った。

「こたびはいずれの地にまいったのですか」

咳をしながら東国丸は問う。戦陣とはいえ、自由に動ける父が羨ましいようだ。

「上田という地だ。この城よりも、うんと北の越後にある。半年ほども雪があっての、今時分は父の背丈よりも高く積もるのだ。辺り一面、真っ白での。それは寒くて火鉢でも抱えぬと眠れぬほどだ」

「左様でございますか。某も一度行ってみとうございます」

東国丸は円《つぶ》らな瞳を輝かせ、まだ見ぬ深雪に興味を惹かれていた。

「おう、元気になればいつでも連れていくぞ。早う父よりも大きゅうなるよう、たくさん食べるのだぞ」

「はい」

話を聞いている時の東国丸は楽しそうである。氏邦も笑みを返した。

「畏れながら、あまり話しかけられますと若様がお辛くなりまする」

乳母の於節が窘める。

「左様か。東国丸、また明日に致そう」

「いえ、だいじょうぶにございます」

「於節の言うことをよく聞いての」

我が子が求めるのに、話すらもままならぬとは、何の因果かと辛くなる。氏邦は後ろ髪を引かれるような気持で東国丸の部屋を出た。

「申し訳ありませぬ」

体の弱い子を産んだのは自分のせいと、正室の大福は自分を責めていた。

「そなたのせいではあるまい。気にするでない。子は母の暗い顔を見たくないものぞ」

と言いながら、脆弱《ぜいじゃく》な東国丸では自分の後継者になれないだろうと考えさせられる。

(跡継か)

帰国早々、戦とは別のことで頭を悩ませなければならなかった。

その晩、氏邦は大福と褥をともにした。昨年の六月以来なので九ヵ月ぶりであった。大福の馥郁《ふくいく》たる香りとしなやかな肢体は氏邦を虜《とりこ》にした。だが、未だ目を閉じると白い景色が広がる。脳裏に焼き付いた地獄絵は簡単に消えることはなかった。

氏邦が鉢形城で束の間の安らぎに包まれている頃、用土信吉は悲しみに浸っていた。出陣前に病に倒れていた妻が夫の帰国を待てず、昨年の暮れに死去していた。妻の死に目に会えなかった信吉のことを考えると、ますます声がかけづらい。氏照と一緒に帰国していれば、そのようなこともなく、また、他の家臣たちも死なせずにすんだであろう。

（さぞかし儂を恨んでいようの。またあの兄弟の憎しみが増えようの。まあ、仕方なし）

反省はするが後悔はせぬよう割り切ろうと氏邦は努力した。

数日後、氏邦は報告をするために氏政が在陣する松山城に向かった。

鉢形城から道なりに七里（約二十八キロ）ほど南東にある松山城。比企丘陵《ひききゅうりょう》の東端にあり、三方を市野《いちの》川に守られ、南東は沼地の天険の城である。永禄四年（一五六一）、翌五年と北条・武田連合軍が二年に亘って攻めた結果、ようやく手に入れた城である。城将は上田朝直が務めていた。

城に入り、主殿に向かう。氏邦は事前に氏照に話を通し、氏政に会ってもらった。説得するにあたり、余計な横槍が入らぬよう、できれば兄弟で話し合いたいと氏照から頼んでもらったが、やはり席には筆頭家老の松田憲秀が姿を見せた。

「こたびは勝手な行動を致しましたこと、お詫び申しあげます。また、先日は武田が領内を侵したおり、これを追い払って戴きましたことお礼申しあげます」

まずは型どおり平伏して謝罪した。

「なに、そちには苦労をかけたの。弟の留守を守るは当たり前のこと。気に致すな」

鷹揚《おうよう》に言う。叱責されるかと思いきや、様子が違っていた。

「尾張守、そちが敵を排除したとのこと。礼を申す」

憲秀に頭は下げたくないが、一応、筋だけは通しておいた。

「いえ、命に従ったのみでござる。お気を遣われますな」

謙遜《けんそん》するが、氏邦に礼を言わせて満足そうな憲秀であった。

「越後での戦ぶり、聞かせよ」

「はい。されば……」

先だって氏照に話したことを氏邦は丁寧に説明した。

「それゆえ、早う出陣しませぬと、間違いなく三郎は討たれます。また、厳寒の地を知る者がいませぬと、犠牲を増やすばかり。某に汚名を雪《そそ》ぐ機会をお与えください」

再び魔の巣窟《そうくつ》に足を踏み入れることを知りながら、氏邦は自ら進み出た。

「またそちが行くと申すか？　せっかく帰国したばかりではないか。今しばらく休んでおれ。兵も疲弊していよう。それに、悪辣《あくらつ》な勝頼がいつまた兵を出すやもしれぬ。北関東の仕置もあれば、何度も鉢形に兵を割けぬ。氏照、いかがじゃ」

「はい。武田のこともござれば、こたびは某が行くつもりでございます。お屋形様同様、氏邦には休んでおれと申したのでございますが、本人はどうしてもと聞きませぬ」

「なにゆえ、こたびは越後に執着する？　そちはいつも出陣を嫌っていたではないか」

「意地でございましょうか。雪が降ったあとは敵にやられ放題。仕返しをせねば、某の武士がたちませぬ。なにとぞ、某に出陣のお下知を」

意思とは裏腹の言葉が次々と出る。氏邦自身も不思議でならなかった。

「松田、そちはいかに思うか」

「はい。評議の決定を覆すはよろしからず。されど、氏照様が同意なされるのならば、某は氏邦様のご意思を尊重しても良いのかと存じます」

憲秀は、極寒の地に出陣するよりも、関東で戦う方がいいと判断したようだ。

「お屋形様、某からもお願い致します。元来、某が越山すべきではございますが、弟を思う氏邦の気持、察して戴きますよう。そのための後押しは惜しみませぬ」

氏邦に続き、氏照も両手をついた。二人の鋭い目が氏政を見上げた。

「左様か。されど、再び佐竹が騒いでおる。また、武田のこともあれば、多くは出せぬが、相模からは三千の兵を差し向けよう。氏邦、見事、三郎を連れ戻せるか」

漸《ようや》く氏政も納得した。氏照を伴ったことは成功であった。

「有り難き仕合わせに存じます。必ずや三郎を連れ戻しまする」

氏邦は額を床に擦りつけた。これで逃げることはできなくなった。

（なにも自ら出陣を望まなくともよかったはず。前回は儂が行ったのだから、今度は別の者に任せても非難されることもあるまい。なにゆえ、固守したのか。判らぬ）

もしかしたら、その理由を明確にするために出陣を申し出たのかもしれない。

その後、氏政から上野のことについて細々としたことを申し渡された。

氏政に挨拶をした氏邦は主殿を出て帰城しようとした時、氏照に呼び止められた。

「氏邦、すまぬな。また、そちにつらい役を押し付けた」

「いえ、己から申したことです。兄上が詫びることなどございませぬ」

「こたびは、儂の配下も差し向ける。留守中、そちの領地は必ず我らが守るゆえ、何としても三郎を取り戻してくれ。頼む」

氏照は鉢形城に来た時同様、氏邦の手を取った。

「お任せくだされ。北条の命は越後で散らさせませぬ」

氏邦は氏照の手を強く握り返し、松山城を後にした。

再び魔界に向かうだけではなく、今度は景虎を連れ戻すという責務がある。馬上の氏邦は自ら選んだ難題に改めて重圧を受けていた。

鉢形城に着けば、不満の嵐が吹き荒れるであろうが、説得しなくてはならない。重い気持が、またも胃の腑をきりきりと締めつけた。

帰城すると、主立った者たちが集まってきた。

「いかがした」

「出陣の日にちを教えて戴きとうございます」

皆が居並ぶ前で諏訪部定勝が問う。氏邦は答える前に家臣たちの顔を見廻した。確かに納得しきった顔ではない。ただ、渋々といった表情ではない。おそらく昨日、氏照との会話を聞いた定勝が説得したのであろう。そう思うと筆頭家老の定勝をはじめ、ここに姿を見せている者たちに感謝したい気分であった。

「皆にはすまぬと思うておる。しばらく、のんびりと戦塵を落としたいであろう。されど、急を要すゆえ、出陣は三月二十日と致す。用意が整わない者は遠慮なく申せ」

「何の、あと十日もあるではござらぬか」

「左様。それだけの日にちがあれば、矢玉も作れます。お気づかい無用にござる」

皆、懐は寂しく、配下を集めるのも大変なのに、勇ましいことを言う。氏邦としては感激して目が潤んできそうだった。その時、大声で問う者がいた。

「殿にお尋ね致す。こたびは勝つ気でござるのか」

末席に端座している用土重連であった。

「当たり前だ。こたびは必ず勝つ」

「兵数は」

「越山するは二万ほど。松山城の後詰を合わせれば三万にはなろう。不満か」

誇張に後ろめたさを感じるものの、失望させるわけにはいかなかった。

「無駄死にはご免ゆえ、単なる機嫌取りの出陣ならば、お断り致そうと思うておりました。されど、北条本家がその気になったのならば従いまする」

公然と重連は言いきった。口にしたことは本音であろう。

罪の意識に苛まれるが、ここは勢いが必要だ。氏邦は皆に向かう。

「先の戦いは雪を知らぬ上に、兵数も兵糧も足りなかった。されど、こたびは全て整うておる。上田衆を蹴散らして春日山を陥落させ、雪辱しようぞ！」

覇気ある氏邦の号令に、家臣たちの唸り声が主殿を揺るがした。

ほどなく皆は自城、自領に戻り、出陣の準備をはじめた。

「定勝、すまぬな。今一度、地獄に戻らねばならぬ」

二人きりになった主殿で氏邦は定勝に詫びた。

「なんの、先に閻魔《えんま》様を見られなかったゆえ、こたびは討ち取りたいものですな」

卑屈になりがちな氏邦に対し、定勝は豪気であった。そう言われると救われる。

その晩、氏邦は寝室で大福に再び出陣することを告げた。

「景虎様を慕う気持、東国丸や我が用土の兄弟にも分けて戴きとうございます」

「当然だ。儂には遠き地にいる三郎よりも、そちや東国丸、儂を支える新左衛門尉の方が大事だ。それゆえ、留守中、東国丸を頼むぞ」

また、しばらく城を離れるとあってか、氏邦は大福を求めるのであった。

三月二十日、鉢形城には二千五百の軍勢が整った。末端の兵はいざしらず、名のある者たちの脱落者はいない。

軍勢は横地忠春を先頭に威風堂々、鉢形城の大手門を出ていった。

「藤の丸」、藤は上りの旗が春風に翩翻《へんぽん》と翻《ひるがえ》る。再び死界とも言える地への逆戻り。敵というよりも己の弱さへの挑戦であった。馬上の氏邦は遠き北の地を眺めていた。

四

三月二十日の夕刻、氏邦は厩橋城に入城した。

「これは安房守殿、その節はいろいろと」

北條高廣は出迎える。だが、以前のような覇気は感じられなかった。初老の武士にとって先の越山は、厳しいものであったことが窺える。沼田城将の河田伯耆守重親ともども殿《しん》軍《がり》だったので上田衆の追撃を受けて、多くの犠牲も出した。まだ、半月ほどしか経っておらぬのに出陣などしたくない。疲れとて取れておらぬというところか。

おまけに、武田勢が氏邦領に乱入した時、少なからず厩橋城も影響を受けた。焼き払われた城下を再建せねばならぬ。とても出陣どころではない。そんな気持が顔にありありと出ていた。

不満そうな北條高廣の案内で氏邦は主殿に向かった。

「こたびは北条家も本気ぞ。お屋形様も松山城にまで出馬されておる。越山する兵は二万は下らぬ。安心されよ。決して先のような惨めな帰国にはならぬ」

腰を下ろすや、氏邦は元気づけようと説明した。口言《くちごと》に偽りはない。

「左様でござるか」

高廣は尚も乗り気ではない。我が身の危険を顧みず、敵に挑む必要はないと言わんばかりの顔である。

「体でも優れぬのか」

「左様ではござらぬが。貴家は我らのこと、いかが考えておられるのか」

「いかがとは」

「昨年の六月、安房守殿は小田原から上野の仕置を一任され、倉内（沼田）城を奪った暁には伯耆守に所領を安堵すると仰せになられた。これに偽りはござらぬか」

「もとより。所領は安堵しておる。何を疑われておるのか」

「されば、なにゆえ倉内城に兵を入れ、普請などしておられるか。所領を安堵したのではござらぬのか。そのこと、伯耆守も訝《いぶか》しがってござる」

「火急のことゆえ致し方なし。倉内城は上野の要。また、武田が叛意を示した以上、睨みをきかせるためにも堅固でなくてはならぬ。それゆえの処置と考えられよ」

「と申すと倉内城は取り上げると？　では、伯耆守はいかがなされるつもりか」

「伯耆守殿では倉内城は荷が重かろうゆえ、別の城をと考えておる」

氏邦としても、確かに酷いとは思うが、氏政の指示なので逆らうわけにはいかない。それが再度、越後に進軍する大将になるための条件でもあった。

「それは、あまりにも惨き仕打ち。中務少輔《なかつかさのしょう》（上野家成）を城から追い出し、越後攻めにも先陣を切り、退き陣では殿軍まで務めたのでござるぞ。にも拘わらず、城を奪われては、ただの使い捨てではござらぬか」

「なにも領地全てを取り上げるとは申しておらぬ。替地《かえち》は用意しておるゆえ、そう騒ぎだてすることもなかろう。決して伯耆守殿を蔑ろにしているわけではない。それとも伯耆守殿は我らと事を構えるとでも申しておるのか」

あまり得意ではないが、氏邦は上座から北條高廣を睨みつけた。

「いや、左様なことは……」

北條高廣は目を伏せるが、肚裡では睥睨《へいげい》し返しているといった表情であった。

「あの折り、仮に伯耆守殿が中務少輔と結託しておれば、今頃この世にはおらなんだはず。もしくは越後で小ぢんまりとした地を得て暮らすが関の山。何れがいいかは明白」

叛意は許さないと言う意気込みで、氏邦は高廣を見据えた。

「この城はいかがするおつもりか」

伏せていた目をあげて北條高廣は問う。老いても歴戦の兵《つわもの》、鋭い視線である。

「今のところは貴殿の城でござる」

「今のところはでござるか」

いずれは河田重親と同じ運命になるのならば、いっそ、と場が緊迫した。その時。

「申し上げます。河越の大道寺殿、兵一千を率いてご到着」

「ご注進、松山の上田殿、一千五百の兵とともに入城」

「畏れながら……」

武蔵衆は次々に厩橋城に入城している。一方、城内にいる高廣配下は三百がほど。これではとても叛意を示す訳にはいかない。闘志が収縮していくのが判った。

「安芸守殿、越後への出陣、加わってもらいますぞ」

気が萎えた北條高廣に対して、氏邦は嫌とは言わせぬという態度で詰め寄った。

「先陣仕《つかまつ》ろう」

観念したようで、高廣は溜息まじりに告げた。どうせ降るならば少しでも活躍し、北条家にとって北條勢は重要であることを見せつけようと思案を変えたようである。乱世では、どこの地でも起こる弱き立場の悲しい運命であった。

翌二十一日、厩橋城に満身創痍《そうい》の若武者が駆け込んだ。

景虎の近習をしている北條高廣の三男・高明《たかあき》である。

髪が乱れほうだいに乱れ、矢の刺さった傷だらけの具足は、かろうじて体にぶらさがっていた。小袖や袴《はかま》は裂けて血が滲んでいる。まさに落ち武者の体であった。

北條高明は左右から高廣の家人に抱えられ、主殿にいる氏邦らの許に連れてこられた。

「高明、いかがした！」

父親の北條高廣は瞠目し、高明の許に駆け寄った。

「なにとぞ……後詰のほど……お願い致します……」

途切れ途切れに高明は告げた。

「なんと！　御館が落ちたのか。誰か水を持て！　高明とやら、今少し詳しく申せ」

氏邦は近習に命じて水差しを持ってこさせた。

水を口に含んだ高明は、氏邦の近くに運ばれ、ゆっくりと口を開いた。

「されば……」

三月十七日の早朝、御館近くの国府《こくふ》で最後とも言える野戦が行われた。結果は、続々と兵を増やした春日山勢が御館勢を圧倒、景虎勢は敗走し、御館に逃れた。

すると、御館の主・前関東管領の上杉光哲《こうてつ》は身の保身もあり、景勝の謀に乗って和睦をすべく、「御紋幕《おんもんまく》」と「檜垣《ひがき》の旗」を携《たずさ》え、人質として景虎の嫡子・齢《よわい》九歳の道満丸《どうまんまる》を連れて春日山城下の四ッ屋《よつや》城に向かった。

景勝配下の桐沢具繁《きりさわともしげ》と内田長吉《うちだながよし》は「御紋幕」と「檜垣の旗」を受け取ると、光哲ならびに道満丸を残殺し、四ッ屋の辻に磔《はりつけ》にした。

御館に残る兵は一千にも満たなくなり、とても春日山勢に対抗することなどできない状態になった。高明らは景虎に進言し、援軍を要請するために御館を出た。

「三国峠は上田衆が固めておると思いましたゆえ、某は松之山《まつのやま》街道を東にひた走り、信濃川に出くわしたところで中津《なかつ》川沿いに南に折れ、信濃から上野に出て、野反池《のぞりいけ》（野反湖）の東を通ってまいりました……」

肩で息をする高明は、話すだけで苦しそうであった。

「して、三郎は、景虎は生きておるのか？」

氏邦は高明の胸ぐらを摑まんばかりに大声で尋ねた。

「ご無事かどうかは定かではありませぬ。それゆえ、後詰のほどお願い致します」

言うや否や、高明は意識を失った。

「馬曳け！　ただちに越後に向かう」

氏邦は立ち上がり、怒号した。

「お待ちくだされ。まだ軍勢は整っておりませぬ。それに沼田城にまいりませぬと」

諏訪部定勝が氏邦の足下に跪き、何度も額を床に擦りつけて必死に留めた。

「左様なもの、後から来させよ。今揃っておる兵で押し切る」

「それでは、先の越山と同じでございます。上田衆の闘志が失せるほどの兵を率いてこそ、妨げられることなく御館に到着できるのでございます」

「されど、御館は陥落寸前ではないか。一刻も早く行かねばならぬ」

氏邦は視線よりやや高い位置を眺め廻し、握りしめた両手をわななかせた。

「されば、まずは倉内にて後詰を待ちましょう」

全てを否定すると、氏邦の箍《たが》が外れるとでも思ったのか、定勝は譲歩した。

「そう致す。されば出陣だ」

氏邦は待っていたかのように大音声で下知を飛ばした。すぐさま触れが出され、北条勢の武蔵衆は厩橋城を出立した。当然、この中には北條高廣も含まれている。

(早う、早う行かねば)

手綱を握る氏邦は、今にも鐙《あぶみ》を蹴って疾駆《しっく》しそうになるのを抑えるので必死であった。


三月二十二日、氏邦は沼田城に到着した。

城は河田勢の他に、氏政から派遣された家臣らが守備していた。

「これは、さっそくの着陣、ご苦労に存ずる」

予期したとおり、出迎えた河田重親は言葉とは裏腹に不服そうである。

（またも、安芸守に申したことを口にせねばならぬのか）

そう思うと、苛立たしい限りである。氏邦の思考は景虎の安否で固まっているが、これも方面司令官の役目。致し方ないことであった。

主殿に入った氏邦は上座に着き、下座の河田重親と相対した。

「安房守殿にお尋ねしたき儀がござる」

案の定、河田重親は質問してきた。

「なんなりと」

「越後から帰城した際、皆が疲労困憊《ひろうこんぱい》していたゆえ、あえて口には致さなんだ。また、留守中、城を守って戴いたと、一時は感謝も致した。されど、勝手に普請をし、また、以来ずっと手勢を入れたまま。これでは取り上げではござらぬか」

「この城を、敵対した武田に仕寄せられた時、貴殿の手勢だけで守れると申されるか」

「されば、いずれの城を戴けるのでござるか」

「それは、これからの働き次第。ただ、邪険には致さぬゆえ安心なされよ」

「これが北条家の政でござるか」

「これは、上杉家の家人であった者とは思えぬ言葉。越山して北条家の地が広がったか否か。亡き謙信殿は実入りが増えぬでも、恩賞を下されたか。違っておろう。それゆえ、家中で何度も返り忠が起きた。安芸守殿などいい例ではないか」

無言の河田重親は苦虫を嚙み潰したような表情をしている。こんなことならば越山した時に寝返ればよかったと考えているのであろう。氏邦は釘を刺す必要があった。

「今、この城に率いてきた兵は七千ほどだが、じき二万の数に膨れよう。安芸守殿は先陣を所望された。貴殿はいかがなされるか」

哀れだとは思うが、これも氏政の指示。曲げる訳にはいかなかった。

「某にも先陣を賜りたい」

苦悩の中で絞り出すような声で懇願する重親は、氏邦よりも一廻り上の四十九歳。人生五十年と言われるこの時代、終焉《しゅうえん》を迎える歳に近づきながら年下に頭を下げねばならぬことは屈辱以外の何ものでもなかろう。

(されど、立場が変われば同じ運命じゃ。こうは、なりとうないの)

今の己に満足し、安穏と胡座をかいておれば、いつ逆転するか判らない。明日は我が身と、河田重親を見ながら氏邦は己を戒《いまし》めた。

二日後の三月二十四日。氏邦は苛立ちながら、軍勢が集まるのを待っていた。だが、まだ予定している兵数のうち、半分の一万ほどしか入城していなかった。

厩橋城を出る際に、景虎の危機を伝える使者を松山城の氏政に出していた。また下野の状況でも急変しているのであろうか。これでは昨年の二の舞いになりかねない。

(まだ、持ちこたえているであろうか。よもや、陥落したのではあるまいか)

焦燥していると沼田城にまたも若き落武者が駆け込んできた。北條高明と同じく景虎の近習であった下平左馬助《しもだいらさまのすけ》である。

左馬助は坂戸城主であった景勝の父・長尾政景を、上田庄にある野尻《のじり》湖の舟上で謀殺したと噂される下平修理亮《しゅりのすけ》の次男であった。

左馬助は甲冑すら着用せず、襤褸《ぼろ》を身に纏った無宿人のような出で立ちであった。

「某、高明と御館を出ましたが……直後、馬を射られ、しばらく身を隠しておりました……また、途中で春日山勢に行く手を阻まれ、ゆえに到着が遅れました」

百孔千瘡《ひゃっこうせんそう》の左馬助は、呼吸すら困難な様子で途切れ途切れに告げる。

「重畳《ちょうじょう》。して、三郎は、景虎はいかがしたのだ！」

「はい、御館は陥落……炎上し、景虎様は信濃に向かって退かれました。また、景虎様の御台《みだい》様は自らお命を絶たれたとのことにございます」

「なに、信濃に！　武田は景勝と手を結んだではないか。仮に信濃に逃れたとて、捕まれば春日山に送られる。なにゆえ上野に向かわなんだのだ？」

氏邦は大声で問う。景虎の思案が理解できなかった。

「松之山街道は春日山勢で埋まり、とても通ることかないませぬ……。それゆえ、景虎様は信濃に向かわれました。……北国《ほっこく》街道（国道十八号）を通って信濃に向かえば、途中に堀江宗親《ほりえむねちか》殿の鮫ヶ尾《さめがお》城がございます。城は難攻不落。堀江殿はお味方ゆえ、景虎様が無事、城に入ることができれば、一月《ひとつき》や二月《ふたつき》は持ちこたえられましょう」

「御館が落ちた時、館にはいかほどの兵が残っておったのだ」

「一千には満たぬかと存じます……」

下平左馬助は言い終ると、責任を果たしたように意識を失った。

「一千に満たぬと。左様な寡勢で三郎を守りきれるか」

氏邦は腹の底から声を絞り出した。眉間に寄った皺はいつまでも消えない。

「三郎様が無事であることを信じましょう。さもなくば越山する意味がありませぬ」

単騎出陣されてはたまらぬと、氏邦に先んじて諏訪部定勝が進言する。

「城は一月は持つとのこと。また、景虎様が御館を出られたのであれば、細作を放って様子を見、後詰の到着を待ち、大軍で出陣するがよろしいかと存じます」

「ふん。先に制されたわ。して、鮫ヶ尾城とはいずれの地にあるのだ」

氏邦は河田重親に向かい尋ねた。

「春日山からおよそ三里（約十二キロ）ほど南。亡き謙信様が武田を防ぐべく普請し直された城にございます。下平が申すとおり、入城なされれば一月では落とせませぬ」

「左様か。一月は持つか。堀江とはいかなる者ぞ」

「早くから景虎様に従い、御館にも入って戦ったよし。信はおけるかと」

「判った。定勝、至急、細作を放ち、また松山城に後詰の催促を致せ」

即、指示を出した氏邦であるが、内心は不安で満ちていた。まずは鮫ヶ尾城に辿り着けるや否や。それに春日山から近すぎる。また、今までは味方とはいえ、状況が変われば平気で裏切るのが戦国の世。事実、景勝は重親にも離反しろとの書を出している。正直、この先はまったく読むことができない。せめて祈るしかなかった。

気を揉《も》む日が続く中、三月の末になってようやく氏政からの援軍が到着した。氏邦勢二千五百、武蔵勢一万二千五百、相模勢三千、上野勢二千の合計二万。

これで、胸を張って他国へ進軍できる。氏邦は敵を蹴散らして春日山に一当し、鮫ヶ尾城に向かって景虎を助けたのち、返す刀で景勝を討つ作戦を立てた。

あとは出陣の号令をかけるだけである。床几に腰を下ろした氏邦は、その時を待っていた。ところがそこへ、諏訪部定勝が一人の小者を連れて血相を変えて入ってきた。

「殿、鮫ヶ尾城は落城。景虎様はお討ち死になされたとのことにございます」

跪いた定勝は声を裏返して告げた。

「三郎が……」

あまりの衝撃に声を失った。主殿は静まり、耳鳴りだけがしていた。遠いところを見ていた氏邦は、ようやく我に返って問い質した。

「なにゆえ城は落ちたのだ。難攻不落ではなかったか？」

「殿にお報せ致せ」

「はっ、されば……」

定勝が声をかけると、百姓の形《なり》をした者は顔を伏せたまま口を開いた。

御館を出た景虎は配下の者たちと信濃を目指し、一路、北国街道を南に向かった。

途中で春日山勢の待ち伏せと追撃を受け、御館勢は次々に討たれ、騎馬すら失った景虎は、半死半生の体で堀江宗親の居城・鮫ヶ尾城に入城した。

鮫ヶ尾城は城山（標高約百八十七メートル）に築かれた山城である。前面に関川《せき》、矢代《やしろ》川が蛇行し、背後には険しい南葉連峰《なんばれんぽう》が連なっている。武田信玄の越後侵攻を警戒した謙信が、改築した城なので堅固であった。

御館を出る時に一千弱居た兵が鮫ヶ尾城に到着した時は僅か百五十ほどに減っていた。殆どが討たれ、また逃亡した。

城はすぐさま春日山勢に囲まれ、十九日から連日猛攻が続けられたが、まだ、陥落する段階にはなかった。だが、二十二日、討死するのを恐れた城主の堀江宗親は景勝方の調略に乗り、夜陰に紛れて景虎らが居る隣の二ノ丸を焼き払い、城から逃亡してしまった。これに御館から一緒に付いてきた本庄顕長《ほんじょうあきなが》、岩井《いわい》和泉守《いずみのかみ》、東条利長《ひがしじょうとしなが》らも一緒に逃れ、景虎らは数十名に減ってしまった。

三月二十四日。ユリウス暦では四月十九日の未明。春日山勢の壮烈な攻撃がはじまり、城内に残る兵は皆切り死にした。鮫ヶ尾城は陥落し、景虎は自刃したところを村山慶綱《むらやまよしつな》の家臣・宇野喜兵衛《うのきべえ》に討たれ二十六歳の生涯を閉じた。

三国一の美将、美しすぎる薄幸の武将と言われた上杉三郎景虎の最期である。

「三郎……」

報告を受けた氏邦は、遠く鮫ヶ尾城のある北西の方角を眺め、景虎の旧名を呟いた。

堀江宗親の裏切りや氏政の対応の遅さなどなど、激怒することは山ほどあるが、それよりも氏邦はなぜ己がそう何度も会ったことすらない景虎にこだわり、死地に向かおうとしたのか、ついに答えを出せなかった。強いて言えば、翳りあるあの目に輝きを取り戻させたいと思ったからであろうか。ある種、自分や大福が僅かながらも乗り越えたもの、未だ暗い光を放つ用土兄弟の目に似ていたからかもしれない。

（儂が彼奴の首を絞めたのだ……儂が弱いばかりに、儂が帰国したから……）

氏邦は己を罵倒し、罪の意識に苛まれた。

異母とはいえ弟の死は悲しいばかりであった。だが遠い国にて殺害されたせいもあって、すぐに弔い合戦にという訳にもいかない。また、景虎のいない越後に踏み込んだとて、さして益するものがあるとも思えない。

（お屋形様があの体たらくゆえ、必ず仇を取るとは申せぬ。されど、今の儂にできることは、そちのために祈ることだ）

氏邦は北西に両手を合わせ、儚《はかな》き命を散らした景虎のために祈りを捧《ささ》げた。

景虎の死は新たな戦いの始まりでもあった。

第二十二章　上野争乱

一

上野の沼田城で上杉三郎景虎の死を知った氏邦は、ただちに越山を取り止めて、今後の指示を仰ぐため、すぐさま氏政のもとに使者を放った。

数日後、氏政からはしっかりと沼田城を押さえておけ、という指示が出た。あとは田植えが近いので氏邦に任せると伝えてきた。勿論、すぐに帰国するつもりではあるが、気概のある者を沼田城に残さねばならない。

誰にするか迷った挙げ句、氏邦は用土重連《ようどしげつら》、信吉《のぶよし》兄弟に預けることに決めた。

（逆境に強く藤田家のことを考え、しかも信じられる者。やはり、彼奴《あやつ》しかおるまい）

氏邦は用土兄弟を呼んで告げた。

「この機におよび、上野の要となる倉内の城を預けられるは、そちたちしかおらぬ」

「有り難き仕合わせに存じます。見事、大役を果たします」

重連は感情を外に表わさず、何事もなかったように平伏する。だが、弟の信吉は武蔵の地から遠い沼田に追いやられて不服であるといった表情をしていた。

「頼んだぞ新左衛門尉」

期待の声をかけた氏邦は用土兄弟の手勢と、上野衆の金子《かねこ》泰清《やすきよ》、渡辺綱秀《わたなべつなひで》らを置き、河田重親《かわだしげちか》をそのままにして帰国した。


鉢形城に戻った氏邦は泥のように眠りこんだ。自城で安堵したせいもあり、疲れが溜まっていたこともあって、起きたのは陽が高くなってからのことであった。

朝と昼を兼ねた食事を摂り終ると、大福が膝を正して氏邦に問う。

「兄と弟に倉内の城を預けたとお聞き致しましたが」

「耳が早いな。気概があって信のおける者ゆえ預けた。不服か」

「いえ、我が兄弟を信じていただけたこと嬉しゅう思います。されど、用土の地はいかがあいなりましょうや。よもや、倉内に領地替えなされるおつもりにございますか」

大福は疑いの目を氏邦に向けた。氏邦の北条家は藤田家を乗っ取り、姓を用土に改《か》えた康邦親子から領地替えと称して、先祖代々伝わる武蔵の地を奪い、代わりに上野や神流川の荒地ばかりを与えてきた。今度はさらに遠き沼田かと危惧しても不思議ではない。

「安心致せ。用土の地を取り上げるつもりはない。先にも申したとおり、戦の強き我が義兄弟として信用できるゆえ倉内を守らせたのだ。それ以上のなにものでもない」

「それを聞いて安堵致しました。愚かな女子とお笑いください」

「兄弟を思うそなたの気持、同じ血を引く者として当然だ。なんで笑うことがあろうか」

氏邦の脳裏に景虎の面影が掠め、しばし口を噤《つぐ》んだ。

「信吉のことにございますが、昨年、紅林紀伊守《くればやしきいのかみ》殿の姫が亡くなりましたゆえ再び独り身となりました。今一度、婚姻のことお考え願いたいのでございますが」

「左様であったな。秋には戻れるであろうゆえ、どこぞに良き姫があれば申してみよ。このたびは、そちの目に適った者でかまわぬぞ」

「有難うございます。探してみまする」

大福は姉として嬉しそうであった。

暖かな日が続く中、氏邦は久々にのんびり過ごしていた。

四月の中旬、十二日付で氏政から氏邦に書が届けられた。その中で北條高廣《きたじょうたかひろ》は不忠者なので注意しろと書かれてあった。確かに先の態度からも、いつ寝返るか判らない様子が窺えたので、氏邦は厩橋城に見張りを置いた。

「定勝、厩橋のその後は？　本家でも用心しろと申してきた」

「今のところ変わったところはござりませぬ」

「左様か。引き続き見張りは怠るなと伝えよ」

厩橋は目と鼻の先にあり、敵方になれば、喉元に刃を突き付けられるだけではなく、沼田への道を閉ざされる。厩橋は絶対に失ってはならぬ地であった。

四月中、氏邦は田植えと先の戦の恩賞、寺社への領地安堵などに身を費やしていた。

五月になり、氏政は上野の諸将に対して、論功行賞をこめた知行《ちぎよう》宛てを行った。

由良《ゆら》成繁《なりしげ》の後を継いで上野の金山《かなやま》城主になった国繁《くにしげ》に対し、河田重親の旧領である勢多《せた》郡の深沢《ふかさわ》、五覧田《ごらんだ》、膳《ぜん》ならびに山田《やまだ》郡の高津戸《たかつど》、佐波《さわ》郡の赤堀《あかぼり》を約束し、北条家への帰属を勧めた。

河田重親には勢多郡の不動山《ふどうさん》を宛て、由良氏に割いた地以外の旧領を安堵した。

氏邦は河田重親に対し、沼田城から不動山城に移ることを勧め、地固めを行っていた。

そんな最中の二十一日、越後に近い上野利根郡の猿ヶ京《さるがきよう》城に武田勢が押し寄せた。この時、片野《かたの》善助《ぜんすけ》はよく守り敵の山口甚七郎《やまぐちじんしちろう》を生け捕ったので、氏邦は感状を与えている。

ほっと胸を撫で下ろすや否や、今度は七月になって五閑信重《ごかんのぶしげ》、上条善次郎《かみじようぜんじろう》ら武田についた上野衆が信濃からの援軍を受けて沼田城を囲んだという報せが届けられた。河田重親らが沼田城を出て手薄になったことを察知したに違いない。氏邦は聞くや否やすぐに触れを出し、炎天下の中、沼田に兵を進めた。

厩橋城の北條高廣に出陣の要請をすると、群馬郡の箕輪《みのわ》城に居る内藤勢が軍勢を増やしているとの理由で拒まれた。また、河田重親に命じると、移城したばかりで兵が整わず、また近くの白井《しろい》城の長尾《ながお》憲景《のりかげ》の様子が変だと言われ、高廣同様に拒絶された。

背信を警戒しながら、氏邦は単独で沼田に向かい、十七日、敵を排除して入城した。

「殿、御自らの出馬とは恐れ多し」

城に入った氏邦に対し、用土重連は礼を言う。相変わらず無表情であった。

「いや、寡勢でよく守った。さすが用土兄弟だ。この城を失うことは、我らにとって痛手となる。こののちも油断なく守ってくれ」

逆に氏邦は労うが、重連らの心配というよりも、一年前の証を失うことを憂慮してのことであった。沼田城を攻略するのに日にちがかかり、越山するのが遅れた。景虎の命と引き換えになった城と言っても過言ではない。敵に渡したくないというのが本音だ。

「信吉、大福がそちの再婚を盛んに口にしておったぞ。誰ぞ好いた女子はおらぬか。おらぬならば大福に探させようと思うがいかがだ」

「畏れながら、未だ先妻の一周忌もすまぬ内から再婚などは致せませぬ。お方様には今少しお待ち戴くようお伝えくだされ」

長く本城に帰っていないせいか、信吉は不満気であった。

「左様か。無理にとは言わぬ。されど、姉の気持も察するようにの」

氏邦としてはかなり気を遣っているつもりだが、この兄弟は打ち解けようとはしてこない。まだ凍りついた心は解けず、溝は深いままであった。

氏邦は連れて来た軍勢の一部、紅林紀伊守、布施平左衛門《ふせへいざえもん》らを残して帰国の途に就いた。実際、北条家としては沼田城にだけ構っていられないというのが現状であった。

武田勝頼は駿河方面に兵を進めているので、小田原の本家は西に備えねばならない。また、武田に呼応した佐竹義重《さたけよししげ》は下野、下総方面に軍勢を出しているので、氏照はこちらに対しなければならない。氏邦としても一つの地に落ち着いてはいられなかった。

　何にしても北条家にとって武田家が争乱の根源であった。

　鉢形城に帰城しておよそ一月《ひとつき》。まだ、暑さの残る八月二十八日、氏邦にとって不利になる報せが届けられた。ついに北條高廣が武田に寝返ったのだ。

「戯け！　あれほど見張れと申していたであろう」

　珍しく氏邦は怒鳴り声をあげた。使者の往来を阻めば、調略は阻止できるからだ。

「申し訳ございませぬ」

「なにゆえ武田の遣いを城に入れたのだ」

「畏れながら、安芸守の一族である北條右衛門尉《うえもんのじょう》が先に返り忠をしておりました。一族の者ゆえ城への出入りを見逃していたことが全ての失態。お叱りは覚悟しております」

　諏訪部定勝は、米搗《つ》き蝗《ばった》のように平謝りであった。

「北條が返り忠をしたということは那波《なわ》も同じか」

　那波、今村《いまむら》城主の那波顕宗《あきむね》は北條高廣の娘を妻にしている。先に一旦、那波顕宗から人質を取った氏邦であるが、忠節を尽くさせようという目的で返したことが逆に仇となってしまった。後悔しても今では、後の祭である。

「おそらく」

　これも防げなかったと定勝は、ひたすら額を床に擦りつけた。

「一族の者を先に落とすとはの。調略は信玄譲りか、勝頼め味な真似を」

北條一族の背信によって道は閉鎖され、沼田城は陸の孤島となってしまった。
これを知った氏政からは、だから注意しろと申したであろうと叱責の書が届けられた。
腹は立つが事実なので氏邦は反論できず、奥歯を嚙みしめるばかりだ。
九月、氏邦は援軍を送ることができない。そうみた武田勝頼は、信濃・小県郡《ちいさがた》の真田《さなだの》
庄《しょう》の領主・真田昌幸《まさゆき》に上野への侵攻を命じた。
真田昌幸は智将・幸綱《ゆきつな》の三男で、信玄の親戚筋にあたる武藤《むとう》家の養子となって武藤喜兵《きへ》
衛《え》と名乗っていた。ところが、天正三年（一五七五）五月二十一日、設楽原《したらがはら》の合戦で長男
の信綱《のぶつな》と次男の昌輝《まさてる》が討死したことにより、真田家を継ぐことになった。三増峠の戦いで
は使番《つかいばん》として一番鑓を付け、信玄にして我が両目のごとき者と言わしめた武士である。
昌幸は叔父の矢沢頼綱《やざわよりつな》に沼田城を牽制させ、その間に、利根《とね》川の対岸にある利根郡の名《な》
胡桃《ぐるみ》城の鈴木重則《すずきしげのり》（重利《しげとし》）と、その近くの小川《おがわ》城の小川可遊斎《かゆうさい》を降誘した。
小川可遊斎は七月の争乱時、氏邦に協力したことで八月二十四日、氏照から感状を得て
いるにも拘わらず真田方に降ってしまった。
利根川を挟んで沼田城の用土重連と名胡桃城の矢沢頼綱の睨《にら》み合いが続いた。
睥睨《へいげい》が継続する中、沼田城に一風変わった漢が訪れた。
「横谷左近《よこやさこん》？　ほう面白き輩《やから》が来たものじゃ。よい通せ」
重連は久々に笑みを見せ、配下に告げた。すると弟の信吉が訝《いぶか》しい顔をする。

「兄上、横谷なる者とは何者でござるか」

「勝頼の懐《ふところがたな》刀と称される真田昌幸の、さらにその懐刀よ。また忍びの頭目《とうもく》でもある」

「ほう、真田は忍びの頭目を使者として向けたのでござるか。これはまた珍しい」

信吉もまだ見ぬ頭目を楽しみにしているようであった。

ほどなくして横谷左近は主殿に姿を見せた。なるほど忍びの頭目と言うだけあって、足音をさせずに歩いている。小柄だが、引き締まったごつい体軀《たいく》。顔は四角く左右の顎《あご》が張り出し、感情を顔に出さず目に異様な輝きがあった。

「お初にお目にかかる。某、横谷左近幸重《ゆきしげ》と申す」

外見に似合わぬ高い声だ。作っているのかもしれないので真実は定かではない。

「倉内の城を預かる用土新左衛門尉重連でござる。これなるは……」

「弟の新六郎信吉でござる。お見知りおきを」

重連の言葉を遮り、信吉は上座の重連と下座の左近との間に座して名乗った。

「我らを牽制しながら、名胡桃、小川の両城を降らせた手腕はさすがにござる」

「北条、いや藤田の兵が押し寄せぬと判っていたゆえ、難しきことではござらぬ」

「ほう、なにゆえ藤田の兵が来ぬと申されるか」

重連は横谷幸重の心中を覗き込もうとする。

「それは、用土殿がご存じのはず。安房守（氏邦）殿は用土殿を亡き者にせんと思案しているからにござる」

「これはまた愉快なことを申される。なにゆえ主が儂を亡き者にせねばならぬ」

「安房守殿にとって貴殿は目の上の瘤《こぶ》。早く排除したくて仕方ないとお見受け致す。元来、貴殿は藤田の嫡流、未だ武蔵の地には貴殿こそが領主として相応しいと思っておられる方が多々おられる。今一つ、安房守殿が領地の兵を纏められぬのも、それが理由」

全てお見通しとばかりに横谷幸重は言う。

「それは、貴殿の勘違い。確かに我が主は北条家の血を引いてござるが小田原の力を後ろ楯とし、領地、領民を一つにしてござる。今や陰口を叩く者など一人もござらぬ」

「ほう、そのわりには本家とは、あまり嚙み合ってはいないようでござるの」

幾つかあるうちの一つとはいえ、さすがに忍びを束ねる者。敵状をよく摑んでいた。

「透波を多く抱える真田とはいえ、判らぬことはあるらしい。して、来城の趣きは？」

重連は惚けるような口ぶりで話を変えた。

「判らぬかどうかは別として、某《それがし》は貴殿に吉報を持ってまいった」

「ほう、伺いたいものにござるの」

「来月にも小林殿が我らがお屋形様から秩父の地を与えられましょう」

「ほう、舅殿が。武田殿は得もせぬ地を与えるとは、面白き御仁にござるな」

笑みを向けるが、重連の内心では顔がこわばっていた。攻めることを予《あらかじ》め教えると、説得に失敗しても、藤田家内に亀裂を作ることができる。

「左様。お屋形様（勝頼）も我が主も貴殿のことを懸念してござる。また、藤田、いや用士家の地を奪い、貴殿のような優れたお方を他国に追いやるような狭き度量ではござらぬ。それゆえ、北條殿や那波殿もお味方なされた」

「北條殿らは、別に誰が主でも構わぬのでござる」

「されば、貴殿も同じではござらぬのか。用土、いや藤田の地から離されなければ、主は北条でも武田でも構わぬ。さすれば、勢いのある武田に付かれてはいかがでござるか。望みは元来持っていた藤田の領地に上乗せすることでいかがでござろう」

ついに横谷幸重は本音を口にした。重連としては悪くない条件だ。

「確かに勢いはござろうが、果たしていつまで続くやら」

「武田は上杉と盟約を結び、上野の諸将も次々に我らに降ってござる。また、常陸の佐竹や下野衆たちもこれに同じでござる。北条家は囲まれてござるぞ」

「どうやら、真田殿は低い山に立たれている御様子。大きな山の向こうは見えぬらしい」

重連は口角を上げた。

「なんと」

「北条家は徳川と結んでござる。徳川は天下人たる織田家と親戚。また、北条家は上杉、佐竹と敵対する蘆名、伊達と誼《よしみ》を通じてござる。囲まれているはいずれでござろうか」

「左様なこととなれば、武田家は公方様を抱える毛利家とも誼を通じてござれば、やはり囲まれているは織田や徳川の方。いずれ息の根が止まりましょう」

「その毛利を羽柴《はしば》とか抜かす卑賤《ひせん》の者が押しているとのこと。また、上杉と言われるが、未だ国内の争いが治まらず、他国になど兵を出す余裕がござるまい。この機を狙って織田は北に兵を進めているとか。さても、いずれの息が止まるか判らぬものでござるの」

「されば、用土殿は武田に降るつもりはないと申されるか」

言い負けた横谷幸重は厳しい目を重連に向けた。

「左様、今の足場を支えることが、明日へ繋がることと考えてござる。せっかく真田庄から来て戴いたが、ご期待に応えられなくて残念でござるの」

「まあ、こたびは挨拶をさせて戴いたということで、満足致しましょう。また、近いうちに顔を出しますゆえ、次回は酒でも酌《く》み交わしましょうぞ」

「機会があればお立ち寄りくだされ。泥鰌鍋《どじょうなべ》でも振る舞いましょう」

「楽しみにしております。されば」

少しも狼狽《うろた》えることなく、横谷幸重は城を出ていった。

「兄上、ようもいろいろと存じておられますな」

二人の会話を目の当たりにして、信吉が感心した目を向ける。

「知らねば乱世は生きられぬ。されど、用心致せ。真田は城を落とすためには、いかなる手でも使う輩ぞ。先代、いや、先々代になろうか一度、幸綱と申す者に会うたことがある。昌幸という漢、横谷を使者に向ける者ゆえ、おそらく幸綱と同じかそれ以上の曲者《くせもの》ぞ。馬鹿面をしておれば、敵ではなく味方の刃に斬られるやもしれぬ」

重連は今までと違った敵と対面し、背筋に冷たい汗をかいていた。

二

十月二十日、武田勝頼の妹・菊《きく》姫が、景虎を倒して上杉の跡継となった景勝に嫁いだ。これにより、武田・上杉両家の絆《きずな》は深まり、国外への対抗策を強めていった。

上野を支配下に置こうという北条家の最前線に立たされている氏邦としては二方面に備えねばならず、厄介な出来事であった。

守勢に廻る氏邦に対し、武田家は積極的に攻撃をしかけて来る。御館の乱で景勝に味方した勝頼は越後から金一万両を貰うという約束を得ていた。

同月二十八日、上野の箕輪衆と真田配下の信濃衆が合同で鉢形城を攻撃してきた。

「戯けめ。信玄が仕寄せて落ちぬ城、汝《うぬ》らだけで手にできると思うてか」

氏邦はすぐに迎撃態勢を取らせたが、武田勢は領内に火をつけただけで退いた。

「これは倉内を手に入れるための策でございますな」

敵の様子を見た諏訪部定勝が忠言する。

「武田得意の陽動か。まったく蠅《はえ》のような輩だ」

「仰せのとおり。すでに武田は手を伸ばしております。倉内城に真田の手の者が出入りしているとのことにございます」

「なに！」

今まで流して聞いていた氏邦は、目を見開いて定勝に視線を移した。

「名胡桃城や小川城のごとく無血で手に入れんとする真田の調略かと存じます」

「して、新左衛門尉はいかがしておるのだ。彼奴《あやつ》から儂への報せはないぞ」

「新左衛門尉は会うには会うておるようですが、そのつど断っている様子。されど、今では茶飲みの間柄にもなったようで、よく笑い声が聞こえるとのこと」

「あの新左衛門尉がのぉ……」

常に表情を変えず笑いを忘れたような漢が談笑するとは氏邦には信じられなかった。

（よもや……いや、あの新左衛門尉に限って返り忠などありえまい）

とは思うものの氏邦の心に、疑惑の雲がかかりはじめた。

「問題は、頻繁に城を訪れるので、門番も顔見知りとなり、顔を見るだけで城門を開くようにございます。真田と申せば、忍びの類《たぐ》いを多々抱えている者にございます。油断を突いて城内に乱波などを潜りこませ、一気に奪うなどということも考えられます。信濃では父の幸綱が幾つも、その手で城を落としたそうにございます。二度と真田とは会わぬよう、釘を刺すがよかろうかと存じますが」

「そちの意見は尤《もっと》もだ。されど、何か思案があってのことであろう。真田から何かを聞きだす策とも考えられる。警戒は厳しゅうするよう命じよ。されど、真田のことは今少し様子を見ることに致そう」

またも自分を疑っているのか、そう重連に言われることを氏邦は恐れていた。

（妻子を用土の地に残して返り忠などするはずがない……）

必死に氏邦は己に言い聞かせるが、心の靄《もや》は払拭《ふっしょく》できなかった。

十日ほどして、氏邦の疑念を晴らすかのような事件が起きた。

十一月十日、北條高廣、那波顕宗が沼田城を攻撃した。この両名に上野衆が少し交じった程度で、真田からの兵は向けられてはいないという。

重連らはよく守り、北條勢を追い散らしたところ、どういうわけか二日後の十二日、上野の宇津木左京亮《うつぎさきょうのすけ》が、群馬郡の箕輪《みのわ》城将の内藤昌月《ないとうまさあき》から白井、下沼田の地を与えられた。単なる空約束なのか、それとも調停済なのか。氏邦にとってはまたも疑惑を深めることになった。

対応の遅さか、積極性のなさか。その後も悪い報せが次々に飛び込んでくる。この頃、本家の氏政らが帰属を持ちかけていた上野・金山城主の由良国繁や、その弟で館林《たてばやし》城主の長尾顕長《ながおあきなが》が佐竹義重と手を結んでしまった。また、白井城の長尾憲景も北條高廣の手引きで武田家に従う意思を明確にした。さらに、河田重親も真田の調略を受けて、かなり武田家に傾いているという。

上野で北条方の城は沼田城と猿ヶ京城ぐらいであった。

沼田城を落とされてはたまらない。氏邦は先に攻略された小川、名胡桃両城を奪還させるため、富永助盛に二千の軍勢を預け、沼田の重連らと合流させて両城を攻めさせようとしたが、大雪にて進退に困り、ほどなく退くこととなった。

武田勢はたびたび秩父に侵攻してきた。そのつど、追い返すものの、一時は領地を押さえられていたこともあった。そのせいか、二十二日、重連の舅に当たる小林正琳齋の一族の松林齋《しょうりんさい》が、秩父郡内の地を勝頼から与えられたという衝撃的な報せが齎された。

「誰かが手引きしているのではありませぬか」

ぼそりと定勝が気になることを口にした。

「すぐに敵を払い除けよ」

氏邦は激怒して命じたが、どうにも憤りは収まらなかった。

領内を侵されるので当たり前だが、重連の親戚筋にあたる者が鉾先を向けてきた上に、勝頼から領地を得ていることが許せない。おまけに武田の攻勢に対して、氏邦の軍勢だけでは領地を守るのが関の山。とても上野に兵を進めるところまで手が廻らない。沼田への援軍すらままならぬのだ。さらに重連への疑いも拭《ぬぐ》えない。

諸問題が折り重なり、苛立ちを解消しようと、氏邦は乳母の於園の許を訪れた。

見た目は若かった於園であるが、さすがに知命《ちめい》（五十歳）をすぎて、目尻の皺と白髪が目立つようになってきた。武士のしきたりとして早くから実母の瑞渓院《ずいけいいん》と離されて育てられたので、氏邦にとっては、まさに育ての母であった。

「好きなだけ言いたいことを申されませ」

憂鬱《ゆううつ》な時に決まって姿を現わす氏邦に、於園は心中を察して優しく微笑みかける。

「その昔、そちは幼き儂に向かい、亡き大聖寺様よりも立派な大将になると申したが、どうやら見立て違いであったようだの」

於園の点《た》てた茶を口にしながら、氏邦は愚痴をこぼす。

「殿は変わりませぬな。左様なことはございませぬ。まだこれからではありませぬか」

これを柔らかく褒めあげて発破をかけるのが於園の役どころである。

「大聖寺様は儂と同じ歳の時、関東管領を追い詰めておった。されど、今の儂は自領を守るのもままならぬ。情けないわ」

犠牲を惜しまず、力攻めをするような戦は氏邦にはできない。

「女子の於園は政のことはよく判りませぬが、亡き大聖寺様は行き詰まられた時、足下を固めることに尽力なされました。遠く手が伸びぬならば、諦めるのも一つの考え」

「倉内を退けと申すか。それは、できぬ。あの城は三郎の命と引き換えにした城だ」

「されど、その城があるがために、殿を悩ませているのではありませぬか」

客観的に見ているせいか、於園の意見は的を射ていた。

「於園、そなたの申すことは判る。されど、武士の意地だ。あの城からは退けぬ」

「されば、お守りするお方を代えられてはいかがにござりますか。さすれば殿の心労も少しは和らぐかと。あっ、これは女子がさしでがましいことを申しました」

於園は詫びるが、満更悪い意見ではないような気がした。

（左様だの。手許に置けば……彼奴らも帰城したいであろう）

氏邦は用土兄弟を帰国させようと思い付いた。

「於園、気分がすっきりした。さすが我が母だ」

感謝した氏邦は部屋を出た。その後ろ姿を於園は心配そうな眼差《まなざ》しで見ていた。

暮れも押し迫った十二月二十六日、武田家臣の跡部勝資《あとべかつすけ》から沼田領奪取の上で沼田領内の地を与えるという書を受け取り、ついに勢多郡の不動山城の河田重親も真田の誘いに乗って武田家に従属するようになった。

同日、ほぼ同じ内容の書を上野衆の小中彦兵衛尉《こなかひこひょうえのじょう》も跡部勝資から受け取っている。

その間も、真田の使者は沼田城を訪れているとのこと。氏邦としては、もはや悠長に構えている余裕はなくなった。他の将からすれば遅いぐらいである。

氏邦は用土新左衛門尉重連に登城しろという命令を出した。

遣いはすぐさま出立し、敵の目をかい潜って翌日、沼田城に到着した。

「この期におよんで登城しろとはいかなることにございましょうか」

弟の新六郎信吉が訝しげな顔をする。

「いよいよ儂を斬る気になったのかもしれぬ」

「なんと！　なにゆえ兄上が斬られなければなりませぬのか」

驚いた信吉は重連に近寄って問い質す。

「周囲の上野はほぼ武田家に従った。残すは猿ヶ京城とこの倉内城のみだ」

「寡勢で耐えている我らに対し、殿は疑っておられると申されるか」

「舅の一族、小林家の松林齋殿が勝頼から秩父郡内の地を二百貫文与えられた。儂らが手引きしたと思ったとて何ら不思議ではない」

「左様なこと、倉内で敵と戦《たたこ》うておるのに、できる訳ござらぬではないか」

「事実が殿の疑いを深めたようじゃ。また、敵を探らんと、真田の使者を何度も城に入れたことが仇《あだ》となったか。はたや、真田が左様な流言を流したのやもしれぬ」

「それら全て、藤田家のために、殿のためにしたことではありませぬか。それを……」

信吉は憤懣《ふんまん》やるかたないといった表情で怒りをあらわに吐き捨て、続ける。

「左様なことならば、何も登城などしなくてよいではありませぬか」

「用土家、いや、藤田家の嫡流として疑いは晴らさねばならぬ」

「危険でございます。某が、まだ母の腹にいる頃、我らが父は疑われて斬られたではありませぬか。左様な危うきところに兄上を行かせられませぬ」

「あの時は、父を廃したくて仕方なかった三山綱定という家老がいた。されど諏訪部はそこまでの悪党ではない。しかれども、儂が行かねばお葉が辛き目に合う。また、大福も同じじゃ。男として逃げる訳にはいかぬ。それに儂は藤田家の嫡流じゃ」

重連は遠い目をして我が妻の姿を思い浮かべた。

「おのれ、兄上がどれほど殿のために骨を折ったか。兄上、某も一緒にまいります」

口を開くほどに信吉は己の言葉に激怒する。氏邦に会えば逆に斬りかかからん剣幕だ。

「それは、ならぬ」

「なにゆえでございますか。某も申したき儀が山ほどございます」

「この城は誰が守るのじゃ。信吉、武士の本分を忘れるな」

「されど……」

「元来、藤田家の嫡流は儂とそち。もし、一緒にいて命を失えば何とする。大福が産んだ東国丸は男児とはいえ、年の半分は床にいる始末。とても藤田を継げそうにはない」

「されど、兄上の身に何かあれば、いかがします？　だめです。行かないでくだされ」

信吉は目頭を熱くして懇願する。

「信吉。耐えるのじゃ。父も藤田家を残そうと耐えに耐えられた。同じ血を引く我らにできぬ訳がない。よいか、万が一、儂の身に何かあったとしても、決して軽はずみな真似はするまいぞ。藤田の血を大事に致せ。よいな信吉。厳命じゃぞ」

重連は信吉の両肩に手を置き、双眼を直視して説得した。

「兄上……」

ついに信吉は嗚咽をあげはじめた。

「泣く奴があるか。何も斬られると決まった訳ではない。疑いを晴らすだけじゃ。よいか、縁起が悪いゆえ見送りはするなよ」

もう一度、信吉の肩に手をかけた重連は、笑みを作って立ち上がり、ゆっくりと部屋を出た。重連は陽が落ちるのを待ち、僅かな供廻りを連れて沼田城を出た。

見送りはするなと言われた信吉であるが、櫓の上から重連の後ろ姿を目で追っていた。年の暮れなので空は暗く、敵の目をかい潜るにはちょうどいい。重連は木枯らしが吹き荒《すさ》む中、数人の家臣と鉢形城に向かった。

三

十二月二十八日、西上野の倉賀野《くらがの》衆と氏邦配下の宮古島《みやこじま》衆が、秩父郡の日尾城近くで戦った。同じ日の夕刻、重連は鉢形城に到着した。

「申し上げます。用土新左衛門尉殿、まいられました」

声を聞いた瞬間、木鎚《きづち》か何かでどんと胸を強く叩かれたような衝動を覚えた。会って怒鳴りたいような、また会いたくないような不思議な気持であった。

「左様か、通せ」

自らの言葉が胃に滲《し》みる。ある意味これも静かで冷たい戦いなのだ。返答いかんによっては大福の兄を処分しなければならない。できれば、手荒なことなどしたくはない。ただの勘違いであってくれ。そう願っている時、廊下で声がした。

「用土新左衛門尉、殿の命により、ただ今、倉内城より戻りました」

「入れ」

高まる緊張を押し殺し、氏邦は静かに命じた。

「ご免」

氏邦の昂揚《こうよう》とは裏腹に、重連はいつものように無表情のまま主殿に入り、一間離れた下座に腰を下ろした。胆《きも》が据わっているのか鈍いのか、太々しくさえ見えた。

（此奴《こやつ》、今までのこと、何とも思うておらぬのか）

重連の心中が判らなかった。氏邦は何から話していいものか戸惑った。

困惑する氏邦に対し、重連は意気込んだという様子は見られない。敵対心を持つ独特の緊迫感もなければ、まな板の鯉《こい》さながらの観念したものでもない。何かを悟ったかのような雰囲気さえあった。不思議と目には翳りが見えないような気がした。

氏邦の心中を察したのではないかとさえ思えた。あれこれ言葉を選んだが、良き質問の仕方が浮かばない。こうなればと、単刀直入に切り出した。

「倉内のことだが、他の者に預けよ」

昨年の出陣以来、休む間もなかった。そちも帰城して、たまには妻子を喜ばせよ。その間、他の者に任せてはどうだ。氏邦はそう諭すつもりであったが、重連の目を見ていると、あまりにも短い言葉になってしまった。だが、三十年近くの歳月をかけて一緒に育った義兄なので、思案は伝わっていると、あえて付け足しはしなかった。

「お断り致す」

これまた重連も短く拒んだ。氏邦の目尻が吊り上がる。

重連に言わせれば、今が踏ん張りどころ。真田は他の同僚に城を攻めさせながら、己は味方のふりをして調略の手を伸ばしてくる。これに対抗できるのは自分しかいない。武田になど意地でも屈しない。判ってくだされ。目で訴えていた。

その後、二人は口を開くことなく、瞬きも碌《ろく》にせず、目で会話をはじめた。

(なにゆえ儂の命がきけぬ。そちは家中の者たちに疑われておるのだ)

〈殿はいかがなのです。某を信じられませぬのか。父を三山に殺され、藤田の地を奪われたとて、文句も言わず粉骨砕身、殿のために働いてきたはず。婚姻とて、殿の命令に従った。にも拘わらず、某を信じられぬのか〉

(儂はそちを信じておる。されど、あまりにもいろいろなことが重なりすぎた。他の者たちが疑っておる。それゆえ無実であることを示さねばならぬ)

〈いや、殿が某を信じていれば、一喝されて済むはず。それができぬのは、某が敵と通じておると思われている証拠〉

(違う。新左衛門尉、儂を信じよ。信じて、一旦、隠居してくれ。さすれば、再び世に出る機会を必ず作る。これも藤田家のためだ。そちは嫡流であろう。耐えてくれ)

〈某は充分に耐えたつもり。これ以上は無理でござる〉

「新左衛門尉！」

ついに氏邦は声に出した。切実な訴えでもあった。

「それが策ですか。父は隠居を迫られて、泣く泣く承諾したにも拘わらず、叛意の容疑をかけられて斬られた。某が断ることを承知で申されたのですか」

痛烈な批判であった。瞬時に頭に血が上り、氏邦は思わず脇差に手をかけそうになったが、必死に堪えた。重連が嘲笑っているように感じられて仕方なかった。

(なにゆえ儂の気持を判らぬのだ。儂はそちを罰したくない)

〈某は一点の曇りもござらぬ。返り忠など考えたこともない。罰したくば好きなようになされよ。それで殿の気が済むのならば甘んじて受けよう〉

重連は氏邦の器量を試している。氏邦にはそうとしか理解できなかった。

「誰ぞ膳を持て。腹が減った」

八つ当たりするかのように、氏邦は近習に声をかけた。

すると、すぐさま二つの膳が各々の前に用意された。氏邦は自分の膳を持ち、重連に触れられる位置まで近寄り腰を下ろした。二人の視線が接近する。

氏邦は白い酒瓶を摑み、無言のまま重連の盃に白濁の酒を注ぎこんだ。

重連の目が厳しくなった。

〈これは毒でござるか？　某は毒を飲んで死なねばならぬのでござるか〉

（戯け、儂が左様な阿漕《あこぎ》な真似をすると思うてか。飲み比べようではないか。そちが勝てば今までどおり。儂が勝てば隠居してもらう）

氏邦は同じ酒瓶の酒を自分の盃に同じ量だけ注ぎ、そして、一気に飲み干した。

（どうだ。毒など入っておらぬわ。そちも案外、小心者よな）

濡れた唇を手の甲で拭いながら、氏邦は僅かに笑みを作る。

〈その勝負受けた。某は一度、殿とじっくり酒を酌み交わしたかった〉

（儂もだ。新左衛門尉、そちには苦労をかけたの）

空いた自分の盃に酒を注ぎ、氏邦は重連が飲むのを待った。

〈なんの、あれが苦労とは、殿の方こそ小心者でござるぞ〉

一度として見せたことのない笑みを重連は作り、酒を口に流しこんだ。

（おう、見事な飲みっぷりだ。儂とて負けてたまるか）

氏邦は再び自分の盃の酒を飲み、重連の空いた盃に酒を注ぐ。

〈某たちは、なにゆえ、啀《いが》み合うてきたのでしょうか〉

（左様だな。二十年も前に、こうしておれば違った生き方ができたやもしれぬな）

〈まさに。されど、負けませぬぞ〉

（儂もだ）

二人は互いに盃を空にし、氏邦は再び重連の盃に酒を注ごうとした。すると、

「ぐえっ！」

笑みさえ浮かべていた重連が、突然、顔をしかめた。その刹那、口を手で押さえ、身を硬直させた。途端、指の間からどす黒い血が流れ出し、ぼとぼととこぼれ落ちた。

「新左衛門尉いかがした！　新左衛門尉！　誰かある！」

氏邦は叫び、義兄の背中を摩《さす》ろうとする。しかし、重連は血塗られた手で拒んだ。

〈おのれ、騙《だま》したな氏邦！　それほど儂が憎いのか！〉

嘔吐《えず》くほどに重連は血を吐き、今しがたとは違い怨念に満ちた目を氏邦に向けた。

「違う！　信じよ。左様なことするはずがない。儂も酒を飲んだではないか」

言いながら氏邦は重連の盃を見た。

（もしや、酒ではなく盃の方に毒が？……）

「ぐうっ……」

重連は声にならない声をもらし、床に転がりつつも氏邦に敵意の目を向ける。眸《ひとみ》は充血し、顔はどんどん黒ずんでいく。鴆毒《ちんどく》を飲んだ表情であった。

〈氏邦……よくも儂を謀《たばか》ったな！　我ら親子を殺して藤田家を奪って満足かもしれぬが、必ずや怨霊《おんりょう》となって、北条家を潰してくれる。よう覚えておれ！〉

これ以上ないほど重連は目を見開き、そのまま事切れた。その表情は般若《はんにゃ》や阿修羅《あしゅら》など可愛いとさえ思えるほど、身の毛がよだつような恐ろしい形相《ぎょうそう》であった。

近習が慌ただしく現れたが、全て終ったあとである。薬師が来て脈を取るが、ただ首を横に振るだけであった。

（新左衛門尉……誰が？……）

悪い夢でも見ているならば早く覚めて欲しい。氏邦は呆然と重連の遺骸を見ていた。

この時のことを『管窺武鑑《かんきぶかん》』は「新左衛門、毒害させらるるゆえ、其の年の暮れ重連死去なり」と記している。

重連の憤死で主殿が騒然としている時、騒動を知った大福が奥から駆け付けた。

入口に立った大福は皆が取り巻く重連の姿を見て瞠目した。

「兄上！」

かん高い大福の絶叫が主殿に響き、中にいる者は皆、入口に目をやった。

だが、大福は他の者たちに目もくれず、重連の亡骸《なきがら》に駆け寄った。

「兄上、兄上、しっかりなされませ。兄上」

大福は悲痛な叫び声をあげながら、血を吐いて絶命した兄の体を揺り動かすが、願い虚《むな》しく重連は何も反応を示さなかった。魂の抜けた体はただの物体と化していた。

氏邦はその光景を見ながら、義父の用土康邦が斬殺された時と重なって見えた。変わり果てた重連に触れ、兄の死を確認した大福は夜叉《やしゃ》のような目を氏邦に向けた。

「殿、なにゆえ兄上に毒を盛ったのでございます。それが城主のなすべきことですか」

「ち、違う……。儂ではない。左様な下知など出しておらぬ」

大福の視線が突き刺さる。氏邦は狼狽えた。

「偽りを申されますな。殿が命じずして誰が勝手にやりましょうか。しかも汚い手口。成敗ならば、なにゆえ手勢を向けられないのです。毒など、それでも武士ですか！」

「違う。大福、信じよ。神仏に誓う。断じて儂ではない」

氏邦は必死に否定するが、大福はまったく信じようとはしない。

「わたしたち一族は父を殺められたにも拘わらず、藤田家を守りたいがために耐えて、耐えて奉公してきたものを……。兄上は、一度たりとも殿に背いたことなどないというに。ああっ、この世に神も仏もないものか。わたしは夫を仇と、東国丸は仇を父と呼ぶのです。満足でしょうなあ。さあ、殿、満足だと申されませ」

厳しい言葉が次々にかけられる。氏邦は周章して立ち竦《すく》んだ。

「大福、頼む信じてくれ」

「仇が我が名を気安く呼ぶな。もう、わたしはあなた様の妻ではない。兄上……」

言葉も尽きたのか、大福は重連の遺体に縋《すが》りつき嗚咽しはじめた。

大福の慟哭《どうこく》は主殿を覆い、その場にいる者は皆、顔を顰めて俯《うつむ》いた。

号泣する大福に何と声をかけていいものか。氏邦は戸惑うばかりである。

その時、於園に仕える侍女が主殿に走りこんできた。

「申し上げます。於園様が毒を飲まれました」

「なに！」

驚愕《きょうがく》と同時に謎がとけた。氏邦は大股で於園の部屋に向かった。

「於園！」

戸を開けるや部屋に飛び込んだ。すると、於園は口端から血を流して介護されていた。

氏邦は於園を抱き起こし、口端の血を拭った。

「於園、なにゆえ毒など……於園、しっかり致せ！」

氏邦にとって於園は実の母以上の女性。さきほどの大福同様、氏邦は於園を揺り動かした。

すると、於園は微かに目を開け、細々とした声を出す。

「昨日、投げ文があり、三山殿に毒を盛ったのは、於牧の手の者と記してありました」

「なんと！」

衝撃的な事態が次々に齎される。於牧は死んだ用土康邦の側室であり、甲斐武田家の総武者奉行・小林正琳齋の娘である。正琳齋は忍びを使う一族でもあるので、康邦を斬らせた三山綱定に恨みを晴らしたとしても不思議ではない。

「なにゆえ、左様なこと儂に申さぬのだ」

「三山殿はわたしにとって愛しいお方。下手人は何としてもこの手で……。されど、女子の身で敵となった甲斐に赴くことはできず。さりとて、泣き寝入りもしたくない……」

「それで新左衛門尉に毒を盛ったのか！　無実の新左衛門尉に」

怒りや憎しみ、悔しさや愛などさまざまな葛藤が氏邦の中で渦巻いた。

「……今、殿の悩みは新左衛門尉殿。あのお方を亡き者にすれば殿の気持は晴れ、家は一つに纏まる。浅はかな女子の思慮とお笑いくだされ。新左衛門尉殿にはあの世で詫びます。左様でございました。わたしは罪人、新左衛門尉殿とは逝くところが違いました」

途切れ途切れに於園は告げるが、後悔している様子はなかった。

「於園！　それほどまでして儂のことを……。儂が今少し早く五郎兵衛のことを明らかにしなかったがために、そなたの心に鬼を住まわせてしまった。全て儂の過ちだ。許せ」

母・瑞渓院の葬儀でさえ涙を見せなかった氏邦だが、両目から雫《しずく》がこぼれ落ちた。

「殿のせいではございませぬ。全てわたしが勝手にしたこと……。殿、殿は大聖寺様よりも、よき大将になられます。今までどおり、ご家臣、領民を大切に、それにお方様を……。

「ああっ、目が、目が霞んでまいりました。殿、今一度、於園にお顔を……」

虚ろな視線を彷徨《さまよ》わせ、於園は力尽きんとする手を宙にあげた。途端に胸上に手が落ち、瞼《まぶた》が閉じられると同時に首ががっくりと折れた。

「於園！　目をあけよ！　儂はここにおる！　於園、儂の顔をよく見よ！」

氏邦は怒号するが、於園は二度と目を開けることはなかった。

「於園！　ううっ……」

息のしなくなった於園を抱え、氏邦は人目も憚《はばか》らずに咽《むせ》び泣いた。

このたびの悲劇は己の優柔不断さが招いたことであった。曖昧《あいまい》にしてはよくないことをしかと見極めねばならない。人の上に立つ者の厳しさを痛感させられた。大事な者を立続けに失った代償は、あまりにも大きく、取りかえしのつかないものであった。

二日後の大晦日、二人の葬儀は別々にしめやかに行われた。

表向き、二人とも虫風（脳梗塞）にて身罷ったとされたが、すぐに噂は広まった。

氏邦は二つの葬儀に顔を出し、坊主の唱えるお経を聞きながら、再び考え直した。

（やはり、おかしい。なにゆえ於園の許に投げ文があったか。五郎兵衛を調べているのは三之介。三之介が何かを摑んだのならば、まず儂のところに来るであろう。あるいは、家中に罅《ひび》を入れんとする武田の謀か。真田の……）

秩父に小林の一族が地を得たということが引っかかるが、結論は出なかった。

重連は藤田家の嫡男ではあるが、用土姓を名乗っていることから藤田家の菩提寺・青龍《しょうりゅう》寺《じ》に葬られることはなかった。大福は抗議したが、富永助盛ら小田原から来た奉行によって拒絶された。そのため用土城近くの小寺に眠ることとなった。

氏邦の乳母である於園は城下の寺に葬られた。

四

その日、沼田城で気を揉んでいる信吉の許に重連毒殺の報せが届けられた。

「なに、兄上が！　おのれ氏邦め！」

昼飯の最中、報告を受け、信吉は飯粒を飛ばして激怒した。

重連から言い聞かされてはいたが、まさか本当に死に追いやるとは思わなかった。

「出陣の用意を致せ！」

立ち上がった信吉は箸を床に叩きつけて、大音声で叫んだ。

「いずれに兵を向けるのでござるか」

信吉の家老とも言える伊古田十右衛門《いこだじゅうえもん》が驚いた様子で問う。

「決まっておろう。鉢形城じゃ。これより氏邦を討つ。甲冑をこれへ」

目頭を熱くした信吉は大声で下知を飛ばす。

「お待ちくだされ。それでは返り忠を致すのでござるか」

「返り忠ではない。仇討ちじゃ。あれほど忠義を尽くした兄上を殺すなど、もはや主でもなければ、家臣でもない。また、氏邦を討ったとて、姉上もお怒りになるまい」

信吉は重連に自重するよう忠言を受けていたが、守るつもりなど毛頭なかった。氏邦の首をあげねば身に滾《たぎ》る憤怒は収まらなかった。

「出陣とはまことか？」

信吉らと城を守る紅林紀伊守が、騒動を聞きつけて信吉の居る部屋にやってきた。

「たとえ紅林殿とて、止めだて無用」

信吉は聞かず、部屋を出ようとするが、紅林紀伊守は信吉の肩を押さえた。

「待て、待つのだ新六郎。娘が死んだとはいえ、儂はそなたを今でも婿だと思うておる。新左衛門尉のことは聞いた。不憫《ふびん》としか言いようがない」

「されば、某の気持を察してくだされ」

紅林紀伊守の手を払い除けて信吉は部屋を出ようとする。

「待てと申すに。新左衛門尉に毒を盛ったは殿ではなく、乳母の於園殿であろう」

背後から声をかけられた信吉は振り返った。

「左様なこと、氏邦が乳母に命じたに決まっておるわ。童でも判る児戯の手じゃ」

「殿に、左様な小細工ができれば、今少し版図は広がっておるわ」

「版図が広がらぬのは戦が下手ゆえのこと。それとこれを一緒にされるな！」

信吉は吐き捨てると、紅林紀伊守に背を向けて歩みだした。

「判らぬ男じゃ。慮外者め」

紅林紀伊守はもう一度、信吉の肩を押さえ、拳で頬を殴り倒した。

「おのれ」

床に横転した信吉は脇差に手をかけ、切りかかろうとするが、幾度もの戦場で功名をあげてきた紅林紀伊守は信吉の手を摑み、脇差を取り上げた。

「早まるでない。新左衛門尉は城を出る時に、そなたに何か申したであろう。何を言ったのか儂には判らぬ。されど、そちが一時の怒りで殿に刃向かえば、用土の家はそれで終いぞ。さすれば、お方様はどうなると思う。また、新左衛門尉の妻子は？　用土城におる者たち、皆、辛き目に遭うのじゃぞ。そのこと考えての出陣か！」

厳しい一喝である。一瞬の激怒にそこまで考える余裕はなかった。

「されど……」

「そちの悔しい気持は察する。されど、亡き康邦殿の血を引く男子は、もはやそちしかおらぬのだ。よいか、命を粗末にするではない。武士とは家を残すことにあるのじゃ」

まるで父親に叱責されているようである。信吉は感情が高まった。

「ううっ……」

「殴ってすまなんだの。さあ、仏間に行って新左衛門尉のために線香でもあげようぞ」

紅林紀伊守は信吉を起こし仏間へと向かった。

用土重連が死去したことにより、用土家は信吉が継ぐことになった。また、信吉はこれを機に新六郎から新左衛門尉を継承することとなった。

五

遠くで除夜の鐘が聞こえる。年が明け、天正八年（一五八〇）になった。

本来、目出度いはずであるが、暮れに用土重連の毒殺劇があったので、賑やかな正月を迎えられそうもなかった。

氏邦が暗殺を命じた訳ではないが、大福は信じていない。氏邦が毒を盛り、於園が罪をかぶって死んだと思っている。夫婦仲は二十年以上前に遡ったようになってしまった。もはや修復は不可能かもしれない。

重連の死から、婚儀の時よりずっと一緒だった寝室も分けられてしまった。強引に同室を主張すれば、自害でもしそうな剣幕なので、氏邦は大福の言い分を受け入れた。ここ二、三日、一人で寝ている。寒々しいせいか、なかなか寝つけなかった。もう一度、酒でも飲み直そうかと思った時、足下に影が薄《うっす》らと見えた。

氏邦は目を凝らして上半身を起こした。すると影は小さく蹲《うずくま》っている。

（よもや!?）

断末魔の重連が怨霊となると心で叫んだことを思い出した。一瞬、物の怪《け》が出たのかと、氏邦は金縛りにあったが、時は戦国、世迷い言に怯えてはいられない。

氏邦は刺客が訪れたと判断して、床の間にある太刀を取り、廊下に控えている宿直《とのい》の者に声をかけようとした。

「お声をたてられませぬよう。決して怪しい者にはござりませぬ」

廊下には聞こえぬ声で影は話す。よく見ると黒装束を着た者が跪《ひざまず》いていた。どうやら忍びの類いである。物の怪ではないので一瞬安堵したものの、身の危険が回避された訳ではない。氏邦は緊張したまま小さな声で言葉を返す。

「夜の夜中に人の寝室に入る者が怪しくないと申すか」

「安房守様だけにお会い致すは、夜の寝室しかないと存じましたゆえ。かような姿で相対することお許しくだされ」

「左様か。して、儂に用とは何だ」

「拙者は三之介が遠い親戚に当たる者とお考えくだされ」

「ほう、するとやはり三之介は乱波であったか。とすれば、そちは風魔の者か」

「拙者の生業《なりわい》はご想像にお任せ致します。されど、三之介は身軽であったかもしれませぬが、我らのような者とは違います」

「して、三之介の遠い親戚が儂に何用だ」

「三山殿に毒を盛った者のことを調べ、三之介は甲斐に潜りこんでおりました。されど、甲斐の透波に見つかり、捕らえられる寸前に自刃して果てました」

「なに！　三之介が」

「しっ、お声を静かに。拙者、親戚の誼《よしみ》で時折り、三之介を手助け致しておりました。それゆえ、伝手《つて》が届かぬゆえ調べましたるところ三之介の死を知ったよし。三之介に万が一のことあれば、安房守様にお報せせよと頼まれていたゆえのことにございます」

「左様か、三之介がのう」

このところ訃報《ふほう》続きで気が滅入《めい》る。氏邦は溜息を吐きだした。

「して、先日、於園の許に投げ文をしたのはそちか」

「いえ、拙者ではござらぬ」

「左様か。投げ文によれば、五郎兵衛に毒を盛った下手人は甲斐にいる小林の手の者とあったそうだが、そちは何か聞いておらぬか」

「左様に聞いておりますが、真実小林かどうかは……。甲斐には幾派かの忍びがおりますれば、あるいは、そのうちの一派かもしれませぬ」

「さもありなん。して、そちに主はいるのか」

「左様なことを口にせぬのが我らの生業にございます」

「なるほど、尋ねた儂が愚かであったわ。実はのう、儂もそちのような者を探しておる。そちが風魔の者で、手の空いている者がおれば、儂に仕える者を出してくれと、そちの長《おさ》に申してくれぬか。そちでも構わぬが」

「承知致しました。されど、否という時には返事はなきものとお考えくだされ。では」

氏邦が瞬きする間に、影は隅の鴨居《かもい》に飛び上がり、屋根裏に消えていった。

「なにかございましたでしょうか」

廊下で障子越しに宿直の者が声をかける。

「いや、何でもない」

誤魔化す氏邦であるが、心は今しがた消えた忍びにある。実際、優れた乱波のような者がいれば、一連の不可解な事件の真相を明らかにできる。また、武田と敵対した以上、特殊能力を持った者がいないと対等に渡り合うのは不可能だとも思っていた。一人や二人ではどれほどの差が埋められるかは判らぬが、いないよりはましである。

もしかしたら、これも敵の罠かもしれない。先ほどの者がどれほど信じられるか判らない。それに、まだ、己に仕えると決まった訳ではないが、それでも氏邦は妙に期待した。

まだ除夜の鐘は聞こえる。百八の煩悩を除去するためだが、すでに新たな欲が生まれている。とても清らかな身になるのは無理であると思いつつ、再び横になった。

元日の朝、初日の出こそは拝《おが》めなかったが、卯《う》ノ下《げ》刻《こく》（午前七時頃）に目が覚めた。本来ならば、新年の挨拶に領内の武将たちが訪れるところだが、代わりに児玉郡黛《まゆずみ》領の吉《よし》田《だ》政重《まさしげ》から武田勢が領内に侵入したという報せが届けられた。

「彼奴らに、盆も正月もないのか」

氏邦はすぐさま城下の兵を召集し、黛領に向かわせたが、敵も正月に血を見る気はなかったようで、ほどなく引き上げていった。武田勢に言わせれば新年の軽い挨拶といったところか。元旦早々、氏邦は吉田政重に対し、今後の合戦は重要なので、備えを怠るなと書を出さねばならなかった。

しかしながら、嫌な報せだけではなかった。大福の侍女がこっそりと耳打ちした。

「まことか！」

「はい。薬師の見立てでは三月《みつき》とのことにございます」

何と大福が懐妊していた。これも重連の導きか。冷えきった夫婦仲なので、会うのを躊躇《ためら》う氏邦であるが、どうしても労いの言葉をかけたくて大福の部屋に向かった。

「大福、入るぞ」

普通の城主ならば妻の部屋に堂々と入るであろうが、氏邦は一応、断った。

中に入ると、大福は奥に届けられた品の目録などを書いていた。

「いかがなされましたか」

視線が合うが、やはり冷たいものであった。

「そなたが懐妊したと聞いての。正月早々、まずは目出度い」

文机を挟んで氏邦は腰を下ろし、素直に喜んだ。

「女子を、子を産ませる道具としてしかお考えなされぬ殿には、さぞ喜ばしいことでしょう。されど、仇の子を産まねばならぬわたしの気持など、殿の思慮にはありませぬなあ」

大福も数え年三十八歳。当時としては、かなり高齢での妊娠であった。恥ずかしがって口にしているのならばいいが、まるで迷惑だと言わんばかりであった。

「大福、儂はのう……」

「殿、苛立ちはお腹の子に障《さわ》ると申します。流れてもよろしいのでございますか」

氏邦の言葉を遮《さえぎ》り、脅すかのように大福は言う。

さすがに温厚な氏邦も憤りを覚えたが、せっかく宿った子を流されてはたまらない。嫌味の一つも言いたいところだが、そこは男として我慢して、立ち上がった。

「冷えは体に毒と申す。もう一つ火鉢を部屋に入れよ」

氏邦は侍女に命じて部屋を出た。気持が伝わらず、氏邦の方が焦燥している。数日前までは憤懣《ふんまん》を和らげてくれる於園がいたが、もはやこの世にはいない。今後は全て一人で解決していかねばならぬと思うと、気が重くなっていく。

（かような時は……）

気分を変えようと、氏邦は病弱な嫡子・東国丸の部屋に向かった。

すると、相変わらず、床についたままだという。冬の間は特に顕著であった。状況は昨年と少しも変わらない。青白く細い頬。見ると切なくなる。

「東国丸、喜べ、母上が懐妊した。そなたは兄になる。弟が欲しいか、妹が欲しいか」

寝ている東国丸の顔を覗きこみ、氏邦は努めて明るく尋ねた。

「弟が欲しゅうございます」

健気《けなげ》にも氏邦の質問に答えてくれる。氏邦の暗い心が洗われるような気がする。

「左様か。されば、早う元気にならぬとな。一緒に遊べぬからの」

自然に氏邦は笑みを作りながら話しかけていた。やはり童は神の子だ。

「父上にお尋ねしたきことがございます」

頷いた東国丸は改まる。

「おう、なんでも申してみよ」

「されば、父上が伯父上を殺めたのでございますか」

衝撃的な問いに氏邦の顔はこわばった。急に神の子が夜叉の子に見えた。

「誰に聞いたのだ」

氏邦は横にいる東国丸の乳母である於節に厳しい目を向けた。

「わたくしは申しておりませぬ。先日、お方様がまいられた折り……」

於節は怯え、畳に額を擦りつけながら答えた。

「父上、まことでございますか」

東国丸は純真な瞳を向けて聞き返す。氏邦は嫡子の問いに答えず立ち上がった。

「よいな」

二度とそのことを口にさせるな。と於節に視線で告げて部屋を出た。

（なにゆえ、判らぬのだ。なにゆえ夫婦、親子、義兄弟で憎しみ合わねばならぬのだ）

東国丸の部屋を訪ねたことを後悔しながら、氏邦は独り腹の中で叫んだが、まだ、義弟の信吉とも顔を合わせてはいない。対応如何《いかん》によっては裏切る可能性もあるので、慎重にならねばならない。

正月だというのに、氏邦は屠蘇《とそ》に酔う気になれなかった。

第二十三章　背信予兆

一

二年ぶりに居城で迎える正月、氏邦は鉢形城の御殿曲輪から城下を眺めていた。

昨年は不安を抱えながら越後の雪中に埋もれていた。食糧も節約し、寒さと閉塞感に耐えながら過ごしたことを考えれば、まさに地獄と極楽の差があるが、暮れの騒動で心は荒《すさ》んでいる。遠地にいた方がよかったのかもしれないと氏邦は溜息を吐く。

澄み切った青空に凧《たこ》が舞う姿を期待していたが、元旦から武田勢が領内を脅かしているせいか、周辺の童たちも怯えて外に出ない。氏邦の防衛能力が低いという謗《そし》りを受けることは免れないが、よく晴れているのに寂しい限りだ。

保守的な氏邦に比べて、攻撃的な武田勝頼は上野の七割近くも版図に収め、積極的に他領に侵攻している。上杉、佐竹とも手を結んだ武田に武蔵領でも呼応する者が現れた。前《さきの》羽生《はにゅう》城主の広田《ひろた》直繁《なおしげ》と、長男の菅原為繁《すがわらためしげ》である。

一月七日、武田の後ろ楯を得た菅原為繁は羽生城を奪い返すべく攻撃をしたが、この時、同城を成田《なりた》氏長《うじなが》の甥にあたる長親《ながちか》がよく守ったので攻略されずに済んだ。

だが埼玉郡の羽生城は己の管轄ではないなどと、氏邦は安堵していられない。

翌八日には氏邦領に武田勢が乱入し、児玉郡の大光寺《だいこうじ》で乱暴狼藉は禁ずるという禁制を発布した。自領を荒されて、黙ってはいられない。

「すぐに討ち取れ」

氏邦がすぐに軍勢を差し向けると、武田勢は寺に籠ってしまう。まさか、自領の寺を焼く訳にもいかず、攻めあぐねていると、夜陰に乗じて領外へ逃れてしまう。鉢形勢は頼りにならぬという悪名だけが領民の間に広がった。

これを払拭したい氏邦ではあるが、己の持つ軍勢だけでは単独で敵領に攻め込むことはできない。小田原に援軍を要請したいところであるが、専《もっぱ》ら本家は駿河と下総それに下野へ兵を分配するのが精一杯で、上野方面にまで手が廻らなかった。

自領の守りで手いっぱいの氏邦に対し、沼田城の攻略を目論む真田《さなだ》昌幸《まさゆき》は、一月十一日、上野吾妻《あがつま》郡の岩櫃《いわびつ》城から利根《とね》郡の名胡桃《なぐるみ》城に移り、海野《うんの》輝幸《てるゆき》、小川《おがわ》可遊齋《ゆうさい》、鈴木《すずき》重則《しげのり》、鎌原《かんばら》重春《しげはる》、伊藤《いとう》備中守《びっちゅうのかみ》、出浦《いでうら》盛清《もりきよ》、植栗《うえぐり》河内守《かわちのかみ》、北能登守《きたのとのかみ》、大熊《おおくま》靭負尉《ゆきえのじょう》、河原《かわはら》綱家《つないえ》、矢野《やの》半左衛門《はんざえもん》、春原《すのはら》勘右衛門《かんえもん》、丸山土佐守《まるやまとさのかみ》ら上野衆を集めて評定を開き、同月二十一日、輝幸の嫡男の幸貞《ゆきさだ》を先陣にした上野衆に利根川を渡らせ、利根郡の明徳寺《めいとくじ》城を攻め落とさせた。

用土重連の四十九日が終了すると、妻のお葉は一人娘をつれて甲斐に帰国した。

「左様か」

報告を受けた氏邦は生返事をしながら、康邦、重連親子を思い出した。

(二人とも同じような処遇に追ってしまった)

康邦は三山綱定が残殺させただけに、息子の重連は右腕として重用するつもりでいたが、二人の間の溝は埋まらず、目の前で憤死させてしまった。後悔してもしきれない。

用土家と新左衛門尉の名は次男の信吉が引き継いだものの、今は沼田城に籠って信濃、上野の武田勢に包囲され、気掛かりでならない。何とか敵に走らずに済んでいるのは、舅の紅林紀伊守が側にいればこそだが、信吉の妻であった紀伊守の娘は死去しており、今後どうなるか判らない。劣勢に立つ氏邦にとって、もっとも恐れているのは内応者が出ることであった。しかも、義弟の信吉が今一番の心配の種である。早いうちに誤解を解かねば手後れになる。苦悩は尽きなかった。

「能登守（富永助盛）を倉内（沼田）城に入れ、新左衛門尉を戻してはいかがでしょう」

家老の諏訪部定勝が現状を打開せんと忠言する。

「兄（重連）のように毒殺されてはたまらぬ、と申し、従うまい」

苛烈《かれつ》な信吉の性格を知るだけに、氏邦は無理であろうと思う。

「されば、何人か城将が務まる者を送り、交代で呼び戻してはいかがでございましょう。さすれば新左衛門尉とて安堵するのではありませぬか」

「それで武蔵の領内は守れるのか」

「他にいい案がございますれば、お下知くだされ」

「左様のう……」

氏邦は思案する。最初に片づけねばならぬ問題だが、非常に脆《もろ》く壊れやすい物に手をつけるようなもの。どうやって事を運ぶか、その手法が見つからなくて困っていた。

そんな弟の苦悩を察してか、二月二十四日、氏政は伊豆に居を置く奉行の清水康英《しみずやすひで》に書を出し、河越、松山に兵を派遣し、また沼田城に普請するための人数を送り、厩橋城その他の一、二城を巡回しろという命令書を出した。

書中の厩橋、沼田は氏邦の管轄である。清水康英が巡察に来る前に沼田城の普請をし、厩橋城を落とせるように準備しろという指示である。悩んでいる暇などなかった。

氏邦は早速、富永助盛に沼田行きを命じ、百ほどの兵をつけて二十六日に出立させた。とは言え、厩橋城には敵となった北條高廣がいるので沼田街道は通れず、また、利根川の西は武田の支配地なので、三国街道も通行できなかった。

そのため、群馬郡出身の北爪将監《きたづめしようげん》に嚮導《きようどう》役を務めさせ、厩橋と新田領の間を抜け、赤城山の東を通って沼田に行く道筋を選ばせた。

順調に進んでいた一行だが、翌二十七日、敵に漏れたようで、勢多郡の山上《やまかみ》戸張《とばり》で武田方の上野衆に待ち伏せを受けた。

だが北爪将監は戦上手で知られ、富永助盛を先に進ませ、追い縋る敵を払い除け、怯《ひる》んだところを追撃し、多数の敵を討ち取った。お陰で助盛は無傷で沼田城に入城した。

「おう、さすが北爪将監だ」

報告を受けた氏邦は喜び、ただちに感状を遣わせた。

沼田城に入った富永助盛は、さっそく信吉と対面した。

助盛と信吉は初対面ではないが、助盛が小田原から来たという理由だけで、信吉は助盛に対して反感を持っていた。また、その挨拶がさらに嫌悪感を募らせた。

「よう城を守られた。されど、安心めされよ。信濃や上野の者など物の数ではない」

まるで常勝将軍のごとく鼻息の荒い助盛に信吉は不快感を募らせた。

（儂らが寡勢でいかに守ってきたか知りもせず、何様のつもりじゃ。所詮《しょせん》は小田原の軟弱奉行。そのうち帰国したいと泣き言を申すであろう）

その時は嘲笑《あざわら》ってやろうと思っていた。

「これは心強い。某も安堵致した」

「大船に乗った気でいられよ」

強気の根拠はどこから来るのか、信吉には理解に苦しむことであった。

三月も半ば、氏邦から勢多郡の不動山城を攻めよという命令が下された。

「こたびは、某に任されよ。新左衛門尉殿には城の守りを願いたい」

押さえつける者がいないせいか、助盛は積極的であった。

「左様でござるか。されば、こたびは、貴殿にお任せ致す」

泣き面を楽しみに、あるいは二度と会うこともないかもしれぬと信吉は了承した。

十四日、助盛は不動山城を攻めるため、沼田城を出立した。

不動山城は赤城《あかぎ》見立《みたち》にあり、奥沢《おくさわ》川と大久保《おおくぼ》の沢が赤城《あかぎ》山麓崖《さんろくがい》を深く抉《えぐ》って形成した舌《ぜっ》状台地《じょうだいち》の突端《とったん》に位置している。利根川の東側の段丘《だんきゅう》（標高約三百三十メートル）に建つ城は見晴らしがよく、北の津久田《つくだ》城、遠くは南の蒼海《おうみ》城をも望める枢要《すうよう》の地であった。別名を樽《たる》城とも呼ばれ、半里ほど南西にある白井城の支城としての役目を担っていた。

城郭は本丸、二ノ丸、三ノ丸と三つの郭からなっている。本丸は西端に位置して北半分は三間ほどの段となり、浅い堀切で東西に分けられている。

城将は、昨年、上杉家臣として沼田城を預かっていた河田重親であったが、勝頼の指示で別の城に移り、代わりに牧和泉守《まきいずみのかみ》が守っていた。

城に籠っていれば、二百や三百の軍勢ではびくともしないが、寡勢が攻めてきたということもあってか牧和泉守は野戦にて一気に蹴散らそうと考えた。また、近くには白井城の長尾憲景もいるので、遣いを送り、挟撃《きょうげき》しようという作戦を立てた。

その計画はよかったが、白井勢の出陣が遅れてしまった。富永勢はこの好機を逃さず、態勢が整わぬ牧勢を打ち破り、和泉守の次男の源六郎《げんろくろう》以下、多数を討ち取った。だが、城を攻略するまでには至らず、帰城した。

「上野勢は戦を知らぬ様子。この分では、年内に敵を一掃できそうじゃの」

美酒に酔う助盛は、自惚《うぬぼ》れなどとおり越し、国主にでもなったような態度であった。

報せを聞いた小田原の氏政はすぐに助盛へ感状を出した。

（牧が戯けなだけのこと。次も同じようにはいくまい。今に吠え面かくことになろう）

面白ろかろうはずがない信吉は、すぐに酒宴の席を立った。

二

武田勝頼が上杉景勝や佐竹義重と手を結び、北条家を圧迫して優勢に立つ中で、氏政はどうしていたのか。敵の敵は味方のたとえどおり、戦国の武将として当然のごとく遠交近攻《えんこうきんこう》を行っている。あまり効果はあがっていないが、東北では会津《あいづ》の蘆名盛氏《あしなもりうじ》・盛隆《もりたか》親子、米沢《よねざわ》の伊達輝宗《だててるむね》と誼を結び、上杉、佐竹を牽制させ、東海では浜松《はままつ》の徳川家康《とくがわいえやす》と駿河の武田を挟撃しようとしている。

氏政は前年から天下人の織田信長に鷹《たか》三羽を贈らせて誼を通じており、この年の三月十日、氏政の家臣の笠原康明《かさはらやすあき》らが、織田家の家臣の武井夕庵《たけいせきあん》や滝川一益《たきがわかずます》らと会うことができた。この時、「織田、北条両家の縁を結び、関東八州は北条家の分国となった」と太田牛一《おおたぎゅういち》が書いた『信長公記《しんちょうこうき》』に記されている。氏政は信長に臣下の礼をとり、領国を承認してもらったことになる。北条家としては設楽原の合戦のごとく信長に武田討伐の兵を出して欲しいと願っていた。それだけ切迫していたのが事実であった。

北条家の態度に気をよくした信長は、使者たちに都見物をせよと言い渡し、滝川一益が案内役となった。さらに、関東の武士に絢爛豪華《けんらんごうか》な安土《あづち》城を見せつけようと、信長が自ら案内したという。ただ、即座に武田攻めの兵が東に向くことはなかった。

その間にも好戦的な勝頼の命を受けて、上野衆が軍勢を集めているとの報せが鉢形城に届けられた。その数は五千を超えるという。

「殿、とても、我らだけで支えきれるものではありませぬ。この城に籠れば、万に一つも落とされることはございませぬが、城下は火に包まれましょう」

諏訪部定勝は唾を飛ばして主張する。

「後詰を頼めと申すか。されど、本家は駿河に出ていて、手が廻るまい」

他の武蔵衆を動員するにも氏政の許可が必要で、また皆手伝い戦を嫌う。だが、悩んでもいられない。このところ領内を侵され続け、領民から不満の声が出ている。

「兄上に頼むか」

氏邦にも自尊心があるので、兄弟とはいえ兵の懇願はしたくない。それに氏照としても甲斐に隣接して武田家に備えねばならず、また下野、下総では佐竹と干戈を交えているので、余裕がある訳ではない。だが、贅沢《ぜいたく》は言っていられる状態ではなかった。

すぐさま氏邦は氏照の許に使者を送った。

「左様か。氏邦にはすぐに駆け付けるゆえ安堵致せと申せ」

度量の大きい氏照は快く受け入れ、すぐさま甲斐への備えをすると、二千五百の軍勢を率いて鉢形城へ到着した。

「お忙しい中、お来し戴きましたこと感謝致します」

氏邦は大手門まで行って出迎えた。

「なんの、兄弟の危うきを見捨てることができようか」

馬上で豪気に氏照は言う。景虎の二の舞いにはしないとでも言いたげな目である。二人には弟を助けられなかったという後悔があるので、瞬時に判り合えた。

氏照は馬を降りると、氏邦と一緒に本丸の御殿曲輪に向けて肩を並べて歩きだした。

「上野の者たちがそっくり武田についたゆえ、そちだけでは手に余るの」

「力不足ゆえ、ご迷惑をおかけ致しております」

「左様な意味ではない。上野の奴らのこと。ころころと寝返りよる。腹の立つ輩じゃ、二度と背かぬよう、叩きのめさねばならぬな」

「仰せのとおり。先陣を駆ける所存です」

感謝の念をこめて氏邦は言う。

「そう言えば、大福殿は、懐妊したようじゃの」

「はあ、三十路をすぎての子ゆえ、恥ずかしがっております」

夫婦仲は冷えきっているので、触れられたくないことであった。

「羨ましいかぎりじゃ。儂のところは姫一人ゆえの」

氏照は寂しそうな顔をする。この兄もそれなりに問題を抱えているようであった。

御殿曲輪に入った二人は主立った者を主殿に呼び評議を開いた。上野勢は緑野《みどの》郡の平井《ひらい》方面より神流川を渡り、鎌倉街道上道（国道二五四号）を通ってくる模様とのことであった。

「ここは、神流川を渡らせぬようにするがよいと存じます」

氏邦はいつものように、水際で排除したいと考えていた。

「氏邦、ここは、なるべく敵を引き付けて包囲もしくは挟撃をして、一気に叩き潰すが今後のためじゃ。儂らは睨み合いをしに来たのではないぞ」

氏照は氏邦の甘さを叱責するかのように言う。鉢形勢の中からも異論は出たが、援軍を要請しただけに、氏邦は氏照の意見を受け入れるしかなかった。

そうして鉢形城から一里半（約六キロ）ほど北西の大仏《だいぶつ》に氏照勢が陣を布き、同地から半里ほど北西の広木《ひろき》に氏邦勢が陣を布いた。広木のほうが敵に近かった。

「よいか、こたびは我らの戦ぞ。決して滝山勢に矢玉を放たせるでない！」

己の鬱憤《うっぷん》を晴らすかのように、いつになく氏邦は意気込んでいた。

「武蔵の地に足を踏み入れたこと後悔させよ。一人残らず討ち取るのだ！」

「うおおーっ！」

氏邦の熱意が伝わったのか、家臣たちの咆哮もどことなく勢いがあった。氏照と同陣しているということもあってか、このたびの戦は負ける気がしなかった。

予想どおり、上野勢は鎌倉街道上道を南下してきた。敵も氏邦勢が広木辺りに居ることは摑んだらしいが、いつもどおり守勢に廻るとでも思っているのか、躊躇《ちゅうちょ》なく進んでくる。

大仏に氏照勢がいることは判らないようであった。

氏邦は軍勢を二つに分けた。広木の本陣には秩父衆を主体にした一千五百。半里ほど北の沼上《ぬまがみ》には横地忠春ら児玉衆の一千を潜ませた。

「よいか、まだぞ。よく引きつけるのだ」

本陣にいる氏邦は、突撃したいのを抑えるのがこれほど辛いこととは思わなかった。

敵は利根川支流の身馴川《みなれ》（小山川《こやま》）を渡河して、氏邦勢まであと十町（約一・一キロ）ほどに接近した。

「殿、これ以上、待っては体に毒ですぞ」

苛立つ氏邦を見兼ねて定勝が忠言する。顔には笑みを浮かべていた。

「左様だの。されば。かかれーっ！」

氏邦はついに軍采を振り下ろして攻撃の合図を出した。

暖かな春の過ごしやすい午後、法螺の音が響き渡った。

途端に沼上の児玉衆が突撃し、敵の横腹を突くように矢玉を浴びせた。これに合わせて、吉田政重、朝見玄光ら秩父衆が正面から迫り、弓・鉄砲を放った。

突然の攻撃に上野衆も泡を喰ったようで、南西の秋山《あきやま》の方に逃れていく。まさか鉢形勢の方から攻めてくるとは予想だにしていなかったようである。

報せを受けた大仏の氏照は秋山へ兵を向かわせた。予定どおりの挟撃である。

まさかの挟み撃ちに敵は翻弄《ほんろう》され、次々に討たれていった。

ほどなく敵からは退き法螺が吹かれ、退き陣にかかった。

「追え！　一人漏らさず討ち取るのじゃ！」

敵に恐怖を植えつけるべく、氏邦は珍しく追撃をさせた。追撃は翌二十七日にも及んだ。しかも鉢形勢は神流川だけではなく、鏑《かぶら》川、烏《からす》川をも渡河し、上野群馬郡の倉賀野《くらがの》にまで攻めこんで敵を叩き臥せた。

この戦いで鉢形勢の新井親子が活躍し、父の入道は戦死したが、息子の主水太郎《もんどたろう》は氏邦から感状を得ている。この時より氏邦は以前から名乗ることを許されていた安房守を書に記した。敵地に踏み込んで勝利した自信がそうさせた。

「そちは、やればできるのじゃ。気を大きく持て」

帰城した氏邦に氏照は労いの言葉をかけた。以前、於園に言われた言葉を思い出して、氏邦は感慨深い気分になり、目頭を熱くした。

「兄上のお陰です」

「次は儂が後詰を頼むやもしれぬ。その時はこたびのように頼むぞ」

「はい。いつなりとも手伝わせて戴きます」

久々に氏邦は美酒に酔った。

猛烈な追撃だったせいか、武田勢はしばらく鳴りを潜めることとなった。

広木、大仏の出陣から一ヵ月後の閏《うるう》三月、今度は氏照から氏邦に援軍の要請が来た。向かう先は常陸稲敷《ひたちいなしき》郡の牛久《うしく》城。攻撃先は筑波《つくば》郡の谷田部《やたべ》城である。

谷田部城は小田氏治《おだうじはる》の家臣・岡見頼忠《おかみよりただ》の居城であったが、元亀元年（一五七〇）、真壁《まかべ》下妻城主の多賀谷政経・経伯兄弟に攻略された。城から逃亡した頼忠は、一族の岡見治家《いえ》の居城である牛久城を頼ることにした。以降、谷田部城は経伯が守っていた。

常陸で版図を広げようとする氏照は、谷田部城を奪還するため牛久城に逃れた岡見頼忠、筑波郡岩崎《いわさき》領主の只越善久《ただこしよしひさ》、筑波郡足高《あたか》城の岡見宗治《おかみむねはる》、同郡板橋《いたばし》城の月岡広秀《つきおかひろひで》を誘った。

岡見頼忠は二つ返事で応え、岡見宗治ら一千ほどの兵を集めた。これに氏照の二千五百と氏邦の二千五百が加わり、およそ六千に膨らんだ。

氏邦が牛久城に入ると、氏照が歓迎する。

「よう、まいった」

「いえ、先月は兄上のお陰で敵を蹴散らせました。こたびは我らが応える番です」

「おう、先の戦のような働きを期待しておるぞ」

「お任せください」

氏邦は力強く胸を叩いた。

翌日、氏邦、氏照兄弟と岡見頼忠ら常陸衆は谷田部城に向かって牛久城を出た。

牛久城から三里（約十二キロ）ほど北に谷田部城がある。北は水田、東は東谷田《ひがしやた》川、西は西谷田川、南は集落、北と東に堀、平城であるが天険の水に守られている。

南に岡見頼忠ら常陸衆、東に氏邦、西に氏照が布陣した。

突如、敵に囲まれた多賀谷勢だが、予《かね》てから緊急の時には五里（約二十キロ）ほど北の下妻城へ鐘による連絡網が出来ており、多賀谷経伯は早鐘を打って敵襲を報せた。

下妻城は多賀谷経伯の兄・政経の居城であったが、政経は天正四年（一五七六）に死去し、嫡子の重経《しげつね》が跡を継ぎ、経伯の息子の経明《つねあき》も同城に入っていた。

早鐘を聞き、父の危機を知った多賀谷経明は、重経の出陣の指示を待たず、配下の少ない兵とともに谷田部城に駆け付けたところ、城は大軍に囲まれていた。とても城内に入ることはできず、経明は旗を押し立てて右往左往するばかりであった。

多賀谷経伯は櫓の上から経明の様子を目撃した。

「あの戯けめ。大軍に囲まれたゆえ報せたというに、寡勢で出てきおって」

未熟な息子の行動に立腹するが、多賀谷経伯は息子を見殺しにできなかった。

「下妻の後詰を待つが正しかろう。されど、倅《せがれ》が討たれるのを父として黙って見ていることはできぬ。後日の謗《そし》りはどうあれ、運を天に任せて打って出る」

止める重臣たちを振りきり、多賀谷経伯は城門を開かせて出撃した。

「敵ぞ！」

谷田部城の東に布陣していた氏邦勢は、大将らしき騎馬が出撃するのを発見した。すると城門の際で待ち構えていた反町大膳亮《そりまちだいぜんのすけ》は、一番鑓をつけて、すぐに首級をあげた。

一方、群がる敵を払い除け、多賀谷経伯は氏邦勢の一角を崩して囲みを突破し、息子の経明と合流した。いたち坂一本松の台で、しばらくは親子で奮戦していたが、多勢に無勢は否めない。鶴ヶ淵《つるがぶち》・細畷《ほそなわて》まで追い詰められ、城から出た者たちは下妻城から駆け付けた兵ともども全員が討ち取られた。

城主の居なくなった城は脆く、あっという間に攻略寸前に追い込まれた。

そこに下妻城主の多賀谷重経が三千の軍勢を率いて到着した。氏照らの後方、城の北西に当たる平場に出たところで経伯親子の死と陥落寸前の状況を知った。

「孝養溢れる経伯親子のためにも城を敵から奪い返し、弔い合戦を致すのじゃ！」

怒号した多賀谷重経は憤怒《ふんぬ》の形相で氏照勢に襲いかかった。

怒りは恐怖を取り除くもの。多賀谷勢は鬼神のごとく、滝山勢を蹴散らした。そこに、重経の弟の重康も駆け付け、氏照勢に切り込んだ。

氏照勢は不意を突かれたので、一気に陣形を崩され、次第に退きはじめた。

「兄上を助けるのだ」

城の東側に布陣していた氏邦は、本陣が崩れたのを知ると、すぐに兵の半数を差し向けた。一方、多賀谷勢の活躍を知った谷田部勢は勢いを盛り返し、末端の兵まで城を打って出て鉢形勢に突撃してきた。

「敵は寡勢ぞ、二、三人が一組になって敵に当たれ！」

氏邦は号令をかけるが、死に物狂いになった谷田部勢は、まさに獰猛《どうもう》な虎のごとく襲いかかってくる。比べて鉢形兵は、あくまでも手伝い戦と見なしている者が多いせいか、先日の戦いのように、敵を追い散らそうという覇気にかけていた。兵数で勝っているにも拘わらず、ずるずると押され、そのうちに氏邦の本陣近くまで迫ってきた。

「殿、氏照様も後退なされております。ここは一旦、退くがよかろうかと存じます」

諏訪部定勝が嗄れた声で進言する。

「なにゆえ、我らが負けるのだ」

城主を討ち取り、城は陥落寸前、負けるはずのない戦である。氏邦は問う。

「勝利を摑む真際が、一番油断すると申しますが、今がその時。最早、猶予がありませぬ。このままでは犠牲が増えましょうぞ」

「ええい、されば退き法螺を吹かせよ」

氏邦は苦虫を嚙み潰したような顔で退却を指示するしかなかった。

北条勢は、ただただ退くばかりであった。

多賀谷勢の追撃は凄まじく、氏照、氏邦、岡見勢ら合わせて五百近くを討ち取られた。

「どうも、下総、常陸の戦は我らと相性がよくありませぬな」

敵の追い討ちが一段落し、氏邦と馬を並べる定勝がこぼした。

「単なる相性なればよいがの」

他国を攻めるには入念な計画が必要だと氏邦は考える。そのため、先月、上野に攻め込んだことは運がよかった程度にしか思っていない。己のことは棚に上げ、客観的に見れば、氏政にしても氏照にしても、稚拙だというのが氏邦の見解であった。

氏照もそれを自覚しているのか、反撃しようとはせず、帰路に就いた。

一方、多賀谷重経は渡辺越前守を谷田部城の城代として置き、下妻城に引き上げた。

氏照に対して恩返しができず、申し訳ない気持に苛まれながら、氏邦は帰国した。

帰城してすぐに沼田城の富永助盛から援軍の要請があった。一息吐きたい氏邦であるが、同城を見捨てる訳にもいかない。昨年、雪のために利根川を渡河できずに引き返した苦い記憶がある。小川、名胡桃の両城を奪還するためにも沼田に向けて出陣した。

途中、群馬郡の白井城に近づくと、城主の長尾憲景が降ってきた。先に倉賀野で上野衆を追い散らしたせいかもしれない。だが、諏訪部定勝は懸念する。

「罠ではありますまいか」

「よもや、左様なこともあるまい。質を取っておればよかろう」

上野の名家・長尾家が鞍替えしたということが流れれば、他にも降ってくる者が出てくるのではないか。多少の危険はあるものの、充分に警戒したうえで氏邦は許した。

氏邦本隊の二千五百は小川城に向けて利根川の東を走る清水峠越《ごえ》往還を北上した。

長尾憲景の一千には名胡桃城ならびに、吾妻郡の中山《なかやま》城を攻めさせるために三国街道を北に進ませた。

白井の長尾憲景らだけで、名胡桃城や中山城を攻略できるとは思っていない。どちらかを攻めて真田勢の足留めをできれば挟撃されずにすむという配慮からである。

万が一、名胡桃城の真田勢と合流して氏邦らに向かってきた時のために、長尾憲景の次男・景広《かげひろ》（政景《まさかげ》）を人質にして一応の手は打った。

氏邦は城攻め以上に憂慮していることがある。それは信吉のこと。

（重連が毒殺されて以来、はじめて信吉と会う。いかように声をかけていいものか）

未だその言葉が見つからず、気が乗らなかった。

困惑したままでも刻《とき》は待ってくれない。氏邦は沼田城に到着した。

途端に、富永助盛や紅林紀伊守、上野勢の金子《かねこ》泰清《やすきよ》（家清《いえきよ》・経重《つねしげ》とも）、渡辺綱秀《わたなべつなひで》らが待ち焦がれたように氏邦の前に跪《ひざまず》いた。

「遠路、後詰に戴き、恐悦至極に存じます」

「そちたちも寡勢でよう耐えた」

労いながら、氏邦は周囲を見廻すが、信吉の姿はなかった。

「新六郎、いや新左衛門尉はいかがした？」

「主殿におります。出迎えるよう言い渡したのでございますが」

他人に責任を擦《なす》り付けるかのように、富永助盛は隣の紅林紀伊守を見る。

舅であった紅林紀伊守は、申し訳なさそうに項垂《うなだ》れた。

「よいよい」

やはり顔を合わせたくないのであろう。できれば自分も同じである。頷いた氏邦は重い気持のまま本丸に向かった。

さすがに主殿に入った主君に対し、家臣として挨拶を拒む訳にもいかないであろう。信吉は睨《にら》みこそはしないものの、不機嫌そうな面持ちで氏邦の前に出た。

「遠路、ご足労にございます」

臣下の者が主に礼を言う態度とはほど遠い社交辞令であった。重連の死からおよそ四ヵ月、少しも恨みは消えていないようであった。

「そちも、よう耐えたな」

敵からの攻撃、重連の毒殺、助盛との確執などの意味をこめた労いであった。

「耐えてなどおりませぬ」

憎んでいるぞと言わんばかりの目を向ける。まさに仇を見るような視線であった。

（此奴……）

気持は判らない訳ではないが、このまま沼田城に置いておくのは危険であると氏邦は思った。だが、戦の前に家臣の戦気を削《そ》ぐようなことは言えなかった。

ただ、前線に出して士気が下がるのを恐れた氏邦は、評議の席で信吉を殿軍《しんがり》に命じた。

小川城に籠る兵は四百ほど。負けるはずがないという前提の思案であった。

翌日、沼田勢を加えた三千の兵は、二里（約八キロ）ほど北にある小川城に向かった。

小川城は利根川と赤谷《あかや》川の合流地点近くの台地にあり、また三国街道と清水峠越往環が一緒になる交通の要衝に屹立《きつりつ》している。城の東は利根川に面した断崖で、北に古城沢《こじょうさわ》、南に八幡沢《はちまんさわ》の谷があり、西は味城山《みじょうやま》に続く緩やかな台地であった。

赤谷川を渡り、三十町（約三・三キロ）ほど南には名胡桃城がある。二城一対の両城は、同時に攻めねば攻略するのは不可能であった。そのため、氏邦本隊とは別の長尾勢が真田勢を押さえることが陥落させるためには絶対の条件であった。

氏邦勢は徒渉《ただわたり》とも呼ばれている竹之下《たけのした》河原の徒渉地《としょうち》から利根川を渡ろうとしたが、二十四日の夜半から翌日に降った大雨と雪解け水で川は水嵩が増していた。仕方なしに舟橋を架けて、小川城の西側に向かった。

すると突如、城に向かう列の西側、獄林寺《がくりんじ》のある菩提木《ぼだいぎ》の台という高台から伏兵が湧きあがり、氏邦勢に殺到した。城主の小川可遊齋は、城に籠っているばかりと思っていたが、裏をかかれてしまった。細く延びた隊列の横腹を突かれた。

「敵襲！　弓衆、前へ！」

諏訪部定勝が即座に号令をかけるが、弓に弦を張っていない者も多々いるので、即座の反撃はできなかった。その間に小川勢の放つ矢が氏邦勢に降ってきた。

矢を受け、悲鳴をあげて数人が倒れた。

「楯を前に！　弓衆、まだか！　九郎右衛門、岩田衆と敵の背後に廻れ！」

「承知」

定勝の指示で町田康忠《まちだやすただ》は岩田幸利《いわたゆきとし》、同幸清《ゆききよ》らとともに隊列を離れて敵を叩きに向かった。

ようやく氏邦勢の弓衆の用意が整い、菩提木の台に向けて矢先を構えた時、反対の東から鉄砲の咆哮《ほうこう》が聞こえた。

小川可遊齋が自ら率いる鉄砲組が竹之下の茂みから轟音を響かせた。

「かかれーっ！」

銃撃を受けて狼狽えている氏邦勢に、寡勢の小川勢は長柄《ながえ》を向けて突き入ってきた。鋭利な鉾先を前に構え、砂塵《さじん》をあげて突撃してくる。

「敵は少ない、長柄組、二人一組で追い散らせ！」

定勝の下知に長柄勢は即座に鞘《さや》を払い、小川勢に対して鑓衾《やりぶすま》を作り阻止した。

当初は奇襲にかき乱された氏邦勢であるが、一旦落ち着きだすと、兵数の多さがものを言う。敵の攻撃を受け止めたあとは反撃に転じた。

「一人が受け、もう一人は攻めに徹しよ！」

下知に従うと剣戟の数が減り、氏邦勢は敵を仕留めはじめた。

「退け！」

少数の急襲は敵が混乱している時に通じるもの。落ち着かれては逆に全滅するだけである。小川可遊斎はすぐに兵を竹之下方面に退かせた。

「追え！　一人残さず討ち取れ！　敵将を逃すな！」

定勝の怒号に氏邦勢は猛然と追撃をはじめた。

氏邦勢の竹之下への追撃を確認すると、小川可遊斎は城内に法螺で合図をした。

途端に城兵が城内から飛び出して氏邦勢の軍列に雪崩れ込んだ。城兵は傍若無人《ぼうじゃくぶじん》に暴れまわり、止まることなく血鑓を振るった。

戸惑い怯《ひる》んだ氏邦勢に、小川可遊斎は踵《きびす》を返して再び乱戦に加わった。周囲は討ちつ討たれつの激戦に変わり、宙は血飛沫《ちしぶき》が舞い、次々に屍《しかばね》が転がった。

「申し上げます。名胡桃の後詰がまいりました」

奇襲戦に悩まされる氏邦の許に驚くべき報せが齎された。

「なに！　長尾勢はいかがした？」

「恐れながら、今のところは判りませぬ」

物見は、すまなそうに下を向いたまま答えるだけであった。

「ええい、長尾の腰抜けめが！　早急に名胡桃勢に備えよ」

氏邦は憤りをあらわに下知を飛ばす。敵は寡勢とは言え、長く延びた隊列を四方から攻められて、氏邦は不安にかられた。名胡桃城から現れたのは北能登守ら二百で、兵を二つに分けて西と南から氏邦勢に攻撃を仕掛けてきた。

「なにゆえ少ない敵を打ち払えないのだ」

馬上、氏邦は吐き捨てるが、緩やかで狭い登り坂で襲撃され、身動きがとれなかった。まるで巨大な鯨《くじら》が鯱《しゃち》や鮫《さめ》に襲われているような光景であった。

「殿、ここは一旦、河原に退き、敵を蹴散らしたあとで城攻めしてはいかがでございましょう。野戦になれば、兵数の多い我らが優位に立つは必定でございます」

苛立つ氏邦に定勝が進言する。

「承知。広き地で踏み潰し、城を灰燼《かいじん》に帰してくれる」

氏邦の了解を得た定勝はすぐに南に移動するよう配下に命じた。

即座に氏邦勢は南に兵を移動させ、坂を下りはじめた。途端に、坂上の者たちが横鑓を受けて崩れた。あとは雪崩れを打つように坂下へと転がっていった。

軍の中ほどが崩されると、兵は負けたような錯覚に陥《おちい》る。河原に達した者たちは恐怖にかられて、利根川に架けられた狭い橋に我先にと群がった。

橋は俄《にわか》作りなので、狭く不安定であった。氏邦勢は続々と足を踏み外して利根川に落ちた。激流に呑み込まれて流される者が続出した。

「ええい、臆病者めが」

そんな中で用土信吉配下の塚本仁兵衛《つかもとじんべえ》は一人、月夜野《つきよの》の台に踏み止まり、追い迫る敵を切り払い、溺れる味方を助け上げた。

「落ち着けば負ける訳はない。臆するでない！　敵に向かえ！」

用土信吉は配下を叱咤《しった》し、殿軍《しんがり》を守った。

一方、長尾憲景は名胡桃城を攻める前に、同城から一里半（約六キロ）ほど南西に位置する中山城に向かった。長尾勢の先陣、吉里備前守《よしざとびぜんのかみ》、矢野山城守《やのやましろのかみ》、神谷《かみや》（神庭《かにわ》）三河守《みかわのかみ》、牧和泉守《まきいずみのかみ》、飯塚内記《いいづかないき》の諸隊に中山城の城下を焼き払わせ、城から一里（約四キロ）ほど東の権現山《ごんげんやま》に陣取った。

これを見た真田昌幸は長尾勢の退路を絶つように権現山から一里ほど東の雨乞山《あまごいやま》に陣を布いた。長尾憲景は背後に真田本隊がいることに気づいておらず、真田昌幸は山を下って南から長尾勢に向かった。

時を同じくして長尾憲景の許には氏邦勢が小川城攻めに失敗したという報せが届けられ

た。憲景は一旦、兵を退かせることにし、もと来た南の中山峠に向かわせた。

途中の原和田という地で真田勢と長尾勢が激突。長尾勢は打ち破られて四散した。

「長尾勢が敗走と！　小川城攻めはまたにする。殿軍《しんがり》は塚本仁兵衛」

苦渋の決断をした氏邦は兵を退いた。

三

沼田城に帰城した氏邦は塚本仁兵衛と信吉に感状を与え、改めて信吉に向かう。

「一旦、用土の城に戻ってはどうだ。大福も会いたがっておるぞ」

「かような敗北を味わわされて、おめおめと帰城などできませぬ。また、勝ちを収めた敵は挙《こぞ》ってこの城に迫りましょう。にも拘わらず殿は兵を退かれるのでござるか」

信吉は礼を言うどころか、挑むような目で喰ってかかる。

「これ、殿の気づかい、そちには判らぬのか」

諏訪部定勝が窘めるが信吉は聞かない。

「城を落とされてからでは、気づかいも何もござらぬ。殿はこの城をいかがお考えか」

「大事な城だと思うておる。さればこそ、常陸に続いて兵を出した。されど、勝負は時の運。敵が伏せているとは思わなんだ。勝つこともあれば、負けることもあろう」

「某の失態と申されますか」

信吉には敵情の視察が足りないとでも、言われていると思ったようである。

確かにないとは言いきれないが、伏兵を発見できないような物見を放った氏邦の責任の方が大きい。それでも、城主の立場として失敗を認める訳にはいかないので、否定も肯定もしなかった。そのことが、険悪な雰囲気を作ることになった。

「ずっと倉内の城におりながら、敵の動きが判らぬは、そちの怠慢《たいまん》じゃ」

氏邦が返答に困ったと察したのか、定勝が代わりに叱責する。

「何と、諏訪部殿は儂らが昼寝でもしていたと申されるか？　富永殿いかがか」

「それは……」

信吉は助盛に振るが、助盛は氏邦に逆らいたくないのか、何も主張はしなかった。

「預けられている兵数では敵の攻めを躱すので手いっぱい。物見を敵地まで放てぬわ」

機嫌取りの助盛に蔑みの目を向けつつ、信吉は氏邦を批判する。

「ない袖は振れぬ。殿とて、精一杯の兵を倉内に割かれたのだ。とは申せ、一番敵に近い地にいて、伏兵を探れぬは、どう言い訳をしたとて、そちの怠慢じゃ。殿はそちに期待して倉内の城を任せたというに、役目が果たせぬのならば、用土に戻れ」

「矢も飛ばぬところで広言垂れている腰巾着がようも申すわ」

「なに！　その方、無礼であろう！」

さすがに定勝も激怒した。主殿は今にも脇差を抜くような一触即発の空気になった。

「やめよ。身内で啀み合うている場合ではなかろう。定勝、筆頭家老のそちが些細《ささい》なことで頭に血を上らせていては、藤田家は纏まらぬぞ」

「はっ、申し訳ございませんでした」

氏邦の叱責に定勝はすぐに頭をさげた。信吉は相変わらず口を「へ」の字に結んでおり、己の努力不足であるとは考えてもいないようである。

信吉の気持も判らないではない。氏邦はもう一度声をかけた。

「新左衛門尉、儂はそちを責めるつもりはない。倉内の城代は激務である。それゆえ、少し国で骨休めしてはどうだ。二、三ヵ月後には再び城を守ってもらう」

氏邦の本心であった。

「有り難きお言葉にはございますが、お気遣い無用でございます。某はまだ若いゆえ、骨休みなど戴かなくても結構でございます。疲れは一晩眠ればとれまする」

城代からの左遷を嫌っているのか、あるいは帰国すれば父兄のように毒殺されることを警戒してか、信吉は譲らなかった。

「疲れておるはそちの頭じゃ。それゆえ探りを疎《おろそ》かにした。それに気づいておらぬのは重き病も同じじゃ」

あくまでも定勝は、このたびの失態を信吉に押し付けようとする。

「殿はなにゆえ、某を帰国させようとなさる？　某も兄や父……」

定勝には見向きもせず、信吉は氏邦を直視しながら質問をする。しかし、途中まで言いかけて、口を噤んだ。直に聞いてはならぬことと気づいたようである。それでも煮え切れぬような顔をしていた。

（此奴は重連と同じように殺されることを恐れていたのか）

重連の死は事実だが、氏邦への疑いは揺らいでいないようである。

「左様か。されば、能登守ともども今少し城を守ってもらおう。励んでくれ」

「はっ」

富永能登守助盛、紅林紀伊守、金子泰清、渡辺綱秀らは揃って平伏した。

（これでいいのか。無理やりでも連れて戻るべきではないか）

言い終ったあとで後悔したが、今さら取り消せば優柔不断であるとの謗《そし》りを受ける。氏邦は命令を撤回しなかった。

城の普請や、敵の誘いに乗らぬことを厳命し、氏邦は沼田城を後にした。

「儂は間違っておったか」

まだ五分咲きといった桜を眺めながら、馬上の氏邦は斜め後ろの定勝に問う。

「過ぎたことでございます。二千や三千の兵で城は落とされはしませぬが、心配は真田のこと。昌幸と申す者は人の弱味につけこむが上手いとの噂です。敵の調略に乗らぬよう、能登守が阻止してくれることを祈るだけにございます。いざという時は……」

定勝は半ば諦めたような口ぶりである。小田原から派遣されてきただけに、信吉を失うことよりも助盛を討たれることを危惧しているようであった。

氏邦は両者を失いたくない。もっといい案がなかったものか。己の裁量の小ささを憂いた。軍勢は景虎の命と引き換えに得た城から徐々に遠ざかっていった。

翌月の閏三月の下旬、三国峠が雪解けしたので、猿ヶ京城を守っていた木内八右衛門《きのうちやえもんの》尉《じょう》は越山し、越後の荒砥《あらと》まで押し入り、樋口勢数百を討ち取った。

　一年ほど前に北条勢は、這々《ほうほう》の体《てい》で逃げ帰ったので、まさか攻めこんでくるとは上田衆も思っていなかったに違いない。木内八右衛門尉は二十五日、氏政から感状を受けた。

　気をよくした北条勢の気勢を殺《そ》ぐように、閏三月三十日、真田勢は沼田城を攻めた。

　敵は少数と、信吉らは城を打って出ると、矢沢頼綱らの伏兵が猛襲をかけ、用土勢は城内に逃げ込むことになった。頼綱は勝頼から感状を得ている。

　また、真田昌幸は氏邦を与し易しとでも思ったのか、この閏三月より氏邦と同じ安房守を名乗っている。次への手応えを得たのかもしれない。

　四月に入り、真田昌幸は沼田城内に忍びを放ち、城に籠る沼田衆の金子泰清、渡辺綱秀、西山貞行《にしやまさだゆき》に再三降誘を呼び掛けた。

　すでに氏邦の援軍はなく、近くの味方は猿ヶ京城の軍勢しかいない。金子らは相談の挙げ句、沼田城を出て昌幸の許に走り、武田家に従うことを誓った。

　昌幸はこれを認め金子泰清は吾妻郡の横尾八幡《よこおはちまん》城に、渡辺綱秀は柏原《かしわばら》城に配置した。

　沼田衆が背信し、沼田城の中には衝撃が走った。城内に残っているのは氏邦の許から派遣された者たちばかり。動揺するなと言う方が無理なのかもしれない。

助盛らはすぐさま鉢形城へ報せる使者を向けたが、昌幸は忍びを放って、これを捕らえ、ことごとく斬り捨てさせた。そのため氏邦に伝わるには一ヵ月以上を要した。

五月になり、沼田の様子を知らぬ氏邦は、北條右衛門尉とともに北條高廣を武田方に誘った宇津木《うつぎ》氏久《うじひさ》の居城、佐波郡の玉村《たまむら》城を攻めた。同城は武蔵、上野の国境に近く、利根川と烏川の中州に築かれた城である。城と言うよりも砦と言った方が妥当で、川が増水すれば周囲は水びたしになるような地であった。

氏邦を舐めているのか、城には百数十の兵しかおらず、囲むと、一発の玉も発することなく降伏した。報せを受け氏政は、五月二日、宇津木氏久に本領を安堵した。

僅かながらも自ら上野への版図を切り開き、いい気分に浸る氏邦を嘲笑《あざわら》うかのように、真田昌幸は上越国境にほど近い猿ヶ京城を攻めた。

難攻不落と謳われた猿ヶ京城には片野《かたの》善助《ぜんすけ》、木内八右衛門尉、田村《たむら》孫左《まござ》衛門尉《えもんのじょう》のほか、先に武田に従っていた尻高義隆《しったかよしたか》らの者が籠っていた。

崖に聳《そび》える猿ヶ京城は堅固であるので、昌幸は中沢半《なかざわはん》右衛《え》門《もん》、森下又左衛門尉《もりしたまたざえもんのじょう》ら地元の者を手なずけ、内応者を集って城を攻略させた。この時、後のない尻高義隆は壮絶な死を遂げ、他の者たちは四散した。

猿ヶ京城が陥落したことにより、北上野において沼田城はまさに孤立無縁であった。

翌六日、氏邦方の北爪長秀が勢多郡の女淵城を攻略した。一城落とされると一城奪ってはいるが、沼田城の状況は切迫していた。

四

緑が萌《も》える五月中旬、真田の使者、忍びの頭目でもある横谷幸重が沼田城を訪れた。

「敵の使者など城に入れるではない。斬るべし」

富永助盛は断固とした態度で主張する。

「使者を斬れば、即戦じゃ。後詰が来ぬ以上、我らだけでは城は支えきれぬ」

紅林紀伊守が宥《なだ》めた。

「孫子には『彼を知り己を知れば百戦殆《あやう》からず』と記されてござる。金子らを返り忠させたその手口、目にし、耳にするのも一興かと存ずる」

用土信吉は祭の余興でも楽しみにするかのように二人を見た。

「敵の使者を城に入れれば、殿からお疑いを受けるであろう」

「ならば、城を出られてはいかがか。某、横谷左近と申す者に頼んでさしあげよう。富永助盛と申す者が城を出るゆえ、追い討ちをかけずにいただきたいと」

「なに、そちは儂を愚弄するか。このこと、殿はおろか、小田原にも報せようぞ」

「一向に。して、いかがなされる？　恐いならば、儂に任せてもらっても構わぬが」

この劣勢にあって、権威や紙切れなど、ものの役に立たぬと、信吉は嘲笑した。

「誰が恐いと申したのじゃ。真田の使者、面白い、会おうではないか」

「舅殿はいかがでござる」

「敵には興味はある。されど、使者を入れるは一人で構わぬな」

「構いませぬ。されば」

信吉は城の大手門にいる横谷幸重に使者を向けた。あとは相手次第である。

ほどなくして家臣が戻った。

「申し上げます。真田の使者、一人でも構わぬとのことにございます」

「左様か、すぐに、これへ通すよう伝えよ」

信吉は家臣に告げた。

横谷幸重は兄・重連と何度も顔を合わせていた。信吉も何度かは同席したことがあるが、このたび、交渉するのは自分だ。どのような会話になるのか楽しみであった。

少しして横谷幸重は信吉の家臣の案内で姿を見せた。小柄だが体はごつい。床板の軋《きし》む音もさせずに歩いているのが不思議だ。さすがに忍びの頭目か。目の異様な輝きは相変わらずであった。夜などは獣のように光って見えるのであろうと思わせる。

「これは、お揃いで」

下座に腰を下ろした横谷幸重は、上座の三人を見据えて声をかけた。

助盛を中心に信吉が右、紅林が左に座していた。

「使者の用向きを申されい」

少しでも打ち解けようとする横谷幸重に対し、助盛は突き放すように言う。

「いきなり本題とは味気がござらぬなあ」

「敵に親しみを持っても仕方なかろう。世間話がしたくば、他の城にまいられい」

助盛は微塵《みじん》も心を開こうとはしなかった。

「手厳しいもの言いじゃが、周囲の城は皆我らが押さえたゆえ、この倉内城にまいった次第。武田に降ってはいかがか。本領は安堵致すとお屋形様は申されてござる」

「これはまた笑止な。我が本領は相模にござる。武田殿はいつ相模を治められたか」

「富永殿が武田に従えば、それもまた可能」

「戯けたことを。儂には主家に背く心など毛頭ない。あらぬ噂をたてて亀裂を入れ、返り忠を起こさねばならぬよう仕向ける手筈は真田の常套手段。我らは最後の一人となっても城を守り通す所存。判ったら、とっとと帰り主に申すがよかろう」

断固として助盛は言いきるが、横谷幸重は表情を変えない。

「左様でござるか。では紅林殿はいかに」

「能登守が申したとおり」

武勇の漢らしく言葉短く意思を伝える。頷いた横谷幸重は続いて信吉に目を向けた。

「では、藤田殿はいかに」

これも駆け引きの一つなのか。信吉が用土の姓を名乗っていることを知りながら、左近は藤田姓を出した。人の心に入りこむ足捌《あしさば》きも、なかなか巧みな忍びであった。

「ご使者は横谷殿と申されたな。話し合いに来るならば、相手の名前ぐらい調べてからまいられよ。藤田とは鉢形城主の姓。これなるは用土じゃ」

信吉が口を開くより先に助盛は声を荒げて言い放った。

「左様でござったか。これは失礼。では用土殿、いかがでござるか」

そのようなことは百も承知と言わんばかりの目を向け横谷幸重は尋ねた。

「弓手《ゆんで》（左）にいる二人と同じでござる」

悪い気はしない。できれば二人で話したい。信吉は横谷幸重に目を向けた。

「なるほど、意志がお強いようじゃ。されば、その旨、主に伝えましょう。ではご免」

横谷幸重は軽く会釈をすると、食い下がることなく席を立った。

「もう、二度とまいられるな。次に見かけた時は矢玉で返答致す」

「伝えまする」

横谷幸重は踵を返した。その瞬間、自分にだけ送った視線を信吉は見逃さなかった。

「いやに、あっさりしたものでござるの」

「ふん。あの手の類いは押しに弱いのであろうよ」

紅林の問いに助盛が鼻を鳴らして答えるが、信吉にはそうは思えなかった。


その日の晩、信吉が眠る本丸の曲輪の一部屋に影が入りこんだ。

屋根裏に人の気配を感じて、信吉は上半身を起こした。

「左近殿か」

声をかけると天井裏の気配は消えた。そうかと思うと障子が開いて音もなく影が入室した。まぎれもなく昼間の使者、横谷幸重である。

「さすがに忍びの頭目。よくもこの見張りをかい潜ってきたものじゃ。いつ寝首を掻かれてもおかしくはござらぬの」

「なんの、気づかれれば、それも叶わぬこと。儂もそろそろ年でござる」

まったく警戒をしていない横谷幸重は、無遠慮に信吉に近づいて腰を下ろした。

「真田殿は貴殿のような忍びを多く抱えてか」

「ま、ほどほどに。皆、儂よりも才は長《た》けてござる」

「夜中にも、こうして亡き兄上とは話をされたのでござるか」

「左様。亡くなられた、いや毒殺された重連殿とは酒も酌み交わした仲。酔うたお陰で危うく監視に見つかりそうになり、冷や汗をかいたことも何度か」

「ほう、酒を。して、兄上とはいかなことを話し合われたか」

信吉は一応、鎌をかけてみた。すると、横谷幸重は角張った顎に笑みを浮かべた。

「城、明け渡しのことにござる」

「これはまた大いなる偽り。兄上は一度たりとも城を明け渡すなど口にしたことはない」

「大事を行う前には、たとえ身内と言えども軽々しく口に出すべきではございますまい。重連殿は慎重な方でござった」

横谷幸重は説得しようと、虚実を言うであろうが、あながち嘘とも思えない。殺された重連は弟の信吉から見ても、判らないところが多々あった。だからこそ早すぎる兄の死が悔やまれてならない。もっと聞きたいことが山ほどあったのだ。

「では、慎重な兄と話はどこまで進んでおられたか」

「皆を城から追い出して占拠し、我らを迎え入れる手筈。されど、これに勘づいた者がござる。その者が鉢形に報せ、武勇に長けた重連殿を恐れた氏邦殿が毒を盛った」

「誰じゃ！」

横谷幸重に憎悪の目を向け、思わず信吉は声を荒げた。

「しっ！　声を小さく。それは富永能登守でござる」

昼の前に人差し指を当て、左近は信吉の心中を覗きこむように答えた。

「まさか。なにゆえ富永が？」

問うが信吉は小田原から来た助盛を信じていない。言ったとしても不思議ではない。

「御存じのとおり、富永は小田原から遣わされた者。本来は氏政殿が氏邦殿を見張るためのお役。されど、氏邦殿の目とて節穴ではない。それゆえご自分から遠ざけ、重連殿の監視をさせるために倉内城に送りこんだ。一石二鳥ということにござる」

「されば、今こうして貴殿と顔を会わせていれば、次は儂の番ということか」

「左様。されど、御心配なく。倉内と鉢形の使者は我らが止めてござる」

「それゆえ、遣いを送っても梨の飛礫ということか。さもありなん」

真田の策であろうと思いつつも、頷いてしまう信吉であった。

「なるほど、我らは陸の孤島におるようなものか」

「左様。使者の往来を許すも許さぬのも、主の腹一つ」

「否と申せば富永の使者が鉢形に到着し、儂への呼び出しがかかるという手筈か」

「もしくは、氏邦殿の遣いが倉内城に入り、貴殿を成敗するかもしれませぬな」

「さすがに真田。昼間、富永が申したように、楔《くさび》を打ち込む術《すべ》に長けておることよ」

と皮肉を言った時、もしかしたら、氏邦に偽りの書を届けたのは真田ではないかと、信吉は疑念に満ちた目で横谷幸重を見た。

「いや、真実を伝えているだけにござる。父兄の仇を討つためにも城を開けられてはいかがでござろう。主はなるべく血を流さずに城を得たいと考えてござる」

「誰でも、かくありたいものよな」

「それゆえ、藤田殿にもご協力願いたい。この城を任せてもいいと主は申してござる」

「これはまた過分な配慮。されど、なにゆえ、儂を厚遇なされるか」

「重連殿が毒を盛られて殺められたことで、信吉殿の心はすでに北条家から離れておる。されば、城の占拠にも到り、今後は武田の力としてより励まれようとの思案でござる」

横谷幸重はあくまでも重連毒殺の件を強調して、信吉の憎しみを煽《あお》りたてる。

「とは申せ、儂の姉は領主の御台所。質も同然」

「されど、氏邦殿のお子を産んでござる。また、今も御懐妊中とか。信吉殿が武田に降ったとしても、斬られることはござるまい」

「よう調べておるわ。されど、領内には、代々藤田に仕えた者たちもおれば、倉内城におる我が配下も全て儂に従うとは限らぬ」

「それは、一時のこと。今、北条家が押さえている武蔵九郡の真の主は誰なのか。藤田家の血筋が誰であるのか。武田の力を借りて明確にしてはいかがか？」

「されば武田殿は、儂が氏邦に取って代わること納得なされてか」

「勿論。慣れ親しんだ者がその地を治めるが波風立たぬというもの」

「されど、尻高は居城から追い出された。兵を退かせて追い出されるはご免じゃ」

「あの者は分を弁《わきま》えず、我欲を張ったゆえのこと。他の者たちを見なされ、皆、本領もしくはそれに見合った地を安堵されてござろう」

横谷幸重の言っていることは確かである。信吉が調べたことと同じである。

（妻も祖母も逝った。姉上の身は大事なかろう。されば）

信吉の中で何とも言えぬ熱いものが螺旋《らせん》を描いて上昇した。

「判り申した。武田に従いましょう」

「降って戴けますか」

左近は躙《にじ》り寄り、小さな声で歓喜をあらわにした。

「されど、気が合わぬとは申せ、一度は同じ釜の飯を喰った者たちを斬ることはできぬ。また、舅であった者もおれば、手荒な真似は致しとうはない」

「城から追い出されてはいかがでござろう。我らは手を貸しますぞ」

「追い討ちをかけぬでもらえるか」

「主に相談しましょう」

「では、その結果を楽しみに致そう」

「今宵はこのあたりで満足しておきます」

四角い顔に笑みを作り、横谷幸重は静かに部屋を出ていった。

ついに、背信することを決意した。これでよかったのかと信吉は己に問う。

（父を、兄を討たれ、母は見殺しにされた。地も民も奪われ、なんで北条家に従っておらねばならぬ。儂こそが藤田の血を引く嫡流ではないか）

この半年余、信吉は何のために戦っているのか自問自答し続けた。もしかしたら、敵から誘いを受けることを待っていたのかもしれない。

（姉上とて判ってくれよう。儂が武蔵から離れることに同意してくれるはずじゃ）

大福の真意は定かではないが、信吉は勝手にそう思いこもうとした。

（兄上、某は間違っていましょうか）

暗い部屋の中で信吉は問いかけるが、死んだ重連は答えてくれない。

生前、一度たりとも重連から内応するなど聞いたことはない。兄は頑《かたく》なに耐えていた。

（もう決めたこと。北条が武田に変わるだけ。何の問題があろうか。しかも北条は戦に弱い。武田の旗を見るだけで怯えるではないか。まして北条家は異母弟さえ見殺しにした家。なんで一家臣の儂らを守ろうか。儂の判断は正しい。儂は間違っておらぬ）

しきりに信吉は自分に言いきかせるのだった。

第二十四章　兄弟破棄

一

天正八年（一五八〇）五月十四日、この年は三月に閏月があったせいで、すでに、梅雨の時季に入っていた。毎年のことながら湿気が纏わりついて鬱陶《うっとう》しい季節である。

信吉が内応の決意をしたなど知るよしもない氏邦は、蒸し暑いせいもあってか、苛立っていた。鉢形城の主殿には諏訪部定勝が詰めている。

「まだ倉内（沼田）に向かった使者は戻らぬか。倉内からも来ぬではないか」

「はい。敵に捕らえられるか、あるいは斬られているのやもしれませぬ」

「戯け、他人事のように申すな。皆、我が配下ではないか」

「申し訳ございませぬ。されど、このままでは、その家臣を減らすだけにございます」

「今一度、出陣しろと申すか」

「はい。一度、街道を掃除致せば、往来も滑らかになります」

「左様のう……」

氏邦の心中は溜息に込められていた。利根郡の小川城と名胡桃《なぐるみ》城攻めで氏邦に下った群馬郡白井城主の長尾憲景《ながおのりかげ》は、敗走以来再び背信の色を濃くしている。今や上野における味方は佐波《さわ》郡玉村《たまむら》城主の宇津木氏久《うつぎうじひさ》だけであった。

敵は寄せ集めでも一万余。単独の鉢形勢では、とても太刀打ちはできなかった。

氏照に援軍を頼みたいところであるが、今氏照は、日頃の恨みを晴らさんと甲斐の都留《つる》郡に出陣しているので、無理な相談であった。

「我らだけで三国街道の敵を一つずつ潰して行けるか？」

「厳しゅうございますな」

「滝山勢は甲斐に、本家は相模に出ておる。我らに後詰はない。妙案はないか」

「助けられぬとあらば、一旦、退くも一つの案かと存じます」

「それは、できぬ」

戦国の武士にとって土地は財産の全てと言っても過言ではない。しかも景虎の命と引き換えに得た城ともなれば、簡単に手を引く訳にはいかなかった。

「されど、このままでは兵糧とて長くはもちませぬ。このまま氏照様や本家の手助けを待って希望を先に繋げたとて、苦しむのは倉内に籠る家臣と殿でございます。ここは家をあげて兵を出し、城に籠りし者たちを全員退かせるがよいかと存じます」

定勝は懇々と氏邦を説いた。

沼田を捨てることが最良の策であることは氏邦も理解しているが、越後の樺沢城で味わった辛苦も加味し、意地も重なって退く訳にはいかなかった。

「今一度、遣いを放て」

過去味わった苦労の証は、頑なにこだわることでしか示すことができない。

(儂は間違った指示を出したのか)

悩む氏邦は、二度と鉢形城に戻らぬかもしれない使番の背を、目で追った。

氏邦が我意に固執する一方、名胡桃城の真田昌幸は沼田城簒奪《さんだつ》の準備を進めていた。

五月十九日、小川城を守る小川可遊斎《かゆうさい》に対して、沼田城攻略の後に実施する事項を伝え、二十三日には沼田城を獲得した後に城代に据えるつもりの海野幸光《うんのゆきみつ》、同輝幸《てるゆき》、金子泰清《かねこやすきよ》、渡辺綱秀《わたなべつなひで》らに七ヵ条の城掟条書を定めた。


六月上旬、上野甘楽《かんら》郡の国峰《くにみね》城主の小幡信真《おばたのぶざね》が、武蔵の秩父郡に侵攻した。西上野最大の国衆となった信真は一千五百の軍勢を有している。

上野・武蔵国境の土坂《つちさか》峠を越えたところで氏邦は報せを聞いた。そのまま進まれれば、諏訪部定勝の居城である日尾城に到着する。

「すぐに兵を集めよ」

氏邦は即座に触れを出して日尾に向かわせた。兵は続々と集結し二千に達した。軍勢は定勝自らが指揮し、城の周辺に配置した。

小幡勢は山岳戦に強く、秩父の山中を傍若無人《ぼうじゃくぶじん》に走り廻り、一時は城下に迫った。

以前、武田勢に居城を攻められた時、泥酔して戦に出なかった定勝は名誉挽回とばかりに先陣に立ち、自ら弓を取って敵を蹴散らした。

定勝らが必死に戦うので、小幡勢は城の攻略を諦め、信真は周囲に火を放って帰国した。

小幡勢の中では黒沢大学助、同新八郎が活躍し信真から感状を得ている。

この間にも横谷幸重と用土信吉の話し合いは続いていた。


六月もあと数日で終ろうとしている。昼間は木陰にいても汗が滲み、蟬の煩《うるさ》い鳴き声が耳につく。日本全土夏真っ盛り。茹《う》だるような暑さが氏邦の焦燥を煽っていた。

沼田城へ使者を出してからおよそ一月が経過するが、やはり戻ってはこなかった。敵に討たれたと見てまず間違いはない。ここは軍勢を押し立てて、沼田城に籠る家臣を助け出そうと思っても、小幡勢に攻めこまれるので、他国へ出陣することは無理であった。今も群馬郡箕輪《みのわ》城の内藤勢が兵を集めているという報せが届けられていた。

(倉内はいかようになっているのだ)

苛立っているせいか、弓場で射った矢を随分と外した。弓を引き終った氏邦は縁側で汗を拭っている時、どこからともなく声を聞いた。

「ようやく、お頭から許しが出ました。殿にお仕え致します」

「!? おう、そちはいつぞやの」

一瞬、何のことか理解できなかった氏邦であるが、聞き覚えのある低い声に記憶を手繰《たぐ》ると、三之介の死を告げに来た忍びがいたことを思い出した。

「儂もそちに頼みたきことがある。儂に仕えるとあらば姿を見せよ」

「では、奥の部屋にて、お人払いを」

「判った」

氏邦はすぐさま縁側を立ち、奥の部屋に向かった。暑いが戸を閉めると、天井から音もなく影が降り立った。上座から畳三帖離れたところに正座をし、目を伏せたまま相対した。別段、殺気は感じられない。偽って命を奪いに来た者ではないと推察できる。外見は中肉中背、顔は浅黒く引き締まっている。三之介の縁者というが、三之介のような狐顔ではなく角張った顔立ちである。誰かに似ているが、咄嗟《とっさ》には思い出せなかった。

「まずは、そちの名を聞こう」

「風魔の一族、辰太郎《しんたろう》でございます。辰《たつ》の太郎という字を書きます」

「左様か。許しが出たのは、小田原の本家に迷惑はかからぬと思うて構わぬのだな」

「御意」

「早速だが……」

「お待ちくだされ。風魔と偽り、殿に近づいたとは思われませぬのですか？」

忍びには珍しく辰太郎の方から問う。

「確かに、そちの申すとおりだ。されど、いつぞやの晩、命を奪う気があれば、首を刎《は》ねていたであろう。また、気配を勘づかれずに近寄れる術を持っておるのだ。儂を探る気があれば、今も行えたであろう。わざわざ姿を見せる必要はなかったはず。それゆえ敵ではないと思うたのだ。また、真に信じるか信じぬかはこたびのそちの働きを以《もっ》てする」

「承知致しました」

辰太郎の質問は安易な信頼を見せる氏邦を案じてのことではなく、己の身を守るための術に違いない。

「されば早速、倉内城に行き、城の様子を探ってまいれ。いかほどの日にちがいる？」

「夜明けに出れば日暮れ前には着きまする。丸一日城に潜ったとして三日後には戻れますが、なにせ上野は忍びの宝庫。四、五日ほど戴きとうございます」

「正直でよろしい。これは当座の足しに致せ」

氏邦は懐から銭袋を取って辰太郎の前に投げた。

「はっ、されば、これにて失礼致します」

銭袋を掴むと辰太郎は部屋の隅の鴨居《かもい》の上に飛び上がり、天井裏に消えていった。

「頼むぞ」

辰太郎がいなくなった部屋で、氏邦は海の物とも山の物とも知れぬ忍びに期待した。

一方、六月二十七日、真田昌幸は森下又左衛門尉、田村角内に対し、すでに沼田城攻略後に与える所領まで決め、書状を発行していた。

真田昌幸としては、信吉の行動を待つばかりであった。

二

六月二十八日の未明の沼田城——。

辺りは暗く一番鶏《どり》も蟬も鳴いてはいない。耳をすませば脇を流れる薄根《うすね》川のせせらぎが聞こえるほど静かであるが、用土信吉の心臓は早鐘を打つように激しい鼓動を刻んでいる。まるで初陣に出るかのような緊張である。一睡もしていないせいか、顔には脂が浮いている。すでに具足は着け終り、いつでも兜をかぶれる状態にあった。

信吉は床几に座り瞑想《めいそう》していた。

「殿、用意は整いました」

本丸の一部屋に信吉の家老・伊古田十右衛門《いこだじゅうえもん》、増毛甚右衛門《ますげじんえもん》が報告に来た。

沼田城を守る城兵五百のうち、信吉配下の用土衆はおよそ二百。そのうち、城を占拠することを教えてあるのは半数の百であった。少々心細いが秘密を守るには仕方のない人数であった。それでも、大部分が従うであろうと見ている。

百の精鋭を弓衆と鑓衆に分け、両者一対、十人一組の隊に組織した。

本丸の北に建つ保科曲輪《ほしなくるわ》には富永助盛《とみながすけもり》が居住し、東の二ノ丸には舅《しゅうと》であった紅林紀伊守《くればやしきいのかみ》が住んでいる。下知次第でいつでも踏みこめる状況にあった。二人を虜《とりこ》にできれば、城の奪取は成功する。兵の数は問題ではなかった。

（儂こそ藤田家の嫡流。これ以上、北条の者に藤田を名乗らせておく訳にはいかぬ。これは返り忠に非《あ》らず。藤田の家を北条から取り戻すための行動じゃ。決して天道に背くものではない。邪《よこしま》な気持は髪の毛一本たりとも持ちあわせておらぬ。もし、儂が間違っているのならば、たった今、この命を奪うがよい！）

心の中で叫び、信吉は目を閉じたまま天の審判を待ったが、何もない。

（兄上、儂は兄上の思案とはまったく逆のことをしようとしているのかもしれませぬ。されど、愚かなりにも儂が考えぬいた結果でございます。どうぞお見守り下され）

実父の顔を知らぬ信吉にとって、亡き兄重連は育ての父である。その重連の姿が目に浮かんで決意した時、笑みを見せたことのない兄が哀しくも笑顔を見せたような気がした。

信吉はかっと目を見開き、勢いよく床几を立《た》った。

「時が来た！　新たな藤田を作るべく悪しき北条を排除する。いざ決行！」

今までの鬱憤を吐き出すかのように、信吉は怒号した。

「うおおーっ！」

本丸にいる僅かな信吉の配下が咆哮した。途端に法螺が吹かれ、用土兵は保科曲輪、二ノ丸に雪崩れ込んだ。また、まだ報されておらぬ用土勢の眠る部屋にも兵は乱入した。

「なんじゃ?!」

寝込みを襲われ、それぞれの者たちは驚愕《きょうがく》するばかりだ。鑓はおろか、大刀さえ手にすることなくおののいていた。それでも背信を知らされていなかった用土勢も、殆《ほとん》どの者が同意し、信吉の指示に従って、後詰にと廻った。

「なにごとか？」

争乱の音で目を覚ました富永助盛は、慌てて跳ね起きた。

「本丸の用土殿、返り忠！　保科曲輪ならびに二ノ丸に兵を入れております」

助盛の家臣・竹内孫兵衛《たけうちまごべえ》が跪《ひざまず》いて答えた。

「なに！　して敵は？」

「すぐそこまで」

竹内孫兵衛が答えた途端、短鎗《たんそう》に押された富永兵が部屋に転がり込み、続いて用土兵が乱入した。

「お手向かいなされぬよう。さすれば手荒な真似は致さぬ」

信吉の近習の真下丹後守《ましたたんごのかみ》と伊沢若狭守《いざわわかさのかみ》が弓衆と鑓衆を携えて助盛の前に現れた。

「その方ら、これがいかなる企てか判っておるのか」

「北条を排して正しき藤田家を取り戻すための措置。刀を捨てられよ。それとも、太刀一本で我らが弓、鑓に刃向かわれまするか」

真下丹後守の言葉に、弓衆は弦を引き、鑓衆は穂先を助盛に付けた。

身動きができない助盛は、苦虫を嚙み潰したような顔で憤るばかりであった。

穏便に占拠できた保科曲輪に対し、紅林紀伊守が守る二ノ丸は簡単にはいかなかった。

「戯け！　誰が返り忠の輩に従えるか」

紅林紀伊守自ら太刀を抜き、用土兵と斬り合った。

「汝ら不義に味方するか。悪しき武田の謀に騙《だま》されよって」

武勇に名高い紅林紀伊守は用土勢と一合も交えず、片手斬りにしながら本丸に向かう。

「鎧衆、三人並んで突き入れ！」

伊古田十右衛門が指示をすると、紅林紀伊守は用土兵を楯にして鉾先を躱す。狭い部屋や廊下では鎧は不向きであった。剣豪の塚原卜伝《つかはらぼくでん》や伊藤一刀斎《いとういっとうさい》などは部屋の中では太刀すら抜かず脇差で闘ったと言われる。長物《ながもの》は不利であった。

「返り忠が用土を討ち取るのじゃ」

紅林紀伊守の家臣・渡辺左近《わたなべさこん》は配下を率いて本丸に向かおうとする。

「藤田を元に戻すだけじゃ。返り忠に非ず」

走りだした渡辺左近の前に現れたのは小川城攻めの敗走時に、殿軍《しんがり》で活躍して氏邦から感状を得た塚本舎人助《つかもととねりのすけ》であった。

「おのれ、汝は殿から感状まで受けておきながら」

斬りかかる渡辺左近の刀を受け止め、塚本舎人助は押し返した。

「刃向かう者は誰であっても許さぬ」

塚本舎人助はかかってくる渡辺左近を一太刀のもとに斬り捨てた。

「左近！」

股肱の臣を斬られ、紅林紀伊守は激怒し血刀《ちがたな》を振り上げた。

「舅殿、太刀を収められよ」

紅林紀伊守の前に現れたのは用土信吉であった。

「信吉、これは何のつもりじゃ。殿の御恩を忘れたのか」

「儂は誰の恩も受けておらぬ。氏邦には辛き目にばかり遭わされた。父に続き兄を殺され、母の命も縮められ、領地まで奪われた。また、藤田の者たちは使い減らしで死に逝くばかり。それゆえ、儂が正しき藤田の家を取り戻すのじゃ」

言うや信吉は縄をかけた助盛を紅林紀伊守の前に出した。

「すでに城は占拠した。このまま城を出られよ。さすれば命まで取らぬ」

「紅林殿、ここはいったん退きましょうぞ」

助盛は哀願した。

「戯け！　情けなきことを申すな。殿にどの面さげて申し開きを致すのじゃ」

「舅殿はそれでよかろうが、他の者も皆道づれにいたす所存か」

見ると矢を向けられ、穂先を付けられて二ノ丸の者たちの戦意は喪失していた。

「その方たち……」

己だけ憤っている姿を確認し、紅林紀伊守の闘志も萎えたようであった。

その後、紅林紀伊守は武器を取り上げられ、身一つで城を追い出された。

「おのれ、用土奴、真田奴、見ておれ！　いずれ借りを返してくれる」

辺りが白んだ頃、城を出た富永助盛も負け惜しみを吐きながら徒《かち》で鉢形城を目指した。

また用土勢の中にも信吉に従えぬ者たちがいた。同じ用土一族の彦助と、その家臣・吉田新介であった。これらも助盛らとともに武蔵に向かって歩きはじめた。

一部始終を目撃した辰太郎は一足先に城を出ていた。

(やったぞ、兄上！　これが新たなる藤田の第一歩だ)

富永助盛らの去る後ろ姿を眺め、信吉は歓喜に打ち震えていた。

そこに真田昌幸が五百の兵とともに沼田城を受け取りに来た。

信吉は本丸北の番所で団扇《うちわ》を持って出迎え、昌幸は保科曲輪から本城に乗り入れた。

「用土殿、いや藤田能登守殿、ようやられた。お屋形様もさぞお喜びであろう」

昌幸は信吉を労い、その後も賛辞の言葉を並べた。

後日の六月三十日、無血開城の褒賞として、勝頼から信吉に利根川東郡三百貫文の所領が与えられた。また、信吉はそのまま沼田城本丸の城代に据えられた。

二ノ丸には海野《うんの》輝幸《てるゆき》・幸貞《ゆきさだ》親子、下沼田《しもぬまた》豊前《ぶぜん》。北条曲輪には金子泰清、発知《ほっち》刑部大輔《ぎょうぶのたいふ》。

三ノ丸には渡辺綱秀、恩田越前守《おんだえちぜんのかみ》。大膳《だいぜん》曲輪には久屋《ひさや》三河守《みかわのかみ》。保科曲輪には西山市之丞《にしやまいちのじょう》。

城全体の統括として信吉と海野親子が任されることになった。

この時より信吉は正式に用土姓を改め、藤田能登守信吉と名乗っている。藤田家の嫡流は自分であり、氏邦は違うということを世間に宣言したのである。

また、穿《うが》った見方をすれば、信吉が武田家に降ったことで、逆に北条家の藤田家乗っ取りは完全に成功したことになる。だが、氏邦にとっての状況は厳しいばかりであった。

三

富永能登守助盛らが、落武者狩りに怯えながら鉢形城を目指している頃、沼田城の謀反を見た辰太郎はその日の夕刻前に鉢形城に到着していた。

「なんと！　新左衛門尉が返り忠をしたと」

報せを聞いた氏邦は驚愕した。予想を遥かに上廻る展開に正直、狼狽《うろた》えた。

「すでに城は真田の手に渡り、富永殿らは城を追い出されたことかと存じます」

顔を伏せたまま辰太郎は答える。十五里（約六十キロ）を一駆けにしたにも拘わらず、顔に疲労の色はなかった。さすが風魔の手練《てだれ》であるが、感心している場合ではない。

「辰太郎、ご苦労。下知あるまで休め」

言い捨てるや氏邦は部屋を出て、廊下を大股で歩いた。

「定勝、定勝はおるか」

大声で怒鳴りながら主殿に向かうと、諏訪部定勝は慌てて走り寄った。

「いかがなされましたか」

「倉内城で新左衛門尉が背き、城を奪って真田に渡したそうだ」

「なんと！　誰に聞かれたのでございますか」

「誰でもよい。早急に兵を整えて能登守らを迎えにまいれ。一千ほどは必要だ」

「直ちに」

定勝はすぐさま触れを出し、使者は四方八方に馬を駆けさせた。

氏邦は暗くなった主殿の一段高くなった上座に腰を下ろし、脇息《きょうそく》に肘をついた。

「新左衛門尉奴、とうとう儂に鉾先を向けよったか。あの戯けが」

暗い主殿で独り佇《たたず》み、氏邦は怒りをあらわに罵《ののし》った。

過去を考えれば、起こるべくして起こったことである。寧《むし》ろ遅いぐらいか。重連が毒殺された段階で離反しても不思議ではない。それでも、氏邦なりに信吉のことは気遣っていただけに、内応は許せなかった。

裏切りに激怒する氏邦であるが、同時に沼田城を奪われたという事実が気概を挫《くじ》いている。同城は御館の乱が起こった時に、異母弟の景虎へ援軍を送るために日にちをかけて得た城である。もっと早く手に入れていたならば、その後の状況も変わったかもしれない。ある意味、景虎の命と引き換えにした城だけに、失った衝撃は大きかった。

その沼田城を簡単に手渡され、氏邦は兄弟の情を蹂躙《じゅうりん》されたようで、信吉への憎しみで腸《はらわた》が煮え滾《たぎ》る。兄弟と言えば重連のことも絡んで、またやり切れない気分になる。

憤りと衝撃が対流し、氏邦が困惑している時、定勝が戻ってきた。

「左様に、お気を落とされますな。誰か火を持て」

「よい。間抜けにも城を奪われた城主の顔、誰にも見られとうない」

力なく氏邦が呟くので、定勝は火を持ってきた近習を遠ざけた。

「北条の一族は皆が版図を広げている中で、儂だけであろうの。狭めておるは」

氏邦は定勝にすら顔を見られたくなく、俯いたまま愚痴をこぼす。

「勝負は時の運にございます。奪い返せばよいではありませぬか」

「簡単に申すでない。倉内城を再び我が手にするには、上野の半数以上の国衆を従わせねば無理なこと。そちも判りおろう」

「一から出直せばよいではありませぬか。命を取られた訳でもなし。面子《めんつ》や体面にこだわらず、一つずつ城を落として北進すれば、いずれ倉内に到着致します」

前向きに発言する定勝であるが、今の氏邦には空《から》念仏のようにしか聞こえなかった。

その後も定勝はあれこれと主張したが、一向に氏邦の萎《な》えた気を奮起できなかった。諦めた定勝は、主君の前から下がっていった。

こんな時、乳母の於園でも生きていれば、慰めてくれるのであろうが、もはやこの世には存在しない。また、大福との仲は重連の毒殺以来、昔のように冷めていた。だからといって新たに側室を抱えて愚痴を聞いてもらう気にもなれない。酒に溺れられる性格でもないので、それもできない。さらに、氏邦よりも広い支配地を奔走する氏照を頼りにすることもできない。できれば、どこかに逃亡したい。正直な気持であった。

そうして氏邦が脇息に両肘をついて項垂《うなだ》れている時、淡《あわ》い香りを鼻孔が拾った。

「およろしいですか」

大福である。氏邦は、信吉を裏切らせてすまぬという詫びの心と、よくも背いたなという怒りが交差し、整理できていない。今は会いたくないが、大福は身重で出産の予定は二ヵ月後である。影響が出てはならない。嫌々ながらも氏邦はゆっくりと視線をあげた。

大福の前には侍女の菖蒲《あやめ》が足下を照らしてきた蠟燭《ろうそく》が置かれている。本来はようやく顔が判る程度の明るさであるが、今の氏邦には眩《まぶ》しく感じた。

「いかがした。そなた独りの身ではない。躓《つまず》きでもしたら大変ぞ」

身を案じる言葉も、情がこもっていないと自分でも判った。

大福はというと、視線を逸らさず氏邦を見ている。怒っているようではなかった。

「信吉のこと聞きました……」

短い言葉にはさまざまな思いがこめられているであろう。姉として、藤田の血を引く女として、弟を裏切らせた憤り。また、城主の正室としては背信したことへの謝罪。大福としても、事実は耳にしたが、何を先に口にしていいものか戸惑っているようである。

しばらく二人は無言のまま見つめ合っていた。蒸し暑い主殿の中、僅かに蠟燭の火が揺れ、芯の燃える音が聞こえる。静かな空間であった。

「こののち、いかがなるのでございますか」

いたたまれなくなったのか、沈黙を破ったのは大福の方であった。

「彼奴のことか？　敵となった以上、戦場で相まみえれば互いに矢玉を放ち、近づけば鑓を突き合うことになろう。これも乱世の定めゆえ仕方なきこと」

「義兄弟でありながら、左様なことを……」

大福は声を震わせ、袖の端を目に当てた。

「彼奴とて覚悟のこと。悩んだ末のことであろう」

「殿御の政に口を出すつもりはありませぬ。されど、あえて申させて戴きます。なにゆえ亡き兄上ならびに信吉を倉内の城に入れたのでございますか？　それさえなくば」

涙声で大福は悔しさを訴える。いつになく感情を表に出していた。

「新たな地を得ねば恩賞は出せぬ。そなたの兄も弟も用土の地で満足してはおらなんだ。それゆえ機会を与えた。そなたの兄は耐えていたが、弟は耐えられなかった。それゆえ、信濃の如何《いかが》わしき者に降ったのだ。彼奴には期待していたが残念だ」

大福の前で兄弟を中傷するつもりはなかったが、つい口に出てしまった。それだけの怒りが氏邦の中にも蟠《わだかま》っているのだ。

「綺麗事を申されますな。殿は殿の命に従わぬ用土兄弟をわざと遠ざけられた」

「それは違う。儂はそなたの兄・重連を信じておった。それゆえ遠き倉内の城を任せたのだ。また、重連も応えてくれた。あの日、儂は新左衛門尉と盃を傾け合った。はじめて腹を割って話し合えたのだ。重連は儂に笑顔まで向けて……」

信頼を築くところまで迫っただけに、氏邦にも熱いものが迫《せ》り上がる。

「その兄に殿は毒を盛られた。於園殿に命じて……」

「違う。儂は戦場以外で人の命を奪ったことなど一度たりともない」

氏邦は否定するが、大福はまったく聞こうとしなかった。

「殿は乳母をも犠牲にして用土の地を、いえ、藤田の地を手に入れられて、さぞかし満足でございましょうな。父上は何ゆえ北条家に屈したのじゃ。かような哀れな末路になるならば、最後まで戦われればよかったものを。女子に生まれたが口惜しや」

「大福、違う。違うぞ。そなたの父・康邦は、そなたをはじめ、一族が生き延びるために耐え忍んだのだ。判断も行動も間違ってはおらぬ。結果が伴わなかっただけだ」

「これは可笑しなことを申される。殿方は、結果が全てではありませぬのか」

身重の体を乗り出して大福は問う。

「思い通りになるにこしたことはない。されど、思いどおりにならぬのが人の世だ」

「いつから僧侶になられましたのか。誤魔化すのはお止めになされませ」

「誤魔化してなどはおらぬ。真実じゃ。されど、彼奴は、信吉は耐えられなかった。儂を信じられなかった。それゆえの返り忠だ。彼奴は用土の地を、藤田の地を捨てたのだ」

「それは、殿のせい。あの子は昔から一途《いちず》な気質。殿が信吉を追い込んだのです」

まるで仇にでも向けるような目で大福は氏邦を睨んだ。

「かもしれぬ。ならば信吉は儂に負けたのだ。武田配下の策になど乗りよって、たとえ北条が滅びようとも、信吉が二度と藤田の地を得ることなどできぬ。左様なことは、童が考えても判りおろうに。彼奴は儂に負けたのではない。己に負けたのだ」

「この期におよんで、なんと口惜しや」

大福は朱色の唇を噛んで悔しがった。そのせいか、口端から血が滲んだ。

「菖蒲、お方を奥に連れてまいれ。板床に長く座すのは体に悪い」

「はい。お方様、お部屋にお戻りくださりませ」

菖蒲も大福の身を案じていたようで、懇願する。

「構いませぬ。殿、信吉をお許しになり、今までどおり用土の地に住まわせねば、わたしはお腹の子とともに、下の荒川に身を投げまするぞ、よろしいか」

恐ろしい大福の覚悟である。正直、氏邦はおののいた。

「戯け、命を産み出す母親が、何と罰当たりなことを申すのだ。死して花実は咲かぬ」

「それは殿の心一つ。よいですな、脅しではござりませぬぞ」

大福は菖蒲と他の侍女に引かれて主殿を出ていった。

嫡男の東国丸が病弱である以上、大福が身籠る子に期待するのは戦国の武将として至極当然のこと。大福の捨て台詞は身を凍らせる脅しであった。

めげている状態で妻にも悪態をつかれ、気の休まるところがない。氏邦は溜息を吐きながら、そのまま主殿で横になった。せめて夢の中だけは幸せに包まれたい。そう思いつつも、いろいろなことが脳裏を過り、寝つけるものではなかった。

四

六月末日、富永助盛らが鉢形城に帰城した。

「よくぞ無事に戻ってまいった」

「申し訳ございませぬ。いつにても腹を切る覚悟はできております。されど、それは、真田ならびに藤田姓を騙《かた》る信吉への恨みを晴らしたのちまでお待ちくだされ」

「この恨み晴らさずば死んでも死ねぬゆえ、生き恥を晒してござる。なにとぞ機会を！」

氏邦の前に出た富永助盛や紅林紀伊守らは悔し泪《なみだ》を滲ませて哀願する。

「そちたちには苦労をかけた。後詰を送れなんだは、偏《ひとえ》に儂の失態。何で腹など切らせようか。すまぬ。今後も儂に尽力してくれ」

逆に氏邦は頭を下げた。これは懐柔などではなく、素直な気持であった。

「何をなされます。殿に失態などございませぬ。頭をお上げ下され」

「左様。全て我らの力不足が招いた事態。御恩は働きにてお返し致します」

皆、おのおの悔恨の涙に噎《むせ》んでいた。氏邦はそれぞれを改めて労った。

「彦助、よう戻った。そちは用土の一族にありながら、何ゆえ信吉に従わなかったか」

後ろの方で平伏する彦助に声をかけた。笛が得意な彦助は通称・笛彦助で通っている。

「某、さしたる取り柄《え》とてござりませぬが、正か悪かの見極めはつきまする。殿の恩情を無にするは悪と思えましたので、信吉殿には従えませなんだ」

「戯け、敵となったものに敬称などいらぬ」

上座の方から諏訪部定勝が叱責する。

「よい。辛酸を舐めて戻った者を叱責する者がどこにおる」

窘めた氏邦は再び彦助に向かった。

「信吉が離反したゆえ用土新左衛門尉を名乗る者がいなくなった。それゆえ、用土の一族である彦助、そちがこれより用土新左衛門尉を名乗るがよい」

血や地、名を大事にする武蔵の土地柄を理解し、氏邦は言い渡した。

「左様なこと、恐れ多し。何もできずに戻ってきた某に、とんでもございませぬ」

「用土の者が戻ってきたことが、大事なのだ。新左衛門尉、期待しておるぞ」

「はっ、用土新左衛門尉の名に恥じぬよう、命を賭《と》して働く所存にございます」

用土新左衛門尉となった彦助は床に額を擦りつけて礼を言った。

とりあえずは帰城した者たちの気持を新たにすることはできた。

あとはこのたびの失態の謝罪をしに小田原に行かねばならない。松田憲秀の蔑む表情が目に浮かぶ。氏邦は気乗りしない心を奮い立たせ、鉢形城を出立した。


翌日、氏邦は重い気持で小田原城に達した。

城に着くと、主殿には氏政をはじめ、嫡子の氏直、松田憲秀らがいた。

案の定、松田憲秀らに非難され、氏政には叱責された。氏邦は平身低頭受け入れた。

「しばらくは駿河に兵を向ける。それゆえ武蔵の地をしっかりと守れ。万が一、勝頼が出てきた時は、早急に報せよ。東西で総力をあげて叩けば、いずれ身動きできなくなる」

氏政は力強く主張した。氏邦は謙虚に返事をするしかなかった。

「すでに氏照には伝えてあるが、儂は近くこの氏直に家督を譲ることにする」

「なんと！　真実にございますか？　まだ、早すぎるではありませぬか」

　この時、氏政は四十三歳、嫡子の氏直は十九歳であった。

「亡き大聖寺様が儂に家督を譲られたのは四十五歳の時。当時、儂は二十二歳であった。世の移り変わりも早くなってきたゆえ、出来うる限り早う人の采配を覚えた方がよいと考えてのこと。何か不味いことでもあれば遠慮なく申せ」

　我が子を見る氏政の目は、北条本家の当主ではなく、ただの父親であった。

　家督を譲るのは構わないが、当主が代われば代替わり検地《けんち》を行わねばならぬ。支配する側にとっては重要なことではあるが、ある意味、国人化した氏邦には余計な手間が増え、恨みを買うことに繋がるので、喜ばしいことではない。

　そもそも、この発想が領主として甘いと言われる所以《ゆえん》であろう。だが、領内に反感を持つ者を増やしたくないのが氏邦の本音であった。

　これも松田憲秀の案かと視線を移すと、案の定、北叟笑んでいた。氏政の隠居後も自分が氏直を陰から操作してやるのだと言わんばかりの双眼であった。

（此奴！　今はそんな時ではなかろう）

　とは思うものの、氏政が口に出した以上、否定することはできぬ。

「そこまでお考えとあれば、某などが口を挟むことなどございませぬ」

　落胆しながら答えた。すると、氏直が挨拶をする。

「叔父御、よしなにお願い致す」

「いや、こちらこそ」

答えながら改めて氏直を直視する。親子だけに横に並ぶ氏政の若い頃によく似ている。北条家の血を引いて端整な顔つきではあるが、能面のような冷たい面持ちに見える。

（このの ち、この者をお屋形様と呼ばねばならぬのか）

世代交代という事実に氏邦は戸惑った。己だけが、兄だ弟だと言っている間に時は流れ、取り残されているような気もした。また、叔父と言われたのは正直、衝撃であった。数えてみれば自分も三十八歳。もう、若くはない年齢に達していた。

再び憂鬱《ゆううつ》な心で帰国の途に就かざるをえなかった。


小田原城で氏政が言ったように、氏直は七月二十日、駿河に向けて出陣した。八月一日には駿東《すんとう》郡の黄瀬《きせ》川で武田勢と対峙し、十一日には同郡の戸倉《とくら》で戦った。この間、氏政は小田原城で嫡男の采配ぶりを窺っていた。

氏政はもう充分に一人で家臣を指揮できると判断したのか、八月十九日、氏直に軍配団扇《うちわ》を譲渡した。則《すなわ》ち家督の交代が行われ北条五代が誕生したのだ。これにより、氏政は亡き氏康同様、「大御館様《おおおやかたさま》」または「御隠居様」と呼ばれるようになった。

隠居号は截流齋《せつりゅうさい》。とは言っても、かつての氏康のごとく実質的には北条家の最高権力者であることには変わりない。

家督相続は恙無《つつがな》く行われた。戦国の世にあっては珍しい部類と言える。これも兄を立てよという早雲以来の教えを忠実に守っているゆえであろう。また氏政が早く家督を譲った理由は、本家と駿河に対する西を氏直に任せ、今一つ版図の拡大が滞っている東や北に自ら乗り出すためであった。隠居してもなお覇気は失われていなかった。

氏邦も祝いに登城し、諸将と一緒に盃を口にしたが酔えない。というのも大福の出産が近くて、そちらが気がかりで仕方ない。この十ヵ月余の間にさまざまなことがあったので、正直、心配である。母子ともに健やかであってくれることが今の願いであった。

家督相続の祝いが終り、氏邦が帰国しようとした時、早馬が小田原城に到着した。

「珠のような男子でございます。お方様も息災にございます」

早馬は次男誕生の報告であった。

「左様か！」

気難しい表情をしていた氏邦の顔は晴れやかになった。長男の東国丸が病弱なために、喉から手が出るほど欲しかった男子である。

「氏邦、目出度いの。また男子か。こたびは儂の養子によこせ」

報せを聞きつけた氏照は氏邦の許に足を運び祝いの言葉を口にした。

「有難うございます。されど、兄上とて、まだこれからではございませぬか」

「まあ、左様であるがの」

喜ぶ氏邦とは裏腹に、珍しく氏照は暗い顔をする。それ以上は何も口にしなかった。

氏邦は氏政親子に報告したのち、すぐに小田原城をあとにした。早く、この世に生を受けた我が子を目にしたい。また、どんな名をつけようか。喜び勇んで帰路を急いだ。

一方、晴れて当主となった氏直も意気揚々、駿河に向けて出陣した。

帰城した氏邦は、早足で奥の部屋に向かった。

部屋に入ると、大福は白い夏掛けをかけて横になっていた。初秋とはいえ、まだ暑さは残る中、氏邦と同じ三十八歳という高齢の出産だ。さぞかし苦労したことであろう。

「大福、でかしたぞ。ようやった」

真っ先に我が子を目にしたいところであるが、これを抑え、氏邦は大福を労った。

「無事に生まれ、安堵しております」

とは言うものの、氏邦に嬉しそうな表情を見せず、冷めた目を返してくる。まるで、自分は義務を果たしたので、もういいであろうとでも主張するかのようである。

落ち込むような気分を一新し、氏邦は隣に眠る次男に目を向けた。

乱世にあって無理な願いかもしれぬ。いや、乱世だからこそ熱望するのか、自分以上に幸せに生きて欲しいと思いながら乳の香り漂う嬰児《えいじ》を眺めていた。あどけない寝顔が浮き世の憤懣を忘れさせてくれる。氏邦はしばらく見入っていた。

すやすやと寝息をたてて眠る赤子は大福に似て頰が豊かである。本来ならば、目は、口はどっち似だと夫婦の間で楽しげな会話がなされるべきであるが、今はそのようなものはない。まだ、初秋なのに二人の間には木枯らしが吹き抜けるようである。

それでも氏邦は歩み寄ろうと口を開いた。

「この子の名だが、いろいろと考えたが、亀丸と致す。いかがだ」

長生きをして欲しいという願望から、氏邦は亀の名を選んだ。

「よい名かと存じます」

大福は淡々と答える。まるで他人事であった。

「左様か。ならば亀丸とする。乳母はいるのか？」

「お乳はわたくしが与えます。他人の乳は飲ませとうございませぬ」

今まで興味なさそうに対応していた大福が、突然頑なに主張した。

「大福、それは……」

武士のしきたりでは、必ず乳母と傅役《もりやく》をつけるのが常であった。大福はまるで亀丸を武士にはさせないとでも言わんばかりの目であった。

「それもよいかもしれぬ。乳が出ぬようにならば早急に申せ。亀丸の命に関わるでの」

他人の乳を飲ませたくないと言うのは、大事に育てたいという母心と解釈した。氏邦は大福の気持を尊重して許すことにし、もう一度、亀丸の顔を見て部屋を出た。

十日ほどしたのち、大福も起きられるようになり、書に目を通す氏邦の許を訪れた。

「いかがした？」

「亀丸のことで、お話ししたきことがございますゆえ、まいりました」

大福はいつになく思いつめている。亀丸に何かあったのかと、氏邦は心配した。

「何かあったのか？　遠慮なく申せ」

「亀丸は藤田家の菩提寺である青龍寺の良栄《りょうえい》和尚にお預けしたいと思います。藤田家は祟《たた》られております。それゆえ亀丸には戦をさせず、徳のある僧侶に致し、藤田家を守らせたいという思案にございます」

「ならぬ！」

氏邦は断固として否定した。

「なにゆえでございますか。跡継は嫡男の東国丸がございます。次男の亀丸が武士になれば、兄弟であらぬ争いがあるやもしれませぬ。なればこそ僧籍に入れるがよいではありませぬか。さすれば東国丸とて安堵致しましょう」

氏邦を困らせようとしているのではなさそうだ。大福なりに考えてのことらしい。

「そなたは藤田家をいかに思っているのだ。東国丸が家督を継げると思うてか」

「東国丸が健やかに育たぬのも、北条家が不義をしたからに違いありませぬ。それゆえ亀丸に北条家の罪を払い除けてもらうのです。さすれば東国丸の病も治りましょう」

「つまらぬ迷信に囚われるでない。加持《かじ》や祈禱《きとう》で事が成せば、北条家は小田原に幕府を開いておるわ。それに不義など行ってはおらぬぞ」

「ならば、藤田の不幸は、いかにご説明なさるのですか」

「これは武家の娘とは思えぬ言葉。時の流れと強弱で家は幸にも不幸にもなろう」

「その陰でいつも泣くのは女子や童ばかり。さればこそ亀丸には仏の道を歩ませたいのです。父や兄のように殺され、姉弟が敵となる世などまっぴらでございます。ううっ」

言っているうちに感情が高まってきたようで、大福は嗚咽しはじめた。

その姿を見て、武士だから仕方がないとは言えなかった。

「考えおく。亀丸はまだ生まれたばかり。先のことは判らぬ。そなたも今少し考えよ」

そう告げると氏邦は再び文机に向き直って書に目を通しはじめた。

「亀丸は、わたくしが産んだ子にございます。考えぬいてのことです」

大福は肩を震わせながら部屋を出て行った。気持は判らないではないが、家に関わる重大なこと。城主として二つ返事で認める訳にはいかなかった。


九月中旬、駿河から帰国した武田勝頼は再び上野に姿を現わした。

二十日、勝頼は碓氷《うすい》郡の安中《あんなか》衆に命じて野武士一千五百ほどを集め、勢多の膳《ぜん》城を落とし、そのまま南下して金山、小泉、館林、新田等を席巻し、武蔵、上野国境の利根川に迫った。これに佐竹義重も歩調を合わせ下野にまで出陣してきた。

報せを聞いた氏邦はすぐに出陣の触れを出し、小田原城の氏政に伝えた。

報告を受けた氏政は武蔵・児玉郡の本庄《ほんじょう》城に着陣し、氏邦も合流した。氏直は駿河に在陣しているので、この陣にはいない。また、氏照は甲斐の都留郡より兵の乱入に備えねばならず、本庄には来なかった。

氏政の相模衆が二千五百、武蔵衆が五千、氏邦勢が二千五百。合計で一万ほど。

一方、勝頼率いる兵は合計一万二千余。兵数で北条勢を上廻っていた。

十月初旬、勢いに乗る武田勢は利根川を渡り、本庄に乱入してきた。

北条勢は水際で食い止めようとしたが、敵兵の数を見て、とても野戦では対抗できないと判断した。即時退散することになり本庄城に逃げ戻った。

だが氏政以下、一万の兵が籠る本庄城を陥落させるのは無理と判断した勝頼は、周囲を焼き払い、十月十二日、甲府に帰陣した。

氏政が隠居したので身が軽くなり、出陣してもらえたので、鉢形領までは攻め込まれなかった。氏政は不利な戦をしないので、氏邦配下の死傷者も出さずにすんだ。

今回の勝頼の出陣で、上野から北条家の支配地は僅かな地を残して無くなった。先に氏邦に降った玉村城の宇津木氏久なども掌を返すように武田の傘下になっていた。

また一からの出直しである。そんな意味をこめて、氏邦はこの年の十二月一日より、家臣に対して使用している『翕邦邑福《きゅうほうゆうふく》』の印の上の象を消した。改めて「邦（国）を集めて福を摑む」ためである。また氏邦はもう一つの福（大福）も摑みたかった。

斯《か》くして天正八年（一五八〇）は暮れていった。

第二十五章　封淋花散

一

天正九年（一五八一）二月――。

ようやく梅の蕾《つぼみ》が色づきだし、時折り鶯《うぐいす》なども姿を見せるようになったが、まだうら寒い日が続いている。氏邦は鉢形城の庭先で春の景色を眺めていた。そこへ筆頭家老の諏訪部定勝が現れた。

「武田が甲府《こうふ》の北西に新たな城を普請しているとのことにございます」

「上野では優勢だが、西では厳しいということか。新たな城と申すからには難攻不落の城をということであろう。あの勝頼が城に籠ることを考えるとはの」

武田勢を思い浮かべると悪寒が走る。『風林火山』の旗は未だ恐怖の対象であった。

武田勝頼は甲斐・巨摩《こま》郡の釜無《かまなし》川の西岸に連綿と続く七里《しちり》岩《いわ》の上に、新府《しんぷ》城とも韮崎新《にらさきしん》城とも呼ばれる城を築きはじめた。

上野に版図を広げ、半国以上を手にした勝頼は武蔵にまで兵を侵入させるなど、東には優位に展開していたが、南からは伊豆の北条氏直が、西からは遠江《とおとうみ》の徳川家康が共に手を組んで重圧をかけているので、正直状況は苦しいのが現実であった。

まして、唯一の同盟者である越後の上杉景勝は、御館の乱の処理に手間取り、国内を纏めるのもままならぬ状態である。また、これを知った天下人の織田信長が北陸方面司令官である柴田《しばた》勝家《かついえ》に命じて、越前《えちぜん》、加賀《かが》、能登《のと》へと兵を急速に進めているので、とても勝頼への援軍など送る余裕はなかった。

城郭の様相をしているとはいえ、甲府の躑躅ヶ崎《つつじがさき》の館では敵を迎え撃てぬと判断した勝頼は、天険の丘陵を利用して新たに築城することを決意した。

「城を築き始めたとすれば、大きな出陣はあるまい」

「普通は左様でございますが、戦好きの武田ゆえ、決めつけぬ方がよかろうかと」

定勝の忠言どおり、北条家、与し易しと思っている勝頼は、挟撃の一角を崩さんと伊豆に出陣した。報せを受けた氏政・氏直親子もすかさず兵を率いて箱根の嶮《けん》を越えた。だがここでは大きな戦はなく、小競り合い程度で双方兵を退くこととなった。

ところがこの伊豆出陣が勝頼にとっては大きな痛手となってしまった。

家康は前年から遠江小笠《おがさ》郡の高天神《たかてんじん》城を包囲し、周辺の六ヵ所に付城《つけじろ》を築いて監視するとともに、城外の稲を苅《か》って兵糧攻めを行っていた。

高天神城からの救援要請の使者を受けた勝頼であるが、度重なる出陣のせいで、兵ならびに財政が逼迫しており、家臣たちから不満の声が聞かれた。また、出兵しても家康らの付城を排除することもできず、援軍の要請には応えられなかった。

結局、高天神城は落城し、勝頼は遠江における武田家最大の拠点のみならず信頼も失い、日を追うごとに版図を狭めていった。

「勝頼は動くほどに身を縛っていくようだの」

「何をやっても上手くいかぬ時でございましょう。特に最初の一歩を踏み間違えますと、最後まで嚙み合わぬことがございます」

「その一歩が高天神城か」

定勝の言葉に上野の沼田城のことが重なり、氏邦には他人事には思えなかった。

この機に乗じ、氏政は翌四月、兵を甲斐の都留《つる》郡の譲原《ゆずりはら》に進攻させた。

この頃の氏邦は、自領を守る程度で大きな軍事行動に出ていない。同時期、勝頼の旗色が悪くなると、武田家に与していた秩父郡の国人衆が頭を垂れてきたので、氏邦はこれを許して黒沢繁信《くろさわしげのぶ》らに預けた。

また、あまり得意ではないが、調略なども試みると五月初旬、上野佐波郡・玉村城主の宇津木《うつぎ》氏久《うじひさ》が、節操もなく帰属を申し出てきた。

「性懲りもなくと言うか、恥も外聞もないのう」

「弱者が生き残る術でございましょう。宇津木が降ったということは、我らを優位と見た証。こののちのためにも良きことと受け取るがよかろうと存じます」

氏邦は定勝の意見に頷いた。武士として戦わずして敵を降伏させる以上の良策はない。だが、上野衆は武田有利と見ているので、ほかに帰参を申し出る者はいなかった。

敵の乱入がない時、他の武将であれば積極的に領土の拡大に勤《いそ》しむであろうが、氏邦はここぞとばかり、領内の仕置に力を入れた。特に児玉郡の九郷堰《くごうせき》の整備を行った。新田開発の下地造りには重要なことである。

これに尽力していたところ、稲刈り最中の八月、氏政から出陣を告げる使者が訪れた。向かう先は下野《しもつけ》。氏照への援軍である。

この年の五月、下野・唐沢山《からさわやま》城主の佐野宗綱《さのむねつな》は北関東の諸将を誘い、氏照が支配する下野都賀郡の榎本《えのもと》城を攻撃した。

氏照はこれを駆逐せんと単独で戦っていたが、北関東勢の軍勢が思いのほか多く、排除どころか自身の方が押された。仕方なしに氏照は小田原に援軍の要請をした。

実弟の要望に応え、隠居した氏政は氏邦に出陣の命令を出した。

「一年として戦をせずにいられぬ年はないものかの。直ちに兵を集めよ」

命じられたとおり、氏邦は二千五百の兵とともに埼玉郡の忍《おし》城に向かった。

忍城には武蔵、相模衆が集まり、氏政が到着すると兵は一万三千五百余に達した。

氏政は忍城主の成田氏長を先導役に任命し、下野の唐沢山城に向かった。

北条勢の襲来を知り、北関東勢は唐沢山城に籠った。

何度も攻撃したが落とせなかった唐沢山城は城山（標高約二百四十七メートル）に築か

れ、西を秋山川が守っている。八つの城郭からなる城は北に向かってくの字を描く形をし、西に大手、東に搦手と登り口も少なく、攻めづらい城である。

氏邦らは佐野の前河原《まえがわら》に着陣し、氏照と合流した。これで北条軍は一万六千余になった。

さっそく本陣で評定が開かれた。

「大手は某にお任せくだされ」

下野は氏照が任されている地域。他の者には譲れぬと戦気溢れる目を向ける。

「されど、そちは何度も大手を攻め、苦杯を舐めさせられたであろう」

氏政が言うとおり、削り取った崖で登り口は急峻、峰より大石、丸太を投げられれば兵もろとも山下まで崩れ落ちる。氏照は幾度も排除された。

「氏照、そちは東の搦手に廻れ。大手は氏邦、そちじゃ」

「はい……」

返事をしながら、氏邦は眉を顰《ひそ》めた。難所は犠牲が多く出る。できれば違う陣に配置して欲しかったが、戦陣で我儘《わがまま》を言う訳にはいかない。決死の覚悟で望まねばならなかった。

「氏邦、陽動じゃ。一人でも多くの敵を引き付けられれば、仕寄せやすくなる」

「御安心を。一人でも多くの兵を大手に集めます」

気遣う氏照に氏邦は決意を示した。そのまま問題なく評議が終了したのは、松田憲秀が氏直とともに小田原城にいるからかもしれない。

（余計な輩が口を出さず、兄弟だけであればさして啀《いが》み合うこともないものだ）

大手口に向かう氏邦は憲秀を思い浮かべ、複雑な心境にかられた。

二

大手口攻めを命じられた氏邦には大道寺《だいどうじ》政繁《まさしげ》、上杉氏憲《うえすぎうじのり》、上田《うえだ》長則《ながのり》らが預けられ、伊勢《いせ》大和守《やまとのかみ》、多目《ため》長定《ながさだ》が戦目付として付けられた。鉢形衆を合わせて六千ほどになる。

搦手口には氏照らの七千余、氏政は前河原の本陣に三千の兵と共に待機していた。

一方、唐沢山城には周辺の領民たちを引き入れた佐野衆三千と、援軍の結城《ゆうき》晴朝《はるとも》、水谷《みずのや》勝俊《かつとし》、壬生《みぶ》義雄《よしかつ》、皆川《みながわ》広照《ひろてる》ら七千ほどが籠っていた。

佐野宗綱は兵を二つに分け、富士《ふじ》源太らの家臣たちと結城衆、下館衆を搦手に配置した。宗綱自身は山上《やまがみ》道及《どうきゅう》らの佐野衆と、壬生衆、皆川衆で大手を固めた。

大手口への登り口は南北二つに分かれているので、氏邦と上杉氏憲らが南に、大道寺政繁らが北に布陣し、本陣からの攻撃命令を待った。

手足の爪先がかじかむ如月《きさらぎ》（二月）の朝。吐く息は白く、周囲で洟《はな》を啜《すす》る音が聞こえる。暗いうちに食事を済ませているので、用意は万全である。

周囲が明るくなってきた時、本陣からの遣いが氏邦の陣を訪れた。

「仕寄せる時機は氏邦様に任せると、大御館様の下知にございます」

「あい判ったと大御館様に伝えよ」

使者に告げた氏邦は側にいる諏訪部定勝に向き直った。

「いつなりとも」

聞かずとも、定勝は主の意を理解して答えた。

それを見て氏邦の闘志も高まり、澄んだ早朝の空気の中、床几から立ち上がった。

「本丸への一番乗りは我が鉢形の者ぞ。かかれーっ！」

氏邦は采配を振り下ろし、大音声で怒号した。直後に野太い法螺が響き渡った。

途端に、鳥の囀《さえず》りをかき消すように、唐沢山の麓に喊声が沸き上がる。陣鉦、戦鼓の音と共に、横地忠春《よこちただはる》、齋藤定盛《さいとうさだもり》、猪俣範頼《いのまたのりより》ら児玉衆が先を争うように狭い山道を駆け登った。

これに上杉家配下の深谷衆が続く。

氏邦陣の号令を聞き、大手の北道に布陣する大道寺配下の河越衆、上田配下の松山衆も遅ればせながら山頂を目指して駆け上がった。

枝が頭上を掠《かす》める山道は、徒《かち》ならば二人、騎馬であれば一頭しか通ることができない。しかも道は途中から南北が合流しているので、城の一番西にある西ノ丸とも呼ばれている天徳丸《てんとくまる》の石垣に到着する兵は僅かであった。

城方の佐野勢もそれを熟知しているので、敵が城門に迫るまで待っている。一町（約百九メートル）を切ったぐらいで、弓・鉄砲を放ちかける。

鉄砲の轟きとともに寄手は呻《うめ》きをあげ、血飛沫《ちしぶき》もろとも数名が倒れた。

「竹束、前へ！　弓衆、鉄砲衆、続け！」

横地忠春の命令で竹束を持った足軽が前に出る。その背後に弓、鉄砲組が並んだ。

「放て！」

下知に従い、寄手は斜め上の敵をめがけて引き金を絞り、矢を放った。双方、互いに入れ替わり立ち替わり鉄砲を放ち、弓を射る。しばし飛び道具の戦いが続いた。

氏邦勢の攻撃を合図に搦手でも戦が始まり、唐沢山城は怒号や轟音、硝煙に包まれた。

「登城口からだけでは仕寄せきれぬの。秩父衆に山を登らせよ」

氏邦は命じて南側の鬱蒼《うっそう》と樹木が繁る傾斜から兵を進めさせた。

山岳戦に慣れた逸見《へみ》義重《よししげ》、吉田《よしだ》政重《まさしげ》らは木々をかき分け、蔓《つる》を手繰《たぐ》り、急傾斜の山坂をよじ登る。秩父衆は手慣れたもので、四半刻（約三十分）と経たずに天徳丸に迫った。

これを見た城兵は、大きな石や、丸太を落下させた。

「樹の陰に隠れよ！」

逸見義重は叫ぶが、大石や丸太は下るごとに勢いを増し、一尺に満たぬ太さの樹などは轟きと一緒に薙《なぎ》ぎ倒す。寄手は巻きこまれて転げ落ちた。

「北から三ノ丸に仕寄せよと駿河守に伝えよ」

氏邦は大道寺政繁の陣に遣いを走らせた。ほどなくして河越衆は南と同じように峻険な坂を登りだした。これで多少は城兵の注意が北に向かう。

寄手は果敢に城に迫るが、矢玉と落下物で押し返される。前線の兵が疲れ果てる前に新手を送りこんで攻めさせるが、敵も必死に反撃するので、攻略には至らない。大手口の氏邦だけではなく、搦手の氏照も状況は同じであった。

斯くして陽が落ち、初日の攻防が終った。夕食ののち氏邦は本陣に呼ばれた。

「このまま、真っ正直な攻めを繰り返しても結果は同じこと。何か良案があれば申せ」

首座の床几に座す氏政が鷹揚に問う。

「まずは夜襲を試みてはいかがにございましょう」

氏政次男の太田源五郎が進言すると、氏政は満足そうに頷いた。

「幸いにもここ十日ばかり雨は降っておらぬゆえ、山に火をかけてはいかがでしょう」

成田氏長が続くと、氏政は渋い顔をした。

「燻《いぶ》り出す策か。悪くはないが日にちがかかるのが問題じゃな」

「おそらく敵も夜襲は用心しているはず。それよりも今宵のうちに兵を散開させ、明朝一番で四方八方から仕寄せてはいかがでございましょう」

大道寺政繁も積極的だ。

「某は囲みを解いて敵を城から引きずり出すがよかろうかと存じます」

氏邦は皆とは別の意見を口にした。

「左様なことができれば、とっくにしておる。いかにして引きずり出すのじゃ」

「されば、敵は佐野衆だけではござらぬ。壬生、宇都宮の下野勢に、結城、水谷の下総、常陸勢が籠っております。兵を二つに分けて、それらの城に向かうと見せかければ、帰る城がなくなると、必ず敵は城を出てくるかと存じます」

「それを叩く策か。面白い。大御館様、某は氏邦の案に賛成じゃ」

家中で発言力の強い氏照が賛同したので、他の者は皆、頷いた。

「されば明朝、氏照らは北の壬生・宇都宮方に、氏邦は東の結城・下館《しもだて》方に向かうこととする。儂は後詰と致す」

珍しく氏邦の意見が通り、評議は短時間で終った。

反転して打ち砕く作戦なので、殿軍《しんがり》が先陣になる。氏邦は軍列の後方に児玉衆、秩父衆を集めるよう指示を出し、早朝明るくなると同時に陣を発った。

僅か一日の攻撃で北条勢が兵を退く姿を目にし、城方は騒然とした。佐野宗綱は罠だと窘《たしな》めるが、手薄な自城を攻められてはたまらぬと、協力した四将は追撃することを主張した。

援軍を頼んでいる以上、佐野宗綱も従わざるをえなかった。

目論みどおり、壬生・宇都宮勢は氏照勢を、結城・水谷勢は氏邦勢を追った。

「申し上げます。敵が城を打って出ました」

唐沢山城の南に位置する富士という辺りで、遣いが報せに来た。

「左様か。忠春にはくれぐれも悟られぬよう。十分に引き付けて叩けと伝えよ」

氏邦の下知に使者は素早く走り戻った。

指示を受けた横地忠春は弓衆を最後尾に配置し、また鉄砲組には火縄の火を消さぬよう、縄を回転させながら歩かせた。氏邦の思惑を知ってか知らでか、居城に着かせてはならぬと下総、常陸勢ならびに佐野勢の一部は迫った。

結城勢は大道寺、上田勢に、水谷勢と佐野勢の一部は氏邦、氏憲勢に殺到した。

砂塵をあげて猛追してくる敵が後方三町ほどに接近したところで忠春は兵を反転させ、横を流れる唐沢川も気にせず、東西に広がらせて迎撃の陣形を布いた。

追撃目的で疾走する敵の勢いは簡単には止まらない。瞬く間に射程に入った。

「放て!」

横地忠春の大号令とももども鉄砲の筒先は鉛玉の雄叫びをあげた。

筒先から硝煙があがり、火を噴くたびに水谷勢や佐野勢は血煙りをあげてもんどり打った。これに弓衆が続き、さらに前方にいた者たちも敵を包みこむように移動し、矢玉を浴びせた。城方の勢いが止まるまでに数十名が屍となった。

「敵の動きは止まった。一気に討ち取れ!」

馬上、氏邦は咆哮し、怯む敵に鑓衾を造った長柄組を突き入らせた。

下総、常陸に向かう兵の後を追って城を出てきた敵は二千五百がいいところ。一方、上杉、大道寺、上田を合わせた氏邦の軍勢は六千ほどと倍以上である。野戦では兵数の差がものをいう。余程、地理的条件でも悪くなければ負けることはない。

「かかれーっ! かような好機は二度とないと心得よ!」

氏邦は声を嗄《か》らして何度も軍配を敵に振り向けた。勝てると思いこんだ兵の力は何倍にもなる。北条勢は昨日の恨みを晴らさんと猛襲した。

天地を響動《どよ》もす喊声に続き鑓の金属音が響く。さらに怒声と具足の衝突音が谺《こだま》する。兵の皮膚は刃で裂け、穂先に肉は抉られ、真皓《ましろ》い骨が曝《さら》け出される。血飛沫が宙を染め、呻きと悲鳴が吐き出される。周囲は一瞬にして酸鼻《さんび》を極めた光景へと変貌《へんぼう》した。

「ただ今、勝負を決めるのだ！」

氏邦は自身を守る旗本たちも投入した。紅林紀伊守《くればやしきいのかみ》、町田秀房《まちだひでふさ》、小前田武主《おまえだたけもり》、用土新左衛門尉《ようどしんざえもんのじょう》（彦助）らが砂塵をあげた。

「退け！　ここは一旦、退くのじゃ」

結城晴朝、水谷勝俊、佐野勢の大貫越中守《おおぬきえっちゅうのかみ》は潰れた声で呼び掛け、城に退いていった。

北条勢は敵の二の備え、三の備えまで追い崩したが、さすがに出陣した敵を全て討ち取るところまではいかなかった。それでも辺りには城方の骸《むくろ》の山ができていた。氏照の陣でも同じような状況で、昨日の鬱憤《うっぷん》を晴らすには十分の戦功であった。

再び北条勢は唐沢山城を遠巻きに囲んだ。

城方は簡単に城外に出てくることはなくなり、三日目は互いに鉄砲戦で終った。

今後は、本気で下野や下総の城を攻めなければ城兵が出てくることはないと話し合っている時に、鬼義重で名高い佐竹勢が後詰に現れたという報せが齎《もたら》された。

城兵と佐竹勢の挟撃を恐れた北条勢は囲みを解いて帰路に就いた。だがこの時、河越勢、岩付勢が追撃を受けることになり、北条勢敗走の噂が広まった。

鉢形勢は無傷の帰途で、氏邦としては自身の思案どおりの戦ができて満足であった。

北条家を追撃した佐竹義重は、甲斐の武田勝頼と連携し、翌九月、再び出陣し上野の新田まで家臣たちを進軍させた。当然、北関東方面司令官である氏照は、これを無視できず、前線で備えていた。氏邦も後詰として用意を進めていた。

そこへ佐竹勢の出陣を知った勝頼が伊豆に出兵するとの報せがあった。氏政は相模で軍勢を集め、西に兵を向ける支度を整え、小田原を出立する予定であった。

緊迫感に包まれた日にちが過ぎる中の十月二十七日、小田原城に激震が走った。なんと西における北条家の前線基地とも言える駿河駿東郡《するがすんとう》・戸倉城《とくら》の城将・笠原政尭《かさはらまさたか》が、沼津城《ぬまづ》将の曾禰昌長《そねまさなが》の調略を受けて、武田氏に内応するという事態が生じた。

笠原政尭は北条家筆頭家老・松田憲秀の長男（庶子とも）で、武蔵小机《こづくえ》城代・笠原康勝《かさはらやすかつ》の養子となった者である。

健康で凡愚でもない長男の政尭が、なぜ松田家の家督を継げなかったのかといえば、憲秀の次男・左馬助直憲《さまのすけなおのり》（直秀《なおひで》とも）が眉目秀麗《びもくしゅうれい》で氏政の寵《ちょう》が篤《あつ》かったため、権力の座を維持せんとした憲秀が、家督を政尭ではなく直憲に決めたからだ。

加えて、養子に出された笠原家では、康勝に実子の照重《てるしげ》が誕生したため、政尭は疎《うと》ましい存在となってしまった。我が子が可愛い康勝は氏政に訴えて、政尭を駿東郡の戸倉城代として追いやった。

戸倉城は伊豆と駿河の境にあり、何度も武田から攻撃を受けている。笠原政尭は小田原に援軍の要請をした。

だが当主になったばかりの氏直は報告を受けるや苛立ちながら吐き捨てた。

「大将がだらしなく、弱腰なので、家臣もこれに倣って臆病になるのだ」

援軍も送らぬくせに、寡勢で多勢に向かえとは、どちらがだらしない大将なのだ。氏直の言いようを聞き、政尭は無念に悔し涙を流して唇を嚙みしめた。そんな時に敵から甘い言葉を囁かれた。筆頭家老の長男として生まれながら、虐《しいた》げられた人生を送っている政尭が、これを受け入れたとしても、何ら不思議ではなかった。

曾彌昌長は八月の合戦後、三島の心経寺《しんきょうじ》の僧を使い、伊豆一国に加え、勝頼の婿に迎えるという条件を提示した。悩んだ政尭であるが、武田家に属することになった。

このことに武田方でも驚き、勝頼は十月二十九日、曾彌昌長に感状を与え、すぐに義兄の穴山梅雪齋《あなやまばいせっさい》を向かわせている。また、近日、自身も入城すると伝えていた。

驚愕した氏政であるが、政尭の裏切りは抛《ほう》っておけず、氏直ともども伊豆に出陣し、駿河の大平《おおひら》城に入城して普請し直し、また近くの興国寺《こうこくじ》城に大藤政信《だいとうまさのぶ》らを入れて、武田方の連絡を遮り、戸倉城を攻めようとした。

報せは鉢形城の氏邦の許にも届けられた。

「笠原政尭がのお……」

聞いた氏邦は溜息を吐いた。

「ざまあないわ。息子の面倒も見れずに北条家の筆頭家老が務まるか」

自身、真田に降った藤田信吉のことがなければ、右のように憲秀のことを罵倒していたかもしれない。政堯は凡愚ではない。にも拘わらず粗略に扱われた者が不利を承知で敵に仕えざるをえない気持を考えると、切なくなる。決して他人事ではなかった。

松田憲秀としても、憂いていることであろう。政堯を遠ざけた笠原康勝も然《しか》り。

やはり人間は感情の生き物であるということを氏邦は改めて思い知らされた。

「調略の手際は先代譲りにございますな」

「左様じゃな。心の隙を突くは見事よな。明日は我が身ぞ」

氏邦は諏訪部定勝に用心させるよう命じると同時に、自身にも言い聞かせた。

三

十一月に入り、勝頼は従弟の典廐信豊《てんきゆうのぶとよ》、同じく従弟の珠光山大龍寺《じゆこうざんだいりゆうじ》・麟岳和尚《りんがくおしよう》（信廉《のぶかど》の次男）、それに佞臣《ねいしん》と噂される長坂光堅、跡部勝資らの勧めで、信玄時代から質としていた織田信長の四男（五男とも）・源三郎《げんざぶろう》（信房《のぶふさ》）を安土に送り返した。西からの圧迫が厳しくなってきたので、急遽《きゆうきよ》、講和を求めるためであった。

と言っても勝頼自身、犬猿の仲である信長と真実和睦できるとは思っていない。あくまでも韮崎に築城している新府城が完成するまでの日にち稼ぎであった。城は先の十月、主要部分が落成したが、入城できるまでには、もう少しの日にちが必要であった。

またその間、氏政が大平城に入った時期と同じくして勝頼も戸倉城に入城した。この戦で一気に方をつける意気込みであった。

勝頼が伊豆に出陣したので、武田家と手を結ぶ佐竹義重も十一月十六日、上野の新田へ兵を進めた。氏邦は鬼義重に備えねばならず、とても伊豆に援軍など送れなかった。

十一月二十日、大平北の小山《おやま》辺りで小競り合いが行われた。憤りに満ちて小田原を出た氏政であったが、勝頼のただならぬ決意を感じて、すぐに兵を退いた。

十二月五日、再び境川《さかいがわ》の東・玉川《たまがわ》という地で戦いが行われたが、この時も勝敗を決するような合戦にまでは発展しなかった。

その後、半月ほど互いの城で対峙したが、結局合戦には及ばなかった。このまま待っても北条家から城を出て来ることはないと勝頼は諦め、十九日、帰国の途に就いた。

勝頼が帰国したので、氏政親子も大平城を出た。

北条本隊が帰路に就いたことを確認した笠原政尭は、すかさず義弟の照重が籠る大平城を攻めた。照重さえ生まれなければ評定衆の一人として、また小机城代として安定した生活を送れたはずである。恨みを晴らさんと、普請途中の城を遮二無二攻めたてた。その結果、照重を討ち取ることができた。政尭の歓喜の雄叫びが大平城に響いた。

二十二日、甲斐の躑躅ヶ崎館に戻った勝頼は、二十四日に新府城へ移城した。

由緒ある甲斐源氏の武田氏が統治した六十年にも及ぶ月日のなかで、政治、経済、文化、宗教の中心であった甲斐の府中。甲府に住む人々は見捨てられた心境であろう。

「人は城、人は石垣、人は堀、情けは味方、仇は敵なり」

有名な詠歌に代表されるように信玄は甲府に城を築かず、領民を大事にした。

一方、己一人が敵から身を守るために韮崎に移る勝頼は、府中の民衆の目には頼りにならぬ当主としか映らなかったであろう。

移城にあたり一族衆や重臣、旗本や近習、奥に仕える女房衆なども名残惜しげな顔をしていた。それを見ていた勝頼は、過去の武田に別れを告げるべく、一部の屋敷を残して、これみよがしに建物を破壊させた。家の統制上、仕方ないことではあるが、民衆の心を離れさせる速度に拍車をかけたことは言うまでもない。甲府は古い甲斐の府中ということで古府中、韮崎の新たな町は新府と呼ばれるようになった。

数日前の十八日、信長の使者・西尾義次《にしおよしつぐ》が徳川家康の家臣・松平家忠《まつだいらいえただ》の許を訪れて、「信長は来春、駿河、甲斐に御動きなされます」と伝えていることなど知るよしもない。

勝頼は木曽の高価な檜《ひのき》の香りが漂う新府城で酒に酔い、武田再建を思案していた。

その間も着々と暗雲は計り知れないほど大きくなって東の空に向かっていた。


天正十年（一五八二）。激動の年が明けた。

一月二十七日、武田勝頼の姉婿である信濃木曽《きそ》・福島《ふくしま》城主の木曾義昌《よしまさ》が、織田信長に寝返ったという。義昌は美濃・苗木《なえぎ》城主の遠山友忠《とおやまともただ》を頼り、弟の上松義豊《あげまつよしとよ》を人質に出して信長に通じたというものであった。

報せを受けた勝頼は激怒し、二十八日、義昌征伐の大将に従弟の典厩信豊を命じ、三千余の兵を木曽口に進撃させた。また、もう一方の大将には弟の仁科信盛《にしなのぶもり》を据え、諏方頼豊《すわよりとよ》ほか、諏方、遠江の二千余の兵を上伊那《かみいな》口に向けた。

　ほかにも勝頼は信濃、甲斐を固めるために兵を動かし、大忙しであった。

　二月三日、信長は武田攻めを前に、諸将の配置を言い渡した。駿河口からは徳川家康、関東口からは北条氏政、飛驒《ひだ》口から金森長近《かなもりながちか》、伊那口からは信長と嫡男の信忠《のぶただ》が二手に分かれて乱入することを命じた。

　同じ日、武田攻めの大将に任じられた信忠は森長可《もりながよし》、団忠正《だんただまさ》を先陣として、尾張・美濃の兵を木曽口、岩村《いわむら》口に出陣させた。

　鉢形城の氏邦の許には氏政から、信濃のことを書状で問うてきた。

　氏邦はいつものように諏訪部定勝と膝を突き合わせていた。

「すでに織田は武田攻めを始めたのであろうか」

「あるいは、そうかもしれませぬ」

「甲斐、信濃に細作を放って調べさせるか」

「以前、倉内（沼田）に向けて出した遣いは皆、真田の者に討たれました。甲斐とて透波の宝庫にございます」

「左様か。判った。秩父の者に国境の備えを厳しくしろと命じよ」

　定勝には一応、ありきたりのことを命じておいた。その後、半鐘を鳴らした。風魔の辰太郎を呼ぶための合図である。

　その夜、辰太郎は氏邦の居間に現れた。相変わらず、浅黒く引き締まった顔である。音をさせずに近づく業は恐ろしいと思わせる。

「以前、そちは甲斐に潜っていたと申したな。早急に甲斐の様子が知りたい」

「畏まりました。されど、何やら騒いでおる噂は耳にしております。それゆえ警戒も厳しきものと存じます。十日から半月ほどの日にちを戴きとうございます」

「判った。できるだけ早う頼むぞ。特に戦の様子をな」

「はっ。されば、これにて」

辰太郎は襖《ふすま》を開けて隣の部屋に入ったまま姿を消した。

一人になった氏邦は溜息を吐いた。戦の状況を知りたいことの一つには、勝頼に嫁いでいる異母妹を心配してのことであった。そう何度も顔を合わせたこともない妹ながら、すでに景虎を失っている氏邦は、同じ思いはしたくなかった。考えた途端に腹が立った。

「勝頼め！」

氏邦は歯嚙みする。通常、敵対すれば、妻を実家に返すのが武将としての筋であるが、人質のつもりなのか未だ新府城に置いたままである。また、二人の間には姫が誕生している。万が一の時は幼き命まで道連れにするつもりなのか。妹が勝頼を慕っているとは知らぬ氏邦は、武士の風上にもおけぬ奴であると憎んだ。

「殿、夜分、畏れ入ります。お尋ねしたき儀がございます」

廊下から諏訪部定勝の声がした。氏邦が許すと定勝は入室した。

「いかがした？」

「いえ、万が一にございます。武田の者が降ってきた場合、いかになされますか」

「武田か……」

思いもよらぬことなので、氏邦は言葉に詰まった。北条家が単体で武田と戦をしているのであれば、武田家臣の背信は喜ばしいことであり、すぐにでも旧領を安堵するところであるが、織田家と手を結んでいる以上、勝手なことはできなかった。

比叡山の僧俗、長島と越前の一向一揆、松永久秀の一族、荒木村重の一族は皆、信長に逆らって惨殺されている。噂によれば浅井《あざい》長政《ながまさ》親子と朝倉義景《あさくらよしかげ》の髑髏《どくろ》に箔濃《はくだみ》を塗って酒の肴《さかな》にしたと聞いている。変に庇《かば》いだてして妙な飛び火を受けることは避けねばならない。

「大御館様に聞かねば答えられぬ。軽はずみなことは言わぬよう、皆に申しておけ」

曖昧《あいまい》にしか答えられなかった。と同時に、氏政自身も考えていないのではないかと思えた。氏邦は至急、小田原に向けて使者を出した。

織田信長は、氏邦には理解の域を超える武将である。ただ、精強な武田家を追い詰める強烈な天下人であり、敵に廻してはならぬ絶対者ということだけは認識できた。

四

織田軍が武田領に侵攻すると、信濃の松尾城を守っていた小笠原信嶺《おがさわらのぶみね》は一戦もすることなく織田方に降り、嚮導役《きょうどう》を志願して許された。これにより、織田軍は田楽刺しのごとく東に兵を進められた。

一方、氏邦は辰太郎の報せを待っているが、なかなか届かない。

二月十九日、氏政ならびに氏直から、木曾義昌が逆心したので、武田の防戦は無理であろう、西上野の様子を探り、状況を報告しろという書状が届けられた。

「木曾と言えば、敵将（勝頼）の姉婿。ようも織田は誘ったものにございますな」

諏訪部定勝が感心したように言う。

「東西への出陣、かなり無理をしていたのであろう」

兄の氏照が、この一、二年耐えていれば、何れ潰れると言った言葉を思い出した。

「親族が返り忠を致せば、今後、さらに見限る者が増えるやもしれませぬな」

「左様の。出陣は近いかもしれぬ。まずは西上野だ。山崎弥三郎《やまざきやさぶろう》らに探らせよ」

緊迫感高まる氏邦は早速、西上野に兵を向けた。

二十日、ついに氏政から出陣の命令が出された。とりあえず諸将の兵を多波川《たば》（多摩川）に集めさせておくこと、その後、評議の上で西上野、甲斐、駿河のいずれかに兵を向けることを伝えるというものであった。

「思ったとおりだな。定勝、用意は？」

「下知がありしだい。兵は整います」

「重畳。いずれに向けられることになろうかの」

「雁坂峠《かりさか》を越えれば秩父裏道（国道一四〇号）を通って甲府まで一本道。我らとすれば、これが一番いい道筋でございますな」

「されど、大御館様は、まず多波川に兵を集めよと申された」

「されば、丹波《たば》川沿いに甲州裏道（国道四一一号）を通るのではありますまいか」

丹波川は多波川の上流にあたり、甲斐の一之瀬《いちのせ》川と柳沢《やなぎさわ》川の合流地点から、のちの奥多摩湖に注ぎこむまでの川である。川の横を甲州裏道（青梅街道《おうめかいどう》）が通っている。街道は江戸期に整備されたが、戦国期は細く荒れた峠道そのものであった。

「甲州裏道か。狭き道よな。いずれにしても甲斐か」

「何かまずいことでもございますか」

「信濃から織田、駿河から徳川に比べ、甲府には武蔵からの方が近い。我らが先に甲府に入った時はいかに？　鳶《とんび》に油揚げを攫《さら》われた時の信長はいかなる思案をすることとか」

「しかれども、競合を避けて西上野に兵を出し、織田殿らが敵将を取り逃がしたとすれば、我らが疑われぬとも限らぬかと存じます」

「さもありなん。おそらく儂とそちが話していること、小田原でも評議していようの」

評定衆が揃って難しい顔をしているのが目に浮かぶ。長男の笠原政堯が裏切った松田憲秀の態度はどのようなものなのか。こんな時こそ、参加したい気がするが、つまらぬ私情に囚われている場合ではない。北条家の今後を占う重要な局面であった。

同日、西上野の三波《さんば》川にて、氏邦勢の家臣・山崎弥三郎が武田勢と干戈を交えた。相手は武蔵児玉郡の御嶽《みたけ》城主・長井政実《ながいまさざね》の家臣・飯塚六左衛門《いいづかろくざえもん》であった。政実は北条と武田の間を何度も渡り歩き、この時は武田方に属していた。戦いは引き分けであった。

氏邦はすぐさま西上野の状況を小田原に送った。

「長井はまだ、武田の様子を知らぬようでございますな」

定勝の言葉に氏邦は頷き、本家からの指示を今や遅しと待っていた。

二十二日、氏政は各方面に出陣命令を発した。また十一日には織田信忠が、十二日には滝川一益が出馬したことも報せてきた。そして、厩橋城の北條高廣《きたじょうたかひろ》に呼び掛け、何とか信濃の様子を摑むと同時に、西上野への警戒を怠るなともあった。

織田方の情報は滝川一益から早船にて齎されたが、氏政・氏直親子はまだ、鉾先をどこに向けるのか決めていないようであった。

氏邦はさっそく北條高廣に使者を送った。

二十五日、氏邦は明朝、出陣することを告げた。

その晩のこと、風魔の辰太郎が氏邦の褥に忍び寄った。

「辰太郎ただ今、戻りました」

相変わらず音も気配もない恐ろしい者である。

「辰太郎か。待っておったぞ。して、いかがであったか」

氏邦は夜具を引き剝《は》がして跳ね起き、平伏する辰太郎に向き直った。

「はい。されば……」

辰太郎は甲斐、信濃における二十三日までの情報を細かに伝えた。

「……左様に武田は押しまくられておるのか。あの武田が……」

信玄亡きあととはいえ、『風林火山』の旗を靡かせた武田勢には随分と痛い目に遭わされた。強兵揃いの甲州兵が次々に退くとは、氏邦には信じられぬことである。

「まだ、新府には織田も徳川も迫っておらぬのだな」

「はい。されど、誰が見ても今のままでは……」

それ以上は口にしなかったが、何日もつかは判らぬと言いたげであった。

「その前に何とかせねばな」

辰太郎から、武田劣勢の事実を聞かされ、氏邦の思うところは勝頼に嫁ぎし異母妹の安否であった。何とか助け出したいものである。

「明日、出陣する。そちは、儂の側におれ。何かと働いてもらう」

「畏まりました。されば」

会釈すると、辰太郎は氏邦の前から去り風も立てずに消えていった。

(降伏を申し出ても許されまい。さればこそ、引導は我らが手で渡してやりたい)

長年の経緯があるだけに、信長の手で勝頼は討たせたくなかった。だが、戦は生き物。何があるか判らない。氏邦は妙な昂揚を覚えつつ、再び横になった。

翌朝、空は春霞みがかかった薄い青空が広がり、よく晴れていた。

氏邦は戦国最強と謳われた武田勢との最終決戦をするべく、旌旗《せいき》をはためかせ、意気揚々と鉢形城を出陣した。宿敵の武田討伐に織田の手を借りるのは後ろめたい気もするが、長きに亘る因縁に決着をつける時がきた。勝頼を征伐すれば、領内を侵されることもない。領主としては望ましいことである。

　氏邦は鎌倉街道上道を通り、のちに日光往環と呼ばれる間道を進み、黒須《くろす》から青梅に向かうつもりであった。おそらく氏照も甲州街道（国道二〇号）から甲斐に侵入するはずだ。

ところが馬上で春風を受けていた時、小田原からの遣いが氏邦の足下に跪いた。

「申し上げます。昨日、大御館様は氏規様、太田源五郎様らを駿河に向かわされました。それゆえ、氏邦様も氏規様らに合流なされますようにとの下知にございます」

「なんと！　大御館様は甲斐ではなく駿河に兵を向けられたのか」

　驚きとともに氏邦は落胆した。これで本家の方針が理解できた。徳川家康が甲斐に兵を進めて手薄になった駿河の駿東郡、さらに富士郡までを奪うつもりである。

　追い詰められた猛獣を狩るのではなく、飼い馴らされた家畜を襲う策。中には北条家を裏切った笠原政堯などもいるが、あくまでも兵の犠牲を出さぬ案である。損得だけを考えれば正しいのかもしれないが、はたして激変しつつある東の国で、日和見的な行動が許されるものであろうか。氏邦には疑問であった。

「まるで火事場泥棒だな」

「殿、それは言いすぎにございます」

　諏訪部定勝が諫めるが、氏邦は落胆しながら命じた。

「左様かのう。まあよい。西に向けて兵を進ませよ」

甲斐に兵を出さぬということは、勝頼の妻になった妹を見捨てたのと同じである。破竹の勢いで織田、徳川勢が甲斐に迫れば、いくら新府が堅固であっても、支えられるものではない。嘗て、小田原城が上杉謙信、武田信玄に包囲されても安穏としていられたのは、寄手が長く同地に止まっていられなかったからである。だが信長は多数の雇い兵で軍を構成しているので田植えや稲刈の時期が来ても帰国する必要はない。一年中城を囲んでいられる。援軍のない籠城戦は勝てる見込みはない。餓狼となった織田勢が女子供だからといって容赦するはずがない。氏邦は憤りと虚しさを感じながら馬に揺られていた。

翌日、氏邦は小田原城に到着した。入城するなり、すぐに氏政親子の許を訪れた。主殿に向かうと氏政、氏直の他に松田憲秀と評定衆が数名いた。

「氏邦、ようまいった。ついに穴山も勝頼を見限り、質の妻子を奪い取ったようじゃ」

氏邦が腰を下ろすなり、氏政は口を開いた。

「穴山と申せば、勝頼の姉婿。真実にございますか」

「左様。徳川の兵が江尻城に迫っているらしい。梅雪斎め家康に降るようじゃ」

「許されましょうか」

「許されよう。信長の目的は勝頼の首級《しるし》じゃ。雑魚はどうでもよかろう」

「されば、妹はいかになりましょうか。三郎同様、またも見殺しに致すのですか」

「叔父御、口が過ぎましょう。大御館様は何度も甲斐に使者を向けてござるぞ」

氏邦の言いように立腹したようで、若き五代目当主の氏直が窘めた。

「して、妹からの返事は？」

「うむ。落ちぶれた勝頼のどこがいいのか判らぬが、小田原には戻らぬとのことじゃ」

「なんと！　このままでは勝頼と……」

「女子の見栄《みえ》か、意地かは判らぬ。されど、妹が選んだ道ならば全うさせてやりたい」

氏政はしみじみと言うが、それで、甲斐攻めを止めたとは思えない。

（偽善だ！　同じ血を引く者を他家の者に討たれて黙っているとは、なんたる腰抜けか）

怒りを覚えた氏邦ではあるが、まだ話の先があるので、口にはしなかった。

「駿河の旧領を復したのちは、いかがなされる所存にござるか」

「この勢いならば夏を待たずに甲斐、信濃は織田のもの。されば我らは上野に向かう」

「織田との争いを避ける思案にござろうが、甲斐、信濃を得た信長は上野にも手を伸ばしてきましょうぞ」

「さればこそ、先に上野を得ておくのじゃ」

「されば、なにゆえ某を駿河に向けまするか。上野ではございませぬのか」

矛盾する氏政の命令に、氏邦は語気を荒げた。

「戸倉城の新六郎（笠原政堯）は許せぬ。返り忠が者を出したままでは示しがつかぬ」

氏政は厳しい顔をするが、逆に氏邦の闘志は急速に冷めていった。裏切った笠原政堯の父・松田憲秀をちらりと見ると、憲秀はばつが悪そうに視線を逸らした。また、勝頼の妻は憲秀の姪でもある。さすがの憲秀も消沈していた。

（憲秀の姪こそ哀れだが、松田の一族、誠は北条家にとって災いなのではなかろうか）

信玄が小田原城の囲みを解いた時の及び腰な追撃。さらに、援軍の遅滞は三増峠の合戦はおろか、越後の御館の乱も然り。お家の大事な局面で憲秀の言動は裏目に出ている。

おまけにこのたびは笠原政堯の背信。氏邦には松田家を家老の筆頭に据えておくことが間違いだと思えて仕方ない。たとえ憲秀の長男が背信しなくとも、やはり憲秀の意見で甲斐に進撃しなかったのではないか。そんな懸念すら持った。

「後詰のなき武田の城など、黙っていても落ちるのではござらぬか。織田と競り合うことを恐れず、逆に覇気を見せつけてこそ、盟約を結べるというもの。北条弱しと知れば、信長でなくとも周囲の者たちは餓えた獣のごとく襲いかかってまいりましょう」

「氏邦、これは評定で決まったことじゃ。氏照も氏規も文句を言わずに従っておる。そち一人が一族の和を乱すでない！」

腰の弱さを指摘され、氏政は叱責して逃げる。氏邦は反論する気が失せていった。

二十八日の早朝、氏邦は小田原城を出立し、駿河に向かって箱根の嶮を登った。闘志がなくなっているせいか、いつになく騎乗する馬の足も重そうであった。

同日、逆心した笠原政堯が籠っていた駿河の戸倉城は北条氏規らの活躍で攻略された。

降伏した政堯は北条家への帰参を求めたが、氏政は許さず死罪を申しつけた。だが、父憲秀の長年に亘る忠義に基づく功績を鑑《かんが》みて、出家することで助命された。責任を感じた憲秀も政堯同様に頭を丸め、以後、松田入道、尾張入道と呼ばれるようになった。

氏規らは戸倉城に続いて三枚橋《さんまいばし》城とも呼ばれる沼津古城も陥落させた。

翌二十九日、氏政はさっそく家臣の山角康定《やまかくやすさだ》に命じて戸倉城の戦いで武田勢を一千人討ち取ったと誇張を交えた書を滝川一益に書き送らせた。一益から北条氏の戦功を信長に伝えてくれということである。

同日、氏政は箱根の芦ノ湖《あしのこ》近くまで進んだ氏邦に対し、戸倉城を攻略したことを伝えた。さらに、氏規らは深沢《ふかさわ》城に兵を進めているので合流するよう命じてきた。

氏邦が三月二日に同城に到着すると、すでに氏規らの兵が城を守っていた。一日の夕刻、氏規らが城を囲んだ時は、すでに城兵が逃亡したあとだったとのことであった。

これで北条家は、嘗て三国同盟で決めた黄瀬川以東の駿東郡を取り戻したことになる。

氏規らは氏邦が到着する前に富士郡の吉原《よしわら》城に向かっていた。

その日、再び氏政から書が届き、上野吾妻郡の大戸《おおど》のことで相談したいので、至急小田原に戻れという指示があった。

「儂は富士を眺めに駿河くんだりまで来たのであろうかの」

目の前には雪をかぶった雄大な富士山が聳《そび》えていた。

「遠国にて全兵無傷。これほどの幸いはありません。戦はこれからにございます」

定勝が慰めるが、氏邦の萎えた気持は簡単には盛りかえすものではなかった。

氏邦は溜息を吐きながら、富士を背にして再び箱根の嶮を越えた。

第二十六章　覇王消滅

一

天正十年（一五八二）三月五日――。

自らを第六天魔王と言い放つ天下人の織田信長は、周辺の兵を率いて絢爛《けんらん》豪華な近江・蒲生《がもう》郡の安土城を出立した。

一方の武田家では、甲斐源氏の血を引く穴山梅雪斎《あなやまばいせつさい》も徳川家康に内応した。相次いで義兄に背信されたものの、勝頼には軍勢を差し向ける余裕などなく、新府城に帰城するしかなかった。

勝頼に討伐の力がなく、さらに織田軍と戦う意志がないと知れ渡ると、麾下の離反は雪崩れを打ち、止めることはできなかった。

唯一、信濃の高遠《たかとお》城の仁科信盛《にしなのぶもり》が迎え撃ったが、衆寡敵せず、落城した。

高遠城陥落の報せが新府城に伝わると、家臣たちの逃亡が加速し、とても城を支えられるものではなくなった。仕方なしに勝頼は新府城に火をかけ、一族の重臣・小山田信茂《おやまだのぶしげ》の居城・甲斐都留《つる》郡の岩殿《いわとの》城を目指すことにした。

七日、信長嫡男の信忠は古府中に侵攻し、信玄の弟の武田信龍《たけだのぶたつ》をはじめ、武田逍遙軒《しょうようけん》（信廉《のぶかど》）、同信友《のぶとも》、信玄の次男・龍宝《りゅうほう》（信親《のぶちか》）、諏方頼豊《すわよりとよ》、今福昌和《いまふくまさかず》などを成敗した。

また、信長の命令を受けた信忠は、織田信房《のぶふさ》、森長可《もりながよし》、団忠正《だんただまさ》らを上野に向かわせた。

すると、西上野で最大の国衆《くにしゅう》となっている甘楽《かんら》郡国峰《くにみね》城主の小幡信真《おばたのぶざね》が、人質を差し出して織田家に従属を誓った。この地でも北条家は対応が遅れていた。

勝頼が古府中を経由して、四日、山梨郡の鶴瀬《つるせ》に着いた時、小山田信茂は勝頼を迎えるための準備をすると言って、一足先に居城の岩殿城へ向かった。だが、五日経っても、信茂からは何の音沙汰もなく、九日の夜を迎えた時、小山田の手の者が信茂の妻子をこっそり奪い逃亡した。

これに気づいた勝頼の配下が小山田衆を追いかけると、笹子《ささご》峠に築いた城戸《きど》から一斉に鉄砲を撃ちかけてきた。

「彼奴《きやつ》（信茂）もついに儂を見限ったか」

報せを聞いた勝頼は力なく呟き、己の甘い判断を後悔した。

もはや逃れられぬと決意した勝頼は、せめて敵の手にかからずに自刃しようと、嘗て祖先の武田信満《のぶみつ》が上杉禅秀《ぜんしゅう》の乱（一四一六）の敗走後、翌年腹を切った山梨郡大和《やまと》村の天目山《てんもくざん》を死地と定め、不眠不休、食事もしないで日川渓谷《ひかわけいこく》沿いに進み、ようやく中腹の田野《たの》に辿り着いた。

付き従う者は女中や僧侶を合わせて僅かに五十余名。新府を出る時には五、六百ほどもいた家臣の殆どは逃亡した。いつの世でも破れる者は惨めであるが、これが嘗て戦国最強と近隣諸国から恐れられた軍団とは思えぬ哀れな姿であった。八年前の西進では天下人の信長を震えあがらせ、その三方原合戦に参加した徳川家康は馬上、脱糞しながら命からがら逃亡したほど恐怖のどん底に陥れた。今となっては遠き夢である。

十一日、地元民の密告などもあって織田勢の滝川一益、河尻秀隆《かわじりひでたか》らが五千もの兵とともに勝頼親子に押し迫った。

織田勢が猛襲してくるに先駆けて、勝頼は小田原から夫人の供として付き従ってきた早《は》野《の》内匠助《たくみのすけ》、清水又七郎《しみずまたしちろう》、剣持但馬守《けんもちたじまのかみ》を呼び寄せた。

「今ならばまだ間に合う。そちたちは、お方の供をして小田原に戻れ」

言い渡すと早野内匠助らは頷くが、夫人は長い髪を揺らして拒んだ。

「先年、小田原のお屋形様には兄の三郎（景虎）殿を助けるようお願い致しました。されど、小田原のお屋形様はお耳をお貸しくださりませんでした。それゆえ兄は越後で殺められました。北条家の者として役目を果たすことができぬわたくしが、今さら命が惜しいからとて、いかような顔をして小田原に戻れましょうか。こののちは、ただ殿と一緒に身罷《みまか》るだけにございます」

夫人はか細い声であるが、すでに潔く実家への思いを断ち切っている。

「お方……」

皆が己を見捨てる中で、婦道をまっとうする夫人に勝頼は目頭を熱くした。

「そなたたちは早々に立ち返り、わたくしの最期を小田原に伝えなされ。他に、ささやかな願いと申せば、死後の冥福を祈ってもらうこと。よいですね」

「畏れながら、我らは、御台様に生涯従うがお役目。のちの世までもお供を致します」

早野内匠助らは咽びながら進言した。

「この場を去らねば、のちの世までも勘当致します。この有り様を小田原に伝えることは、討ち死にするよりも大事なことなのです。判りましたね」

夫人が諭すと早野内匠助らは嗚咽《おえつ》しながら頭を垂れた。

最後に夫人が形見の品を与えると、ついに餓狼と化した織田勢が勝頼らに群がった。

勝頼に先駆けて、夫人は自ら懐剣《かいけん》で胸を突き、十九年の儚い命を絶った。

また、勝頼の嫡子・信勝も十六年の生涯を閉じた。

勝頼は強すぎる大将と言われたとおりに、弓弦《ゆづる》が切れ、太刀が折れ曲がるまで奮闘した。まさに鬼神のごとき闘いぶりであったが、織田勢は次々に新手を投入してくる。勝頼は次第に餓えと疲労で動けなくなり、いつしか血刀を下げたまま鎧櫃《よろいびつ》に腰かけていた。

そこに滝川一益《たきがわかずます》の甥・滝川益重《ますしげ》（益氏《ますうじ》とも）が突き入ったが、勝頼家臣の土屋昌恒《つちやまさつね》が身を呈して楯になった。だがその隙に伊藤永光《いとうながみつ》が斬りかかり勝頼の首級をあげた。

生き残った者は皆無で、田野にいた者は老若男女は問わず、全てが屍《しかばね》を野に晒した。ここに新羅三郎義光《しんらさぶろうよしみつ》以来、およそ五世紀の間続いた武田家は滅亡した。

武田の血自体は生き延びた者によって令和の世まで受け継がれているが、守護大名から戦国大名となった武田家は天正十年三月十一日に消滅したのである。

早野内匠助らは織田方から勝頼夫人の亡骸《なきがら》を貰い受け、葬礼を執り行った。内匠助と清水又七郎は頭を剃って仏門に入り、小田原に向かったが、剣持但馬守は戻ることを拒み、夫人のあとを追って自らの命を絶った。


翌十二日、武田勝頼討死の報せは、早くも鉢形城に戻った氏邦の許に齎された。

急報を届けたのは武田旧臣の井上光英《いのうえみつひで》であった。

武田家の家臣時代は佐原姓を称していたが、武蔵に下るにあたり、織田家の残党狩りを逃れるためもあって井上姓に改姓した。光英は百五十余の者と鉢形領に逃れてきた。

「その方、北条家を惑わさんと偽りの報せを持ってまいったのではなかろうな」

あまりにも早い武田家の崩壊に、氏邦は疑いを抱いた。

「畏れながら、偽りではございませぬ。恥を……恥を承知で申しあげてございます」

井上光英は大粒の涙を細い目から立て続けにこぼし、声を震わせながら訴えた。無骨な顔をしている武士なので、とても嘘を言っているようには思えなかった。

「そちの主君（勝頼）を討った織田勢は、その後いかがしておるか」

「残党狩りを行っております。皆、山中に逃れてございます」

「判った。そち並びに一族郎党の身は織田の手には渡さぬゆえ安堵致せ。定勝、誰ぞつけて空いておる屋敷に休ませよ。また、粥など振る舞ってやれ」

「有り難き仕合わせに存じます。この光英、安房守様配下の末席に加えて戴ければ、一族郎党、粉骨砕身《ふんこつさいしん》働く所存にございます。なにとぞよろしくお願い致します」

光英は米搗き蝗《ばった》のように、何度も床に額を擦りつけて哀願した。滅びゆく哀れな家の末路を目の当たりにし、氏邦はやるせない気持に苛まれた。

井上光英は諏訪部定勝が呼んだ者と一緒に主殿を出ていった。

「殿、よろしいのですか？　織田が武田の残党狩りを行っておる最中、あのような者を匿《かくま》っておれば、いずれ責めを負われることになるやもしれませぬぞ」

「いくら信長とて、甲斐、信濃の領民全てを撫で斬りにはできまい。この後のことを考えれば、井上を家臣に加えるは我が家にとって良きことかと思うが」

「上野のことにございますか。すでに箕輪の小幡は織田に降ったと申しますぞ」

同時期、和田《わだ》城の和田信業《のぶなり》など西上野衆は北条家に従う旨を伝えてきていた。

「武田の旧臣がおれば話はし易かろう。また、甲斐の者は戦に強い。よき力になろう」

氏邦は精強な武田兵を羨ましいと思っていた。信玄の采配あってのこととは理解できるが、信玄が鍛えた兵を配下におければ、戦で劣勢になることも少ないと考え、一兵でも多く抱えたいというのが願望であった。

また、妹の自刃を知り、氏邦はささやかな祈りを捧げた。

その日、氏邦は上野吾妻《あがつま》郡の岩櫃《いわびつ》城にいる真田昌幸に返書を送った。

先に昌幸は岩櫃城に勝頼を迎え入れることを申し出ていたが、その裏ではしっかりと北条家への従属をも画策していた。小国の戦国の世を生き抜く知恵である。

甲斐での織田との競合を恐れて侵攻を避けた北条家であるが、今度は上野で相まみえることになりそうであった。


三月十五日、信長は信濃伊那《いな》郡の浪合《なみあい》で勝頼親子の首を見た。

「かような下膨《しもぶく》れした面とはの。この期におよんで安穏としていたか」

軽く言い捨てた信長は、矢部家定に命じて勝頼親子の首を信濃の飯田に届けさせ、その後、洛中《らくちゅう》に晒させた。

一方、古府中にいる信忠は武田旧臣に対して、本領安堵や領地加増などの書を出した。これに誘われて小山田信茂ら名のある武士が信忠の前に顔を出した。

「ほう、これが返り忠が者の醜き面かな。皆の者、のちのためじゃ、よう見ておけ」

蔑んだ信忠は信茂をはじめ、八歳の嫡子、三歳の長女、老母や家臣らを処刑した。同時に、武田信堯《のぶたか》（信光《のぶみつ》）、信玄六男の葛山信貞《かずらやまのぶさだ》などが甲府の善光寺で残殺された。

また、一条信龍《いちじょうのぶたつ》は甲斐八代《やつしろ》郡の市川《いちかわ》で徳川家康の家臣が斬り殺した。他には長坂光堅《ながさかこうけん》、諏方《すわ》昌豊《まさとよ》、曾根下野入道《そねしもつけにゅうどう》などなど、信忠は信長の命令により、甲斐、信濃でのこのこ出てきた者を捕らえ、悉《ことごと》く騙し討ちにした。

木曾義昌や穴山梅雪齋などが降っているので、小山田信茂らは安心したのであろう。勝頼が討たれる前と後では状況が天と地ほども違うということが認識できなかったようである。また、織田家の恐ろしさを判っていなかったのかもしれない。

信長が信濃に入ったことを知った真田昌幸は、誰よりも早く信長の許を訪れて従属を誓った。お陰で信濃の真田領と上野の一部を安堵された。表裏比興《ひょうりひきょう》の発揮というところか。

こののち滝川一益の麾下に入ることになる。

二十一日、北条氏政の家臣の端山大膳亮《はやまだいぜんのすけ》が出仕し、信長に馬ならびに江川《えがわ》の酒、白鳥の他さまざまなものを進上した。

二十三日、勝頼を討った滝川一益が諏訪の法華寺《ほっけじ》に到着すると、信長は一益に上野一国ならびに信濃のうち佐久《さく》、小県《ちいさがた》の二郡を与えた。さらに「関東八州の御警固《おんけいご》」と「東国の儀《ぎ》御取次《おんとりつぎ》」の役を申し付けた。これは関東管領と同じような位置づけであった。

信長が命じた一益の役割は次の四つである。

一、上野を中心に関東の者たちを信長の麾下に組み入れること。

二、属将と同盟者の狭間にいる北条家との外交ならびに、これを従属させること。

三、伊達家や蘆名家など東北の大名をも従わせること。

四、越中から上杉家に攻めこんでいる柴田勝家らへ東から牽制すること。

全てこなすには寝る間を惜しんで働かねばならぬであろう。

上野の国人衆が織田家への従属を誓う中、二十六日、再び小田原の氏政は馬の飼料として米数千俵を諏訪に届けさせた。甲斐へ兵を進めなかったことを、今さらながらに後悔しているのかもしれない。

二十八日、信濃、甲斐の制圧をほぼ終了したと信忠に聞いた信長は上機嫌で、軍兵たちに帰国することを許した。もしかしたら、この時、己の身に関する危機管理が薄れていたのかもしれない。だが、驕《おご》るほど圧倒的な力を持っていたことは事実である。その証拠に信長を恐れた氏政は、同日、伊豆の三嶋大社に願文《がんもん》を捧げている。

「信長公が兼ねて仰せになられたごとく、一刻も早く公の娘を氏直の許に輿入《こしい》れさせて欲しい。婚姻が結ばれれば、氏直の関東八州の支配も歴然とする。願いが叶えば、三嶋大社の新規建立を氏直に進言する」

というものである。この時、氏政は滝川一益が関東管領を含む東国総奉行になったことをまだ知らなかった。

氏政は織田家との婚姻関係を切に願っていた。右の願文も三嶋大社から間接的に信長に伝わることを目論んでの小細工であった。

信玄の死後においても北条家は数年に亘って抗争を繰り返したが、一度として優位に立てなかった武田家を、僅か一ヵ月ほどで滅亡させた驚異的な軍事力と行動力。それを目の当たりにした氏政は織田家との縁組みなしには、自家の存続すら危ういと感じていた。

二十九日、信長は甲斐、信濃、駿河、上野、美濃の一部の国割りを発表した。

徳川家康には、駿河一国。

滝川一益には、上野一国ならびに佐久・小県の信濃二郡。

河尻秀隆には穴山梅雪斎の本領を除く甲斐一国ならびに信濃の諏訪一郡。

森長可には、高井《たかい》・水内《みのち》・更級《さらしな》・埴科《はにしな》の信濃四郡と海津城。

木曾義昌には、木曾谷二郡と本領安堵に加え、安曇《あずみ》、筑摩《ちくま》の信濃二郡。

毛利長秀（秀頼）には、信濃の伊那一郡。

団忠正には、美濃の岩村領。

森蘭丸（成利《なりとも》）には、美濃の岩村領のうち、兼山《かねやま》と米田島《よねだしま》。

甲斐、信濃を与えられたのは、いずれも信忠配下の家臣ばかりであった。これにより、信忠は美濃、尾張と合わせて、甲斐、信濃をも領有することになった。

その他、穴山梅雪斎の他、真田昌幸ら武田滅亡前に降った甲斐、信濃、駿河、上野の諸豪族らは、家康や一益ら国主《こくしゅ》の傘の下にて本領を安堵されている。

ここに北条家の名はない。積極的に参陣しなかったので、氏政としても領地を与えられるとは思っていなかったであろう。だが、駿河一国が家康に与えられた。黄瀬川以東の駿東郡は以前より北条家の所領で、このたび武田家から取り戻している。また、勝頼滅亡後、西上野の者たちの中で氏邦に誼を通じてきた者たちもいる。

四月三日、信長は佐竹義重の客将となっている太田資正《おおたすけまさ》・梶原政景《かじわらまさかげ》親子を直参《じきさん》にすることを許し、滝川一益と相談してよく働くように命じている。北条家にとっては迷惑であり、厄介なことであった。

また、この日、氏政は使者の玉林齋《ぎょくりんさい》を遣わし、馬十三疋《びき》、鷹三羽を進上するが、馬や鷹を好む信長にしては珍しく受け取らなかった。贈物の質が悪いのではなく、氏政が自ら出仕しなかったことに憤りを感じての返却であった。

その後、信長は武田信玄の菩提寺《ぼだいじ》・恵林寺《えりんじ》を焼かせるなどの暴挙をつくし、十日、東国の政務を信忠に命じて帰国の途に就いた。

甲斐、信濃を新たに領有した信忠は、しばし甲斐に止まって仕置に専念した。

二

非道な信長の残殺劇と、薺《なずな》一本残さぬ武田狩りの報せは氏邦にも聞こえている。

この間、嶮《けわ》しい雁坂《かりさか》峠を越えて、何人もの武田旧臣が秩父に逃れてきた。氏邦はそれらの者を先に降ってきた井上光英に預けている。今では二百もの数になっていた。

武田旧臣の流入を懸念した諏訪部定勝が、氏邦に諫言する。

「殿、よろしいのですか？　織田からの触れが届いてございますぞ」

「構わぬ。誰を差し出せとは申しておるまい。いくら天下人とはいえ、先の行いは酷すぎる。乱世とは申せ、国主の首級を討てば戦は終《しま》いであろうに。臣下の者たちまで根絶やしにすることはあるまい。まこと己が口にしておるとおり第六天魔王なのか」

第六天魔王とは仏教破壊の外道最大最強の悪神である。憎き武田勝頼とはいえ、信長の行為は残虐すぎる。氏邦は嫌悪感を覚えた。

「とは申せ、すでに滝川は箕輪《みのわ》に入り、和田をはじめ、西上野の諸将は降っております。

あからさまなことを致しますと、戦の口実を作ることになりましょう」

「上野武士の腰の軽さは今にはじまったことではないわ」

忌々《いまいま》しいと氏邦は吐き捨てた。

信長から上野国を与えられた滝川一益は、三月末までには群馬郡の箕輪城に入り、甥の滝川益重《ますしげ》を沼田城に入れ、織田家への従属を呼び掛けた。

目敏《めざと》い小幡信真は勝頼が討たれる前に臣下を誓い、また、先に従属を申し出ている安中《あんなか》七郎三郎《しちろうさぶろう》に続き、倉賀野秀景《くらがのひでかげ》、内藤昌月《ないとうまさあき》、和田信業《わだのぶなり》、由良国繁《ゆらくにしげ》、高山定重《たかやまさだしげ》、木部貞朝《きべさだとも》、長尾顕長《ながおあきなが》、北條高廣《きたじょうたかひろ》、真田昌幸らが従った。

五月の上旬までに北條高廣は居城の厩橋城を明け渡して自身は近くの片貝《かたかい》（三俣城《みつまた》）に退き、人質を差し出して一益を厩橋城に迎え入れた。

一益は厩橋城内で能を興行するほど喜びを示した。

この段階で上野一国はほぼ滝川一益が制圧したことになる。

また、上野の諸将たちも積極的に一益に媚《こ》びを売っていた。金山城の由良国繁などは降って間もなくの三月二十五日、米沢の伊達家臣・遠藤基信《えんどうもとのぶ》に対して、武田滅亡と関東の動静を報せ、誼《よしみ》を結ぶことを勧めている。

一益の下で関東、奥羽の領主と外交交渉を担う天徳寺宝衍《てんとくじほうえん》（了伯《りょうはく》とも）は四月十九日、遠藤基信に対して書を送り、信忠に馬と鷹を進上することを要請した。

天徳寺宝衍は下野・唐沢山《からさわやま》城の城主・佐野豊綱《さのとよつな》（泰綱《やすつな》とも）の息子で、永禄三年（一五六〇）に出家した。同七年（一五六四）に上杉家との講和条約によって謙信に下野を追放され、都に去った。その後、関東に明るいことから信長の命令で一益の右筆《ゆうひつ》を賄《まかな》うようになっていた。

天徳寺宝衍の勧めに応えるかのように伊達輝宗《だててるむね》は五月、一益へ使者を派遣し、信長に馬を贈った。ただ、六月二日には間に合わなかった。

また、伊達と交戦中である蘆名盛隆《あしなもりたか》も五月、一益に使者を送っている。

奥羽の大名たちは本領を安堵されれば信長の天下布武《てんかふぶ》に協力するが、もし領地を削られるのならば後顧の憂いを断って、伊達、最上、蘆名が手を結んで織田の北進を阻止する構えを取っていた。それでも、滝川一益の東国支配が着々と進んでいるのは事実であった。

氏邦ものんびりとはしていられず、関東、奥羽の状況を知り、鉢形城の普請を急がせ、河越城の大道寺政繁に滝川一益が厩橋城に入城したことを報せた。

滝川一益の使者は公然と利根川を渡って武蔵に入り、深谷《ふかや》城主の上杉氏憲《うえすぎうじのり》や忍《おし》城主の成田氏長《なりたうじなが》、松山《まつやま》城主の上田長則《うえだながのり》に、帰属するように迫っているということだった。同時に下野、常陸、下総、上総の国衆や安房の里見、奥羽の諸将に、織田家への従属あるいは友好を呼び掛けている。友好というのもあくまでも臣下への一歩である。

（やはり、甲斐攻めを行わずに、駿河になど兵を進めたは間違いであったわ）

氏邦は端整な顔を困惑させる。信長の先兵である滝川一益が本気になって北条家と敵対した時、上杉謙信や武田信玄以上の脅威となることは明らかであった。すでに武田家はこの世になく、上杉家も風前の灯火《ともしび》と化している。北条家の味方はいない。

氏政は先日、進上品を突き返されても、対応の遅れを取り戻さんとしてか、まだ信長に取り入ろうとして、四月二十日に都へ海産物を上納しようと意図していた。

（過ぎたことを後悔しても仕方ないが、今さらながら相手を信玄や謙信と同様に考えて、大御館様親子が信長に会わなかったのは痛手じゃな。使者を軽くあしらわれたことで気を悪くしたことは判る。また、大御館様が隠居したとはいえ、実質、関東の覇者たる自尊の心があることは理解できる。されど、信長に臣下の礼を執って会見することを拒否したために、北条家は天下の織田家と敵対することを覚悟せねばならなくなった）

そのため氏邦は鉢形城を堅固にするための普請を急がせねばならなかった。


一方の信長は、北条家が臣下になったものと解釈している。四月十五日、長岡藤孝《ながおかふじたか》に送った書の中で、東国の大名は余すところなく麾下に属したと伝えている。乱世では誇大に言うことは珍しくないが、氏政が何度も進物を贈ったことが、従属の証と映ったようである。確かに具足に袖を通すこともなく武田家を軽く捻り潰した信長にとって、北条家などは地方豪族の集合程度にしか見えなかったのかもしれない。また、佐竹氏ら北関東の諸将をはじめ、東北の大名たちが挙《こぞ》って織田家に誼を通じている。その気になれば、いつでも葬れると思っているとしても不思議ではなかった。

着実に進む一益の関東支配に対し、北条家の行動は自領に踏み込まれているにも拘わらず、緩慢《かんまん》そのもの。織田家を刺激しないようにという配慮であった。

それでも氏照は雄々しい性格からか、四月七日、多摩郡の小河内《おごうち》に朱印状を出し、織田領となった武蔵と甲斐の国境を明確にしている。

氏政は直接、滝川や徳川と接しようとせず、五月八日には箱根峠の足柄《あしがら》城に弟の氏光《うじみつ》を入れ、相模、駿河、甲斐国境の整備を厳しく命じている。

あくまでも北条領への侵攻を阻止するといった消極的な策であった。

関東武士は淡白なのか、それとも気持の切り替えが早いのか、北条家は上野の奪還を諦め、下総、上総へ進出することにした。氏政は武蔵の強化を図り、江戸城代の遠山直景《とおやまなおかげ》を葛西《かさい》城将にも任じて下総への睨みをきかせた。

国境を警戒するだけではなく北条家は織田家に尾を振ってもいる。五月二十六日、氏直は下野の小山《おやま》城を一益に渡したと小山秀綱《ひでつな》に伝えている。

下野は氏照の管轄である。小山城は滝山城から遠いという言い訳はあるが、何度も兵を投入して城を落とし、その後も必死になって守った城をいとも簡単に明け渡すとは、さぞかし落胆していることであろう。下総のことなどもあるので、氏照は家臣の狩野一庵《かのういちあん》を武蔵の深谷に入れて、滝川の様子を窺っていた。

都では、武田家を討伐した信長に三職推任が許されたという。征夷《せいい》大将軍、関白《かんぱく》、太政《だじょう》大臣のうち好きな役職に就いていい、さらに官位も最高位を与えるというもの。まさに名実ともに天下人になった信長。その家臣の滝川一益が、もし、上野に接する地を渡せなどと命じてきたらどうするか。

（荒川の治水、九郷堰の普請など……、儂は武蔵の地を僅かたりとも割りはせぬ）

多大な犠牲を払い、何年もかけて工事を重ねて、ようやく形になってきた領内である。氏邦の人生とも言える地を簡単には譲れない。本家の命令でも、従うつもりはなかった。

すでに梅雨。雨がしたたる空を眺め、氏邦は憂鬱《ゆううつ》な気分に浸っていた。

心が晴れぬのは、織田家への懸念と、鬱陶《うっとう》しい空模様のせいだけではない。氏邦の義弟・藤田信吉が越後の上杉景勝を頼って三国峠を越えてしまったことである。

信吉は真田昌幸の配下に置かれていたが、領地は武田勝頼から与えられていた。だがその勝頼が討たれたので、無一文になってしまった。しかも、滝川一益の甥・益重《ますしげ》が上野の沼田城に入城したので、まさに宿無しである。

まさか百にも満たぬ兵で滝川に対抗することもできず、憂《うれ》えた信吉は一族郎党とともに、風口《かざくち》の蠟燭《ろうそく》とも言える越後の上杉景勝を頼って三国峠を北に越えた。

（あの、戯けが！）

氏邦は胸の内で吐き捨てる。もし、信吉が頭を垂れてくるのであれば、過去は水に流して許してやるつもりであった。正室の大福も帰国することを望んでいたことであろう。

信吉が越後に赴いたのは武士としての意地に違いない。あくまでも氏邦に頭を下げたくはなかったのであろう。『管窺武鑑』によれば、信吉は信玄の次男・龍宝の娘を武田勝頼の養女とし、妻に娶っているという。上杉景勝の正室は勝頼の妹・菊《きく》姫で、これを頼って勝頼の弟にして菊姫の兄に当たる信玄七男の信清《のぶきよ》が、織田の追手を逃れて越後に赴いている。信吉もこれに倣ったのかもしれない。

越後では御館の乱の恩賞問題が縺《もつ》れ、揚北《あがきた》の勇・五十公野重家《いじみのしげいえ》らが景勝に背信した。上杉が乱れていることを知った信長は、早速調略の手を伸ばすと、天下人の後ろ楯を得たりと、五十公野重家は即座に呼応した。

猛将で知られる五十公野重家が揚北で積極的な攻撃に出たせいで、景勝らは窮地に立たされている。周辺に織田勢が迫っているので、鎮圧兵を送ることもできなかった。

僅か一ヵ月で武田討伐を終えた信長に発破をかけられた柴田勝家らの北陸勢も、越後国境まで二十五里（約百キロ）ほどまで攻めこみ、越中の魚津《うおづ》城を囲んだ。また、信長から信濃四郡を賜った森長可も越後頸城《くびき》郡の関山《せきやま》まで兵を進めて上杉勢と対峙していた。関山は上杉家の居城の春日山《かすがやま》城まで約六里半（約二十六キロ）の距離にある。

そんな絶体絶命の危機に瀕している上杉家を頼りにするとは、死にに行くようなものである。そこまで追い込んだ責任は氏邦にもあるので、罪悪感に苛まれていた。

だが、人の心配をしている時ではない。滝川一益の手が徐々に伸びてきている。氏邦は忍びの辰太郎を上野の厩橋近くに潜入させ、様子を探らせている。喉元に切っ先を突きつけられているので、もはや知らぬ存ぜぬでは通らない。

（本家は、あからさまに敵対するなと申しているが、こののち、いかがする気なのだ）

氏邦は困惑しながら雨に濡れた鉢形領を御殿曲輪の二階から眺めていた。

また、生前の勝頼から秩父郡内に所領を得た小林松林斎《こばやししょうりんさい》は、この五月十七日、滝川一益から上野の豊岡、大塚ら二百貫文の地を与えられた。近江甲賀《こうが》出身の一益のこと、上野における忍びの重要性を高く買ったのかもしれない。

三

天正十年六月二日未明。ユリウス暦では六月二十一日にあたる。蒸し暑い夜明け前の山城国にて、日本を揺るがす大事件が勃発した。

都の下京《しもぎょう》にある四条本能寺《ほんのうじ》にて、戦国の覇王と呼ばれた織田信長は、家臣の惟任日向守《これとうひゅうがのかみ》光秀《みつひで》（明智《あけち》光秀）に討たれて呆気《あっけ》なく四十九年の生涯を閉じた。世に言う本能寺の変である。

理由は諸説あるが、天下統一を目前にして、信長がこの世から抹殺されたのは事実であった。都を中心に激震が走り、諸将はそれぞれの思惑で動き出す。だが、関東に報せが届くには、もうしばらくの日にちが必要であった。

本能寺の変から七日後の六月九日の晩、厩橋城に飛脚が飛び込み、激震をおよぼす急報を伝えた。

『北条記』や『関八州古戦録』によれば飛脚が厩橋城に到着したのが六月七日。兇変《きょうへん》を受けた一益は上野の諸将を集めて本能寺の変の事実を伝え、上洛して惟任光秀を討つことを高らかに宣言したことになっているが、現実は軍記物とは少々違った。

変を知った一益は、その直後、片貝城の北條高廣《きたじようたかひろ》・高明《たかあき》親子に使者を向けた。

「上洛をしたいが、おそらく、小田原の北条家をはじめ、関東の諸将が追撃してくるであろう。まず一戦は避けられない。その節は自分に味方して欲しい」

という旨を伝えた。

老獪《ろうかい》な北條高廣は使者の口上を聞き、一益が関東諸将の忠節を見るための計略だと思う反面、急遽の行動なので、真実かもしれないと半信半疑であった。だが、この状況では信長の死を確認する術もなく、自ら厩橋城に足を運び、異存のないことを言上した。

その後、一益は上京の準備をはじめた。


十日の早朝、いつもは鳥の囀《さえず》りで目を覚ます氏邦であったが、今朝は違っていた。足下に人の気配を感じた。身の危険を察知して瞼《まぶた》を開けると、浅黒い漢が跪《ひざまず》いていた。

「辰太郎か。いかがした？」

「火急なことゆえ、ご無礼はお詫び申し上げます。されば、お耳を拝借《はいしゃく》」

辰太郎は音もなく寝起きの氏邦に近づき、耳もとで囁いた。

「なんと！」

あまりの驚きに、氏邦はまだ夢でも見ているのかと思ったほどだ。僅か一月ほどで武田家を滅亡させた信長が謀反にあって呆気なく死ぬなど、とても信じられなかった。

「昨晩、早馬が厩橋に駆け込み、某は屋根裏で一部始終を耳に致しました。偽りでも、見間違いでもございませぬ。すぐに滝川の使者が城を出て、一刻半後に北條安芸守が城を訪れ、滝川の申し出に同意致しました」

辰太郎は感情を表に出さず、淡々と答えた。

(信長の運もついに尽きたか)

嘗て信長は、今川《いまがわ》勢を尾張から追い払うために、用意周到《よういしゅうとう》戦を挑んだ。乾坤一擲《けんこんいってき》・田楽狭間の戦いである。これは予想以上の収穫で、今川義元《よしもと》を討つことができた。

美濃では、戦上手の齋藤道三《さいとうどうさん》を息子の義龍《よしたつ》が討ってくれ、そののち、稲葉山《いなばやま》城を攻めあぐねている時、城主の義龍が死去してくれた。

越前《えちぜん》の金ヶ崎《かながさき》では浅井長政《あざいながまさ》の裏切りに遭い、僅かな供廻と逃亡した。その時、松永久秀《まつながひさひで》が朽木元綱《くちきもとつな》を説得し、信長は九死に一生を得ることができた。

近江《おうみ》の千草山中《ちくさやまなか》で鉄砲名人の杉谷善住坊《すぎたにぜんじゅうぼう》に狙撃された時も弾丸は外れた。

元亀三年（一五七二）、武田信玄が信長包囲網を完成し、絶体絶命の危機に陥った時に、朝倉義景《あきくらよしかげ》が突如、兵を退いたので信長は助かった。

泥沼の石山《いしやま》合戦時、紀伊雑賀《きいさいか》衆の鉄砲が命中したが、心臓ではなく足であった。

さらに、信玄ならびに上杉謙信が相次いでこの世を去ってくれた。

運も実力とは言うものの、ここまでついている武将も珍しいが、強運も油断の前には為す術もなかったようであった。

「して、畿内《きない》や駿河、甲斐の様子は?」

「そこまでは申しておりませんでした。おそらく飛脚も信長公の死を報せるので精一杯ではなかったかと存じます」

「さもありなん。辰太郎、役目大儀《たいぎ》。引き続き、上野の様子を探ってくれ」

言い放つや、氏邦は寝巻きのまま勢いよく障子を開け、大股で廊下に出た。すると、宿直《とのい》が驚いた様子で平伏した。

「至急、定勝を呼んでまいれ。寝巻きのままで構わぬと申せ」

命じると氏邦はその足で主殿に向かった。

さすがに主君の前に寝巻きで出る訳にもいかず、定勝は小袖、袴姿で現れた。ただ、髭《ひげ》も月代《さかやき》も剃っておらず、髷《まげ》もまだ結い直していない姿であった。

「火急とは何ごとにございますか」

「都で信長が謀反に遭って死んだそうだ。厩橋の滝川が帰国の用意を始めておる」

「なんと、真実にございますか？　いずれからの報せにございますか」

定勝も辰太郎から聞いた氏邦と同じように瞠目していた。

「風魔の報せだ。偽りではない。至急、本家に早馬を出せ。また、出陣を触れよ」

「承知致しました」

聞くや否や定勝は慌ただしく主殿から出ていき、指示を出すと再び戻ってきた。

「信長の死を知れば、滝川に従っていた者たちとて、見限るに違いありませぬな」

「左様。すぐに滝川は帰国しよう。さすれば、上野は草狩り場となる」

「最早、何の後ろ楯もない上野衆ゆえ、その地を得るは我らの腕次第にございますな」

嬉しそうに定勝は言う。

「左様。されど、滝川は我らとの一戦を覚悟しているようじゃ。上野衆とて、全てが離反するとは思えぬ。半数と見て六千は滝川に従おう」

「さすれば、上方《かみがた》から来た滝川勢と合わせて九千にはなりますな。とても我らだけで戦えるものではございませぬ。何としても本家の後詰は必要でございます」

「とは申せ、甲斐も上野と同じはず。滝山の兄上は間違いなく甲斐に兵を進める」

氏照は積極的な性格なので、静観はまずない。

「本家もこれに加わるということにございますか。されば、無闇に攻め込めませぬな」

「そこでだ、上野の諸将に遣いを放ち、帰属を呼びかけようと思う」

いつになく氏邦も積極的であった。

「良案かと存じます、一兵でも多く味方につけたいところですな」

「されば、上野の諸将にも遣いを放て。上野から上方兵を追い払うのだ」

久々に氏邦は昂揚した。今まで鬱積《うっせき》したものを払拭するかのように命じた。

北条氏照の重臣・狩野一庵が武蔵の深谷で本能寺の変の情報を摑み、氏政に伝えたのは小雨が降る六月十一日であった。遅れて氏邦の使者も小田原城に到着した。

早速、氏政は厩橋城の滝川一益に実否を問い質す書を送った。

「今十一日未ノ刻（午後二時頃）、深谷の台より、我が弟の家臣一庵の書状にて京都の事変を知りました。これは真実でございましょうか。遠州の徳川家康からも連続して注進が届いております。一刻も早く飛脚をもってお報せ下さい。また、千萬一妄（千載一遇《せんざいいちぐう》）の機会を狙い、逆心の者が出るとも限りませんので、貴殿には上野の地を堅く守って戴くようお願い致します。北条家は決して貴殿に敵対することはございません。今後も氏政親子に何でも相談してください。右の書状の到来、即時に申し上げます。もし、間違いであったならお許しください。また遣いをお出し致します。恐々謹言。

氏政（花押）

六月十一日

滝川左近将監殿　進之候」

文章はあくまでも慇懃《いんぎん》であるが、本能寺の変のことをどのように隠しても、我らは知っている、お前は今後、どう出るのだと挑みかかっている内容である。

武田家の滅亡で西上野の半分ほどを掌握し、さらに領地を広げて関東管領職を手に入れようとしていた矢先、滝川一益が入国したので一度は諦めた。だが、信長の死で状況は一変した。氏政は北叟笑みながら筆を取り、一益との決戦を覚悟して軍勢を整えている。

また、氏政は十五日には甲斐の都留郡の国人・渡辺庄左衛門《わたなべしょうざえもん》に対し、近く甲斐に侵攻するので、兵を集めておくよう書を出した。氏康以来の大御館政治は健在であった。

一方、信長の死は越後の上杉家にも伝わっていた。『上杉家御年譜』によれば、六月七日、惟任光秀の使者が越中の松倉城に行き、城将の須田満親《すだみつちか》に本能寺の変を告げたとある。

また、上杉家臣の河隅忠清《かわすみただきよ》も同じ内容を書に認《したた》めている。

報せを聞いた上杉景勝は重臣・直江兼続《なおえかねつぐ》の勧めにより、主力を率いて北信濃に出陣し、森長可が逃亡した地を押さえ、従属を求める北信濃衆に本領を安堵していた。

因みにこの時、上杉家を頼って越後にいた藤田信吉は、上野の沼田城の奪回を申し出て、景勝から許可を得た。信吉は長尾景憲ら二千の兵とともに越山して沼田城に向かった。

この頃、沼田城は城代の滝川益重ほか一千ほどが守っていた。

信吉が信長の死去の事実を沼田の国人衆に告げると、周囲の者が加わり、信吉勢は五千の数に達した。信吉は沼田城を囲み、城の明け渡しを滝川益重に迫った。

滝川益重は要求を跳ねつけたので、信吉らは城に攻めかかった。攻城勢は五倍の兵ではあるが、益重らはよく守り、城も堅固で容易には落ちなかった。

そこで、城の勝手をよく知る信吉は、水曲輪の一角を攻めて占領した。

だが雨の降る六月十三日、一益の許から一族の滝川利成《としなり》と、由良国繁、小幡信真らの上野衆が合わせて五千ほども援軍として駆け付けた。

味方の不利を察した信吉は、その夜、片品《かたしな》川の徒渉《としょう》地に案山子《かかし》を立て、火縄をつけて擬兵を仕立てた。その隙に雨に乗じて城の囲みを解き、一刻ほどで下沼田まで撤退した。すると沼田城の兵が追撃してきた。

信吉はしめたとばかりに城兵を十分に引き付けて矢玉を浴びせ、慌てふためく敵を二百ほども討ち取った。いっそ城までとも思ったが、深追いは禁物と、ほどほどのところで兵を退き、薄根川《うすね》の北岸に陣を移して様子を見た。

滝川勢はその後、打って出てこないので、鹿摩川《しかま》（四釜川）を渡り、発知《ほっち》の谷に退いた。

しばし様子を見た信吉は、兵を分散させて越後に帰国した。

その後、信吉は改めて八十三名の家臣とともに景勝の幕下に収まった。

報せは氏邦にも伝えられた。

（彼奴の気概は失われておらぬな）

正直、嬉しく思うと同時に、沼田城に固執する信吉の意地のようなものに感慨を深めた。

さて氏政が一益に書を出して三日経つが、まだ返答はない。ただ、小田原から厩橋まで早馬を使っても二日はかかるので、折り返しの途中かもしれない。

だが、氏政は明確な答えが返ってくるとは思っておらず、十四日、氏直を大将として北条勢を出陣させた。途中で氏照の滝山城に立ち寄り、武蔵衆や下総衆を加えて上野に到達する予定だ。その数は一万七千を超える予定であった。

同日、上野の厩橋城で評議が行われ、一益は三ヵ条の約定を定めた。
一、一益嫡子の三九郎《さんくろう》（一忠《かずただ》）は背後を守って厩橋城に残り、一益が不運にも討死した場合には、命を全うして惟任光秀を討つことだけを本分とすること。
二、西上野の松井田城は、上方から関東の城を切り従えるには都合のいい城なので、一益に劣らぬ者を入れておくのは信長の下命である。よって津田正秀《つだまさひで》を差し置くこと。正秀には稲田九蔵《いなだきゅうぞう》を差し添えて守らせること。

三、滝川利成には関東諸将の人質百余人を預けて置く。一益らが落命に及べば、忠死を旨として厩橋城を持ち固め、力尽きた時には尋常に自害すること。
ただならぬ決意を示し、一益は氏邦に使者を送った。

十五日、雨の降る早朝、鉢形城を一益の使者、牧野《まきの》成良《なりよし》と倉田《くらた》小次郎《こじろう》が訪れた。

「滝川の遣い？」

てっきり、一益は夜陰に紛れて帰国したと思っていたので、氏邦は怪訝な顔をした。

「偽りを申して我らを惑わすか、あるいは追い討ちをかけるなと頼みに来たか。いずれにしても殿がお会いになることなどござりませぬ。某が、あしらっておきまする」

諏訪部定勝が氏邦を制する。

「いや、上方武士の言い分、じかに聞いてみよう」

織田配下の者に興味を持った氏邦は、牧野らが待つ部屋に向かった。

部屋に入ると下座に二人の武士が並んで座していた。定勝が言うように、懇願しに来た者の顔ではない。田舎者と見下したような表情をしていた。それでも二人は一応平伏した。

「氏邦だ。手短に用件を申せ」

いい印象ではなかったので、氏邦は横柄に告げた。

「お初にお目にかかります。某は……」

二人はそれぞれ自己紹介したあとで、牧野成良が改めて口を開いた。

「されば、東国総奉行・滝川左近将監一益の言葉をお伝え致す。すでにご承知でござろうが、先の六月二日、上様《うえ》（信長）は惟任日向守の返り忠によってご他界なされた。ゆえに主の一益は上様のご無念を晴らすべく上洛して謀反人を討つ所存。よって主が居城とする厩橋城は手薄になりましょう。小田原の氏政様がご所望なれば、明け渡すので、早速、兵を整えていられるがよろしかろう。当城がご所望なれば、明け渡すので、早速、兵を整えていられるがよろしかろう。小田原の氏政様にもお伝え願いたい」

牧野成良は言うと、懐から添え状を出して定勝に差し向けた。

この時、すでに羽柴秀吉が中国大返《ちゅうごくおおがえ》しを行い、山崎《やまざき》の戦いで光秀を討っていることは、さすがの滝川方も知りはしなかった。勿論、北条家も。それにしても、何と高飛車なもの言いであろうか。温厚な氏邦でも、さすがに瞬時に頭に血が上った。

「おのれ滝川め！　虎の威をかる狐が分際で、ようもかような大言を垂れるか」

珍しく氏邦は脇差に手をかけ、立ち上がるや否や脇息を蹴りあげた。これほどの侮辱を受けたのは生まれて初めてのことであった。

使者の二人はその反応も予想どおりと、太々しい態度だ。それがまた憤恚《ふんい》を煽る。

「お怒りはごもっとも。されど、使者を斬るは関東武士の礼儀に反します」

万が一のことを考えてか、定勝が間に入って氏邦を止めた。

「戯け！　かような輩の血で我が城を汚すはおぞましい限りだ。面白い。そちらが見下す関東武士が、いかな者か骨の髄まで教えてくれるわ。即刻立ち返り、滝川に申し伝えよ。儂に挑んできたこと、嫌というほど後悔させた上で、素っ首刎ねてやるとな！」

激怒した氏邦は脇差の鯉口《こいくち》を切り、再び鞘《さや》に収めた。その時に怒りを表わすかのような金属音が部屋に響いた。挑戦を受けることを示す行為であった。

「左様にお伝え致す。さればこれにて」

二人は何事もなかったように、氏邦に軽く会釈をすると部屋から出ていった。

「おのれ！」

怒髪衝天《どはつしょうてん》とはこのことか。こめかみの青筋が破裂せんばかりである。

「定勝、早急に兵を集めよ。本家にも早馬を送ること忘れるでないぞ」

あまりの憤怒《ふんど》に唇を嚙み、端がやや血で滲んだ。絶対に叩き斬ってやる。氏邦は初めて憎しみを持って戦場に赴く決心をした。

入れ違いに、井上光英が訪れた。話によると、武田旧臣の大村三右衛門《おおむらさんえもん》、加賀某《かがなにがし》らが笛吹《ふえふき》川で一揆を起こしたので、これに乗じて甲斐に侵入して欲しいということであった。

徳川家康が甲斐に手を伸ばしている噂は聞いている。家康に降る者もいるようだが、家康は信長の同盟者である。織田家は武田家の重臣を殺戮し、残党狩りを行っている。大村らは織田家と親しい家康よりも、北条家に帰属した方がいいという者たちである。

「体が二つ欲しいとはこのことだの」

甲斐の制圧もしたいが、その前に滝川一益を倒さねばならぬ。氏邦の決心は揺らいでおらず、井上光英には上野が片付いたら後詰を送ると伝えた。

四

十六日の昼頃、雨に濡れながら氏直の遣いが鉢形城に到着した。今朝方、本隊は氏照の滝山城を出立し、今宵は大道寺政繁が守る河越城に入るということであった。

「されば明日（十七日）は熊谷《くまがや》、十八日は本庄《ほんじょう》というところか」

甲斐からの使者が氏邦の許に来ているからには、滝山城や小田原城にも到着しているはずだ。氏照や本家は、じかに甲府へ向かうかと懸念していたが、東に向かうと聞いてやや安堵した。途端に焦りも覚えた。万を超える軍勢なので早馬のように進まないのは理解できる。だが獲物を逃す恐れがある。

「まごまごしてる間に滝川め、上方に退いていってしまうぞ」

北条本隊が早く到着しないもどかしさに、何度も扇子で己の掌を叩いた。

「今少しのご辛抱でございます。本家がまいりませぬと戦にもなりませぬ」

「判っておるわ」

氏邦は諏訪部定勝を叱責する。八つ当たりとは思うが、焦燥は抑えられない。すでに鉢形城には二千五百の兵が集まっている。いつでも出発できる状態にある。新たに武田旧臣の五百余を抱えたので、児玉勢と合わせて三千が氏邦の配下となっていた。

「定勝、出陣だ。こたびは儂が滝川に挑まれた戦だ。本家を待って先陣を他の者に廻されては武士の意地が立たぬ。先陣は譲らぬ決意を本家に見せるのだ」

「承知致しました。されば」

定勝はすぐに近習に馬を曳くように命じた。

具足を身に着けた氏邦は颯爽《さっそう》と黒毛の駿馬《しゅんめ》に跨《また が》った。

空はどんよりと梅雨晩期の雲が広がって蒸し暑い。あと十日もすれば炎天の日が続くことになろう。その前には滝川一益を討って帰城したいものである。

「よいか、滝川を討つまで帰城せぬ。左様心得よ。されば、出陣だ!」

湿気の多い空気の中に氏邦の怒号が響き渡った。

「おおーっ!」

氏邦の決意に家臣たちは雄叫びで応えた。

藤田家の家紋を染めた「上《あが》り藤」と鉢形北条家の「丸に三ツ鱗」の旗が大手門から出てゆくと、隊伍《たいご》を整えた軍勢が連なった。これに甲冑の摩擦する音と馬蹄《ばてい》の響きが続いた。

氏邦はその日の夕刻前に横地忠春の居城・児玉郡の雉ヶ岡《きじがおか》城に入城した。

「敵の様子は」

城に入るや、氏邦は横地忠春の挨拶を制して開口一番尋ねた。

「未だ、厩橋を出ておらぬとのことにございます」

「左様か。敵の動きには片時も目を離すなと探りの者に伝えよ」

氏邦は厳しい口調で命じた。

このたびの合戦は単に敵を打ち破る戦ではなく、愚弄された関東武士の尊厳を取り戻す戦いである。絶対に勝利しなければならない。

(戦場はいずこになろうか。我らよりも多数持つ鉄砲衆をいかに打ち砕くか。兵の強さはいかほどなのだ。騎馬は、鑓や、弓の数は……）

膳を前にしても、蒸し風呂に入っても滝川一益のことが頭を離れない。なにせ、氏邦は上方武士と初めて戦うことになる。武田旧臣の井上光英に問い質したところ、設楽原の戦いには参陣していなかったので判らないとのことだ。どのような戦をするのだろうか。まったく予想がつかない。不安が募り、床についても寝つけなかった。

ようやく浅い夢に引きずりこまれた頃には朝が訪れ、周囲で人が動き出した。こうなれば、もう寝てはいられず、氏邦は床から起き上がった。

寝不足のせいか今ひとつ頭が冴えず、体も怠いが、家臣の前では悠然としていなければならない。氏邦は平素と同じように対したが、不安が解消されることはなかった。

十七日の昼頃、氏直の本隊が河越城を出たという報せが入った。予定どおりなので、明日には本庄城に入るはずだ。氏直が本庄城に入れば合流したも同じである。兵数において の懸念はないが、己が不利と知り、滝川一益に逃げられてしまうという懸念はあった。

危惧している時、上野を探っている者が急報を齎した。

「申し上げます。厩橋の滝川勢、城を出て和田城に向かいました」

厩橋城から北西の和田城までは二里半（約十キロ）ぐらいである。

「和田か」

深く溜息をつき、氏邦は困惑した。和田城のすぐ近くを東山道《とうさんどう》が走っているので、一益が武蔵に向かうのか、信濃方面に退くのか、この段階ではまだ判断ができなかった。

「滝川だけか」

「はい。今のところは、滝川に和田城主の和田信業《のぶなり》のみにございます」

聞くほどに思案が絡まるばかりであった。すると、定勝が断定的に主張する。

「厩橋から和田。退くのではありますまいか。武蔵領に向かうとすれば、巽《たつみ》（南東）の富《とみ》塚《づか》へ兵を進めるに違いありませぬ」

「敵は信長の重臣。勝つためには何でもする輩ぞ。決めつけるでない」

氏邦は定勝を注意し、再び、敵を探るよう物見に指示を出した。

その夜、今後のことを評議している時、探りの者から再び報せが届けられた。

和田城には城主の和田信業をはじめ、国峰城主の小幡信真、白井城主の長尾憲景など三千の兵が集まっているという。当初、氏邦らが予想していた数の半数ほどであった。

「すると、滝川勢は自兵と合わせて六千ほどか」

「本家の後詰がまいりますれば、我らは敵のおよそ三倍。真面《まおもて》から組み合えば、まず敗れることはござりますまい」

「諏訪部殿はまた、何と弱気な。筆頭家老たるもの、全兵討ち取ると申されよ」

常に、氏邦の下で先陣を駆けてきた横地忠春が定勝を窘める。

「上野衆まで討つことはない。滝川勢を討ちさえすれば、あとの者は皆、北条家の配下となろう。あらぬ犠牲は恨みを買うばかり。決して益するものではない」

「されど、戦場にて相まみえた時に、あれは討て、これは討つなという訳にはまいらぬ。

我らの鉾先が鈍るだけじゃ」

　横地忠春の主張に集まっている者は皆頷き、氏邦に視線を集めた。

「こたびは忠春の申すことが正しいようじゃ。信長が死してなお、滝川に従っているのは先の見えぬ愚かさの証拠。さっさと退けば、追い討ちを止めるも吝《やぶさ》かではないが、しつこく鉾先を向けてくれば、叩き臥《ふ》せるだけだ。よいか、手心を加えるなど思案しておれば、己の首が切り落とされるだけだ。配下の者たちにも心してかかれと命じよ」

　気の緩みは敗北に繋がる。氏邦は敵を一蹴する覚悟を示した。

「はっ」

　一同の覇気ある声とともに評議を終えた。昨晩、殆ど寝ていないのでさすがに睡魔にかられた。やや杞憂《きゆう》が薄れたので、氏邦は床についた。すぐ眠りに沈んだ。

　一刻半が過ぎ、日づけが変わろうとしている頃、氏邦の寝室に音もなく影が現れた。睡眠の周期が変わろうとしている時だったせいか、氏邦は気配に気づいて目を覚ました。

「むっ？　辰太郎か。いかがした」

　居ながらにして気配を断ったり現わしたり、恐ろしい者であった。

「今宵、和田で評議が行われておりました」

「ほう。して」

「滝川は合戦を述べましたが、上野衆は滝川に上洛することを勧めておりました」

「すると、上野衆には戦意がないと申すか」

「戦場に立てば、心も変わりましょうが、評議の席では、左様に見受けられました」

「左様か。して、滝川はいつ動くか申しておらなんだか」

「あくまで某の推測にござります。おそらく明朝」

「退くか、それとも戦か！」

「武蔵に向かってきましょう。滝川は北条家を叩いて追い討ちをかけられぬことを確かめた上で、上洛の途に就く思案かと存じます」

「さもありなん。そちの考えは的を射ておる。引き続き、滝川の動き、探ってくれ」

「はっ。されば」

言うや否や辰太郎は隣の部屋に消え、そのまま気配がなくなった。

(左様か、明日動くか。されば、昼すぎには武蔵に踏み込んでこよう。玉村か平井か)

和田城から見て玉村城は南東、平井城は南西。どちらを経由してくるのかを氏邦は知りたかった。

「誰かある。定勝と忠春を呼べ」

宿直に命じて呼び出させ、上野国境に物見を出し、さらに、氏直に使者を出した。

(本家が着くが早いか、滝川が来るが早いか)

戦気で緊張感はいや増し、再び眠ることはできなかった。

外は相変わらず雲がかかっている。梅雨が明けるには、もう四、五日必要であった。

第二十七章　金窪《かなくぼ》合戦

一

上野の和田城にいる東国総奉行の滝川一益《たきがわかずます》は、六月十八日の未明に和田城を出ると、東《とう》山道《さんどう》（国道十七号）を東南に進んだ。

先陣は一益の甥・滝川益重《ますしげ》。あとに笹岡平右衛門《ささおかへいえもん》、津田治右衛門《つだじえもん》、弟八郎五郎《はちろうごろう》らが続く。滝川勢は三千。その後方に上野衆の三千の兵が隊列を並べて進行した。

元来、従属した者を先陣に据えるのが乱世の常であるが、闘志の低い上野衆を前線に出して、多勢の北条軍に押されれば兵を立て直すことは難しい。寡勢の一益にとって、敵を蹴散らして追撃できぬ形を作ったあとでなければ、安心して上洛できなかった。

滝川一益にとって、運命を左右する乾坤一擲《けんこんいってき》の戦であった。

滝川勢は金の三ツ団子の馬印を先頭に烏川《からす》に差し掛かっていた。

「殿。滝川勢が動きだしました」

雉《きじ》ヶ岡《おか》城にいる氏邦は、眠りを風魔の辰太郎に妨《さまた》げられた。

「なに！　もう、動いたか」

刻限は寅ノ下刻（午前五時頃）。瞬時に目が覚めた。氏邦は跳ね起きて改めて問う。

「数は？　敵はいずこにおるか」

「上野勢と合わせて六千ほど。東山道を進んでおりまする」

「東山道か。昼前には神流川を渡ろうの。判った。辰太郎、引き続き敵を見張れ」

言うや否や氏邦は立ち上がり、部屋の外に控える者に怒号した。

「誰かある！　至急、熊谷に早馬を出せ。滝川が城を出た」

氏邦が命じた時にはすでに辰太郎の姿はなかった。

寝起き早々、氏邦は顔を顰めた。予想に反して滝川の進撃が早かった。少々見込みが甘かったようだが、後悔しても刻《とき》は戻らない。すぐに対応を決めねばならなかった。

この時、熊谷には入道となった松田憲秀と大道寺政繁ら五千の軍勢が到着していた。

一万二千の兵を率いる氏直は比企郡の松山城から、一里十町（約五キロ）ほど北に位置する大里郡の冑山《かぶとやま》に本陣を構えていた。

熊谷から本庄までは五里半（約二十二キロ）ほどの距離がある。具足を着用しての移動なので二刻半（約五時間）はかかる。朝食を摂らずに出陣する訳はないので、三刻半（約七時間）は見なければならない。さらに武蔵・上野国境の神流川までとなれば四刻半（約九時間）というところか。

「六千の敵に対し、我らが三千では勝負になりませぬ。松田殿らの軍勢が到着致すまで、城を固めて待つがよかろうかと存じます」

闘志満々の氏邦を定勝は止めだてする。

「戯け。あれほど愚弄されたことを忘れたか。領内に踏み入られて見過ごせるか」

「それは、敵の策にございます。敵は何とか我らを城の外に誘い出そうとしているのでござる。ゆめゆめ、敵の愚策に乗らぬようお願い致します」

「織田が野戦で強いとは聞かぬ。また、上野衆には戦う意志がないということだ」

「真実にございますか。それは、いずれからの報せでございますか」

「風魔じゃ。それゆえ儂らは川沿いに兵を進め、敵が神流川を渡ったところで横腹を突く。滝川めを利根川の雑魚《ざこ》の餌とするのだ」

「さすれば戦場は児玉郡の金窪《かなくぼ》辺りになりましょうか」

「左様だ。定勝、直ちに出陣の用意を致せ」

言うと氏邦は湯づけをかきこみ、具足を身に纏った。その上で、小盃《こさかずき》に注いだ御酒《みき》を飲み干すと、勢いよく床に投げて叩き割った。

「出陣だ！」

「うおおーっ！」

主殿に氏邦の声が響くや、居合わせた諸将が怒号で応じた。

横地忠春を先陣とした軍勢が雉ヶ岡城の城門を開いて出陣した。整った兵の列には、色とりどりの旗指物が揺らめき、長柄の鋭利な鉾先が高々と立ち並んで進んでいく。戦は目前と士卒の顔は緊張しており、誰一人無駄口を叩く者はいなかった。

(滝川め、上方武士に坂東武者の戦いぶり、とくと思い知らせてくれる)

馬上の氏邦は一益への憎しみをあらわに、眉庇《まびさし》の下から鋭い目を向けていた。

空は曇り、朝から蒸し暑い中、甲冑の摩擦する音と馬蹄の響きが続いた。

氏邦勢は西に向かって神流川に出て、川沿いに北へ進んだ。

城を出て一刻ほどが経ち、辰ノ刻(午前八時頃)になろうとしていた。金窪まで、およそ一里(約四キロ)に迫ったところで、物見が報せを告げに戻った。

「申し上げます。滝川勢の先陣が神流川を渡りはじめました」

「左様か。まずまずの頃合だの」

「我らが金窪に到着する前には全兵渡り終りましょう」

「うむ。構わず兵を進めよ。長く延びた列は横からの攻めに脆いものだ」

氏邦はさらに軍勢を北進させた。俄然《がぜん》、緊迫してきた。あと半刻ほどで敵と干戈を交えることになる。確かに危険な賭けであるが、もはや後戻りはできなかった。

(上方武士め、なにほどのものか)

しきりに己を鼓舞し、勝利を信じた。

半里ほど進んだところで、再び物見が氏邦の馬の横で跪いた。

「ご注進。敵はほぼ川を渡り、兵の動きを止めております」

「どうやら、我らの動きを察したようにございますな」

定勝が懸念した顔を向ける。氏邦は唇を固く結んだ。

滝川一益の素性は明らかではないが、出身は近江の甲賀郡と『勢州軍記《せいしゅうぐんき》』にある。甲賀は忍びの郷。一益自身が忍びの家の出とも言われている。本人が忍働きをしていたかどうかは定かではないが、忍びを使う術は十分に心得ていたようである。

「臆するな！　我が地に踏み込んできたのだ。これを排除せずして何で武士と言えようか。構わぬ、進ませよ。絶対に勝てる戦だ」

氏邦はあくまでも強気で進軍を命じた。

「敵は我らに気づいたのです。しかも川を背にした背水の陣。危のうございます」

「何の、今退く方が危うかろう。退けば敵は餓狼となって襲いかかってくる。こたびは前進あるのみ。近づいて闘志を見せれば、容易くは打ちかかってはこれぬ。睨み合いが続くうちに敵は焦《じ》れる。かかってくれば矢玉を浴びせよ。また、そのまま長引けば、夕刻前には本家が到着する。さすれば退くは滝川の方だ。思う存分に追い討ちをかける」

氏邦は珍しく強攻論を主張した。

「殿が、そこまで申されれば、止めだては致しませぬ。前へ！」

定勝は承諾し、兵の先頭を前に進ませた。滝川との距離が十町（約一・一キロ）ほどに迫った。周囲は見晴らしのいい河原が続いている。ついに肉眼でも敵の指物が見えた。そして、軍勢の中央には一益の馬印、金の三ツ団子も掲げられていた。

「さても、何と多い鉄砲の数か。あれが武田を打ち砕いた織田の鉄砲か」

三千の兵にも拘わらず、鉄砲の数は五百ほどはあろうか。亡き信長は和泉の堺、近江の国友村、それに紀州の雑賀を配下に加えたのが大きく影響している。滝川勢に比べて、氏邦の許では、半数以下の数しか所有していなかった。

「仰せのとおり。それに鑓も我らより一間、もしくは半間は長いようでございます」

信長は若き日より、鑓は短くては都合が悪いと、長柄組の鑓は三間半（約六・三メートル）で統一していた。一方、関東の長柄は二間半から三間が主流であった。

「無闇には近づけませせぬな」

定勝の言葉に氏邦は黙ったまま頷いた。馬鹿面して接近すれば、設楽原と結果は同じ。いかにして組織化された鉄砲衆を封じようかと思案していた時であった。

「さても、関東武士は腰の弱き者ばかりか。己が領地に踏み込こまれても、ただ、見物しておるだけとは、臆するにもほどがある。戦が恐くば出家して念仏でも唱えよ」

滝川益重が吠えると、滝川勢はどっと沸く。

「何の、腰が弱き者は上方武士じゃ。飛び道具に長鑓。敵に近づくのが恐いらしい」

先陣の横地忠春が大音声で言い返すと、氏邦勢が負けずに大声で笑う。

戦場でよくある言葉戦いである。

「おう、よく見れば、死に遅れた武田の者もいるようじゃ」

「なるほど、主家を潰されて逃げた挙げ句、こたびは弱腰の家臣になり下がったたか」

「返り忠が多き武田武士には似合いじゃ。また、こたびも山中に逃げこもうぞ」

滝川勢は言いたい放題であった。

「ええい、聞いておれば図に乗りおって。信玄公が生きておいでの時には、散々に贈物をよこして恐れておったはどこの輩ぞ。我らは逃れたりはせぬ」

「そうじゃ。この機会を待っておったのじゃ。昔年の恨み、晴らす時が来たわ」

武田旧臣の石田大学《いしだだいがく》が咆哮すると、同じく保坂大炊助《ほさかおおいのすけ》が雄叫びをあげた。

「かかれーっ！」

「うおおーっ！」

二人は右翼に陣を布いていた井上光英《いのうえみつひで》の配下であった。

「待ちおろう。殿からの下知はないぞ」

慌てて井上光英は叱責するが、二人の耳には入っていない。石田も保坂も鐙《あぶみ》を蹴るや、竹束《や》も持たずに馬上鑓を構えて、滝川勢に向かって砂塵をあげた。

「止めよ」

井上光英は両手を広げて必死に止めるが、武田旧臣は真一文字に突進した。

「遅れるな！」

「おおーっ」

親の仇にでも出会ったように、武田旧臣たちは次々と敵に向かって疾駆した。

二

「誰が抜け駆けをしたか！」

右翼から敵に向かう一団を見て、氏邦がたまらず床几から腰をあげた。

「井上配下の武田旧臣でございます」

定勝が顔をこわばらせて答えた瞬間であった。

独特の乾いた鉄砲音が谺した。途端に石田も保坂も血飛沫をあげて地に倒れた。それでも武田旧臣たちは、まるで死に場所を求めるように敵に向かって砂塵《さじん》を上げる。滝川勢の鉄砲衆は横一列に並び、それぞれの組頭《くみがしら》の号令を受けて引き金を絞る。組ごとに放つ時機を変えているのか、轟音が静まることはなかった。

もう終るであろう、そんなに連続して放てる訳はない、と甲州武士たちは疾駆し、そのたびに血を噴いて地に伏せた。まるで設楽原の再演をしているようで、前進する者は、ほぼ間違いなく血にまみれた。

滝川一益が信長に才を認められたのは、鉄砲の扱いに馴れているからだった。火薬と玉を紙で包んだ早合《はやごう》（弾薬《だんやく》包）を考案し、装塡《そうてん》を早くしたのも一益だともいう。設楽原の合戦で活躍したのも滝川勢だった。しかも滝川勢の射程は氏邦らの持つ鉄砲より長かった。

氏邦ら関東武士が使う鉄砲の主流は六匁《もんめ》玉を扱う口径（約一五・八ミリ）なので、一町以内でなければ殺傷できない。しかも、確実なのは半町ほどであるが、滝川勢の鉄砲は一町半でも具足を着けた武者を倒している。おそらく新型の鉄砲である。十匁玉を扱う口径（約一八・七ミリ）の物に違いない。

「設楽原の二の舞いじゃ。滝川の鬨《とき》は鉄砲が放つ轟きじゃ。放て！」

一益が叫ぶたびに十数名が宙を血で染めて土にまみれた。以後、ぴくりとも動かない。味方を倒されて、秩父衆に続き児玉衆も釣られ、氏邦の下知なしに突撃をはじめた。

「殿、ご下知を！」

定勝は唾を飛ばして氏邦に求めた。止めさせろとも、攻め貝を吹けとも受け取れた。

「かかれーっ！」

新参者とはいえ、家臣たちが討たれて黙っている訳にはいかない。氏邦は大音声で叫び、軍配を振り下ろした。

「法螺《ほら》吹け！　陣鉦《じんがね》を鳴らせ！　戦鼓《せんこ》を打て！」

瞬時に貝の低い音が響き、鉦の金属音と、攻め太鼓の野太い音が連打された。

「うおおーっ！」

左右から天地を響動もす喊声が山彦のようになって滝川勢に向かった。朋輩が殺られた悔しさは皆の気持にある。竹束を持つ者もいれば持たぬ者もいるが、下知を受けた家臣たちは臆せず敵に突進した。

「殿！」

定勝は驚愕《きょうがく》した表情で氏邦に訴える。なぜ止めぬと目で言っていた。どうやら氏邦は逆に意味を捉えたようであった。

「定勝、敵に勝つことだけを考えよ。他は一切いらぬ」

出端《でばな》を挫《くじ》かれたあとの開戦だけに、氏邦は不退転の意志を示すしかなかった。

「はっ」

氏邦の意志に押されてか、定勝は返事をするとともに敵陣に鋭い目を向けた。

敵の鉄砲は腹立たしいことに、不調などなく、景気よく硝煙を撒き、鉛玉を放った。

「何とか、あの鉄砲を止める手立てはないか」

配下が次々に倒される光景を目の当たりにして、氏邦は奥歯を噛みながら問う。

「別組を作り、神流川を渡らせ、敵の背後を突かせてはいかがにござりますか」

「左様なことを致せば、上野勢にも火をつけることになろう」

今のところ、滝川勢の背後にいる上野勢は動向を見守っているだけであった。

「滝川の目を逸らすか、敵の玉を全て身で受け空にするか、二つに一つでございます」

「判った。九郎、岩田兄弟と神流川を渡り、敵の横腹を突け」

「畏まって候」

近習旗本の町田秀房《まちだひでふさ》は岩田直吉《いわたなおよし》・家清《いえきよ》兄弟、小前田武主《おまえだたけもり》とともに、氏邦の本陣を飛び出し、百ほどの兵とともに、神流川を渡り敵の背後に向かった。

その間、氏邦勢は百ほどの犠牲を出して、ようやく敵の射程を摑んだ。一町半ほど空けたところで止まりこちらも鉄砲を撃ちかけるが、関東の鉄砲は口径が細く威力が弱いので敵を倒すことはなかった。せめて鑓合せに持ち込まねば勝ち目はなかった。

膠着状態になった時、一益は余裕の体か、それとも勝負時と見たのか、鉄砲放ちの背後から長柄組を前線に出した。

「かかれーっ！」

号令がかかると、長柄組は十人ほどで一隊となり、鑓衾を作って前進してきた。

「好機じゃ。鉄砲の後れを取り戻せ！」

銃撃音が止み、氏邦は喜び勇んで下知を飛ばした。あのまま鉄砲戦を続けられていれば、火力に劣る藤田勢は力負けをするだけであった。

各侍大将の下知の下、藤田勢の長柄衆は鑓衾を作り、滝川勢に突き出した。鋭い穂先の金属音が響くが、ここでも敵勢が上廻った。信長考案の三間半分の鑓は先に氏邦勢の体に到達する。頭上から打ち倒し、穂先が肉を抉った。

「臆するでない。長けれぱ、それだけ鈍いのじゃ」

勇猛な紅林紀伊守は声を嗄《か》らして叱咤する。

「退くな！　死中にこそ活路があるのだ！」

吉田《よしだ》政重《まさしげ》、秩父《ちちぶ》重国《しげくに》らの秩父衆も怒号をあげるが、氏邦勢はじり貧で後退してしまう。

おそらく一対一の戦いならば、上方武士よりも坂東武士の方が強いであろうが、個を捨て、組織立った戦闘を主においた信長の教えはその士卒の中に植え付けられていた。

それでも、上野武士の反町業定《そりまちなりさだ》（友野《ともの》幸定《ゆきさだ》とも）は一番に馬を入れ、鑓下《やりした》の功名をあげた。続いて武田旧臣の武藤修理亮《むとうしゅりのすけ》が鑓を付け、庵原弥平次《いはらやへいじ》が突き進んだ。

柄と柄がぶつかり、穂先が交差するたびに火花が散るが、氏邦勢は押された。

「退くな。退く者は斬る!」

信玄存命時から氏邦に従った武田旧臣の逸見義重が叫ぶが、状況は変わらない。

一方、神流川を迂回した町田秀房らは、何とか敵の右翼に廻り込めた。

「かかれーっ!」

町田秀房らは必死の覚悟で敵に突き入った。

「敵ぞ、迎え撃て」

一益の命令に篠岡勘十郎らが迎撃せんと鑓衾を作った。

「くらえ!」

岩田家清の鑓先が鋭く、見事、篠岡勘十郎を討ち取った。だが、滝川勢の旗本が倍の兵で囲みにかかったので退かざるをえなくなり、秀房らは後退を余儀無くされた。

「ここは一旦、退くべきです。このままでは犠牲を増やすばかりにございます」

「致し方ない。退け!」

氏邦は定勝の進言を受け入れ、退き貝を吹かせた。

戦は滝川勢の追撃戦となり、さらに多くの死者を出すことになった。まさに負け戦であった。氏邦勢は三百にも及ぶ死者を出してしまった。

逆に滝川勢は篠岡勘十郎、佐伯伊賀守が失ったが、死者は氏邦勢の半分以下であった。

氏邦勢を蹴散らした滝川勢は、敵地での深追いは危険であるという習いに則《のっと》り、利根川を渡って上野の玉村軍配山古墳に本陣を布いた。

雉ヶ岡城に戻った氏邦は、一言も口をきかずに塞ぎこんでいた。同じ兵数ならば上方武士に野戦で負けるとは思っていなかっただけに、敗戦の衝撃は大きかった。

(臆病者が、臆病さを忘れた結果がこのざまか。笑い話にもならぬな……)

意気込んで出陣しただけに、いい恥さらしであった。

「こたびの失態、全て某にございます。腹を切る覚悟はできております。されど、叶うことならば、滝川への先陣、今一度某に申しつけるようお願い致します。この身にて矢玉を受けて楯となり、敵と刺し違えてみせまする」

井上光英は氏邦の前に平伏して涙ながらに懇願した。

光英が抜け駆けを制止したのは聞いているが、一隊を預けた部将であり、軍律違反は重罪である。お陰で無惨な敗戦に終った。おそらく他の将ならば、厳しく処罰したに違いないが、果たして光英だけを責められるだろうか。武田旧臣を光英に預けたのは氏邦自身である。こうなることを予想しなかった己の失態である。

「そちのせいではない。詫びることはない。しばし下がっていよ」

新参者とはいえ、家臣たちの暴発を抑えられなかったのは、偏に大将である己の責任だ。光英に罪をなすりつけることはできない。氏邦は己の過ちを悔いていた。

他の者から見れば、甘い将だと思われるかもしれないが、これが氏邦の率直な心情であった。信長のように罰の恐怖によって秩序を築いてきた訳ではない。あくまでも信頼があってはじめて主従が成り立つものと考えていた。

やはり天下人の軍勢はだてではない。見事な鉄砲の扱い方と兵の動かし方をする。後悔しても遅いがもっと熟慮《じゅくりょ》が必要であった。遺憾千万《いかんせんばん》、反省するばかりだ。

とにかく、今は惨めな敗走をさせられた目の前の滝川を撃破することが先決である。こうなれば、本家の力を借りようとも、何としても討つ。氏邦は決意を新たにした。

三

その日の夕刻、松田憲秀ら五千の軍勢が本庄城に入ったという報せが届けられた。氏直はまだ松山城に在していた。

気が進まぬが、氏邦は松山城に使者を向け、戦の報告を行わせたところ、夜も遅くなってから氏直の使者が訪れた。

「次なる戦、氏邦様には後詰に廻るようにとのお屋形様の下知にございます」

「なに！」

聞いた瞬間、氏邦は激怒した。確かに、このたびは後れを取ったが、氏邦には、まだ氏直が生まれる前から戦陣に出ていたという自尊心がある。

（青二才が）

とは思うものの、さすがに当主を罵倒できない。嫌でも頭を縦に振るしかなかった。

翌十九日、その日は朝から青空が広がり、灼熱の日差しが地に照りつけていた。どうやら梅雨は終り、真夏が到来したようである。

未明に青山を出立した氏直は本庄城に入って本陣とした。また、熊谷を出た松田憲秀を本庄城から一里ほど北西の石神《いしがみ》に、大道寺政繁を本庄城から半里ほど南西の富田《とみだ》に置いた。その上で松田康長《まつだやすなが》・康郷《やすさと》兄弟、垪和氏続《はがうじつぐ》、山角康定《やまかくやすさだ》、同定勝《さだかつ》、福島勝広《ふくしまかつひろ》、依田康信《よだやすのぶ》らを各々の後方に伏兵として差配した。

最初から戦に乗り気でない上野勢は、氏直本隊の到着を聞いて狼狽えた。松田憲秀らの先陣と本隊、それに敗走させたとはいえ、氏邦勢を合わせれば二万の軍勢になる。誰がどう判断しても不利である。諸将は一益に訴えた。

滝川勢はこの戦いに勝利しても、上洛してしまうので構わないかもしれないが、北条家と干戈を交えてしまえば、残された自分たちは、今後も敵対しなければならない。すでに武田家はなく、上杉家もあてにならない。また、伊達家と敵対関係にある佐竹義重も、毎度出陣に応じてくれるという保証はない。仮に一益が上洛して光秀を討ったとしても、いつ関東に戻ってくるか判らない。それに、信玄、謙信に見えるように、古今東西、強烈な大将が死去したあとの家は衰退を免れない。当主を失った織田家がすぐに再生できるとは考えられないのである。この時、まだ、山崎の戦いで秀吉が光秀を破ったという報せは届いていなかった。もし力強い後ろ楯が得られぬならば、逆らわずに恭順の意を示し、本領の安堵をされた方がよい。上野衆はそう主張した。

「されば、各々方は昨日同様、背後を固められよ」

最初から上野衆の活躍を期待していない一益は、そう告げるしかなかった。戦う意志のない者に前線で緩慢に動かれては勝てる戦も勝てない。昨日に続いて北条勢の先陣を撃破すれば、帰国もしやすくなるし、上州武士とて目覚めるのではないか。人質を取っているので、合戦の最中に裏切ることはないであろうという思惑であった。

一益は甥の滝川益重を先陣に、笹岡平右衛門、津田治右衛門ら氏邦勢を払い除けた滝川の精鋭を進ませた。その後ろに上野衆が続く。

半日ほど様子を見た滝川勢は、日差しが真上からやや傾き出した未ノ下刻（午後三時頃）、神流川を渡河し、昨日同様、金窪に到着した。

滝川勢が着陣すると、北条軍の松田、大道寺勢らは前進し、敵に向かって弓・鉄砲を放った。だがまだ、殺傷するには届かぬ距離である。威嚇しただけで北条軍は後退した。

「やはり昨日、完膚なきまでに叩き臥せられておるゆえ、我らを恐がっておるわ」

「腰抜け関東武士め、恐ろしいならば、戦場になど出てくるでない」

滝川勢は昨日の勝利に乗じているせいか、あまり警戒心がなかった。

「かかれーっ！」

先陣で指揮を任されている滝川益重は、大音声で北条勢の追撃を下知した。

滝川勢は巨獣のような雄叫びをあげて北条勢を追いだした。馬蹄や地を駆ける音が津波のように松田、大道寺勢に迫る。だが、両将は時折り矢玉を放つだけで、さしたる反撃もせずさらに退いていった。

勢いに乗った滝川勢は餓えた狼のごとく、山羊《やぎ》に見立てた北条勢に遅いかかった。

「放て！」

その途端、松田康長・康郷兄弟らの伏兵が滝川勢を取り囲み、一斉に矢玉を放った。

「おのれ、北条、伏兵とは汚し！」

滝川益重は馬首を返して吐き捨てるが、疾駆する軍勢は簡単には止まらない。北条勢の放つ弓・鉄砲の餌食となり、次々に滝川勢の士卒は血に塗《まみ》れて地に伏せた。

「よいか、一人も逃さず討ち取れ！」

松田憲秀が大声で号令し、反撃を開始した。同時に山角康定らの伏兵も滝川勢の包囲に加わって攻撃する。北条勢の引き込み作戦は見事に成功した。


「申し上げます。戦が始まったようにございます」

物見が戻り、雉ヶ岡城にいる氏邦に報せた。すでに出陣の用意は朝から出来ていた。昨日の汚名ならびに後詰の屈辱を晴らさねば面目が立たないが、意気込み過ぎた反省はしている。自分は自分なりの戦をやるつもりだ。

「左様か。されば、昨日の恨みを晴らす時がまいった。いざ、出陣！」

灼熱の日差しが照りつける中、庭に出ていた氏邦は大音声で命じた。

「うおおーっ！」

家老から末端の足軽に至るまで悔しさは忘れていない。覇気ある鬨をあげると、横地忠春を先陣とした氏邦勢およそ二千七百名は雉ヶ岡城を出立した。

氏直本隊が近くにいるせいか、幾分気は楽なはずであるが、弛緩《しかん》した顔は誰一人いない。皆、恥辱を雪がんと何かに憑《つ》かれているように真剣であった。

氏邦勢は早くから神流川を渡り、上野の緑野《みどの》郡の鬼石《おにし》を川沿いに北へ進んだ。このたび氏直から命じられた任務は滝川勢の背後を切断すること。敵の殲滅《せんめつ》が本戦《いくさ》の狙いだ。

(見ておれ、己たちだけが戦国の武士ではないわ)

氏邦は意気軒昂、それでいて慎重居士《こじ》の心境で手綱を強く握りしめていた。

氏邦勢が戸塚《とづか》を過ぎる頃、戦の勝敗は大方ついていた。

鋭い切っ先は避け、敵の動きが鈍ったところを討つというのが北条家の戦の概念である。滝川勢よりも多い兵で囲み、一網打尽にする策が見事に功を奏している。守りに有利な鉄砲を構えさせずに引っ張り出し、また陣形を整えさせる前に矢玉を放ち、長柄を突き込ませる。完全に戦の主導権を握っていた。

「こうなっては仕方なし。一人でも多くの敵を道連れに死のうぞ」

「応よ。この期におよんで生きて退いたとて、いかほどのこともあろうか。命のある限り、また、矢玉尽き、大刀が折れるまで戦い抜こうぞ」

滝川益重と篠岡平右衛門は共に血鑓を振るって北条勢の奥深くに突き入り、傍若無人に暴れ廻った。死を覚悟した者は強いと言うが、まさに二人は鬼神のようである。矢玉は逸れ、刀剣も弾け飛ぶ。関東武士の中を十文字に駆け破り、「の」の字に追い廻した。

それでも、多勢に無勢は否めない。辺りは滝川勢の骸が無数に横たわる死山血河《しざんけつが》の様相だ。このままでは全滅も時間の問題であった。劣勢に立つ中で、氏邦の後詰が接近していると聞き、上野衆はとっくに利根川を渡り逃亡していた。

同じ頃、武蔵から滝川勢を殲滅するべく、本庄城に立つ氏直の馬印『金に無の黒文字』旗が城を出て北西に移動してきた。北条本隊の出陣である。

「すでに、我が勢は総崩れ、上野衆も逃げてござれば、もはや勝機はありませぬ。ここは我らが踏み止まりますれば、何とぞ厩橋に退陣し、上洛するようお願い致します」

氏直の馬印を見て、篠岡平右衛門が一益本陣に駆け寄り、忠言した。

「戯け、戦はこれからぞ。敵の大将が出陣したではないか」

「畏れながら、よう御覧あれ」

家老の平右衛門は戦場を指差した。指の先には言われるまでもなく、自軍の旗指物がもの凄い勢いで後退し、あるいは次々に倒されているのが見える。

「あと、いかほど支えられるか判りませぬ。殿の本意は氏直を討つことに非ず。惟任日向守の首をあげること。今ならばまだ間に合いまする。なにとぞご退陣を」

家老の平右衛門は悔しさをあらわに哀訴した。

忠臣の懇願を聞き、一益はようやく現状の厳しいことを受け入れた。

「最早これまでか。平右衛門、厩橋で待っておるぞ」

腹の底から声を絞り出し、一益は後ろ髪を引かれる思いを断ち切った。そして、近くにある金窪城を焼かせ、本陣を後にした。

一益が本陣を退く姿を見て、平右衛門は前線に向かった。すでに、津田次右衛門ら、信長の天下布武を支えてきた滝川家の重臣、旗本たちは野に屍を晒していた。

「待っていよ。今すぐ皆の許にまいるゆえの」

骸の山を見渡して哀れんだ篠岡平右衛門は、刺すような目を北条勢に向けた。

「北条の者ども、よう聞きおろう。儂が亡き右大将・織田信長様より関東総奉行を任じられた滝川左近将監一益じゃ。恐れ多くもお役に従えぬ逆賊め、関東総奉行の太刀にて、片っ端から関東の端武者《はむしゃ》を斬ってくれる。我と思わんものはかかってまいれ!」

篠岡平右衛門は一益の名を騙り、鐙を蹴って北条勢に突き進んだ。

「敵大将ぞ!」

「恩賞首は儂が貰うわ!」

北条勢は餓えた野獣が逃げ遅れた獲物に飛びかかるように群がった。

瞬時に平右衛門の体は無数の穂先に貫かれ、奪い合うように首は掻かれた。

「なんじゃ、これは滝川の首ではないわ」

平右衛門の首を熟視した一人が、外れ籤《くじ》を引いたかのごとく吐き捨てた。

「まだ、遠くには逃げておらぬはずじゃ」

「本物は我が手ぞ！」

北条勢は、退く滝川勢を追って利根川に飛び入り、水飛沫《しぶき》をあげた。

四

氏邦勢が到着した時は、すでに北条勢が滝川勢の追撃をはじめたところであった。

「ちっ！　遅かったか。我らも追え。本家に負けるでない！」

舌打ちした氏邦は、すぐに滝川ならびに北条本家の後を追わせた。

「追え！　逃すな！」

氏邦らの前方を走る北条勢は、上野に入っても、容赦なく逃亡する滝川勢を追いたて、一人また一人と討ち取っていった。『北条記』では五百余人、『石川忠総留書《いしかわただふさとめがき》』では六百人を討ったと記されている。兵力に圧倒的な差はあるものの、北条勢が勝利し、滝川勢が敗走したことは事実であった。

逃亡途中で一益の次男・一時《かずとき》も北条勢の虜となって兵三人に引き立てられた。これを伊勢《いせ》・神戸《かんべ》出身の古市九郎兵衛が見つけ、北条兵の隙をついて一人を斬り、一人に痛手を負わせて一時を奪還して一益の後を追った。

刻限は酉《とり》ノ下刻（午後七時頃）。日没後の追撃は同士打ちをしかねない。また、北条勢にも、相応の死傷者が出ていたので、氏直は追撃を止めさせた。

氏直の判断のお陰で、一益は戦場から三里（約十二キロ）ほど北西の倉賀野城に逃げ込むことができた。城に辿り着いた上方兵は一千余。あとは討たれ、または四散した。城に入った者たちの中には甥の益重もいたのが一益にとっての唯一の救いか。

また、上野衆では北條高廣、小幡信真と倉賀野城主の倉賀野秀景がいるが、他の者たちは各々の城に退いていった。

「退陣したあとで夜襲をかけるとは敵も思うまい。今一度、出陣したいがいかに」

一益は北條高廣らに、取って返し戦うことを主張した。

「昨日に続き、今日も戦場に出たゆえ兵は疲弊してござる」

後陣から眺めていただけの北條高廣であるが、分が悪いので拒んだ。

「左様。今は敵に追い風。後日、改めて兵を集めるがよかろうかと存ずる」

上野の有力国衆では一番最初に一益に付いた小幡信真も難色を示した。

「左様か」

闘志なき者に頼んでも仕方ない。一益は力なく呟《つぶや》き、厩橋城に帰城した。

居城に戻った一益は、後に神流川《かんながわ》の戦いと呼ばれる合戦で戦死した者たちの供養を近くの寺に頼み、金子《きんす》百両を贈った。

一方、滝川勢を追撃して倉賀野を目指した氏邦だが、戻れという指示を受けた。仕方なしに兵には野宿をさせ、自身は上野佐波郡の玉村城に引き返した。

玉村城主の那波《なわ》顕宗《あきむね》は、神流川合戦の敗退後、無条件で城を開けて投降していた。

「どうだ、滝川の様子は」

主殿に入ると、兄の氏照が懐かしい笑みを向けて氏邦を出迎えた。

「さすがに逃げ足は早いようにございます。すでに倉賀野を退いたとのこと」

側に寄って腰を下ろす。二人の間には畏まった挨拶など必要ない。

「さもありなん。二、三日のちには信濃に入るやもしれぬな」

「その前には何とか討ちたいものです」

「儂も同じ気持じゃが、同時に上野を手に入れることも、また大事」

「お屋形様はいかにすると？」

「お屋形様は滝川を討つと申されておるが、大御館様は上野を押さえることを主に置かれておる。我ら兄弟としては、若き当主を助け、隠居殿の下知も守らねばならぬ」

一益の首級は北条家にとって敵の旗頭であるが、討ったからといって上野を得られる訳でもなし。それよりも、滝川を使って上野衆を麾下に置くが利口だと氏照は言う。

「左様にございますな」

氏邦は渋い顔をして頷いた。一挙両得になるか、それとも二兎《と》を追う者は一兎をも得ることができなくなるか。勝負の分かれ目である。

二人は早速、上野の諸将に対して、従属を勧める書を出した。だが一日待っても、一益に人質を取られているので、すぐに応じて来る上野衆はいなかった。

北条家としては考えものである。即答しないからといって、片っ端から力攻めしていれば、上野全土を敵にすることになる。これは賢くない。

「やはり滝川の首を取らねばなるまいか」

「左様でございますな。いくら質を取られているからとは申せ、今の滝川に加担して我らに弓引いて来る者は、そうそうおらぬかと存じます」

「さすれば、我らが兵だけにて討てような」

「はい。今こそ金窪の仇を取らせてもらいます」

「あまり気負うでないぞ。そちには似合わぬゆえな」

氏照は笑みを作る。氏邦も釣られた。二人が二十日の夜、達した結論であった。


その頃、厩橋城の一益は周辺の上野衆を集めて、ささやかな酒宴を開いた。

二十日の早朝、一益は厩橋城を出ると倉賀野を経由して東山道（国道十八号）を通り、安中を通過して、その日のうちに信濃国境に四里と迫る碓氷《うすい》郡の松井田《まついだ》城に到着した。城将の津田《つだ》正秀《まさひで》は城門を開いて出迎えた。この間、人質を取られている小幡信真、倉賀野秀景、和田信業、安中七郎三郎らは護衛の名目で一益に従った。

松井田城で一夜を明かした一益は津田正秀ともども、津田小平次、稲田九蔵ほか僅か一千ほどの兵とともに上野・信濃国境の碓氷峠を越えて小諸《こもろ》城に到着した。

小諸城は典厩信豊《てんきゅうのぶとよ》の代官・下曾根《しもそね》浄喜《じょうき》から森長可が受け取り、佐久郡が一益の所領となったことから道家《どうけ》正栄《まさひで》が城代として守っていた。

一益は小諸城に入城すると上野諸将の人質を解放し、徳川家康の密命を帯びて信濃に戻っていた依田信蕃《よだのぶしげ》に城を預けると、道家正栄ともども東山道（塩尻からは国道十九号）を通って、諏訪から木曽に抜けて自領の伊勢を目指した。

滝川勢が帰路に就く時、真田昌幸は嫡子の信幸《のぶゆき》、禰津元直《ねづもとなお》、矢沢頼綱《やざわよりつな》らに一千の兵をつけて佐久郡の雲場《くもば》ノ原で一益を見送らせたという。

一方、滝川一益が松井田城に逃れ、また碓氷峠を越えたことを知った氏邦らは、追撃を諦め、上野制圧に切り替えた。倉賀野城に入った氏邦は、上総、下総の諸将に参陣を命じるとともに、数日間かけて、上野の諸将に本領安堵の書を乱発した。

加えてすでに信濃侵攻も考えていたので、六月二十二日、信濃の伴野信番に佐久郡の内《うち》山郷《やまごう》など六ヵ所の郷村を氏照、氏邦両者が名を列ねて安堵の書を出した。

同じ日、群馬郡白井城主の長尾憲景は三男の鳥坊丸《うぼうまる》（のちの政景《まさかげ》――景広《かげひろ》）を人質として小田原に差し出している。

氏直の母は武田信玄の娘・黄梅院《おうばいいん》である。信玄は氏直にとって祖父にあたる。甲斐、信濃は信玄の領地であったので、孫の自分が支配するのが筋目だというのが北条家の大義名分である。ゆえに着々と信濃進出への準備を進めていた。

二十五日、氏邦は家臣の齋藤定盛《さいとうさだもり》から諏訪の国人・千野《ちの》昌房《まさふさ》に書を出させ、信濃に兵を送るので、早く北条家に忠誠を尽くすように勧めた。

さらに、信濃へ進撃するには兵站《へいたん》を整える必要があるので、二十九日、氏邦は松井田城への途中にある安中城の安中七郎三郎に伝馬を確保するように命じた。

一益から人質が返されたせいもあり、氏邦らの誘降に従い、上野衆は次々に北条家に服属していった。ただ、一益が退いたあとも、厩橋城に戻った北條高廣は小田原の北条家に従うことに難色を示していた。

また、信濃をも制圧しようという北条家にとって、小県郡、佐久郡と上野の吾妻郡、利根郡に勢力を持つ真田昌幸を懐柔《かいじゅう》できるかは、大きな鍵であった。

滝川一益や森長可が退き、河尻秀隆が抹殺され、織田家が消えた上野、信濃、甲斐では北条、徳川、上杉が三つ巴となり、その中で真田が弾けて争乱を引き起こすことになる。

一益の帰国は東国における新たな三国志のはじまりであった。

第二十八章　甲信合戦

一

高地なので、幾分、平地よりも風が涼しく心地いいが、街道の難所ということもあり、玉のような汗がしたたり落ちる。峠の進軍はいつも辛いものだ。

七月三日、離山《はなれ》（標高約一千二百五十六メートル）を下る山風に「地黄八幡」の旗を靡かせ、玉縄北条家の氏勝を先頭にした北条軍は意気揚々と上野・信濃国境の碓氷《うすい》峠を越えた。相模、武蔵衆の二万、新たに上野衆の九千、上総、下総衆の六千が加わり、合計三万五千の軍勢である。

すぐさま信濃の佐久郡には、北条軍が大軍で押し寄せたという報せが流れた。

この時、佐久の要所・小諸城には徳川方の依田信蕃《よだのぶしげ》が入っていた。

依田信蕃は武田滅亡時に織田家に降ったが許されず徳川家康を頼っていた。本能寺の変後、家康の命令で帰国し、六月二十日、滝川一益から城を預けられていたが、北条の大軍が接近するという報告を受けると、慌てて城を捨てて逃亡した。信蕃は七月十二日、小諸城から三里半（約十四キロ）ほど南西に位置する三沢《みさわ》の春日《かすが》城に逃れている。

氏直らは蛇の空となった小諸城に入城した。

信濃に侵攻しながらも、氏邦、氏照は引き続き、上野でまだ北条家に従わぬ者たちへの投降や、信濃の諸将に対して誘降を呼び掛けていた。また、寺社への本領安堵、乱暴狼藉禁止の書を発布していた。

従属を求めるだけではなく、七日には先陣を信濃の中ほどに近い諏訪《すわ》まで進ませた。すると、高島《たかしま》城の諏方頼忠《よりただ》が北条家に従うことを申し出てきた。

報せを聞いた氏照と氏邦は頼忠家臣の樋口《ひぐち》木工左衛門尉《もくざえもんのじょう》に小坂《おさか》郷、塩尻《しおじり》の地を与えた。

こうして着々と信濃制圧は進んでいたが、いいことばかりではなかった。

七月八日、武蔵の岩付城で太田源五郎が病のために死去した。源五郎は嘗て越相同盟を結ぶ際に上杉家への質として最初に名のあがった国増丸で、まだ二十歳前の若者である。

昼間の晴天とは裏腹に、源五郎が死去した途端に夕立ちがあった。樽をひっくり返したような大雨は、まるで氏政の悲しみを象徴しているように、夜遅くまで降り続いた。

小諸城に報せが届けられたのは後日のこと。諸将は信濃制覇に没頭していた。

翌九日、砥石《といし》城の真田《さなだ》昌幸《まさゆき》に服属の説得に行っていた上野武士の日置《ひおき》五左衛門尉が、雨の中、小諸城に戻った。

氏直を首座に、一段下がった左右には氏照、氏邦が座し、重臣たちが顔を揃えている。

「いかがであったか」

当主の氏直にかわり、氏照が尋ねた。

「はい。世の流れで一時は滝川に従うことになりましたが、こののちは、お屋形様の仰せを有り難くお受けし、馬前に『六連銭』の旗を掲げると真田安房守は申しておりました」

「左様か」

氏照は訝しげな目を向けて言う。氏邦も同じであった。

（あの真田が、そう簡単に従うであろうか。何か画策しておるのでは？）

氏邦を嘲笑うかのように同じ受領名の安房守を名乗る真田昌幸。信濃や、上野の吾妻郡を手に入れ、先に藤田信吉を調略して沼田城を無血開城させた手腕は見事である。

また、穴山梅雪斎ら一族の重臣たちが主君を裏切って武田家が崩壊する中、勝頼を上野吾妻郡の岩櫃《いわびつ》城に迎え入れて天下の織田信長を向こうに廻して戦おうとした気概はなみなみならぬものがある。だが、その裏では同時に北条家に従属を誓う書をもよこしておきながら、勝頼が討たれると、恥も外聞もなく信長の足下に跪く変わり身の早さと、自尊心を捨てられる節操のなさ。さらに、大軍が押し迫るや否や今度は北条家に臣下の礼を執るという豹変《ひょうへん》ぶり。生き残るためには何でもするという小国の強みとも取れるが、どうも信用できる人物ではない。

真田の許には北条家をはじめ、上杉家、徳川家も使者を送り勧誘していた。昌幸とすれば、一番いい条件を出したところに従うつもりに違いない。

疑念に満ちた目で日置五左衛門尉を見て、今度は氏邦が問う。

「恭順の意を示すということは、我らから奪いし沼田城は返すのであろうな」

沼田城は以前、倉内城とも呼ばれていたが、天正八年（一五八〇）、真田昌幸が城を落としてから、倉内城は沼田城、または霞《かすみ》城と呼ばれる方が多くなった。

昌幸は滝川一益が上野に侵攻したので一度は譲り渡したが、神流川合戦で敗走したことを知ると、即座に沼田城に兵を入れて固めていた。

「城は我らで十分に守れますので、ご心配には及びませぬと安房守は申しておりました」

敵対しないから、全て認めろという強気はどこから来るのであろうか。上杉か徳川の使者でも砥石城に入っているのかもしれない。

「城は渡せぬと申すか」

氏照は険しい顔で問う。

「上杉弾正少弼殿は認められたと申しておりました」

やはりと氏邦は納得した。

「氏照様、城一つで事が収まるならば安いものかと存じます」

松田憲秀は、あとから、取り上げることは可能だと言う顔だ。

「左様じゃ。されど日置、質を出すことは譲れぬぞ」

「はい、質の件は、某も伝え、安房守は差し出すことを承知しておりました。ただ、安房守の息子ではなく、家臣の息子をお送りするとのことにございます」

「なに、家臣の息子とな」

氏照は眉間に皺を寄せて憤る。昌幸は北条家の足下を完全に見透かしていた。

真田が上杉に付けば、これを無視して信濃の奥深く、さらに甲斐へは進めない。また、沼田が敵ということになるので、もう一度、上野の制圧からしなければならない。とても、そんな後戻りのような真似はしていられなかった。

「氏照様、質にはかわりはございませぬ。家臣の息子とて、これを無下に致せば真田の名は地に落ち、臣下は従いませぬ。ここは実を取るがよかろうかと存じます」

憲秀はあくまでも信濃制圧を優先する。氏邦もその意見には賛成だが懸念もあった。

「真田は上杉と北条家を公然と天秤にかける漢。また、真田は信玄の秘蔵っ子とも呼ばれていたとか。名が汚れることなど、何とも思わぬのではないか」

「されば、氏邦様はいかにされるがいいと申されますか」

「長男とは申さぬが、せめて次男を預かるが筋。いかがです兄上」

真田昌幸は甘い漢ではないであろうと、氏邦は氏照に同意を求めた。

「そちの申すことは尤もじゃ。されど、今は急を要する。尾張入道（憲秀）が申すとおり、小兎《こうさぎ》にかまけて大きな猪を逃してはならぬ。家臣の息子でよかろう」

「真田は小兎どころか悪知恵の働く狐《きつね》にござる。今に騙されまするぞ」

「何の、たかだが五、六万石の国人。兵が集まったとて一千五百がいいところ。その気になれば、いつでも潰せるではないか。左様に心配することもなかろう」

「兄上がそうまで申すのならば異存はございませぬ」

豪気さは昔と変わらぬ氏照だが、版図拡大の好機とあって、少し焦っているように見えた。だが、ここまで強く言われては異論を唱えることはできなかった。

同日、真田昌幸説得の褒美として、氏照と氏邦は連名で、日置五左衛門尉に上野群馬郡の小鳥《ことり》郷の地を与えた。

十二日、北条軍の本隊は小県《ちいさがた》郡の海野《うんの》に陣を進めた。すると、真田昌幸をはじめ、海津城の城将・春日昌元《かすがまさもと》（信達《のぶたつ》とも）ら信濃衆十三人が出仕した。

「お初にお目にかかります。こたび麾下に加えて戴きました真田安房守昌幸にございます。信濃二郡ならびに上野二郡を安堵して戴き改めてお礼申し上げます」

氏直や氏照、氏邦をはじめ、北条家の重臣たちを前にして、まったく臆したところのない真田昌幸。先年、沼田城を奪い取ったことなど、何とも思っていないかのようである。小柄で額の皺が深く、実際は三十六歳ながら年齢よりも老けて見える。だが、窪《くぼ》んだ目の奥からはただならぬ輝きを放っていた。

このたびは国人が麾下に参じるとあって、氏直がじかに声をかけた。

「ほう、そちが我が祖父・信玄にして、我が両眼のごとき者と言わしめた真田安房守か」

「亡き信玄公は人使いの上手な方でござった。某は煽《おだ》てに乗っただけでござる」

「謙遜せずともよい。確か八幡原《はちまんばら》の戦い（第四回目の川中島合戦）では、謙信坊主が単身本陣に突き入り、祖父に斬りつけた際、他の近習たちが逃げ惑う中、そちは祖父の背後を一歩も動かなかったと聞いておるぞ」

「いや、左様なことは……驚きのあまり、身が固まって動けなかっただけにござる」

性根を見ようと氏直が持ち上げるが、昌幸は簡単には乗らなかった。

「八幡原と申せば、海津城の春日弾正《だんじょう》を我が傘下に誘ったのもそちよな」

氏直が言うや、氏邦たちの目が昌幸の隣にいる春日昌元に移された。

春日昌元は、嘗て信玄から「愛の誓詞」を受けたことがある春日虎綱《とらつな》の次男である。天正六年（一五七八）五月に虎綱が病死したのち、海津城将を引き継ぎ、父同様に弾正忠を名乗っていた。

森長可が海津城に入城すると昌元はこれに降り、近くの城に退いた。すると、本能寺の変が起き、織田勢が帰国したので、空いた城に入っていた。だが城を取り戻せてよかったと安堵する間もなく、今度は上杉家が信濃に侵攻してきたので、仕方なくこれに従った。

景勝の下では城代に格下げになり、不満に思っていたところを昌幸に誘われ、北条家に鞍替えする意思を固めたという経緯である。

「春日弾正忠虎綱が次男・昌元でござる」

信玄の寵童《ちょうどう》であった虎綱の息子だけに、目鼻だちは整っているが、潰れた家の重臣であったことを誇るなど、さしたる器量はないと氏邦は眺めていた。

「なにゆえ北条家に従う気になったか。すでに海津城には上杉家が入っていると聞くぞ」

「上杉は未だ国内定まらず、国外に出陣できる兵は五千がいいところ。対して、貴家は早雲公以来、国に騒動なく着実に版図を広げられた家柄。ゆえにと貴家を選び申した」

「左様か。されどそちは、上杉が千曲川を渡った時、『毘』の旗に頭を垂れたはず。それを口上どおりに受け取る訳にはいかぬ。乱世に生きる者ならば判りおろうな」

そう言って氏直はちらりと昌幸を見た。

「上杉への先陣、我ら信濃衆が旗を立てましょう。されば事始めとして、弾正忠は何喰わぬ顔で城に戻り、城門を開く手筈にございます」

昌幸は淡々とした口調で説明をした。

「ほう、我らを引き入れると申すか。叔父御、いかに思われるか」

氏直は周囲を見渡し、氏照や氏邦をはじめ、重臣たちに意見を求めた。

「面白い、この際、上杉を叩く絶好の機会。鮫ヶ尾城の恨みもあれば、八幡原にて雌雄を決してやろうぞ。まあ、彼奴らにその気があればの話だがの」

氏照はあいかわらず覇気に満ちている。一方の氏邦は危惧する。

「万が一、事が露顕《ろけん》し、弾正忠が城内で捕われた時はいかがいたすつもりか」

氏邦は昌幸に厳しい目を向けて問う。景虎の仇を討ちたいが、上杉家には義弟の藤田信吉が在陣しているかもしれない。できれば干戈を交えたくはなかった。

「表立とうが立つまいが、いずれにしても貴家にとって、上杉は戦わねばならぬ相手かと存じます。それともこのまま『毘』の旗の南下を見過ごすつもりでござるか」

嗤笑《ししょう》するような口ぶりで昌幸は答えた。

「誰が左様なことをさせるか。南に進む前に北の敵を追い払ってくれようぞ」

氏邦が答える前に氏直が口を開いた。

北進に疑問を持つ氏邦は、すかさず氏照に目を移すと、成りゆき上、仕方がないといった顔をしていた。氏直に賛同するようである。

新参者である昌幸の前で当主が決断したことを覆すわけにはいかない。氏邦は異論を唱えるのを止めにした。

かくして北条軍は北に兵を進めることになり、一足先に春日昌元は海津城に帰城した。

翌十三日の未明、北条軍は川中島方面に向けて小諸城を出立した。

先鋒は真田昌幸、室賀《むろが》信俊《のぶとし》、小泉重成《こいずみしげなり》、禰津《ねづ》昌綱《まさつな》などの嘗ては滋野《しげの》一族と言われた面々である。降った信濃衆を加えた北条軍は三万八千にも達した。

前日の十二日、依田信蕃を助けるために、家康の命令を得た柴田《しばた》康忠《やすただ》が三沢《みさわ》に到着した。その後、信蕃の案内で北条方に靡いた佐久の前山《まえやま》城を攻めて城主の伴野《ともの》貞慶《さだよし》を降伏させた。これを氏邦らが知るのは後日のこと。

北条軍が北進している間、南から徳川家康も甲斐、信濃を掌握しようと動いていた。

二

千曲《ちくま》川南の川筋に建つ海津城は、東、西、南の三方を山に囲まれ、北を流れる千曲川、関屋《せきや》川、神田《かんだ》川を外堀とする天然の要害である。『甲陽軍鑑《こうようぐんかん》』によれば、武田信玄が上杉謙信からの防備と北進の最前線基地とし、また、豊かな穀倉《こくそう》地帯を掌中にするため、天文二十二年（一五五三）、山本勘助《やまもとかんすけ》に築かせたという名城だ。

本能寺の変が起こり、高井《たかい》・水内《みのち》・更級《さらしな》・埴科《はにしな》の北信濃四郡を与えられた森長可が美濃に逃げ帰ったあと、城には城将の春日昌元、二ノ丸城将の小幡光盛《おばたみつもり》（昌忠《まさただ》とも）らが戻ったが、上杉勢が千曲川を渡河したので、後ろ楯のない春日らは『毘』旗に降った。

信長の死で九死に一生を得た上杉景勝は海津城に入城していた。

去る六月七日、明智光秀の使者が越中の松倉城を訪れ、城将の須田満親《すだみつちか》に本能寺の変を告げた。すぐに報せは越後の春日山城に届けられ、景勝は魚津城で行われた騙し討ちの仇を討つべく、即座に越中へ出馬することを諸将に告げたが、越中の富山城には佐々成政《さっさなりまさ》が籠り、上杉家の報復に備えていた。

仇討ちは重要だが、城攻めは多くの日にちを費やさねばならない。越後を二分した御館の乱と織田軍の侵攻で領地は荒れ、兵が疲弊した上杉家にとって義や意地だけでは生きてゆけない。一方で目と鼻の先には森長可が退いて草狩り場となった川中島一帯がある。同地は信玄に追われた北信濃衆の旧領で、謙信は助けを求められて五度も戦った地である。景勝には須田満親や岩井信能《いわいのぶよし》、芋川親正《いもがわちかまさ》など何人もの北信濃衆が仕えているので、この地を取り戻すのに不義はない。また、景勝の正室・菊姫は信玄の娘である。義父の国を娘婿が統治する。上杉家が大事とする一応の筋目、大義名分は通っているはずだ。ゆえに六月下旬、景勝は越中武士からの援軍要請を見送り、北信濃へ兵を進めた。

六月二十七日には千曲川と犀《さい》川の合流地点から一里半ほど北に遡った西に位置する信濃の長沼《ながぬま》城に入城して川中島周辺の支配にとりかかった。

武田家は滅亡し、信濃には大きな大名は存在しない。国人、豪族衆が失った領地を確保し、また、僅かながら版図を広げようと奔走している状態であった。そこに五千という纏まった兵を率いて上杉景勝が侵入してきたので信州武士たちは慌てた。

景勝が氏直らと同様、積極的に信濃衆に帰属を呼び掛けると、清水三河守《しみずみかわのかみ》、栗田国時《くりたくにとき》、春日狩野介《かすがかのうすけ》、市川信房《いちかわのぶふさ》など北信濃四郡の国人衆だけではなく、安曇《あずみ》郡、筑摩《つかま》郡に在する土豪たちも上杉家に属することになった。景勝は本領を安堵した。さらに景勝は小笠原長時《おがさわらながとき》の弟・貞種《さだたね》を支援して信濃府中の深志《ふかし》城に配置した。

七月三日、景勝は村山慶綱《むらやまよしつな》を海津城将に定め、五日には齋藤朝信《さいとうとものぶ》、市川秀綱《いちかわひでつな》、水原満家《すいばらみついえ》、新津勝資《にいつかつすけ》、安田能元《やすだよしもと》らに慶綱の補佐を命じた。

その後も傘下に入りたいと申し出てくる国人はあとを絶たぬ矢先の十二日、上杉家の若き宰相・直江兼続の許を、海津城城代の小幡光盛が訪れた。

「申し上げます。某と共に城代のお役目を預かる春日弾正、返り忠の気配これあり」

「返り忠？　今少し詳しく申されよ」

若き家宰《かさい》の直江兼続は筆を置き、涼しげな目を小幡光盛に向けた。

「先まで、城を空けていたは小諸に陣する北条家の者と会っていた様子」

「領内の見廻りではなかったと申されるか」

「左様でござる。今も三ノ丸で何やら配下の者が走っております」

「よう報せてくだされた。されど、このこと、他言無用にお願い致す」

「されば、これにて」

小幡光盛は会釈をすると部屋を出た。

因みに翌年、直江兼続が山城守の官途《かんと》を名乗ると、筆頭家老と同じ官途では恐れ多いと光盛は下野守を名乗りだす。なかなか抜け目ない男であった。

報せを受けた直江兼続は、さっそく三ノ丸に兵を向けて春日昌元を捕らえさせた。


翌十三日、春日昌元が捕獲されていることを知らぬ北条家は海津城に迫った。

刺すような日差しが照りつける中、北条軍の本隊およそ一万の兵は海津城から一里（約四キロ）ほど南西に位置する雨宮《あめのみや》の渡しから、千曲川を徒渉した。真夏なので徒の者には足下が冷たくて心地いいであろうが、騎乗の氏邦らには、川面《かわも》に陽が反射して顔を熱くするので喜ばしいことではなかった。目を細めながら、氏邦らは徒渉地から一里半（約六キロ）ほど北東の八幡原の辺りに布陣した。

「嘗て信玄が本陣を布いた地に、我らが陣取ることになろうとは、妙なものですな」

氏邦が感慨深く言うと、氏照も追従する。

「海津城から移陣した信玄に、啄木鳥《きつつき》戦法を見破った謙信が妻女山《さいじょさん》を下って突撃した地か。上杉の跡継が海津城に籠っておるは、時の流れとはいえ、因果なものよな」

二人は言葉を交わしながら、海津城に目をやっていた。

北条一族以外の兵は遠巻きに城を囲む。海津城は堅固なので、北条軍の三万八千で攻めかかっても、簡単に落とせるものではない。当主の氏直もそのことは理解しているので、無駄な総攻めはさせない。攻撃命令は春日昌元が中から城門を開く時である。

ところが、城に籠る上杉方も北条勢の到着に気がつくと、八幡原からでも見えるように磔台が建てられた。台には血に塗れた白装束を纏う男が掛けられていた。

「誰じゃ？」

北条本陣では、皆が怪訝そうな目を向ける。さすがに顔までの判断はつかなかった。

「よもや」

裏切りを画策したことが露顕したのではないか。氏邦が思案していると物見が戻った。

「申し上げます。磔にされておるは、城代の春日弾正殿にございます」

案の定、物見が氏直らに告げた。

「ちっ、事破りしたか」

氏直が舌打ちした時、磔台は火にかけられた。紅蓮《ぐれん》の炎は足下から這い上り、やがて衣に燃え移った。昌元がもがき苦しむと、目の前に鋭利な長柄が二本交差され、陽に輝く鉾先は肉体を貫き、宙を血飛沫が朱に染めた。

どこの家も裏切り者には厳しい処罰をする。先代の謙信は、北條高廣や佐野昌綱など何度か背信した者を許していたが、跡を継いだ景勝は果断である。それだけ余裕がないという表れでもあった。

「やはりの……」。

哀れに思うが、昨日の態度からある程度予想できたことであり、他人事と冷めた目で見てもいられない。川中島まで軍勢を進めて、何もしないで兵を退けば、今後の信濃制圧に支障をきたしかねない。海津城は無理としても、周囲の小城を落とすか、新たな降人《こうにん》を作る必要があった。

「真田をこれに」

危惧していると、氏直が家臣に命じた。ほどなくして真田昌幸が本陣に姿を見せた。

「お呼びでござるか」

海津城の攻略に失敗したなど何とも思っていないようである。

「春日弾正が斬られた」

「存じております。敵に悟られるようでは、いやはや使えぬ者にございましたな」

「そちの策に乗ってここまで来た。手ぶらでは帰れぬ。いかに尻拭いするつもりじゃ」

「左様なことを某に申されても困ります。ご思案は北条様らがなさるべきこと」

「されば、海津城への先陣、そちが駆けよ。己の失態は己で償うが筋じゃ」

氏直は厳しい口調で命じた。

「お断り致す」

昌幸は勧められた茶でも遠慮するかのような口ぶりで拒絶した。

「なに！　その方、上杉への先陣を致すと申したは偽りか！」

「偽りではござらぬ。春日弾正が城門を開けば、我が真田は真っ先に突き入るはずでござった。されど、それが叶わなくなった今、ただ滅びるための総攻めなどできませぬ」

「おのれ、上杉を攻めるが嫌なれば、この場で儂が叩き斬ってくれようぞ」

氏直は床几から立ち上がり、腰に下がる太刀の柄に手をかけた。

「某を斬れば、北条家に従いし信濃の国人、皆一斉に北条家を離れましょうぞ。しかも上杉は目前。敵地で背信されたうえに、上杉の精鋭を受ければ北条勢は滝川の二の舞い。いや、上野衆とて、いかなる態度に出るや判らぬはず。まずは落ち着きなされ」

憤りで体を震わせる氏直を昌幸は子供扱いしていた。

それがさらに氏直の怒りを煽っていた。ここは止めねばと氏邦は宥《なだ》めにかかった。

「お屋形様、まずは床几に腰を下ろされませ。真田を斬ったとて城が落ちる訳でもなし。まずはこののち、いかがするかを決めねばなりませぬ」

憤懣やるかたないといった氏直は、歯が軋《きし》むほど口許を歪ませて床几に着いた。

「見てのとおり、海津城は堅城《けんじょう》。簡単に陥《おとし》れることはできませぬ。北に兵を進めたは春日弾正が城門を開くことが前提ですが、それが叶わなくなった今、この地に留まるは無駄な日にちを過ごすだけ。上杉麾下の城を二、三落として南に向かうがよいと存ずる」

氏邦は退くことを主張した。素早い修正が傷口を広げぬ策である。

「叔父御の意見とは申せ、従えぬ。また、海津に籠りし上杉は武の家と聞いておれば、必ず城門を開いて打って出てくるはず。されば、その時を狙って叩くのじゃ」

憤恚《ふんい》が強攻策を力説させている。誰もが下策だという顔で氏直を見た。

「お屋形様、上杉が城門を開く時は勝機を確信した時。また、上杉の戦は全兵矢玉となってお屋形様だけの首を狙いに攻めてきます。ここは氏邦様の申されるとおり、周囲の城を落として中信濃に向かうがよかろうかと存じます」

珍しく松田憲秀は氏邦と意見が合った。

「ならば、北条家も全兵矢玉となって敵と戦うのじゃ。儂は誰が何と申しても退かぬぞ」

氏直は断固として重臣の忠言を拒んだ。

氏邦は氏照から宥めてもらおうと兄を見た。すると氏照は少し熱を冷まさせてからでも遅くないとでも言わんばかりの顔をしていた。そして昌幸に向かう。

「真田、今すぐ家臣に命じて質を連れて来させよ。判りおろうな」

氏照は否とは言わせぬ口調で命じた。

「承知致しました。されば」

昌幸は陣幕の外にいる家臣を呼び、真田の陣に走らせた。連れて来られた人質は昌幸の叔父である矢沢頼綱の息子と、家臣の大熊重利《おおくましげとし》の息子であった。

人質を取った氏直らは八幡原に兵を残し、その地から半里ほど北にある大塚《おおつか》砦を本陣とした。結局、海津城の上杉勢と対峙するはめになってしまった。

小諸城では昌幸の口車に乗って会話を進めた結果、川中島に兵を進めることになってしまった。呼び水をかけたような気がして、氏邦は罪の意識を感じていた。そんな時、前山城の伴野貞慶が、柴田康忠と依田信蕃に攻められて降伏したことが報された。

氏邦はすぐさま氏照と目を合わせた。

「かような地に兵を進めさせたは、某の失態。それゆえ殿軍《しんがり》を承《うけたまわ》りますれば、なにとぞ早う戻ることをお屋形様に勧めてくだされ」

「そちのせいではない。お屋形様が決めたこと。誰も止めなかったのだ。みな同罪よ」

「されど、このままでは、ただで徳川に領地を与えるようなもの。兄上とて、まともに上杉と戦うつもりはないはず。留まるは意味のないことかと存じますが」

「滝川を敗走させ、よき形で信濃に攻め入ったのじゃ。今すぐ引き返せば、お屋形様に失敗したという意識を植え付けるやもしれぬ。二、三日様子を見て、小城を落とし、そのうえで南に向かうと致そう。新たな当主を育てるも我らの仕事じゃ」

度量の大きなことを言うが、内心では早く兵を退くことがいいと思っているはず。弟や甥の氏直を気づかう氏照に、氏邦はただ頭が下がるばかりだ。

その後、氏照と氏邦は高島城主の諏方頼忠と、その家臣・千野昌房に所領支配を任せる書を送った。また、高見沢但馬守《たかみざわたんばのかみ》らの信濃衆が忠節を誓ったので、氏照と氏邦は甲斐の巨《こ》摩《ま》郡の穴山《あなやま》の地を与えた。

十五日には上野吾妻郡・中山城主の赤見山城守《あかみやましろのかみ》が帰属したので氏邦は知行を認めている。とりあえず、八幡原で足留めされているが、北条家の傘下は増えていた。

何もなければいいと願っていたが、そう都合よくはいかなかった。

十六日、朝から灼熱の日差しが大地を照りつけ、八幡原に陣を布く兵たちは午前中から茹だっていた。何もしなくとも陽は肌を焦がし、噴いた汗が潮となる。木陰を探すが、そのようなものはない。ただ、目の前には千曲川が流れている。北条勢の一部は具足を脱ぎ捨て、水浴びをしていた。

そんな弛緩した敵の様を上杉勢が見逃すはずがない。一斉に城門を押し開いて千曲川に雪崩れ込むと、油断していた北条勢に攻めかかり、さんざんに打ち破った。

そこに北条勢の援軍が現れた時には、潮が引くように退いていった。

「このままでは兵が疲弊するだけでござる」

氏邦をはじめ他の重臣たちも退くことを主張した。これには氏直も従わざるをえなかった。結局十九日、北条勢は海津城の囲みを解いて南に向かって退いていった。

この撤退を上杉勢は嘲笑《ちょうしょう》し、こんな狂歌を読んだ。

「氏名《うじな》をも、流しにけりな、筑摩川、瀬よりも早く、落ちる北条」

氏直は川の流れよりも早く逃げ、家名を落とし、名も一緒に流してしまった。

「浮名をも、流して恥を、さらしなの、月かげかつの、色にまされる」

景勝に負けた氏直は更級《さらしな》郡（川中島）で恥を晒した。

「臆病の、氏名をながす、あほうでう、逃て其の身の、品の悪さよ」

臆病な氏直は名を落とす阿呆《あほう》で、信濃から品悪く逃げていった。

何もせずに退いた北条家を見限り、七月二十七日には日名常陸介《ひなひたちのすけ》、中牧平十郎《なかまきへいじゅうろう》ら十八名が景勝に従属することになった。その後も上杉家は北信濃の地盤を固めていった。

やはり川中島に留まったことは失策であったが、後戻りをしている暇はない。北条軍は気持を切り替えて南に兵を進めた。

三

本能寺の変ののち、難関の伊賀越えをして帰国した徳川家康は同盟者の仇討ちの名目で上洛し、天下を手に入れようと軍勢を都に進めた。と同時に甲斐、信濃を掌中に収めるつもりで一揆勢を組織して甲斐の国主になった河尻秀隆を殺害させた。

だが、六月十九日、尾張の鳴海《なるみ》に達した時、羽柴秀吉が惟任光秀を討ったことを知り、甲信両国を制圧することに力を注ぐことにした。

先兵を出陣させたのち、家康は七月九日、古府中に着陣し、これまで同様に帰属を申し出る者は本領を安堵して麾下に組み入れ、逆らう者は討ち果たした。

家康は古府中で甲斐を固めている間、信濃へは重臣の酒井忠次《さかいただつぐ》を向かわせた。

諏訪の乙骨《おっこつ》（乙事《おっこと》）に陣を張った酒井忠次は北条家についた諏方頼忠をはじめ、信濃衆に従属するよう呼び掛けた。これに飯島重綱《いいじましげつな》、片桐昌為《かたぎりまさため》、大島長利《おおしまながとし》ら伊那の諸将に続き、小笠原貞慶《おがさわらさだよし》、同信嶺《のぶみね》、禰津信光《ねづのぶみつ》、下条頼安《しもじょうよりやす》、米倉忠継《よねくらただつぐ》、折井次昌《おりいつぐまさ》、依田信守《よだのぶもり》など名のある甲斐、信濃の部将が二十日までに徳川家の麾下に加わった。だがその中で、北条家から所領支配を許されている頼忠は依然として拒んでいた。

二十二日、再三の説得に応じない諏方頼忠に、酒井忠次は堪忍袋の緒を切らした。小笠原信嶺らと共に三千の兵で高島城を攻撃するが、攻略できず、睨み合いとなった。


一旦、小諸城に戻った北条軍は真田昌幸ら信濃衆に命じて、小県郡、佐久郡で上杉方や徳川方に降っていた者たちを説得させ、あるいは攻めさせていた。

自領に戻ってからの真田勢はよく働いた。家臣の子とはいえ人質を取られているので当たり前と言えば当たり前である。

これにより氏照は二十六日、人質を出した矢沢頼綱、大熊重利に川中島にある一千貫文の地を与えた。いわゆる空手形で、敵から切り取れということである。

一方、上杉勢の版図拡大は一頃の勢いはなくなった。さすがに信濃一国というところまでは無理だと判断したのだろう。景勝としても揚北《あがきた》（阿賀《あが》川の北）の新発田《しばた》重家《しげいえ》を降さなければ国内が安定せず、早く帰国して討伐したいためだった。

上杉家の様子を窺いながら北条家は得意の長い評定をしている時に、高島城が徳川勢に囲まれていることを知った。

「上杉の本軍が退けば、いつでも海津は落とせよう。それよりも、高島城を失えば、中信濃の拠点を失うことになる。断固、南に兵を向けるべきじゃ」

氏邦は南下策を主張した。

「諏訪に陣する徳川勢は僅か三千ほどとのこと。されば、天険の高島城が落ちることもなし。まずは北を押さえ、兵を集めて南に向かうがよかろうかと存ずる」

松田憲秀は氏邦の意見に対立した。

「上杉が帰路に就くまでの間に、我らが助ける気がないと思い、諏方が開城した時はいかがするのだ。我らに降った者たちは挙《こぞ》って離反しようぞ」

「いかがも何も、万が一、景勝と家康が手を結びし時、我らは挟み撃ちにござる。上杉、徳川ともに野戦に強き兵にござる。甲斐一国ならびに信濃半国を得た徳川は少なく見ても一万の兵を得たはず。されば、本国の軍勢と合わせて、二万五千を超えましょう。海津城の上杉を加えれば、我らの軍勢を上廻ること間違いなし」

「まさか。織田に散々叩かれた上杉ぞ。盟約を結びし徳川と手を取るなどありえぬ」

「これはしたり。川中島で五度も戦うた上杉と武田が、盟約を結んで我らに敵対したこと、よもやお忘れか。乱世に、まさかはない。亡き大聖寺様のお言葉にございます」

「上杉と武田か」

鋭い指摘が氏邦の胸を貫いた。御館の乱の苦い思いが脳裏を過り、言葉を詰まらせた。

「滝山の叔父御はいかが思われるか」

静まり返る小諸城の主殿で氏直は氏照に尋ねた。

「尾張入道（憲秀）が申すことは尤もなれど、氏邦が申すとおり、こたび動かねば北条家を見限る者が続出する恐れあり。某は諏訪へ向かうがよいと存ずる。敵が挟み撃ちにするならば、我らも挟み撃ちにするがよろしかろう。大御館様も納得されてござる」

「大御館様？　なんのことでござるか」

氏直は怪訝な目を氏照に向けた。

「小田原では氏規、氏忠が御坂《みさか》峠を越えて甲斐に兵を進める手筈ができてござる。また、氏邦の領地に残った秩父衆にも甲斐の山梨郡に、我が滝山衆にも甲斐の都留郡に雪崩れ込めという命令が出るはず。徳川の背後は氏規らが討ちましょう」

「左様なこと聞いてござらぬぞ」

氏直は不快げな顔を氏照に向けた。氏邦も初耳であった。

(兄上は少し変わられたか。それとも、儂らを信用できぬということか)

事の重要さは理解できるが、今まで氏邦にまで打ち明けないということはなかった。秩父の守りには黒沢繁信《くろさわしげのぶ》を残していた。

氏邦は戸惑いながら兄に目を向けていた。氏照は続ける。

「敵を騙《だま》すには、まず味方からと申す。そう怒られるな。これも北条のため」

とは言うが、子供扱いされた氏直の眉間に寄った皺は消えなかった。決まっているのならば、評議など無駄だと言わんばかりの顔である。また、未だ氏政が実権を握っていることを明言したようなものである。

気まずい雰囲気の中、氏照が再び口を開いた。

「左様なことゆえ、氏邦、そちは北ならびに東の押さえとしてこの小諸城に残れ」

「なんと！」

まさか留守居《るすい》役を命じられるとは思わなかった。

「氏邦、そちでなければ任せられぬ。判るな」

氏照は和を乱すな、その上で考えろと目で言う。

（儂が小諸に残る訳？　上野、真田か！）

瞬時に察した。上杉の南下はおそらく建て前。真意は降ったりとはいえ、隙を見せれば何をするか判らない真田昌幸を厳しく見張っておけということである。

「判りました。こたびは後詰に廻らせて戴きます」

氏邦は素直に受け入れた。これはこれで大事な役目であった。

「重畳。では」

と言って氏照は氏直に諏訪へ向かうよう指示を出せと催促する目を向けた。

「諏訪へ出陣じゃ」

氏直はやや不貞腐《ふてくさ》れながら命じた。

（この二人、つまらぬことで亀裂が入らねばよいが）

氏邦は妙な心配をしつつ、兄と甥を眺めていた。

この夏は三日に一度は雨が降っているような気がする。この日も朝から水滴が落ちている。まるで梅雨に戻ったようである。

八月朔日、冑《かぶと》の天辺《てっぺん》から爪先までじっとり濡らしながら、北条軍は高島城の諏方頼忠を助けるべく出陣した。酒井忠次らの退路を断つように諏訪に達する予定だ。

だが、忍びを数多《あまた》抱える徳川家はすぐにこの動きを摑み、高島城の囲みを解いて撤退をはじめた。三日、北条軍が梶ヶ原で馬を止めた時、すでに乙骨原まで退いていた。

北条軍も徳川勢が退却したことを知り、敵を追ってさらに南に向かった。

六日、乙骨原の近くに達し、氏直が山上久忠《やまがみただひさ》、大谷帯刀《おおたにたてわき》に細作《さいさく》をつけて偵察に出すと、山一つ隔てた南に酒井忠次らが在していた。騒然とする様子から退却の気配が窺える。二人はすぐに戻り、氏直に報告をした。

「左様か。皆の者、聞いてのとおりじゃ。追い討ちほど楽な戦はない。一気に敵を討ち取り、勢いを駆って甲斐に雪崩れ込もうぞ」

氏直は床几から立ち上がり、覇気に満ちた顔で下知を飛ばした。

「氏照様の申しようなれば、氏規様らが御坂峠を越え、また、秩父、滝山衆が甲斐に侵入するとのこと。されば、それらを待ってからでも遅くはないのではございませぬか」

松田憲秀に続き、遠山直景《とおやまなおかげ》が主張する。

「左様。乙骨原から甲斐国境までは一里半ほど。まずは敵の本陣を調べるが先決」

「まさしく、諏訪から退くならば、一日で国境を越えられるはず。退く速度が遅いのは、我らを引き付ける罠かもしれませぬ。今一度、細作を出して調べるべきかと存じます」

安藤良整《あんどうりようせい》も氏直の進撃論には反対した。

「たかだか三千の敵に、その方たち何を臆しておろうか。かような好機、二度とないやもしれぬ。今、出陣致せば、一刻のちには一掃できるのが判らぬか」

氏直は唾を飛ばして叱咤するが、憲秀はあくまでも反論する。

「畏れながら、目前にいる敵は三千でも、一里半先には戦上手の徳川家康がおります。しかも、信玄が鍛えた兵を一万近くも加えているとの噂。ここは慎重を期して調べることは、臆することでも腰が引けていることでもありませぬ」

「噂を信じ、寡勢の敵を目の前にして、攻めるを拒む者を臆病者以外に何と呼ぼうか。国境まで放った細作が戻る頃には、酒井らは甲斐に逃げ込んでしまうわ」

「さすれば、我らも甲斐信濃の国境に進めばよかろうと存じます。敵の陣が判らぬのに攻めかかるは大将の勇にはございませぬ。敵の兵数などを調べあげ、良き地を選んで陣を布く。戦の火蓋《ひぶた》が切られるのは背後の氏規様が仕掛けた時になりましょう」

うまく言い包《くる》めようとするが、直に戦いたくないとしか氏直には聞こえなかった。

「先ほどから黙っておられるが、叔父御も意見を申されよ」

老臣たちでは埒《らち》があかぬと氏直は氏照に同意を求めた。

「某も徳川は滝川とは違うと存ずる。負けることを承知で三方原では信玄に嚙みつき、また、あの織田信長とは終生、盟約を結びし間柄であった者。尾張入道が申すごとく、ここは焦らず、敵をよく調べて兵を進めるがよかろうかと存ずる」

「なんと!?」

いつも強気な氏照のこと、必ず進撃を主張すると思っていたが、憲秀の意見に賛成するとは思わなかった。見事に裏切られた気分であった。氏政にも匹敵する叔父に拒まれては追撃の命令を出すことはできない。氏直は苛立ちを堪えつつ重臣たちの言うとおり、細作を放って様子を見ることにした。

だが一刻としないうちに、物見の一人が戻ってきた。

「申し上げます。徳川勢、退いております」

「なに！　戯けが！」

氏直は跪《ひざまず》く物見に怒声を浴びせた。怒鳴られた者は理由が判らず身を竦《すく》めた。

徳川勢は氏直らの接近を知り、慌てて周囲を焼き払って出立したという。

「おのれ、逃すか。出陣じゃ！」

氏直は怒号するや否や玉縄北条家の氏勝に先陣を命じ、徳川勢を追撃させた。

北条軍の行動は徳川勢も充分に予期しており、殿軍の岡部《おかべ》正綱《まさつな》は立ち止まっては鉄砲を放ち、時には火矢を射て退いていった。

北条軍は北条氏勝を先頭に甲斐へ雪崩れ込み、新府から一里ほど北にある若神子《わかみこ》に迫った。乙骨原からは約七里（約二十八キロ）ほどの距離である。

勢いに乗って酒井忠次を討ち取ろうとしていたところ、家康の命令を受けた重臣の石川《いしかわ》数正《かずまさ》が五千の精鋭を引き連れて援軍に訪れたことを知った。

仕方なく氏直らは若神子に兵を止めた。忠次との距離は僅か二十三町（約二・五キロ）ほど。その間にも徳川勢の後詰は続々と集まっていた。

「すぐに出立しておれば、討ち取れたものを」

氏直ははためく『三葉葵《みつばあおい》』と『厭離穢土欣求浄土《おんりえどごんぐじょうど》』の旗を目にして愚痴を吐き捨てた。

さらに十日には家康も古府中から新府に移り、氏直と対峙することになった。北条軍三万五千に対して、徳川軍は二万。こののち八十日にも及ぶ睨み合いを続けることになる。ここでも対応の遅れが勝機を逃すことになってしまった。


一方、伊豆韮山《にらやま》城の城将・北条氏規は、氏忠、氏光らの異母弟たちともども、四千ほどの兵を率いて徳川勢の背後を突くべく甲斐に向かって出陣した。

三島、御殿場を通って籠坂《かごさか》峠を越え、山中湖の西を通り、吉田を通過して、河口湖の東を進み御坂《みさか》峠に達した。

八月五日、氏規は御坂山《みさかさん》（標高約一千五百九十六メートル）に陣を布き、十日、氏忠、氏光、内藤綱秀《ないとうつなひで》らに三千の兵を預けて西に進撃させた。

氏忠らは黒駒《くろこま》を越えて笛吹《ふえふき》川の側まで行き、さらに四里（約十六キロ）ほど西の市川《いちかわ》辺りまで兵を進めた。そこで敵と遭遇し、三十人ばかり討ち取ると、左右口《うばぐち》峠近くの向山《むこうやま》に陣取った。そこへ先に放った細作が戻ってきた。

「申し上げます。鳥居彦右衛門《とりいひこえもん》（元忠《もとただ》）、水野藤十郎《みずのとうじゅうろう》（勝成《かつなり》）、三宅惣右衛門《みやけそうえもん》（康貞《やすさだ》）らおよそ二千が、御坂口の方に向かっておりました」

報せを聞いた氏忠、氏光兄弟はすかさず互いの顔を見合わせた。

「まずは兄上がおられる御坂口を固めるが先決」

二人の意見は一致し、即座に左右口の陣を捨てて御坂口に兵を返した。

ところが十二日、氏規の陣する御坂山から一里ほど北の藤野木《とうのき》という地で、引き返す氏忠らの殿軍・内藤綱秀と鳥居、水野、三宅勢が衝突した。この辺りの鎌倉街道は、人であれば二人並ぶのが関の山で、騎馬では一騎ずつしか通行できぬ細い山道であった。

北条勢は背後から襲われた形になり、先頭の氏忠らは引き返すことができず、ただ、御坂山の本陣を目指して逃れていくばかりであった。

追撃戦のような展開に、内藤勢の一部は逃げきれぬと判断した。このまま後ろから討たれるよりは敵陣に切り込んで果てるが武士らしい。田中五郎左衛門《たなかごろうざえもん》、間宮康信《まみややすのぶ》、中野織部《なかのおりべ》ら七十余人は真一文字に徳川勢に突き入った。五郎左衛門らは鬼神のような戦いをするが、衆寡敵せず、全兵は枕を並べて討死した。

「これ、汝《なんじ》が武勇をもって取り得たる地なれば、永くこれを領すべし」

家康から褒められ、二十日、鳥居元忠は都留郡一円を賜った。そしてそののち谷村《やむら》城に入城し、氏照配下の滝山衆を甲斐から追い出しにかかった。

加えて同じ日、背後の脅威がなくなった家康は新府から古府中に戻り、遠く北条軍の後方を攪乱《かくらん》するために、下野の宇都宮国繁《うつのみやくにしげ》に書を送って遠交近攻を行い、また、北条家の傘下となった真田昌幸に、昌幸の弟・加津野《かづの》信昌《のぶまさ》（信尹《のぶただ》）や依田信蕃を向けて背信するよう誘ったり、木曾義昌に本領を安堵して味方につけたりしていた。

この日、呼び掛けに応じた八百二十人もの甲州武士が、家康に忠誠を誓う起請文を差し出している。

一方、氏政の命令を受けた黒沢繁信らの秩父衆は、武蔵甲斐境の雁坂《かりさか》峠を越えて甲斐の中牧《なかまき》に侵入したが、家康に降った曾根《そね》昌世《まさただ》らに撃退され、這々の体で秩父に逃げ帰った。

鳥居元忠が谷村城に入り、氏規も御坂山で孤立することになったので、帰国することを余儀無くされた。氏政、氏照らが身内にも黙してまで立てた挟撃策は脆くも失敗に終った。

四

御坂口ならびに中牧の敗戦、乙骨原の追撃失敗、そして若神子の対峙。氏邦が在する小諸城にも逐一報せが齎された。

（亡き大聖寺様の時より仕えていた者たちを纏めるのは難しかろうのお）

氏邦は若き氏直に同情した。いつの世でも跡継は重要な問題であり、悩みである。

今、氏直が対峙して奪い合っている甲斐は嘗て武田家の本拠で、信玄亡きあと、跡を継いだ勝頼が小言を口にする重臣たちを遠ざけた結果、滅亡の坂を転がり落ちた。

（新旧の調和を取るのも才覚の一つとすれば、形ばかり隠居した大御館様は、尽力なされたほうか。いや大聖寺〈氏康〉様が優れていたのであろう）

氏邦は氏政に普段は思ったことのない尊敬の念を抱いた。さらに氏康にも。

（されど、大御館様とて、いかほど家臣の心を摑んでいるかは疑わしいの。家臣たちはただ、寄り集まっていれば生き延びられると思っているだけではなかろうか）

焦って動かないことが、不思議と成功している稀な家だと氏邦は思う。

（北条の家は、突如、当主を討たれて家中が分裂を起こした織田家や、家督相続に失敗した結果消滅した武田家、家督相続争いによる衰退から崩壊寸前まで追いこまれた上杉家のように、存亡の危機に立たされたことがない。そのせいか、他家よりも判断、対応が遅い。結果として、いつも何もせずとも他家が勝手に倒れていってくれるので、ただ生き長らえてさえいれば、いずれ勝利が転がりこんで来ると安穏としてはいないか）

氏邦は自身、氏康や信玄のような器でないことを知っているだけに、小田原本家や氏照の政策を危惧した。

（人頼みは儂も同じか。これも血かの）

小諸城で一月近く留守居役に甘んじている氏邦は、己を卑下していた。

表向き佐久の地は静かで、さしたる動きはないが、裏では芦田《あしだ》城の依田信蕃が佐久、小県郡の北条家に降った者たちに家康への従属を働きかけていた。だがまだ支配の定まった地ではないので氏邦らはこれを摑むことはできなかった。

この間、口だけは従うとは言っても行動が伴わぬ小幡信真ら上野衆などに、従属を誓うよう氏邦も書を出して呼び掛けていた。

氏邦の予想どおり、八月初旬に上杉勢が帰国の途についたので、北条軍が南北から挟み撃ちにされる危険はなくなった。また、今のところ真田昌幸も大人しい。留守居役をしている氏邦は、諏訪神社の神長官《じんちょうかん》・守矢信眞《もりやのぶざね》に書を送り、北条氏直の静謐《せいひつ》の祈念を謝し、また徳川敗北の祈禱《きとう》などを頼んでいた。

八月二十七日、徳川勢との対峙の最中、氏直は若神子の東南およそ半里の大豆生田《まみょうだ》に広大な砦を築いて兵を入れた。徳川家に対して、僅かに前進を試みたのだ。

だが翌二十八日、これを知った家康は大須賀康高《おおすがやすたか》、榊原康政《さかきばらやすまさ》を先鋒として一万の兵を向けて攻撃させた。徳川勢の久世広宣《くぜひろのぶ》らが奮闘し、砦は逆に占領され、砦に籠っていた兵は氏直のいる若神子まで後退せざるをえなかった。

九月七日にも徳川勢は若神子から一里少々北の江草《えぐさ》砦を攻めてきた。この辺りは家康に従った小尾《おび》衆や津金《つがね》衆の根拠地である。在郷の津金胤久《たねひさ》らは遮二無二攻撃し、見事に砦を陥れた。

徳川勢が優位という報せが周囲に流れ、甲斐だけではなく、信濃の諏訪郡、伊那郡、筑摩郡の者たちが家康に呼応しはじめ、北条軍は日を追うごとに苦しくなってきた。

九月二十八日、真田昌幸が徳川家に属した。家康は同日付で本領の他に上野群馬郡の長野一跡《せき》、甲斐において二千貫文と信濃の諏訪郡を与える約束状を出している。いずれの地もまだ制圧してはいないので空約束ではあるが、破格の条件であった。乱世を生きる武士として昌幸が鞍替えするのも当然のことであった。

昌幸への帰属交渉は、弟の加津野信昌に、信濃衆の依田信蕃、曾根昌世のほか上野武士の日置五左衛門尉も加わっていた。

日置五左衛門尉には家康から遠江榛原《はいばら》郡の八幡島《やはたじま》などが与えられた。あるいは先に五左衛門尉が北条家の使者に立った時、すでに昌幸と五左衛門尉は家康との話がついており、氏直らの直接攻撃を受けぬために、従ったふりをしていたのかもしれない。

真田昌幸が北条家に背いたという報せは、信濃からではなく上野から届けられた。

上野の松井田城には真田家から人質として取った矢沢頼綱と大熊重利の息子を入れ、富永助盛に守らせていた。同城は九十九《つくも》川と碓氷《うすい》川に挟まれた天神《てんじん》山（標高約四百二十メートル）に築かれた自然の要害で、簡単に落ちる城ではなかった。

氏邦は国境を越えた小諸城におり、上野に真田の敵らしき敵はいない。また、北条の甲斐、信濃の兵は徳川家に対するために出陣しており、松井田城を守る兵は僅かであった。

それらを把握した上で、矢沢頼綱は雨の中、氏邦からの許しが出たと松井田城で人質となっている息子に面会し、形ばかりの会話をしたのち、夕刻前に城を出た。

頼綱は息子が置かれている曲輪、兵の位置などを忍衆を束ねる横谷幸重《よこやゆきしげ》に報せた。

夜になってもまだ雨は続いていた。笠などを冠《かぶ》らねば音消しにはちょうどいい。殆どの者が寝静まった頃、横谷幸重配下の忍衆が数名、松井田城に忍び込み、半刻と経たぬうちに、矢沢、大熊の人質を助け出した。

あとはそのまま信濃ではなく利根郡の沼田城に向かった。

雨が足跡を消し去っていた。

朝になり、寝耳に水で起こされた富永助盛は、すぐさま追手を差し向けたが、すでに後の祭で、どうにもならなかった。

助盛は直々、小諸城を訪れ、腹を切る覚悟で氏邦に報告をした。

「おのれ真田め！」

聞くと氏邦は立ち上がり、床に扇子を叩きつけた。怒りが後から後から湧きあがった。

「彼奴め、最初から北条家に従う気などなかったのだ。尤もらしい面で儂らの前に出て来て、奪い返すのを前提に質を出し、機会を狙っておったのだ」

従順なふりをして皺深い顔を下げ、腹の中では舌を出して北叟笑《ほくそえ》んでいたのだ。

「さればこそ、我らを川中島に連れていったのか！」

ようやく気がつき、氏邦は奥歯が軋むほど歯嚙みした。

(我らを北に進ませることにより、徳川勢を信濃へ誘い込むことができる。あれほど腹黒い漢が自ら先陣を口にするなど、今思えば可笑しきことだった)

昌幸の不可解な行動を漸く理解したが、時すでに遅し。人質は奪い返されてしまった。

(兄上が知ったら、烈火のごとく怒るであろう)

先に氏照が出した感状を見て昌幸は嘲笑していたに違いない。まるで己が虚仮《こけ》にされたようで腸が煮え繰り返りそうであった。

「定勝、出陣だ！」

氏邦は激怒にまかせて言い放った。

「お待ちください。まずはお屋形様に申しあげねばなりませぬ。また、周囲の者たちのことも調べる必要がございます」

「戯け！　これほどの屈辱を受けて、黙って本家の下知を待っておれようか」

「されど、真田は用意周到、十分に下工作をした上で返り忠を致したのでございます。おそらく我らが仕寄せるのを手ぐすね引いて待っているはず」

諏訪部定勝は必死に氏邦を宥《なだ》める。

「望むところよ。いつぞやの恨みも合わせて、真田が素っ首刎ねてくれん」

「それは、敵の罠にかかるだけ。小諸におる三千の兵では城攻めなどできませぬ」

「佐久、小県郡には我らに付いた国人衆たちが大勢いよう」

「この辺りで一番力のある真田が徳川に鞍替え致したのです。他の者たちも真田に倣うと思案すべきでございます。お怒りにまかせられては……」

神流川合戦の二の舞いだと定勝は遠廻しに諫言《かんげん》する。

「ええい、どいつも、こいつも！」

憤恚《ふんい》でこめかみの青筋が千切れそうだが、忠言を聞く耳は持っていた。同じ失敗を繰り返す訳にはいかない。氏邦は定勝の勧めを受け入れ、すぐに氏直が対峙する若神子ならびに、砥石城にいる真田昌幸にも詰問の使者を送った。

使者は松井田城で失態を演じた富永助盛である。

会見に望むにあたり富永助盛は氏姓を猪俣《いのまたの》能登守《とのかみ》邦憲《くにのり》と改えた。

用土信吉が、我こそは藤田家の嫡流と藤田を名乗ったこともあり、これに対抗する意味もあって、由緒ある武蔵七党の一家の猪俣を選んだ。

また、邦憲の一字は氏邦の「邦」から。「憲」の字について本人は口にしないが、おそらく入道したりとはいえ、未だ北条本家の実力者であることには変わらぬ松田憲秀への阿《あ》諛《ゆ》のために名乗ったと言われている。改名は真田昌幸には二度も煮え湯を飲まされているので、心機一転、本人の希望でもあった。

氏直は邦憲を派遣すると同時に周辺の城主たちに改めて従属することを確認した。

皆、一様に北条家に従うと口にしてはいるが、いざ出陣太鼓が鳴った時、どのぐらいの兵が集まるかは疑問であった。

猪俣邦憲を砥石城に向かわせている間、氏邦は風魔の辰太郎を呼んだ。

「こたびのこと、真田配下の忍びならば、行うこと可能か？」

「警護が薄く、助け出す相手が二人ならば、易きことかと存じます」

「左様か。されば、真田の返り忠はまず間違いないの」

「おそらくは」

「おのれ！　真田配下の忍びとは、いかほどおるのだ」

「難しき問いにございます。真田の手の者は戦にも参陣致しますれば、それらの者も数えるえると百ほどにはなりましょうか。今少し多いやもしれませぬ」

「なんと、左様に多くいるのか」

以前、沼田城を奪われた時には、連絡を悉《ことごと》く断たれたことにも納得した。

「そちの仲間は、今少しおらぬのか」

「それなりの技を身に付けるまでに最低でも十年はかかりますゆえ。なかなか……」

「忍びの世も人手不足か。どこの世にも使える者の何と少なきことかな」

溜息を漏らしながら、氏邦は無事、邦憲が戻ってくることを心待ちにした。


邦憲は昌幸に厳しく詰問したが、のらりくらりと躱され、帰城した。

「真田め、しらを切り通したのか。しかも城を固めもせずに」

耳にするたびに全身の血が沸く。背信をしたのならば、城門を閉ざして敵対の意思を明確にすれば、氏邦としても矢玉で解決しようという気になるが、明らかに裏切っておきながら、表ではそれを否定する阿漕な態度にこちらはただ苛立たされるばかりだ。

「砥石城は固めておらぬのだな」

「はい。されど、某が城を出たあとは何とも」

申し訳なさそうに邦憲は言う。氏邦は答えなかった。

ほどなくして若神子の氏直から遣いが来た。

「疑わしきは討つが、まずは荷駄の往来を妨げられぬよう、地元の国人衆を押さえるが先決。城攻めはしばし待たれよとお屋形様は申されております」

　徳川軍との対峙が長く続いているので、兵糧が乏しくなってきたのであろう。氏直は真田昌幸の裏切りよりも、兵站の確保の方が大事なようである。

「判ったとお屋形様に伝えよ」

　不満を堪えながら氏邦は告げた。

　おそらく若き当主は氏邦配下の者だけでは真田を討てぬと判断したに違いない。確かに砥石城は難攻不落で、また、昌幸は戦上手で知られている。氏邦自身としても、簡単に攻略できるとは思っていない。しかしながら、氏直の側には氏照もついている。ずっと苦楽を共にしてきた兄にも信用されていないというのが憤懣を募らせた。

　氏邦の憤りを察してか、諏訪部定勝が忠言をする。

「じかに砥石城を攻めるのではなく、他の城を落として真田に迫ってはいかがでしょう」

「他の城？」

「はい。真田は沼田城をはじめ、上野にはいくつかの城を持っております。奪われた質の探索という名目で開城を迫り、刃向かえば攻める。筋は通っているかと存じます」

「沼田城への先陣、是非とも某に命じるようお願い致します」

　定勝の進言を聞き、邦憲は床に額を擦りつけ懇願する。

「面白き思案だ。されど、お屋形様は自重せよと申された。確かめねばならぬ」

　氏邦は今一度、若神子に使者を送った。同時に十月三日、氏直の下知どおり、真田と同じ滋野《しげの》一族の血を引く信濃衆の禰津昌綱《ねづまさつな》に対して、甲斐の手塚《てづか》で一千貫文、清野《きよの》で二千七百貫文の高禄《こうろく》を知行した。いずれも徳川、上杉に押さえられている地なので、信憑《しんぴょう》性のない約束手形であるが、昌綱の妻子は人質として押さえているので、禰津氏が徳川方に加担することはなかった。

氏直からの返答は、やはり真田攻めには反対であった。それだけ、目前の徳川とは四つに組んで身動きできぬ状態なのであろうとは察することができる。

（若神子から先に進めぬのであれば、甲斐は諦めて和議を結び、信濃の制圧に力を入れるがよかろうに。無駄な日にちを費やすは、信濃をも失いかねんことになろうて）

長らく陣に在していると勘も鈍くなるもの。後方支援に追いやられ、それでいて行動を制限されている氏邦は、氏政はどう判断するのかと小田原に書を送った。

第二十九章　上州戦記

一

天正十年（一五八二）十月十一日。

小田原城の氏政から佐久郡の小諸城にいる氏邦に長々とした書状が届けられた。

内容は佐久郡の国人衆を調略し、真田昌幸《さなだまさゆき》を孤立させること、また常陸《ひたち》の佐竹義重《さたけよししげ》が上野の館林《たてばやし》近くに出陣したので油断しないように、ということであった。

信濃に気を取られていたので、上野が疎かになっていたことを氏邦は反省した。

「佐竹奴！　定勝、そちの進言どおり、これから上野に兵を出すことになろう」

氏邦はすかさず氏政から届けられた書のことも含め、若神子《わかみこ》の氏直に遣いを送った。

「申し上げます。真田麾下の透波が、鉢形に潜り込むとのこと。その数は五百余」

近習の町田秀房《まちだひでふさ》が報せた。

「なに!?」

「おそらく真田が間者をこの小諸城に入り込ませ、流言させたのでございましょう」

焦りを覚える氏邦を諏訪部定勝が宥《なだ》めた。

「戯け！　敵の侵入を許して、おそらくなどと申しておるな」

「申し訳ございませぬ。即刻、敵の間者を排除させまする」

「真田奴、儂に対する威嚇か」

「殿の上野攻めを恐れているあらわれ。されど、用心に越《こ》したことはございません」

頷いた氏邦は十月十三日、鉢形城で留守居をする吉田実重に、真田の透波が五百余、秩父方面に乱入するかもしれないので気をつけろという内容の書を送った。

氏直からは上野侵攻の許可が降り、代わりに小諸城には大道寺政繁が入ると伝えてきた。

氏邦は上野衆にも書を送り、参陣を求めた。

「辰太郎、そちは真田の動向を探るよう信濃に残れ」

こうして沼田城を攻めることになった氏邦であるが、何をするか判らぬ真田昌幸の存在が心配なので、惜しいが辰太郎を信濃に張り付けておくしかなかった。

一方、真田昌幸の方も、氏邦の上野出陣の報せを摑み、吾妻《あがつま》郡、利根《とね》郡の各衆に本領安堵や知行宛行《あてがい》状などを多発して、北条家に靡かぬよう対抗していた。また、上野の各城に家臣を向けて守りを固めさせていた。

信濃では互いに素知らぬ顔をしている氏邦と昌幸だが、上野では敵意をむき出しにして、今にも干戈を交えようとしていた。

若神子の陣から大道寺政繁が小諸城に到着したので、氏邦は猪俣邦憲を先陣として三千の兵とともに上野に向かって出撃した。

邦憲同様、氏邦も昌幸には恨みを持っている。また、一国挟んだ信濃よりも、隣国の上野を制圧する方がよほど重要であるとも思っている。

向かう先は吾妻郡の手子丸《てこまる》城である。信濃佐久郡の離山《はなれ》の手前から北に向かい小浅間山《こあさま》の東を通過して上野に出る。現在でこそ国道百四十六号線が通り、道は整備されているが、当時は名さえない狭い獣道であった。

真田昌幸の行動が読めないので、表向き北条家に従っているだけの信濃衆の参陣は求めなかった。

氏邦の出陣に合わせるように氏政からの指示を受けた武蔵・青木《あおき》城将の多目長定《ためながさだ》は、上野の箕輪《みのわ》城主の内藤昌月《ないとうまさあき》、国峰《くにみね》城主の小幡信真《おばたのぶざね》、大胡《おおご》城主の大胡高繁《おおごたかしげ》、膳《ぜん》城将の膳隼人《ぜんはやと》らをはじめ、矢部大膳亮《やべだいぜんのすけ》、山上藤九郎《やまがみふじくろう》、神谷《かみや》（神庭《かにわ》）三河守《みかわのかみ》などの地元の国人衆も募り、二千の軍勢を率いて群馬郡の室田《むろだ》口から吾妻郡に進撃した。

手子丸城を守るのは滋野氏の血を引く大戸重次《おおどしげつぐ》、幸景《ゆきかげ》兄弟である。この兄弟は籠城策を取らず、同城からおよそ三里（約十二キロ）南の三ノ倉《さんのくら》城に入城して、北条勢に備えていた。

三ノ倉城は名刹全透院《ぜんとういん》を下郭とし、背後の山（標高約四百六十メートル）を守りとした要害である。大戸兄弟は城を出て、群がる多目長定や内藤昌月らを蹴散らしてよく防御したが多勢に無勢は否めない。次第に押されて危うくなってきた。

「出撃の策は失敗。かくなる上は堅固な城で戦うべきじゃ」

大戸兄弟は支城とも言える権田《ごんだ》城と、吾妻郡の萩生《はぎゅう》城の城兵も引き連れ、手子丸城に退いた。

手子丸城は温《ぬる》川と見城《けんじょう》川の合流点に位置する峻険な城山（標高約六百四十二メートル）に築かれた山城である。本郭の北と東には三ヵ所の堀切があり、攻めるに難《かた》く、守るに易い城である。

三百ほどの城兵は城門を堅く閉ざし、最後の一戦を試みようと意気盛んであった。

大戸兄弟が手子丸城に籠った頃、小諸を出立した氏邦本隊が到着した。

南の麓に本陣が作られると、多目長定や上野衆が次々に挨拶に訪れた。

「城の様子はいかようになっておるか」

「すでにこちらが囲んでおり、蟻の這い出る隙間もありません」

「重畳至極。真田を降らせ、上野に静謐を齎す戦だ。手加減抜きで一気に陥落させよ」

氏邦は多目長定らを労いつつも、発破をかけた。

すぐさま手子丸城には轟音が鳴り響き、北条勢の猛攻が始まった。大戸勢が放つ矢玉の中、寄手は竹束を前に出しながら接近する。堀切に梯子をかけて押し渡る者もあれば、坂を転げ落ちて泥まみれになりつつも、よじ登る者もあり、城へと迫った。

北条勢は大きく包囲しているが、攻め口は限られているので、圧倒的な兵力を生かせない。それでも、兵が疲労、負傷すると、次から次へと新手を繰り出して攻めた。

これに対して、城方は狭間から矢玉を放ち、城壁を登ろうとする兵に石を落とし、熱湯をかけ、糞尿を撒いて排除する。死を覚悟しているせいか、まったく疲れを知らなかった。

攻防は三日続いたが、さすがに十八日には力尽き、大戸兄弟は自刃。城は陥落した。

「山城ゆえ、三日で落としたは早い方にございます」

多少、苛立っていた氏邦であるが定勝の言葉には頷いた。

いくらか手こずったものの、氏邦は城の攻略に満足し、猪俣邦憲の配下を手子丸城に入れて、次なる攻撃目標である吾妻郡の岩櫃城への拠点とした。

手子丸城の戦いの最中、岩櫃城を守っていた昌幸の嫡男・真田信幸が手勢を繰り出し、北条勢と小競り合いを行ったが、勝敗に影響することなく自城へ退いていった。

翌十九日の早朝、氏邦は五千の軍勢を率いて勢多郡の長井坂《ながいざか》城に向かった。途中、真田信幸の籠る岩櫃城があるが、この城を攻めずに素通りしたのは、総攻めしても、簡単に落せない難攻不落の城であるからだった。

先日同様、真田勢が出撃することも期待したのだが、敵も十分にこちらの意図は承知しているので、氏邦の思惑どおりにはいかなかった。

（まあ、それほど期待していたわけでもない。本来の当所《あてど》（目的）は周囲の城を落として沼田城を孤立させることじゃ）

二十日、氏邦らは長井坂城を囲んだ。同城は利根川とそれに注ぐ長井沢が形成する一町ほどの断崖に築かれた山城である。西端の断崖上には一間半ほどの土塁が巡らされ、外縁の高土居《たかどい》と空堀には巧妙な「折《おり》」を、南の大手には枡形《ますがた》を設けた要害堅固な城である。

城将は恩田能定《おんだよしさだ》で、三百ほどの城兵と武器を片手に寄せ来る北条勢を固唾《かたず》を呑んで見守っていた。城内は緊迫感に包まれている。

氏邦は城の東側に本陣を置き、先陣は本人たっての願いどおり猪俣邦憲に命じた。

邦憲は南側の大手の前に陣を布き、氏邦が軍采を振り下ろすのを待っていた。

「鬨をあげさせよ」

氏邦が命じると、城を囲んだ五千の兵は天地を響動もす喊声をあげた。

「敵の鬨じゃ。鬨があがっておるぞ」

城兵たちは四方八方から聞こえる鬨の声におののき出した。

「城兵、僅かに三百。これではいくら城が堅固でも一もみに落とされるは必定。かくなるうえは城を枕に討死するとも、皆を道連れにはできぬ。儂が腹を切って城を開くゆえ、皆の命は助けよと藤田氏邦に使者を向けよ」

城将の恩田能定は、重臣の千喜良与兵衛《ちきらよへえ》に伝えた。

「何を弱気な。たとえ何万の敵だとて命を捨てて戦えば、囲みを破って落ち延びることも叶いましょう。城兵とて、ただ降るをよしとする者など一人もおりませぬぞ」

千喜良与兵衛は必死に能定を励ました。

「左様か。されば、全兵、矢玉となって敵陣に斬りこもうぞ」

「うおおーっ！」

恩田能定の号令に寡勢の恩田勢は城内で雄叫びをあげた。

「者ども、ついてまいれ！」

怒号とともに重い城門は開かれ、恩田能定は城将の名に恥じぬよう、真っ先に地を蹴った。城兵たちも喉を潰さんばかりに声を張り上げ、城山の坂を駆け下る。

「敵が打って出たぞ。かかれーっ！」

氏邦が軍采を振る前に恩田勢が攻撃を仕掛けたので、猪俣邦憲は慌てて配下に命じた。

寄手の構えた筒先が火を噴き、城門を飛び出した恩田勢を数人撃ち倒した。

「怯むな！　撃ち破れーっ！」

騎乗の恩田能定は抜いた白刃の峰で馬の尻を叩き、鐙を蹴りながら真一文字に敵に向かう。家臣たちも倣い、平地に布陣する猪俣勢に、鋒矢《ほうし》のように突入した。

「敵は寡勢ぞ。鑓衾を作って討ちとれ」

邦憲は叱咤するが、恩田勢の覇気に押されて、及び腰であった。

「敵は臆しておるぞ。一気に蹴散らせ！」

馬上の恩田能定は大音声で叫ぶと、逃げ腰の猪俣勢を馬で追いたてて、陣形を取らせない。これに重臣の千喜良与兵衛も敵中に斬り込んで白刃を振るう。さらに家臣たちが続いて恩田勢は獅子《しし》奮迅《ふんじん》の戦いをする。

意気盛んな恩田勢に猪俣勢は崩され、四方に乱れ散った。

「戯け！　たかが二、三百の兵に臆する者があろうか。三人一組になって討ち取れ！」

邦憲は声を嗄らして叱咤するが、一度崩れた陣を立て直すのは困難であった。

「今ぞ、退け！」

この隙を逃さず、能定は戦場から離脱する命令を出した。恩田勢は、主君の下知に従い、北に向かって逃れていった。

「ええい、なにをしておるか！　馬曳け！」

腑甲斐無い邦憲の采配に憤恚《ふんい》し、氏邦は自ら騎乗して先陣に立った。これに鉢形衆の旗本五百が付き従った。

「よいか、一兵たりとも逃すでない。武蔵武士の恐ろしさ、とくと見せてやれ」

氏邦は敵に向けて太刀を振り下ろした。

総大将の下知に、町田秀房、朝見《あさみ》慶延《よしのぶ》、岩田《いわた》直吉《なおよし》、同家清《いえきよ》、小前田《おまえだ》武主《たけもり》ら子飼いの旗本たちは退いて行く恩田勢を追撃した。

ところが戦上手の恩田能定は、退くと見せ掛けて素早く取って返し、反撃する。

「油断するな。伏兵がおるやもしれぬぞ」

先陣を駆ける町田秀房が仲間に注意を促し様子を見ると、その間に恩田勢は退く。再び町田秀房らが追撃を始めると、再度、恩田勢は反転して馬上鑓を振るう。同じことが七、八度も続くと、氏邦勢も次第に集中力が散漫になってきた。

そうして朝から始まった戦も、いつしか夕方になっていた。周囲を見渡せば、やはり兵力の差は歴然としており、城から打って出た恩田勢の大半は屍を野に晒していた。

「恩田を逃すでない。必ず首級《しるし》をあげよ」

多勢でありながら寡勢の恩田勢に手を焼き、氏邦は憤激しながら命じた。

「同士討ちはせぬように致せ」

千喜良与兵衛は振り向きざまに言い捨てると、夕闇の茂みの中に消えていった。

北条勢は遂に恩田能定の首級をあげることはできず、悔しがるばかりであった。

辺りが茜色から薄紫色に変わる黄昏時《たそがれ》、氏邦たちは蛻《もぬけ》の殻《から》となった長井坂城に入城した。

僅か三百ほどの敵に攪乱され、城将を取り逃がした不本意な城の攻略であった。

この日、信濃の真田昌幸は、北条家に鞍替えした禰津昌綱《ねつまさつな》の禰津城を攻めていた。

二

長井坂城で夜露を凌《しの》いだ氏邦は、二十一日、奪取した同城を勢多郡宮田《みやだ》の住人・須田加賀守《すだかがのかみ》に守らせ、雨の中、出陣した。

長井坂城から一里ほど北西の川額《かわはけ》に本陣を布いた。一千ほどを手許に置いた氏邦は、残り四千の兵を二つに分け、半里（約二キロ）ほど北を流れる片品川の手前、森下《もりした》城と阿曾《あそ》砦に差し向けた。この二両城は東西十町（約一・一キロ）と離れておらず、沼田城の南を守る出城として築かれていた。

当時は両城とも北東から南西に流れる片品川に面しており、攻め口は東西と南に限定されているが、堅固な城ではなかった。

鎌田城とも呼ばれる西の森下城には、恩田能定を取り逃がした猪俣邦憲が先陣となって二千の兵で進んだ。また、東の阿曾砦には上泉主水《かみいずみもんど》、難波田《なんばだ》主税介《ちからのすけ》らが同じく二千の兵で向かった。両城に籠る兵は共に二百にも満たなかった。

一方、沼田城の矢沢頼綱には、森下城、阿曾砦の両城が包囲されたという報せが届けられた。頼綱は急いで利根川の西に建つ下川田《しもかわだ》城に使者を向けた。

「戦は兵の大小に非《あ》らず。兵法一信に有り」

家臣たちを鼓舞した矢沢頼綱は周辺の国人衆をも駆り集め、同日、救援に向かった。

頼綱は片品川を渡河せず、川の北側およそ十町ほどの沼須《ぬます》ノ《の》原《はら》に陣を布いた。伏兵を待機させるような小細工はせず、後詰の兵はここにありとばかりに誇示した。さらに敵が川を渡れば、いつでも突撃すると、魚鱗の陣形で堂々と構えた。

下川田城で報せを受けた禰津元直《ねづもとなお》も、二百の兵を率いて利根川沿いに半里ほど南下し、森下城の対岸となる屋形原《やかたばら》に陣を布いた。元直は配下の平井加兵衛《ひらいかへえ》、出惣右衛門《いでそうえもん》を使者として、弁慶石《べんけいいわ》の淵《ふち》を泳ぎ渡らせ頼綱の陣に行かせた。

平井加兵衛らの到来に頼綱は歓喜した。

「万が一、敵が手強く味方が気後れするようならば、貝を吹くゆえ後詰を致せ」

労いの言葉をかけたのち、頼綱はそう命じて二人を禰津元直の許に送り返した。

森下城を囲む中、矢沢勢を発見した猪俣邦憲は、どう動くかとしばし観察していた。

だが、二刻ほどもすると、邦憲は焦れてきた。

「敵はまだ動かぬようじゃの」

「少数の敵が先に動くことはないかと存じます」

邦憲の問いに家臣の江崎又兵衛《えさきまたべえ》が答えた。

「左様じゃな。我らが城攻めを始めたところに横槍を入れる策に違いなし。されど、易々と思い通りにさせるか。先に矢沢の奴らを蹴散らしてくれる。されば……」

矢沢勢との対峙に堪えきれず、邦憲は野戦での決着を決意し、五百の兵を残して森下城を囲ませたまま、残りの一千五百を率いて片品川を渡河した。

孫子の兵法どおり、兵の半数ほどが渡河したところで頼綱は床几から立ち上がった。

「川を渡ったぞ。かかれ！」

待ってましたとばかりに頼綱は指揮棒を振り下ろした。

矢沢勢は大喊声をあげて、前進し、渡河し終えた猪俣勢の先陣に殺到した。

雨なので鉄砲が不発に終る場合が多かった。また、水を吸った弦が微妙に伸びたせいか、普段とは勝手が多少違ったので、長柄勢が主力となった。頼綱自身も父・棟綱《むねつな》より賜った滋野重代の小焼松《こたいまつ》という手鑓《てやり》を引っさげて、猪俣勢に乱入した。

「矢沢を討ち取れ！」

氏邦配下の侍大将たちが大音声で命じるが、歴戦の頼綱は猪俣勢の中を、まるで水を得た魚のごとく駆け廻る。猪俣兵の鑓を叩き落とし、返す鉾先で肉体を貫く。すると今度は横の敵を薙《な》ぎ、足を掬《すく》って倒れたところを抉《えぐ》った。まさに鬼神のごとき働きだ。頼綱は窮境の戦の中、半刻（約一時間）ほどの間に猪俣兵十七人を倒した。主君の活躍に家臣も応え、三倍もの敵を突き崩した。『加沢記《かざわき》』によれば三百余の首を討ったという。壊乱状態に陥った味方を見て、立て直しは無理と邦憲は判断した。

「一旦退け！　退くのじゃ！」

猪俣勢は獰猛な矢沢勢の追撃を受けながら、這々の体で退いていった。

「腰の弱き関東者め、一昨日《おととい》来やがれ」

「えい、えい、おーっ！　えい、えい、おーっ！」

沼須ノ原に矢沢勢の鬨が響いた。

森下城から半里ほど南の川額に陣を布く氏邦の許を、敗北した猪俣邦憲らが訪れた。

「ええい、三倍もの兵で討ちかかり、敗走するとは何たるざまか！」

氏邦は扇子を投げ捨てて激怒した。邦憲はただ頭を垂れていた。

「阿曾砦を囲んでおった者たちはいかがしたのだ」

「畏れながら報せを受けたのは、猪俣殿が敗走したあとにございます」

上泉主水、難波田主税介らは責任を逃れんと口を揃えて主張した。

それがまた氏邦の怒りを煽っていた。

「戯け！　童でもあるまいし、責めの擦《なす》り合いを致して戦に勝てるか」

怒鳴ったあとで、改めて口を開いた。

「功を焦り、単独で攻めかかった挙げ句、不様な負けを喫した能登の失態は七。一町も離れておらぬのに、矢沢の陣に目を向けておらぬ主水らの落ち度は三。双方共に責任はある。家臣たちは多数死んだのだ。よう、考えよ」

不満そうな上泉主水らにも氏邦は叱責を加えた。

「よい。明日は儂自らが出陣する。長井坂城の須田加賀守を呼びよせよ」

己が戦陣に立つからには負けは許されない。氏邦は万全を期した。


翌二十二日、朝から西風が吹き乱れていた。氏邦は森下城への先陣を猪俣邦憲から須田加賀守に変更して、自身はそのすぐ背後に本陣を置いた。

昨日同様、矢沢勢が出陣し、攻城の最中に打ち掛かってくれれば、自ら排除する気でいた。

二千の軍勢には城を遠巻きにさせ、じわじわと狭めていった。

森下城は一重の土塁と堀があるだけで難攻の城ではなかった。

城将は加藤丹波守、および森下三河守。城兵は二百にも満たぬほど少ない。とても氏邦本隊を合わせて三千の兵に攻められて耐えられる城ではなかった。

「かかれーっ！」

采配を任されている須田加賀守は頃合良しと見て攻撃の命令を下した。

途端に鉄砲指揮が号令を出し、轟音が響き、硝煙が周囲に白い靄を作った。

寄手に対し、籠城兵の放つ矢玉は僅かなものであった。

「進め！　かような小城、四半刻（約三十分）で踏み潰せ！」

先陣に指命された須田加賀守は、期待に応えるべく最前線で怒号し、配下の上野衆たちも励んだ。上野衆に対し、先の敗戦への叱責を不満に思っている武蔵衆は奮わなかった。

それでも、城兵に対して十倍の北条勢。堀を渡り、土塁を越えて城内に殺到する。

加藤、森下の両城将は寡勢でも木戸を固めて必死に弓・鉄砲を放ち、群がる敵を振り払ったが、矢玉よりも攻め寄せる兵数の方が多かった。

数刻の激戦に弓弦は切れ、矢玉は尽き、入れ替わる兵とてなくなった。

加藤丹波守と森下三河守は満身創痍の体で互いの顔を見合った。

「もはやこれまでじゃの」

森下三河守が告げると、加藤丹波守が頷いた。

「致し方ない。腹はここで切るか」

「首は敵に渡したくないの」

「左様か。儂は敵に腹を斬る様を見せてやりたいがの」

「変わっておるの。されど、そちには似合うておるかもしれぬ」

二人は互いに笑い合い、各々の終焉を選んだ。

加藤丹波守は数名の動ける者と城門を打って出て、五町（約五百四十五メートル）ほど東に走った。途中で家臣たちは討たれ、丹波守も遂に騎乗する馬が仕留められた。

「よう聞け、儂は森下城将の加藤丹波守じゃ。今より、その方らに腹の斬り方を伝授するゆえ、後学に致せ」

首級を欲して参集する北条兵たちを目前に加藤丹波守は甲冑を脱ぎ捨て、小袖をはだけて諸肌《もろはだ》を見せると、河原の座り易そうな石に腰掛け、脇差を抜いて逆さに摑んだ。

「見よ。これが上州武士の切腹じゃ！」

叫んだ加藤丹波守は左腹に突き立て、歯を食いしばったまま右の腹まで搔き切った。

「…………」

切腹を目撃している北条兵は誰一人声を発さず、固唾を吞んで見守っていた。

「まだ、まだ」

加藤丹波守が脇差を引き抜くと、途端に鮮血が噴き出した。丹波守は改めて臍《へそ》の下に再び脇差を突き立て、さらに真上まで切り上げる。十文字腹であった。

「見よ。武士の腸《はらわた》じゃ」

加藤丹波守は切り裂いた腹に手を入れ、臓腑《ぞうふ》を摑み出してがっくりと崩れた。

「お見事」

誰ともなしに切腹を見ていた者たち皆が称讃を送った。今なお、森下城から東に五町ほど行ったところに、「加藤丹波守の腹切石」が残っている。

一方、城で腹を切ろうと、具足を脱ぎ捨てた森下三河守だが、北条勢は次々に死体を乗り越えて城内に雪崩れ込み、森下三河守の目の前に反町業定《そりまちなりさだ》が躍り出た。

「森下三河守殿とお見受け致す。潔《いさぎ》よう腹を召され。この反町大膳亮業定、介錯《かいしやく》致す」

「黙れ、そちを見て気が変わったわ。討てるならば、この首討ってみよ」

自刃の真際に敵と遭遇し、森下三河守は床に置いた太刀を拾い、鞘《さや》を捨てて上段に構え、手鑓を向ける業定に斬りかかった。

「おのれ、遅かったか」

「おう!」

途端に反町業定は鑓を繰り出し、切っ先が森下三河守の胴を貫いた。森下三河守は切り死を選び、血飛沫を上げながら床に倒れた。

反町業定は息絶えた森下三河守に合掌をし、首を刎ねた。

こうして森下城は氏邦の手に落ちた。続いて十町(約一・一キロ)ほど東の阿曾砦に鉾先を向けようとしたが、夕暮れが近づいたので翌日にすることに決めた。

三

氏邦勢が手子丸城を落としてから岩櫃城を攻めずに素通りしたせいか、同城の真田信幸らが、手子丸城近くの大戸領に兵を繰り出した。これを憂いて大戸に在する国人の大戸入道は氏邦に真田排除の要請を出していた。

だが、沼田城を先に落とし、岩櫃城を最後にと考える氏邦は、大戸の守りをあまり重視していなかったので、兵を割くのを嫌がった。仕方がないので、大戸入道は若神子で徳川家康と対峙する氏直に援軍を懇願した。

　すると、氏直はこの日、書状とともに、すでに入道している玉縄北条家の綱成をはじめ、上野衆も合わせて五千の軍勢を送った。

　徳川軍と対峙中の氏直が信濃・上野周辺に援軍派遣が行えたのは、北条氏規が徳川家との和睦交渉をしており、大まかなところでは纏まりかけていたためであった。

　この報せは氏邦の許にも届けられた。

「左様か、徳川とは和睦致すか」

　徳川と和議を結ぶことについて、氏邦は納得している。遅いとさえ思う。かなり兵糧が厳しくなってきたのであろう。佐久郡の芦田城の依田信蕃が、春日の三沢小屋《みさわこや》を押さえ、氏直への糧道を断ったことが大きく影響している。兵站の確保ができねば在陣することはできない。北条家は早急に敵を排除するか、退くかしか方法はなくなっていた。さらに、氏直に決断を急がせた理由は、あと一ヵ月も対峙を続ければ甲斐にも雪が降るからだ。北条家にとっては不利になるばかりだった。

　氏邦としては、北条綱成が到着する前に沼田城を陥落させたいところだ。無理だとしても、せめて丸裸にしておきたい。そんな意気込みで、次なる阿曾砦に目を向けた。

　二十三日、氏邦は四千余の軍勢を率いて阿曾砦に向かった。

　阿曾砦は二重の堀が主郭を囲っているものの、森下城同様あくまでも沼田城の出城で、お世辞にも堅固とは呼べない。砦の城代は金子泰清《かねこやすきよ》で、以前は北条家に従っていた者である。今は百五十の兵と共に同砦に籠っていた。

当初は意気盛んだった金子泰清も、森下城陥落と、多勢の氏邦軍が押し寄せるという報せを聞き、度を失って家臣の三橋甚太郎一人を引き連れて逃亡し、近くの海王山善福寺《かいおうさんぜんぷくじ》の金剛院《こんごういん》に逃げ込んでしまった。

「なんたることか」

金子泰清の妹婿・大渕勘助《おおぶちかんすけ》と朋輩の星野図書頭《ほしのずしよのかみ》は主の腑甲斐無《ふがいな》さに嘆いたが、最早どうにもならない。

「かくなるうえは、是非もなし」

大渕勘助らは討死を覚悟し、百五十の兵とともに寄手を迎え撃って奮戦したが、城主のいなくなった城は大黒柱を失った家も同じだ。二刻ともたずに全員討死した。

呆気なく砦を落とし、氏邦は満足の体で阿曽砦に入ると、金子泰清が金剛院に逃れたことを聞き、すぐさま同院に軍勢を差し向けた。

だが、金子泰清の逃げ足は早く、すでに金剛院を出ていた。沼田城に逃れた泰清はこれも金剛院の神力と手を合わせたという。

十月二十五日、真田昌幸が動きだしたので、これを押さえるために猪俣邦憲を信濃佐久郡の内山《うちやま》城に移動させろという書が氏直から氏邦に届けられた。

「これから沼田城に仕寄せるという時に、お屋形様は何を考えておられるのか」

北条綱成らを差し向けておきながら、氏邦の家臣を引き抜かんばかりの行為に不信感を抱いた。やはり猪俣邦憲は本家の家臣かという思いを強くする。

「上野、信濃の真田を同時に叩く策ではありませぬか」

「左様なことは判っておる。されば、なにゆえ能登守を内山城に移すのだ」

「和睦が纏まった暁には、信濃をも殿に任せるためではないでしょうか」

「確かに筋は通っておる。されど……」

森下城攻めで邦憲は失態を演じたので、氏邦は先陣から下ろした。そのことに不満を持った邦憲が氏直や松田憲秀に使者を向け、愚痴の一つもこぼしたのではないか。また、邦憲は真田昌幸に異様な恨みを持っているので、真田攻めの先陣を懇願したとも考えられる。いずれにしても、邦憲が今一つ氏邦に従いきらぬことからの先入観であった。

ともかく不満でも氏直の命令では従わねばならぬ。冷たい雨が降る中、氏邦は邦憲とその配下の者たちを内山城に向かわせた。

また、氏邦が信濃を任されるのであれば、信濃衆への気づかいは必要である。特に真田と同じ滋野の血を引いていながら、徳川家に従わぬ禰津昌綱などは格別である。

同じ日、氏邦は禰津昌綱に対して、昌綱から取った女子の人質は松井田城で丁寧に扱っているから無二の忠信を尽くしてくれと、佐久郡の海野領内に四千貫文という破格の領地を与えた。石高に換算して四万石というものである。と言ってもこの地は真田昌幸の領地なので、あくまでも約束手形である。ただ、昌幸討伐の暁には真田領を任せるという昌綱には涎の出そうな餌ではあった。

猪俣邦憲と入れ替わりに北条綱成と一緒に若神子を発った小田原評定衆の垪和《はが》康忠《やすただ》と、上野衆白井城主の長尾憲景、安中城主の安中七郎三郎ら一千の軍勢が援軍として到着した。この兵数ならば、必ず沼田城を攻略できると氏邦は自信を深めた。

だが、真田方もただ、黙って攻められるのを待っているばかりではない。

二十六日の夜陰、阿曾砦から逃亡した金子泰清を大将として、勢多郡に兵を向けた。氏邦らが在陣する森下城の南二里ほどのところに勢多郡の津久田《つくだ》城がある。同城の近くには猫山《ねこやま》城、見立《みたち》城も立ち並んでいる。

津久田城には牧和泉守《まきいずみのかみ》が籠っており、矢沢頼綱が七月に一千の兵で攻めたが失敗し、この戦いで中山右衛門《なかやまうえもん》ら百五十ほどの兵を失っていた。

このたびの津久田城攻めは七月の雪辱を果たし、なおかつ氏邦の背後に布石を置いて沼田城を攻めさせぬ策である。金子泰清は阿曾砦の汚名を返上すべく、恩田能定、下沼田《しもぬまた》豊前守《ぶぜんのかみ》ら三百の兵とともに津久田城に向かった。

二十七日、金子泰清らは津久田城に殺到した。

津久田城は白井城の支城として築かれた城で、沼尾《ぬまお》川と利根川の合流地点の急崖（約百メートル）の突端に屹立《きつ》する平山城である。城の東二町ほどのところに津久田砦という狼煙《のろし》台が設置されており、瞬時に急変を周囲に報せるようになっていた。

金子泰清らは東の大手から攻め入ったが、牧和泉守は兵を東に集めて城壁の狭間から矢玉を浴びせた。同時に狼煙台から敵襲を周囲の猫山城、見立城に報せた。

急報を受けた須田《すだ》弥七郎《やしちろう》、同勘丞《かんすけ》、狩野大学助《かのうだいがくのすけ》らが駆け付け、金子泰清らを挟撃した。これには為す術がなく、泰清らは追撃を受けながら退却せざるをえなかった。

「真田の手の者は何をするか判らぬの」

「小国ならではの策にございますな」

氏邦と定勝は真剣に顔を突き合わせ、相談を重ねた。

四

多少、攻めあぐねた城もあったが、真田方の数城を落とし、片品川の南を手中に収めた氏邦は雨が降る十月二十八日、沼田城に迫った。

「曰《いわ》くつきの城よな」

雨に煙る沼田城を眺め、氏邦は万感の思いにかられながら呟いた。

四年前の天正六年（一五七八）に越後で御館の乱が勃発した時は、沼田城の乗っ取りに手間取り、全てが後手に廻って異母弟である景虎を自害させてしまった。

二年前の天正八年（一五八〇）には、義兄弟の用土重連、信吉を沼田城の城将として置いていたが、真田の魔の手が伸び、疑心暗鬼が災いして、結果的に重連を毒殺させてしまった。また、憤激する信吉は勧誘されて藤田家と敵対する状況に追いやられた。これらによって、正室の大福とは冷めた夫婦間《かん》になった。以上のことは、すべて真田のせいだと氏邦は思っている。

「取り戻さねばな」

沼田城を取り戻せば、外れていた歯車が嚙み合い、もどかしさが払拭でき、全てが好転するような気がしてならなかった。

このたびは重要な戦と意気込んでいるので、評定衆の塀和康忠を先陣の一人として加えた。他には武蔵・猪俣城主の猪俣範直《いのまたのりなお》、上野衆の長尾憲景、安中七郎三郎、上泉主水、矢部大膳亮など。軍勢は五千とし、城の南東の利根郡の糸井《いとい》ノ原から片品川を渡り、久屋《くや》、さいかち（塊《かい》）坂を登って城下の滝棚《たきだな》（田北）の原に押し寄せた。

前線には鉄砲五十挺、弓五百張《はり》を並べ、鶴が両翼を広げるように、鶴翼《かくよく》の陣を布いた。氏邦は城から二十七町半（約三キロ）ほど北東に位置する小高い丘のような愛宕山《あたごやま》に本陣を据え、旗本一千ほどを置いて、眼下に目をやる。

敵が城を出てくれれば、まず間違いなく勝利できるという確信が氏邦にはあった。あとは、時折り強く降る雨と風がどう影響するかである。

「よいか、玉薬《たまぐすり》（火薬）を濡らさぬよう、今一度、鉄砲指揮に命じさせよ」

氏邦は念を押し、沼田城に目を向けた。

一方、北条勢の接近を知った矢沢頼綱は塚本肥前守を物見に出した。

「申し上げます。敵の兵はおよそ五千。鶴翼の陣で備えております。前線の鉄砲五十挺ほど、弓は五百張にものぼります。先陣は猪俣勢ら一千ほど。愛宕山に三ツ鱗ならびに上り藤の旗が見えますれば、敵大将は、かの地に本陣を構えているかと存じます」

塚本肥前守の的確な報告を受け、矢沢頼綱は兵を率いて出陣した。

先陣は禰津幸吉、伴淡路守《ばんあわじのかみ》、北能登守《きたのとのかみ》、渡辺綱秀以下三百ほど。鉄砲は十挺、弓二十張。本陣には頼綱の嫡子の頼康《よりやす》、甥の常田作兵衛《とこたさくべえ》と、金子泰清、恩田能定らの八百。殿軍は小草野隆吉《おぐさのたかよし》の二百で都合一千三百。城下北東の早道橋《はやみち》近くに魚鱗《ぎょりん》の陣を布いた。

「おう、これは好機。矢沢め、城を出てきたか」

愛宕山の氏邦本陣からも、敵の動きがよく見えた。伏兵などの姿も今のところはない。

雨がしとしと降り続いている。長く濡れると兵の動きが鈍くなるので、短時間で勝負を決めるつもりだ。一気に本陣を突き崩せば後詰があろうと、なかろうと関係ない。口に出したとおり、殲滅するには絶好の機会であった。

氏邦は決心し、床几から立ち上がって軍采を振り下ろした。

「殿は軍采を振られました」

物見が氏邦からの合図を受けて、猪俣範直に報告した。

「前に進め！　敵を包囲して叩き潰すのだ」

猪俣範直が下知を飛ばすと、喊声が上がり、勢いのまま真田勢に向かって前進した。敵は味方の四分の一。しかも野戦とくれば、優位そのもの。臆する者など誰一人おらず、逆に手柄を取られないかという心配をするほど心に余裕があった。

やがて互いの持つ鉄砲の有効射程に到達した。

「放て！」

ほぼ同時に、両軍の鉄砲が火を噴いた。数の多い北条勢の方が幾分、咆哮が長かった。続けて矢が雨を切って宙を舞う。弓衆は雨で矢がお辞儀をしないよう、普段より的を高めに設定して射た。やはりこちらも北条勢の数が勝り、真田勢は楯の背後に隠れる姿が多く目立った。すると、玉込めの終った鉄砲足軽が再び引き金を絞る。

鉄砲も弓も数で劣る真田勢が押されるのは当然のなりゆきである。

「今ぞ。かかれ！」

頃合を見計らい、猪俣範直は総攻撃を命じた。

途端に上泉主水を先頭とした北条の軍勢が長柄を揃えて進撃した。

「敵は数だけの端武者ぞ！　焦らずとも落ち着いてかかれ！」

矢沢頼綱が怒号すると、真田勢の先陣・禰津幸直が敵陣に突き進んだ。これに伴淡路守、北能登守らが続いた。

先陣どうしの穂先が金属音を響かせた。ここも兵数の多い上泉勢が禰津勢を押す。

「退くな！　押し返せ！」

二十歳の禰津幸直は声を嗄らして叱咤する。自身、泥を跳ね上げて鑓を振るった。そこへ北条勢の大胡高繁が突き入り、禰津勢を崩しにかかる。幸直は大胡勢に囲まれた。

「殿を助けよ」

主の危機に家臣の小林文右衛門《こばやしぶんえもん》、久保田金右衛門《くぼたきんえもん》、安中勘解由《あんなかかげゆ》、生方兵部《うぶかたひょうぶ》らが駆け付け、上泉、大胡らの勢いを止めようと奮闘した。さらに渡辺綱秀、木内勘五左衛門《きのうちかんござえもん》、塚本肥前守《つかもとひぜんのかみ》らも到着し、逆に北条勢を押し返した。

極地戦では真田勢が奮戦して優勢に戦っているところもあるが、大局は北条勢が有利。これは変わらない。網で囲って一網打尽にしようとする北条勢に対し、真田勢は何とか網を喰い千切ろうとする鮫《さめ》といった形であった。徐々に北条勢は包囲を狭めていく。

先陣の猪俣範直をはじめ、長尾憲景、安中七郎三郎、上泉主水、矢部大膳亮らは伴淡路守、北能登守らを突き崩し、矢沢本陣に迫る勢いだ。これに内藤昌月、小幡信真らが続く。須田加賀守などは敵十人を討ち取り、怒濤《どとう》の進撃であった。

北条勢は僅か半刻ばかりで真田勢を一町ほども後退させた。

本陣の愛宕山でこの様子を眺め、氏邦は満足の体であった。

「最後は殿の出馬で全滅に追い込めます」

氏邦の横で諏訪部定勝が進言した。大将は何もしなかったとは言わせぬためであろう。

「左様の。されば、馬曳け！」

氏邦は黒毛の駿馬に騎乗するや、泥濘《でいねい》を跳ね上げて愛宕山を駆け下った。戦場にいる真田勢を粉砕するまで、あと僅かであった。

「殿、敵大将が山を降りました」

矢沢頼綱の許に配下の兵が走り寄った。

「退き貝を吹かせよ。殿軍《しんがり》の小草野若狭守に、このこと報せよ」

すかさず矢沢頼綱は判断し、深津二郎兵衛《ふかづじろべえ》を沼田城に遣わせた。

途端に野太い法螺が雨空に響き、真田勢は退却し始めた。

「逃すな！」

北条勢は追撃するが、真田勢の逃げ足は早く、また、城も近いので、多数を討ち取るというほどにはならなかった。

氏邦が到着した時には真田勢は沼田城に逃げ込み、寄手は虚しく包囲するばかりであった。

「おのれ！」

城を睨み、自身の出陣を遅らせた方が敵を崩壊させられたのではと氏邦は後悔した。

「殿、鬨を」

氏邦の気持を察してか、定勝は促した。確かに敵将の矢沢頼綱を討ってはいないものの、敗走させたことは事実。勝利したのだ。

「我らの勝ちじゃ。鬨を上げい！」

「えい、えい、おーっ！　えい、えい、おーっ！」

雨足が弱くなった空に、北条勢の鬨が響いた。とはいえ、北条勢の死傷者は二百余。一方、真田勢は百五十ほどと損害は味方の方が多かった。

沼田城は簡単に落ちる城でない。相応の策を思案しなければならない。今一つ勝利感に浸れぬ氏邦であるが、一旦、阿曾砦に引き上げた。配下の者たちも囲みを解いて片品川を渡り、森下城周辺の糸井ノ原に退いた。そして、夕方にはようやく雨もあがった。

五

ささやかな勝利の祝杯をあげると、連戦の疲労がどっと出て、北条方の兵たちは夜警もそこそこに寝入ってしまった。

矢沢頼綱はしてやったり、予想どおりと、塚本肥前守を先陣として金子泰清、渡辺綱秀ら二百名の兵を率いて子ノ刻（午前零時頃）、夜襲のために沼田城を出た。目標は氏邦が退いた阿曾砦ではなく、森下城である。

雨上がりの雲が空を覆っているので夜襲にはもってこいである。真田勢は粛々と片品川を渡り、油断している北条勢に迫った。糸井ノ原で塚本肥前守は戦鼓を打ち鳴らした。戦鼓とともに、真田勢は雄叫びを上げ、北条勢に襲いかかった。

「なんだ？」

「夜討ちぞ、出会え、出会え」

甲冑、具足を脱ぎ捨てて眠りこけていた北条勢は、戦鼓と喊声に飛び起きると、己の武具を探し、おっとり刀で周囲の敵に備えた。

そこへ真田勢は恐怖を煽るように奇声をあげ、おののく北条勢に切り込み、次々に討っていく。城の内外は途端に混乱した。

「落ち着け、敵は寡勢。落ち着けば恐るるに足りぬ」

猪俣範直は素早く自身の支度をし、城の防衛態勢も整えた。

軍勢が立ち直っては夜襲にならない。矢沢頼綱は予てからの計画どおり、金子泰清率いる足軽五十ほどに松明《たいまつ》を持たせ、片品川を渡河させて沼須ノ原に退かせた。残りの百五十は息を殺して森下城東の橡久保《とちくぼ》の坂下に移動させた。

「敵が退いたぞ。逃がすな」

猪俣範直は真田勢が退却したと判断し、五百ほどの兵を集め金子勢を追撃させた。

「今ぞ、討ちかかれ！」

北条勢が片品川を渡り終った頃、矢沢頼綱は命じ、橡久保の坂下から兵を繰り出した。

「背後から敵ぞ」

渡河し終えた北条勢は金子勢の追撃途中で背後の真田勢に気づき、立ち止まった。

すると金子勢は反転して北条勢に挑みかかる。さらに、矢沢頼綱らが追い付いた。

北条勢は挟撃されて、さんざんに討ちのめされた。

「退け、退くのじゃ！」

猪俣範直は命令を下し、這々の体で退却した。

「えい、えい、おおーっ！」

昼間の鬨を返すように、真田勢の鬨が夜陰の沼須ノ原に響いた。

「おのれ真田め！」

報せを聞いた氏邦は怒りをあらわに出陣しようとしたが、すでに矢沢頼綱らは退いたあとだった。その後は片品川を境に睨み合いが続くばかりで合戦はなかった。

「かようなことならば、辰太郎を信濃になど置くのではなかった」

後悔しながら独りごちる氏邦であるが、すでに時遅しというところであった。

氏邦が沼田城を攻めあぐねている頃の十月二十九日、北条家は徳川家と和睦を結んだ。講和の条件は次の三条である。
一、甲斐・信濃両国は徳川家康の所有となり、北条家は異議を唱えないこと。
二、上野一国は北条氏直の所有とし、沼田領を有する真田昌幸には家康から替地を与えること。
三、和睦の証として家康の次女・督姫《とくひめ》と氏直の婚姻を結ぶこと。
徳川家に有利な内容であるが、北条家にすれば、上野の支配に専念でき、また、徳川との同盟が結ばれれば西に脅威がなくなり、関八州に北条の国を築くという早雲以来の目標を遂行できる利点があった。

さらに、信濃を譲ったといっても、今後、家康は統治にかなりの力を注がなければならず、北信濃を有する上杉との抗争は避けられないであろう。上杉家は上野へも触手を伸ばしているので、越軍に両家で当たれるという目論みもあった。おまけに戦上手で煩《うるさ》い真田昌幸を徳川領に追いやることができれば、十分に納得できる内容であった。

一方、信濃を得た家康であるが、仕置に歳月がかかり、織田政権内で拡大する羽柴秀吉の力を抑えることができず、天下人の席を秀吉が死去するまで譲る結果になった。

信濃を徳川に譲ったが、上野の国境に近い佐久の小諸城の存在は重要である。十一月五日、氏直は大道寺政繁を改めて同城主に任命し、これに倉賀野勢ら東上野の者たちを在番につかせている。同城が徳川方に渡るのは、翌春であった。

「よもや、信濃全土をも譲るとはの」

阿曾砦で報せを聞いた氏邦は、あまりにも譲歩した和議の内容に首を捻った。

「それほど切迫した状況だったのではありませぬか」

諏訪部定勝の言葉に氏邦は頷いた。

「お屋形様も帰国の途に就かれたとのことゆえ、我らも帰城してはいかがでしょう」

「帰城か、左様のう」

出陣してからおよそ三ヵ月。そろそろ家臣たちの疲労も目立ってきた。氏邦は猪俣範直らを砦に残し、阿曾砦を発った。

氏邦、ならびに氏直ら北条本隊が帰途に就くと、待っていましたとばかりに真田勢が動きだし、津久田城や白井城を攻撃した。

氏直は帰途の最中、上野衆に真田勢を排除するよう命じた。使者は厩橋城の北條高廣の許にも遣わし、白井城に出陣するよう要請した。

だが、北條高廣は氏直の命令を拒絶した。高廣は八月、北条軍の本隊が若神子で徳川勢と対峙している頃、北条方になった娘婿の那波顕宗を攻めている。滝川一益がいなくなり、ようやく解放されたので、独立を望んでいた。また、北条勢が川中島で上杉勢と干戈を交えたことも知っているので、上杉景勝の越山を期待しての拒否であった。

だが、この時、すでに越後、上野国境の三国峠は降雪しており、九月に揚北の新発田重家に敗走させられている景勝にとって、とても越山などできる状態ではなかった。

北條高廣憎しの感情を植え付けられた氏直は十一月下旬、小田原に帰城した。

鉢形城に帰城した氏邦は久々にゆっくりと戦塵を落としたいところであるが、先の出陣による恩賞などに追われ、また、武田旧領の西上野を任されることになり、のんびりとはしていられなかった。さらに、甲斐を自領とした家康の統治方法に異議を唱え、領国を捨て、秩父や氏照の滝山に逃れる者が少なからず出てきた。この者たちを受け入れ、知行を宛てがったりもしなければならなかった。

閏十二月二十日。北条家の傀儡《かいらい》であった古河公方こと足利義氏《あしかがよしうじ》が死去し、氏政の姪にあたる氏姫《うじひめ》が僅か九歳にして古河公方を継ぐことに決まった。もはや関東公方は有名無実となり、氏直が実質的に関東管領となった。

義氏の葬儀を行った氏照が古河公方の遺領を受け継ぎ、東上野も氏照の管轄となった。

氏邦は新たに従った上野衆にも軍役を定め、閏十二月二十四日には、新木河内守《あらきかわちのかみ》以下、二十人に対して、騎馬武者には十貫文（約百石）を、徒侍《かちざむらい》には三貫文（約三十石）を新規に与え、沼田城の防衛を命じている。

徳川家との和睦で一応は西からの脅威がなくなり、北条家は東への支配を強めていった。

かくして激動の天正十年は暮れていった。

第三十章　三国半志

一

天正十一年（一五八三）の一月――。

三が日は正月気分に浸り、のんびりと屠蘇《とそ》に酔っていた氏邦だが、四日目には気持を入れ替えて出陣の準備を始めさせた。

利根郡、吾妻郡には、依然として真田勢が在して根を張り、北条方の上野衆を攻め、誘降を呼び掛けて切り崩している。また、武蔵国境にも近い厩橋城の北條高廣《きたじょうたかひろ》も真田同様、北条家に反旗を翻《ひるがえ》し、小豪族を攻めている。さらに金山《かなやま》城の由良《ゆら》国繁《くにしげ》、館林《たてばやし》城の長尾《ながお》顕長《あきなが》兄弟も北条家に従順ではなく離反の噂も流れている。

実質的な関東管領となった北条家としては見逃せるものではなかった。

古河公方亡きあとの足利家ならびに領地を纏める必要から、氏照の参陣はないが、西への不安がなくなり、小田原本家も出陣する予定である。

氏邦は家老の諏訪部定勝と居間で火鉢を前に対座していた。

「真田の様子はいかに？」

「内山《うちやま》城の猪俣能登守（邦憲《くにのり》）からの報せでは、丸子《まるこ》らが真田に抵抗しているゆえ、自身の出陣のみならず、後詰を出すことも難しいとのことにございます」


信濃を家康に譲りはしたが、末端の地侍衆まで素直に従うとは限らない。小県《ちいさがた》郡依田窪《よだくぼ》の丸子氏らは徳川家に反発し、蜂起している。昌幸としてはこれを鎮《しず》めねば東に兵を送ることはできない。

「されば挟み撃ちをされることはないの。北條奴、いかにするかの」

氏邦は笑みを作る。真田昌幸と同じように、独立意識の強い北條高廣は、上杉謙信を二度裏切り、北条家にも何度か離反している。援軍を得られぬ今、滅亡覚悟で戦うか、降伏するのか、氏邦は楽しみであった。

十四日、氏邦は二千の兵を率いて、上野の石倉《いしくら》城に向かった。

石倉城は利根川を挟んだ厩橋《まやばし》城の対岸にあり、同川を東の外堀にしている。川の崖端に本丸を置き、郭の中に二ノ丸、三ノ丸を築き、川から引いた水を南北と西に掘った惣堀《そうぼり》に流して防備としている。城には一千ほどの兵が籠っていた。

「思いのほか、城には兵が残っておるの」

十六日、石倉城から半里ほど南の箱田《はこだ》に到着した氏邦は敵城を見て意外に思った。北条家が本気で攻めると聞けば、対岸の厩橋城に逃れるのが普通である。

「仰せのとおりですが、殿、御覧あれ」

定勝は利根川を指差した。見れば川は氾濫《はんらん》せんばかりの激流となっていた。

一ヵ月前の閏十二月は六度、一月は四度も霙《みぞれ》交りの雨が降った。利根川に流れ込む各川の源流では相当な豪雨があったに違いない。渡河出来る状態ではなかった。

氏邦の着陣を知った高廣の弟の高政《たかまさ》が挨拶に訪れた。高政は昨年から氏邦に従っており、沼田城攻めにも加わっていた。年末には氏直から感状をも得ている。

「遠路の到着、祝着至極に存じます。こたびの先陣、我らに賜るようお願い致します」

兄の裏切りに忠信を問われるならば、いっそ申し出て回避しようという思案であろう。

「安芸守（高廣）が背きしおり、これに従わなかったことは称讃致す。貴殿の忠信、よく承《うけたまわ》った。先陣の件は、本家がまいったのち、改めて思案致そう」

労って下がらせた。他にも那波《なわ》顕宗《あきむね》や冨岡秀長《とみおかひでなが》、倉賀野《くらがの》秀景《ひでかげ》、和田《わだ》信業《のぶなり》らなどが赴《おもむ》いた。

勝てる戦と見込んだに違いない。氏邦は同じように対処した。

十七日、氏直が氏政ともども一万の軍勢を率いて到着した。

氏邦は本陣に足を運ぶと、首座の床几に腰かける氏政が鷹揚に聞く。

「川が暴れておるようじゃの。二、三日は引くまい」

「はい。土地の百姓もいつ引くか判らぬとのことにございます」

「川が相手では致し方あるまい。まあ、気長に待つとするか」

「大御館様、その前に目障りな城を落としとうございます」

若き氏直が覇気ある目を向ける。

「左様か、ならば、軽く一当致せ。されば夜露も凌げよう」

鷹狩でも楽しめと勧めるような口ぶりの氏政である。失敗することを疑ってはいなかった。これも西への心配がなくなった自信のあらわれなのかもしれない。

「されば、尾張入道、誰ぞ適当な者を率いて落としてまいれ」

「畏まって候」

命じられた松田憲秀は相模衆を率いて本陣を出ていった。

氏邦が到着した時は、城門を堅く閉ざしていた石倉の城兵であったが、さすがに北条勢一万二千に上野衆二千が加わった軍勢を見て闘気は失せてしまったようである。

松田憲秀らが城に近づくと、一発の鉄砲を放つこともなく降伏を申し出た。賢明な判断ではあるが、あまりにも呆気ない陥落であった。これに半里ほど北に建つ惣社《そうじゃ》城も従い、北条勢は何の苦労もなく両城に入り、一千ほどの城兵を虜にした。位《くらい》攻めの典型であった。

「兵数の多さはだてではない。これで上野武士も世の変わりようが判ろうて」

入城したのちに酒宴となり、氏直は上機嫌であった。

確かに今まで上野には大きな勢力がなく、万を超える兵を動員できたのは近隣の北条、武田、上杉家であった。だが、武田はすでに滅んでおり、上杉も未だ御館の内紛の影響を受けて国内も定まらない。覇を見せられるのは北条家だけである。氏直が言うように、北条家に敵対するのは愚かであった。この勢いならば、堅固な厩橋城を落とすのも、そう難しくはないような気がする。そのあとは……。氏邦は疑問を持った。

「厩橋城を落とした後はいかがなさいますか」

「落としたあと？」

考えていなかったのか、氏直は言葉を詰まらせた。

「そちはいかがするがいいと思うのか」

氏直に替わり氏政が問う。

「某は信濃のこともありますれば、北に向かうがよかろうかと存じます」

できるだけ、本家の力を借りて真田の力を弱らせたいのが氏邦の本音であった。

答えると、氏直は父の氏政と顔を見合わせ、頷いたのちに氏邦に目を向けた。

「上野のことでござるが、東上野は氏照殿に、武田の旧領である西上野は叔父御に任せたいと存ずる。ご不満でござろうか」

真田は氏邦一人で何とかしろとの氏直の言いようであった。

上野一国を任せられなかったのは、荷が重いと軽く見られたのであろう。そのことに腹は立つが、現状を冷静に考えれば確かに妥当なところである。逆に、管轄する氏照の範囲を増やしたことで、多少、罪の意識に氏邦は苛まれた。

「有り難き仕合わせ。お任せくだされ」

「氏邦、今は武田や上杉に悩まされることはなくなった。何かあれば遠慮なく申せ。以前とは違い、後詰も出すことができよう」

「その時はお言葉に甘えさせて戴きます」

氏邦は素直に頭を下げた。

氏政には以前のような刺々《とげとげ》しさはなく、大らかに助言する。まさに北条家の真の実力者という風格が備わっていた。地位が人を作るのは本当かもしれない。

その後、北条勢は石倉城で利根川の水位の下がるのを待っていたが、渡河できるようになるには半月近く、二月の初旬までの日にちが必要であった。

ようやく水が引いて渡河できるようになったのは二月八日のこと。石倉城と厩橋城の距離は四町（約四百三十六メートル）ほどなので、様子は手に取るように判る。氏政は一里南を渡河させ、善養寺《ぜんようじ》表に出陣させた。その時だ。

「申し上げます。下野《しもつけ》に佐竹、結城らが兵を進めております」

氏照の重臣で下野都賀《つが》郡・榎本《えのもと》城代の近藤綱秀《こんどうつなひで》から報せが届けられた。

「なに、佐竹とな。大御館様、厩橋などいつにても落とせます。それよりも長年の宿敵、一気に蹴散らす好機にございます」

「よう申した。これより下野に兵を進めようぞ」

突如、厩橋城攻めは中止となり、北条勢は進軍先を変更することになった。

「氏邦、そちは北條の追い討ちを阻止すべく、厩橋に残れ。厩橋はその気になればいつにても落とせる。佐竹を討って必ず戻るゆえ、決して無理をするでないぞ」

言うと氏政は下野に向かって出立した。過去、何度か敗走させられている佐竹義重に、自ら勝負を挑もうとは、これも徳川との同盟による強気から出ているようである。

「楽しみを先に延ばしたと思えばよいではありませぬか」

定勝は宥《なだ》めるが、糠喜びをさせられたようで、氏邦は虚無感に浸った。

氏邦は命令どおり、周囲に砦を築いて城を監視していた。

二

砦で厩橋城を押さえ込んだ氏邦は石倉城に戻った。

さすがに喉元に鉾先を突きつけられている北條高廣は、挟撃する兵を送りはしなかった。

それでも大軍がいなくなり、気を良くしたせいか、二月十九日、上杉景勝の家臣・上条政繁に対して、関東の形勢を報せ、再び越山することを頼んでいた。だが、三国峠は一間を超える雪が積もっており、とても上野に兵を進めることはできなかった。

動きのない石倉城に氏政から報せが届けられた。

「申し上げます。佐竹ら北関東勢、下野の皆川領と佐野領の間まで出陣しております」

「皆川と佐野か。かなり近いな。由良兄弟の動きが鍵を握りそうだの」

「御意。万が一、反目致せば、本家は袋の鼠《ねずみ》となりましょう」

「まあ、大御館様がついておるゆえ、左様なことにはなるまい」

北条家は氏照らの軍勢も合わせて、まだ一万以上の兵を動員できるので、氏邦としてはそう心配はしていない。だが、懸念は現実となった。

氏政が下野に向かう途中で由良国繁、長尾顕長兄弟に参陣を呼び掛けたところ、了承するものの、実際に兵を出してはこなかった。

訝《いぶか》しがった氏政は下野に深入りせずに引き返し、北条綱成ら三千の兵を石倉城に向かわせると、帰国の途に就いた。厩橋城攻めをしている時に背後を突かれることを嫌ったのであろう。佐竹勢が帰城してから、再び出陣するとのことであった。

時を同じくして箕輪城将の内藤昌月から遣いが到着し、真田勢が南下する動きがある旨を伝えた。真田昌幸は徳川の麾下になる際に家康から箕輪の地を与えられている。西上野を任せられた氏邦としては、抛《ほう》っておけることではなかった。

「箕輪に兵を出さねばなるまいな」

氏邦はさっそく帰国途中の氏直に遣いを出して箕輪城に向かうことを告げた。

二十八日、氏直から箕輪の仕置をするようにという返事が返ってきた。氏邦は老将の綱成に石倉城を渡すと、西に進路を取った。

石倉城から箕輪城まで道なりに進んでおよそ二里半（約十キロ）。氏邦はその日のうちに入城した。箕輪城は榛名山の東南麓の低尾根（標高約二百七十三メートル）に築かれた丘城《おかじろ》である。南が箕手《みのて》状の沼地になっており、東西約四町、南北十一町（約一・二キロ）と広大な城だ。

以前は長野《ながの》氏の居城であったが同氏滅亡後、武田家臣の内藤昌秀・昌月親子が城将として城を守り、一旦は滝川一益に譲ったものの再び昌月が入っていた。

「真田の軍勢が攻めると申すはまことか」

氏邦は主殿に入るなり、内藤昌月に尋ねた。

「はい。真田の細作を多々目に致します。城攻めが近いに違いありませぬ」

「左様か。素早い判断はよき心掛け。今後も頼みますぞ」

取りあえず氏邦は労った。不安定な情勢の中、高飛車なもの言いが元で背かれては面倒である。気を遣うことも方面司令官の役目であった。

この日、氏邦は佐波《さわ》郡玉村《たまむら》城主の宇津木氏久《うつぎうじひさ》に箕輪在城を命じ、兵の一部を割いて北爪《きたづめ》将監《しょうげん》らが守っている勢多郡の女淵《おなぶち》城にまで兵を進めている。

一方、氏直は先の下野出陣で背信の動きを見せた由良国繁と三月三日、血判の起請文を交わして、再び由良家を北条家に従うようにさせていた。

同じ頃、群馬郡の白井城から遣いが来た。何でも城主の長尾《ながお》憲景《のりかげ》が、起きることも叶わなくなったので、死ぬ前に是非とも氏邦に会いたいということであった。

「謀《はかりごと》ではありますまいか」

使者からの口上を聞いたあとで、諏訪部定勝は怪訝《けげん》な目を向けた。

「よもや。小田原には一色斎《いっしきさい》（憲景）の三男（烏坊丸《うぼうまる》）が質になっておろう。儂の首を取って真田から空約束の地を得たとて、北条家を敵にして守りきれるわけはなかろう」

昨年の六月二十二日、憲景は白井領の本領安堵の代わりに小田原に人質を出していた。

「虜にする策とも考えられます」

「同じだ。質の交換をしたとて、本家がその気になれば、白井城など跡形もなくなる。あのご老人、まだ惚《ぼ》けてはおらぬはず。起きられぬは真やもしれぬ。無念のまま黄泉に旅立たれては寝起きが悪くなる。真田の様子も気になるゆえ、白井城に行こう」

氏邦は使者の言葉を信じて白井城まで足を延ばすことにした。

箕輪城から白井城までおよそ五里（約二十キロ）。氏邦は翌日の夕刻前に到着した。

白井城は利根川と吾妻川の合流点に築かれている。この地は越後から関東平野への出口を押さえる要衝である。代々、長尾家が居城としてきた。

氏邦が城門を潜ると憲景の次男・輝景《てるかげ》が挨拶に出向いた。

「こたびは遠路はるばる、我が父の我儘をお聞き戴きまして恐悦至極に存じます」

この男も病弱と聞いているが、日焼けしていないせいか、より顔の線が細く見える。すでに長男の憲春《のりはる》は永禄六年（一五六三）、二十六歳の若さで病死している。

「何の。一色齋殿の忠義を思案致せば、容易きこと。父御は何ゆえに病床におられるか」

「虫風（脳梗塞）にございます。何とか死を免れましたが、いつまでもつか……」

「左様か。されば、一刻も早う会わねばの。父御の許に通されよ」

氏邦が馬上から鷹揚に言うと、輝景は自ら轡《くつわ》を取り、氏邦は北の郭に通された。

寝室に足を運ぶと、憲景は額に白い布を巻き、横になっていた。先日までは元気に出陣していたが、今は顔が赤茶けている。薬師でなくとも、長くないことが判った。

「……おおっ……こ、こ、これはあ、あ、安房守と、殿……」

横になっていた憲景は氏邦を見つけると、呂律《ろれつ》の廻らない様子で言葉を発し、上半身を起こそうとする。主を小姓たちが慌てて背後から支えた。

「お気づかい無用。横になっておられるがよい」

氏邦は制するが、憲景は必死に起き上がり、そして口を開く。

「な、な、何とぞ……む、む、息子らのこと、お、お見捨てなきよう……」

震える手を伸ばし、憲景は氏邦に懇願する。嫡子は病死、次男は病弱、三男は人質の身。白井長尾家の今後を考えれば、死んでも死にきれぬという心境であろう。

憲景は、北条、上杉、武田、滝川の間で、時には敵対し、時には麾下に加わって生き抜いてきた戦国武士である。今は北条家の傘下に甘んじているものの、名家の誇りや自尊心をかなぐり捨ててまで哀願する姿を見て、氏邦は不憫に思った。同時にこのようにはなりたくないという気持を強くしたが、自身の嫡子・東国丸も病気がちで、次男の亀丸は数え年四歳。まだ海のものとも山のものとも判らない。他人事ではなかった。

「お任せあれ。決して悪いようには致さぬ」

氏邦は安堵させようと憲景の手を取った。すると憲景は、もの凄い力で握り返す。

「ほ、ほ、ほんに、ほんに、お、お願い致します……」

涙を流し、憲景は訴える。氏邦は何度も頷き、労って北の郭を出た。

頼まれた以上、長尾家の存続を図るよう努力はするが、時は乱世。憲景の願いどおりになるかどうかは定かではない。

「これで、白井長尾家が返り忠することはなくなりましたな」

定勝が耳許で呟いた。情のない言葉であるが、戦国の世では当然の考えである。今現在、敵対する真田との最前線にある白井城を、病弱な輝景に任してはおけない。おそらく、憲景が死去すれば、小田原からは城代が派遣され、氏直らの指示で長尾家を動かすことになるであろう。西上野は氏邦の管轄なので、強固にしておかねばならぬ。だが、氏邦の意思とは別の思案で麾下の国人が動くという、また新たな危惧をしなければならぬのは、何とも皮肉なことであった。

氏邦は白井城に在して、防備の備えを命じ、寺社領などを安堵し、先に押さえた吾妻郡の中山城に赤見山城守《あかみやましろのかみ》を配置する指示を出した。

そこに早馬が駆け込んできた。

「申し上げます。東国丸様ご危篤になられ、至急、ご帰城して戴きますよう、御台様のお言葉にございます」

遣いは息を切らせて告げた。

「なに！　東国丸が？　定勝」

氏邦はこわばった顔で定勝を見た。

「上野のことはお任せあれ。若君も殿のお顔を見れば元気になりましょう」

「定勝、頼んだぞ」

言うや否や氏邦は馬に飛び乗り、鉢形に向かって砂塵を上げた。あとを近習が追う。

（東国丸、持ちなおせ！　病になど負けるでない）

氏邦は何度も胸中で叫び、馬の尻に鞭を入れた。今は合戦の最中ではないが、敵に一番近い場所で、配備を命じている時に、子供の病で帰城する武将などどこにいようか。おそらく他国の将が聞けば腑甲斐無き者と一笑に付すであろう。だが、氏邦はいてもたってもいられない。先日、憲景が藁《わら》をも摑む気持で人に縋ったのがよく判る。見栄も自尊心も何もない。ただ、東国丸が助かればいい。親の心情である。

白井城から鉢形城までおよそ十三里（約五十二キロ）。北条家の支配地は伝馬制をとっているので、定められた場所で馬を乗り替えて、遠慮なく鐙《あぶみ》を蹴った。

竹筒の水を馬上で飲み、病に苦しむ息子に会うために、ただ直《ひた》走った。

（この世に神がいるならば、我が命と取り替えよ）

馬を疾駆《しっく》させながら肚裡《とり》で祈り、また、叫んだ。氏邦が鉢形城に到着したのは、完全に陽が沈み、あたりが紫から群青色《ぐんじょう》になった頃であった。

一度も休息を取らなかった氏邦は、汗だくのまま屋敷にあがり込む。纏わりついて挨拶する留守居役の家臣たちを払いのけ、東国丸が横になっている奥の間に向かった。

「東国丸！」

両手で勢いよく障子を開け、氏邦は部屋中に響く声で名を呼んだ。

氏邦の目に入ってきたものは、小さな顔の上に白い布がかけられた姿であった。

当主の声に周囲の者たちは驚き、慌てて平伏をする。一人だけ頭を下げぬ女人がいる。

氏邦の正室であり、東国丸の母である大福であった。

部屋に灯されている明かりで、大福の表情が判る。泣き続けたのであろう。目は赤く、瞼は腫《は》れぼったくなっているが、氏邦の視線にあるのは、東国丸であった。

「東国……」

氏邦は夢遊病者のごとく、ふらふらと歩いて近寄り、力尽きたように遺体の前に膝をついた。右手を伸ばして顔にかかる布を取ろうとしたところで止まった。取ってしまえば一気に悲しみが襲いかかってくる。見ないですむのならばそれに越したことはないが、父親として見なければならぬという自分もおり、頭の中で鬩《せめ》ぎあっていた。

躊躇していると、大福が気をきかせたのか、東国丸の顔に掛かる布をゆっくり捲った。いつも咳込み、苦しそうな表情をしていた顔とは違い、まるで東国丸は眠っているようである。本当にもう、生きていないのか、氏邦には信じられなかった。

「静かな顔でございましょう。今にも目を覚ましそうで……」

涙声で大福は呟《つぶや》いた。氏邦に話し掛けるというよりも、我が子に呼び掛け、そして蘇生《そせい》することを願っている哀しい母の姿であった。

「この子は優しい子で、わたしが花を生けていると、蝶の食べ物がなくなるから、お庭に咲かせてあげてくれと申して……魚や鳥も可哀想だから膳には出さぬようにと……」

ありし日の姿を回想するたびに大福は大粒の涙をこぼした。

「東国丸、もう苦しまずにすむのです、ようございましたな。何も、何もしてあげられなかった母を許して……ううっ……」

大福は東国丸の頬を撫でながら、再び哀しみがこみあげてきたのであろう。嗚咽《おえつ》をあげはじめた。

逆に氏邦は不思議と涙が湧いてこない。本当は心臓を抉《えぐ》られ、頭を叩き切られたような衝動が走っている。血の涙を滂沱《ぼうだ》のように流し、慟哭《どうこく》したくて仕方ないのに、一向に出てこない。本当は絶叫したいほどである。

(儂は情が薄いのであろうか。あるいは何かが麻痺したのか。それとも、大福が言ったように、今にも東国丸が起き上がり、はしゃぎ出しそうだと、もしくは悪い夢から覚めると信じようとしているのか)

あらゆる感情が凍りついたか、崩壊《ほうかい》してしまったのかもしれない。

(儂は四十年以上も生を偸《ぬす》んでおるに、東国丸は僅か十年ほどしか生きられぬとは)

氏邦はこの世の矛盾を恨み、死神の悪戯《いたずら》を呪った。

(辛いだけの生涯を味わわせて、儂は父と呼べるのか。生まれぬ方がよかったのか)

己の無力と瑕疵《かし》に苛まれ、無言のまま胸の内で痛哭《つうこく》した。ただ今は何もかも忘れて側にいたい。せめて死後は苦しまずに極楽浄土《ごくらくじょうど》なるところへ逝って欲しいと願うばかり。

大福の啜《すす》り泣く声は辺りが白むまで消えなかった。

三

葬儀の最中でも、氏邦は終始無言。まるで魂を失った人形のように座していた。

「兄上がいない。兄上はどこ？　父上、兄上は？　母上、兄上がいない」

数え年四歳の亀丸は寂しげな顔で氏邦や大福に纏わり、参列した者たちの涙を誘っていた。

柩《ひつぎ》は化粧道具を入れる箱のように小さなもの。見るからに痛ましいものであった。

「いや、やめて！　わたしの東国丸を焼かないで」

火をかける真際まで大福は柩に縋りつき、周囲の者たちを困らせていた。同じ親であっても、お腹を痛めて産んだ母親の情は父の氏邦とは違うようであった。

氏邦の命令で家臣たちが大福を引き離し、ようやく東国丸は茶毘《だび》に付された。

燃え盛る炎を見ながら、氏邦は己の体を焼かれているような錯覚を感じた。背後で大福の嘆きがいつまでも続いていた。

氏邦は秩父郡の金剛院《こんごういん》の光洗寺《こうせんじ》を城下の寺町の西に移し、東国丸の菩提寺として東国寺《とうごくじ》と改めた。東国寺としての開山は両雲大和尚《りょううんだいおしょう》と言われている。東国丸の法名は東国寺《とうごくじ》殿雄山桃英大童子《でんゆうざんとうえいだいどうじ》。現在は車山《くるまやま》の北西麓に移され、金車山泰平院《きんしゃざんたいへいいん》と号している。

憔悴《しょうすい》している氏邦ではあるが、乱世は関係なく動いている。

三月十九日、再び北條高廣は越後の上条政繁に書を送り、上杉の越山を要請している。

氏邦は心にぽっかりと穴が空いたようで、何もする気が起きなかったが、西武蔵と西上野を総括する武将には、悲しみに浸る刻など与えてはもらえない。上野の統治は、大体のところは決まっていても、細かなところはまったくといっていいほど進んでいない。箕輪城に戻った諏訪部定勝からは、しきりに催促《さいそく》が来る。政情不安な上野において、やはり北条家の血を引く氏邦の顔が必要なのである。

「致し方ないか」

失意に暮れる氏邦だが、それでも箕輪城に向かって鉢形城を出立しようとした。

「四十九日も過ぎぬのに、もう城を出られるのですか」

氏邦同様、悲愁《ひしゆう》に打ち拉《ひし》がれている大福が声をかける。

「上野の仕置が滞っておる。儂が行かねば進まぬ」

「葬儀をすませれば、終いでございますか。何とつれないことでございましょう」

「手厚く葬ったつもりじゃ。そなたは不服か」

「はい」

「されば、そなたは、これ以上、儂に何をしろと申すのだ」

つい、氏邦はきつい口調で尋ねた。好きで上野に行く訳ではない。お前にはそれが判らぬのか。心情が伝わらぬもどかしさに苛立ったせいである。

「それは、殿が思案致すこと。人から申されたことを実行するだけでは、お座なりの葬儀と同じこと。東国丸も浮かばれますまい」

「我が息子の死に、悲しいと思わぬ親がいずこにおろうか」

「どうでございましょう。殿は東国丸の亡骸を見たのちも、涙一つ流しませんでした」

「それは……」

確かに涙は出なかった。自分でもおかしいと感じているが、そのような表面的なことではなく、奥底にある悲涙をなぜ見てくれぬのだと氏邦は憤る。

「東国丸が藤田の血を引いているからにございますか」

「なにを申す……」

氏邦が言いかけると大福が遮るように口を開く。

「殿には判りませんでしょうな。同じ血を引く者が死していく身を切られるような辛さ。斬っているのは北条家の者なのですから」

「また、それか。儂には死んだ者を嘆くよりも、生ある者を生かす方が大事だ」

「戦で人が生かされましょうか。生を奪いに行くだけではござりませぬか」

「乱世ゆえ仕方なきこと。敵に負けぬために攻めねばならぬのだ」

言うと氏邦は大福に背を向けて部屋から出ていった。あとに太刀持ちや小姓が続く。

鉢形城を出た氏邦は馬上で冷静に判断する。

大福との夫婦仲はお世辞にもいいとは言えないが、同じ親として悲悼《ひとう》を分かち合える唯一の存在である。やはり側にいて欲しいがゆえの憎まれ口であろう。落ち着いて考えれば、もっと優しい言葉をかけてやればよかったと後悔する。だが、それを振り切るように城を出た。今さら戻る訳にもいかない。後で文を書くことで対応することにした。

辺りには桜が咲き乱れる春爛漫《らんまん》。鮮やかな色あいが目を楽しませてくれるが、氏邦の心には、枯れ葉散る閑散《かんさん》とした冬の森林に見えた。


群馬郡の箕輪城に到着した氏邦は、真田勢の動きに牽制させながら、定勝では処理できぬ所領問題を片づけていた。とても大福へ文を書くような余裕などなかった。

三月二十八日には箕輪近くの極楽院《ごくらくいん》に三ヵ条を発給するなど、武士だけではなく、寺社勢力も取り込もうと努力していた。

氏邦が箕輪に戻った日と前後して、氏直、氏政親子も上野に出陣し、北條高廣の在する厩橋城の包囲を強めた。

同時に氏邦管轄である中山城の赤見山城守に中山衆、沼田牢人衆、上川田《かみかわだ》衆、下川田《しもかわだ》衆、須川《すかわ》衆ら五十一人を預け、兵の増強をするとともに指南するようにも命じた。

命令系統が二方向から出るのは北条家の特徴でもある。氏邦としてはやりづらくて仕方ないが、本家の後押しがなければ、事は進まぬので我慢しなければならなかった。

四月二日、白井城の長尾憲景が死去した。氏邦が見舞ってから一月後のことである。見立ては間違っていなかった。憲景から頼まれているので氏邦は家督を認めるよう本家に手を配り、病弱な嫡男の輝景が継ぐこととなった。さらに、この地域の強化を図るべく小田原で人質となっている三男の鳥坊丸を返すように口をきいてやった。

すると本家は烏坊丸を返却することを条件に白井城に城代を送り込んだ。南条頼胤《なんじようよりたね》、大橋康定《おおはしやすさだ》、それに由良国繁の重臣・大沢一信《おおさわかずのぶ》である。北条家に従属を誓った由良家から重臣の引き抜きと、真田への対応を同時に行う思案であった。

また、猪俣邦憲も信濃の内山城から蓑輪城に戻ってきた。これも氏邦の指示ではなく、小田原本家、氏政からの命令であった。

一方、正月、真田昌幸は依田窪の丸子城を攻めて城主の丸子三左衛門《さんざえもん》を降伏させた。そして、三月、上杉方となる埴科郡《はにしな》の虚空蔵山城《こくうぞうさん》を陥落させた。同じく上杉方の室賀満俊《むろがみつとし》を裏切らせて徳川に従わせていた。さらに尼ヶ淵城《あまがふち》の修築工事を始めた。この規模が大きくなり、のちの上田城に発展する。

因みに小諸城に在していた大道寺政繁は徳川方の依田康国《よだやすくに》に同城を引き渡して、信濃国境の要衝である松井田城に退いている。

「信濃の様子はいかがだ」

氏邦は猪俣邦憲に問う。

「真田が徳川の手先となって版図を伸ばしております」

「左様か。こののちは真田を退治して、上野一国を我らが版図と致す。左様励むように。されど、遠い地での疲れもあろう。しばし休むがよかろう」

「はっ、有り難き仕合わせに存じます。されば、お言葉に甘えさせて戴きます」

真田昌幸への恨みを持つ猪俣邦憲は上野制圧の力になると氏邦は考えているが、使い方を間違えれば失態にも繫がるとも認識している。何れも己の采配次第である。慎重に判断しなければと思うばかりだ。

政に携《たずさ》わっていると、東国丸の死を忘れられる。氏邦は上野支配に力を注いだ。

五月一日、すでに鬱陶しい梅雨に入っていたが、この年はまるで春先のように寒い日が続いた。

氏邦は蓑輪城で上野衆を引き止めるため、真田方の武将たちへの調略の書状を毎日のように出し、さらに国人衆たちと顔を合わせることもした。だが東国丸夭折《ようせつ》の失意による心労と、激務に天候不順が追い討ちをかけたのか、五月に入ってから氏邦は同城で倒れてしまった。

四十一歳。今で言えば前厄《まえやく》という歳になろうか。長年の疲れの出る年齢であった。しばらく床から起き上がることはできなかった。

四

病床にある氏邦だが、倒れているからといって周辺の敵は完治するのを待ってはくれない。それどころか、好機とばかりに切り崩しにかかってくるので、病の身でも意識が戻れば安穏としていられないのが現実であった。それでも薬師の糟尾壽信《かすおじゅしん》が調合した薬が序々に効いてきて、何とか筆を執れるほどには回復してきた。

六月になると、ほぼ全快しており、馬にまで乗れるようになっていたが、その後も奉行のように書状ばかりを書いていた。

ここまでは、争い事はなかったのだが、氏直の命令でつまらぬ騒動が起きた。

六月二十五日、氏直は先に病死した白井城主の長尾憲景の三男の烏坊丸（政景《まさかげ》）に、常陸の真壁《まかべ》城近くの三清寺《さんせいじ》分の地を与え、小田原から戻して勢多郡八崎《はっさき》城に入城させ、利根川以東の白井領を支配させようとした。

ところが白井長尾家の家臣で、大室《おおむろ》城将の牧和泉守《まきいずみのかみ》、弾正《だんじょう》親子がこれに反発し、伊勢崎衆と申し合わせて城に立て籠ってしまった。

牧親子の背信を知った氏直は、七月二日、金山城に行き、これを説得するよう由良国繁に交渉させろという命令を氏邦に対して出してきた。

「なんと」

随分と入り組んだ玉突きの交渉役である。明らかに尻拭いであった。確かに牧親子は新たな白井城主・長尾輝景の家臣だ。同城は氏邦の管轄する西上野に位置している。

だが上野の東西は利根川で分けることになる。輝景の白井城こそは西に位置するが、牧親子の大室城も、由良国繁の金山城も東上野で、氏照の管轄であった。

「なにゆえ、兄上のところではなく、儂のところに話がきたのだ」

そもそも氏直の領地分けが原因ではないか。氏邦は不満をもらした。

「一つは亡き一色齋（憲景）殿が北条家に従う際、由良殿に指南（取次ぎ）を頼んだゆえのこと。今一つは由良殿の返り忠の噂が消えぬゆえ、ではありますまいか」

諏訪部定勝は尤もらしい返答をする。

「左様なことは判っておる。何ゆえ兄ではなく儂のところに来たのだと聞いておるのだ」

「これは申し訳ございませぬ。古河のごたごたが治まっておらぬゆえでは」

昨年死去した古河公方義氏の奉公人たちが、同地で持ち上がった所領などの諸問題を氏照に裁定するよう持ち込んでいる。何しろ新たに公方となったのは僅か九歳の氏姫なので、これに従えぬという者が続出しているのも頷けた。

「左様か。まだ、片づいておらぬか」

氏邦の方が顎で使いやすいからだと定勝が言わなかったので、憤懣《ふんまん》を口に出さずにすんだ。氏邦は新たに鉢形から家臣を呼び寄せて箕輪の守りを命じ、金山城に向かった。

金山城は新田山《にいたさん》とも呼ばれる金山（標高約二百三十五メートル）の山頂にあり、同山は浅間山《せんげんやま》、東山《ひがし》、西山《にし》、大《おお》、中《なか》、小八王子山《こはちおうじ》と、その他の峰が連立する複雑な丘陵である。

本城には六つ郭が建ち、各山にも砦がある。また、井戸は数ヵ所あって涸れることはなく、三十ヵ所以上の堀切と二十ヵ所以上の虎口があり、まさに難攻不落の山城である。

城主は三十四歳になる国繁で、家督を継いで九年目になる。以前は岩松氏の家臣で横瀬姓を名乗っていたが、永禄八年（一五六五）、国繁の父・成繁が十三代将軍足利義輝のお供衆に召し加えられ、由良に改姓して独立した。その後、上杉支配からも自立し、北条、武田とも対等の立場を維持している。気概のある一族である。

氏邦は僅かな供廻と金山城の実城《みじょう》（本丸）に向かった。曲輪と曲輪を繋ぐ道は狭く、各々の門は厳重である。上杉謙信が何度も攻めて落とせなかったことが納得できる。陥落させるには相当数の犠牲と日にちを費やさねばならぬであろう。

主殿に通されると由良国繁が現れた。鼻が少々大きく、眼光鋭く覇気のある面構えをしている。人に従属しそうな漢ではなかった。また、真田昌幸や北條高廣らと同じ匂いがする。談笑しながら平気で人を斬れそうな類いの武士ではないかと思えた。氏邦は何度か戦場で対峙したことはあるが、直に干戈を交えたことはなかった。

「これは遠路遥々《はるばる》、ようまいられた。されど、物々しい出で立ちでござるな」

座に着くや、国繁の方から口火を切った。

「物騒な世の中ゆえ、用心のためとお考え戴きたい。されど、ようお会いして下された。まずは、礼を言わせてもらう」

「安房守殿が自らまいられたとあっては、断れますまい」

「かように堅固な城のこと。飛んで火に入る夏の何とかではござらぬのか」

「剣呑《けんのん》、剣呑。左様なことを致せば厩橋城を囲む兵だけではなく、北条家が有する全ての力が、この小城に向きましょう。弱輩者でも家を滅ぼすほど愚かではござらぬ」

「危うき橋は渡れぬと申されるか。その割には度胸があられる」

「小田原の氏直様には誓詞を差し出してござる。弱き国人が生き延びる術でござる」

「貴殿が弱き者ならば、儂などは戦を知らぬ童と言うもの」

「ご謙遜を。して、こたびの用向きは、書にあった大室城のことにござるか」

「左様。我がお屋形様の命令に従えぬと申しておる。貴殿から説得して戴きたい」

「なにゆえ攻められぬのでござるか。今、上野にいる北条の兵は一万数千はおりましょう。また、上野衆に呼び掛ければ、さらに兵数は増えるはず。一蹴でござろう」

「いずれ、厩橋城は総攻め致すつもり。その前に事を荒立てたくないのでござる」

「とは表向きのこと。実は某《それがし》の肚裡《とり》を探りに来たのではござらぬのか」

「さすがに信濃守殿。見事、思案を見透かされましたわ。儂もまだまだでござるの」

「判りました。説得しましょう。されど、牧親子が否と申した時はいかがなされますか」

これには答えずに、氏邦は厳しい視線を国繁に向けた。

「これは恐ろしきこと。北条の兵が向かぬよう、必死の覚悟で挑みましょう」

国繁は真意を感じ取ったようだが、脅しに屈するような武将ではない。また、北条家には逆らわぬ口ぶりであるが、いつ背信してもおかしくなかった。

その後、しばしの談笑ののち氏邦は金山城を後にした。

帰路の途中、石倉城に立ち寄り、氏直に報告したのちに、再び箕輪城に入城した。

ほどなくして牧親子は開城して、改めて北条家に従うことを誓った。だがこれで牧親子は長尾氏ではなく、由良氏と繋がっていることが露顕した。

ともあれ牧親子のことが片づいたので、七月二十三日、烏坊丸は元服し、権四郎政景《げんしろうまさかげ》と名乗るようになった。少しずつ支配の基盤はできてきていた。

だが、北條高廣は抵抗したままで、まだ厩橋城は落ちるには至らない。それでも氏直親子は徳川家からの輿入れが近いと、包囲兵を残して帰国の途に就いた。

氏邦は箕輪城に在したままであった。


九月二十日頃、半年近くの籠城に力尽き、北條高廣はついに厩橋城を開城した。この時、氏邦は箕輪城にあって、上杉ならびに真田の後詰を阻止するために、三国街道と沼田街道を封鎖していた。地味な役廻りであるが、充分に陥落には貢献できた。

城を明け渡した高廣は同族である勢多郡大胡《おおご》城主の大胡高繁《たかしげ》の許に退き、以後、被官《ひかん》として北条家に仕えることになる。

十月九日、小田原の奉行・垪和《はが》康忠《やすただ》から氏邦に対して、長尾氏の人質を政景の母から、政景の家老である矢野玄清入道《やのげんしんにゅうどう》の娘に変えろという命令が出された。

「そこまで信じてよいものかの」

「とは申せ、お屋形様の下知ゆえ反するわけにはまいらぬことかと」

「されど、本家が出した指示が誤りであったとて、事が起これば尻拭いは我らぞ」

本家は常に正しくて、失態は分家のせいという構図に氏邦は飽き飽きしていた。

「されど、早雲公以来の北条家の仕組みにございます」

「そちに言われんでも判っておるわ。早う、質の交換を致せ」

氏邦は不機嫌なまま言い放った。こうして矢野玄清入道の娘が人質となった。

真田昌幸が信濃の制圧に力を注いでいるせいか、氏邦管轄の西上野は比較的静かなものであった。こういう時こそ攻勢に出るべきであろうが、すでに季節は冬。沼田も十二月ぐらいから二月の末までは雪が降る。激寒の地では軍事行動は兵を疲弊させる。春まで兵力を温存しておきたいのが正直なところであった。

北條高廣が降伏したので、氏直は厩橋城で酒宴を開いた。宴には氏照、氏邦兄弟、それに松田憲秀ら重臣たちと主立った上野衆が列席した。ここに北条家とは一線を引いていた金山城主の由良国繁と館林城主の長尾顕長兄弟が祝いのために出仕した。

宴の席で氏直は上機嫌で由良兄弟に相対した。

「こののちは佐竹、宇都宮、皆川らを討ち関八州を平定し、関東に静謐《せいひつ》を齎《もたら》したい。そのために由良殿にも長尾殿にも引き続きご協力願いたい」

氏直は鷹揚に告げた。

「それはもう。北条殿の下知あらば先陣仕りましょう」

酒の席だけに、国繁も調子のいいことを口にする。だが本気で北条家が下野や常陸に兵を進めた時、実際に出陣するかは疑問である。金山城は難攻不落。籠られてしまえば、簡単に落とせる城ではない。あれこれ理由をつけて逃れるつもりなのかもしれない。

「されば、早々にも下野攻めをしたいゆえ、お二方には居城を明け渡してもらいたい」

氏直は厳しい目を由良兄弟に向けて言い放った。

「なんと！　城を退けと申されるか」

国繁はかっと大きく目を見開き、怒りをあらわに問い質した。

「左様。北関東を制圧するには、良き拠点にござる。また、そこに籠られては迷惑」

「我らを信用できぬと申されるか」

「こたびの甲斐、信濃攻め。ならびに厩橋城の包囲。貴殿らは何をされたか？」

激昂する国繁に対し、氏直は冷静な口ぶりである。

「おのれ、謀《たばか》りおったな」

由良兄弟は席から立ち上がり、上席の氏直を睨んだ。

すると宴を開く主殿の戸が勢いよく開けられ、手鑓を持った甲冑武者が十数人雪崩れ込んだ。兵たちは由良兄弟に穂先をつけた。

「黙って退けば、過去を水に流しもしようが、手向かい致すならば仕方なし」

氏直は目で指示を出すと、配下の武者たちは二人を虜にした。

「おのれ、騙し討ちとは卑怯なり」

「己の立場が判っておらぬ様子。されば致し方なし。しばらくの間、相模の潮風にでも当たって戴こう。さすれば思案も変わろうというもの。連れて行け」

氏直の命令で由良国繁、長尾顕長兄弟は虜の身になった。

事前に知らされていた氏邦ではあるが、あまり気持のいいものではなかった。それにしても、若き北条家の当主は、見事にこなした。なかなかの大将ぶりだと思った。

これを見せつけられた上野衆は、北条家に背くような気概はなくなったようである。

氏直は北条綱成、垪和氏続らに厩橋城をまかせ、由良兄弟を伴って帰国の途に就いた。氏邦は箕輪城に、氏照は古河城へと兵を移した。

国繁、顕長兄弟を捕らえられ、二人の母である妙印尼《みょういんに》は激怒した。

「北条親子の謀に遭い、小田原に押し込められた我が息子たちの心中、いかに口惜しいことか。もはや今生の対面も叶うまい。悔しさで腸《はらわた》が煮え繰り返るはやまやまなれど、近く小田原勢が城に押し寄せてくるは必定。これに対する策を思案致すがまず先。我が由良家は新田義貞《にったよしさだ》公をはじめ、遡《さかのぼ》れば清和《せいわ》天子様に繋がる歴《れっき》とした源氏の血を引く家柄。これを滅ぼしては、御先祖様たちに申し訳が立たず。いかな手を使《つこ》うたとしても、城を固めて当家の名を辱めることなく戦うが武士とおぼしめされ」

妙印尼が涙ながらに訴えると、家臣一同は感涙に咽《むせ》び、由良、長尾両家の者たちはすぐに城門を閉ざして城に籠り、佐竹、宇都宮へ使者を送り、援軍を求めた。

北条家としては、城主のいない城は脆いということを知っている。また、その城主を人質に取っているので、あからさまに敵対できぬと、ある種たかをくくっていた。

十月二十日すぎ、金山城主の由良勢と館林城主の長尾勢は歩調を合わせて北条家に反旗を翻した。といっても氏直本隊を追撃したり、氏邦や氏照に軍勢を差し向けたのではなく、北条家に従属している上野邑楽《おうら》郡の冨岡秀長《とみおかひでなが》の小泉《こいずみ》城と、阿久沢能登守《あくざわのとのかみ》の勢多《せた》郡神梅《かんばい》城を攻撃したのだ。

報せはすぐに氏邦のいる箕輪城にも届けられた。

「さもありなん。兵をあげぬのがおかしいわ」

「それにしても、本気で北条家と争うつもりでしょうか。左様な脅しは通じますまい」

諏訪部定勝が首を傾げた。

「質を諦《あきら》めれば、あるいは可能やもしれぬぞ。もしくは強力な後詰を得たか。ただそれも、頭を下げて主君を返してくれと懇願するよりは、ひとたびは何かしら気概を見せた後で折れてみせ、引き換えに自らが敵への先陣にという交渉をするのが本音であろう。一時の怒りで兵を出すは、あまりにも愚かすぎるゆえの」

「お屋形様が黙っていましょうか。我らに出陣の命令が下るのではないでしょうか」

「十分にありえよう」

「城主不在とは申せ、金山城は難攻不落。厄介にございますな。これに真田でも呼応すれば、さらに事は重大」

「それゆえ、各城には警戒を怠るなと触れを出せ。僅かな異変も報せよとな」

一歩間違えば元の木阿弥《もくあみ》。できれば箕輪城を動きたくない氏邦であった。

冨岡、阿久沢から訴えを受けた北条本家は、すぐに腰をあげず慎重な態度であった。

氏直は双方に停戦を求める一方、力の弱い配下の冨岡方に鉄砲、弾薬を届けさせた。その間、北条家は出陣しておらず、一ヵ月ほど小競り合いが続いた。

十一月二十七日、本格的な戦が行われ、冨岡秀長は由良、長尾勢の攻撃を防ぎ、多数の敵を討ち取り、氏直から感状を得ている。

十二月六日、氏直は冨岡勢への加勢として大藤政信《だいとうまさのぶ》と鉄砲衆を派遣し、西から由良勢を牽制するために、佐波《さわ》郡玉村《たまむら》城主の宇津木《うつぎ》氏久《うじひさ》を上野那波《なわ》郡の今村《いまむら》城に移らせ、那波顕宗《あきむね》の指揮下に置いた。

翌七日、今度は氏政が岡部《おかべ》房忠《ふさただ》を虜になっている長尾顕長の許に遣わし、争乱の調停役をさせている。氏政は双方を潰さずに由良、長尾勢を降らせ、下野、常陸への先手《さきて》とするつもりであるようだ。

妙印尼からの要請を受けた常陸の佐竹義重は、由良、長尾勢を助けるべく兵を送ったが、十三日、先に氏直が送った大藤政信と鉄砲衆の活躍で冨岡秀長は佐竹勢を敗走させた。

十七日、報せを受けた氏直は退散させたことを労い、冨岡に守りを固めるよう告げた。

それでも長尾勢は、佐竹家らと連絡を密にし、改めて北条家打倒の意欲を強めた。

第三十一章　笛吹不踊

一

天正十二年（一五八四）から翌十三年（一五八五）の夏場まで、氏邦は上野と下野に出陣したが、後詰ばかりで大きな戦には参じなかった。

一方、中央付近では、北条家と同盟を結ぶ徳川家康が織田信雄《おだのぶかつ》とともに小牧《こまき》・長久手《ながくて》で羽柴秀吉と干戈《かんか》を交えた。家康は長久手の局地戦で勝利するも、留守にする所領を攻められた信雄が勝手に秀吉と和睦したことにより、大局で後れを取ることになり、次男の於義《おぎ》伊《い》（のちの結城秀康《ゆうきひでやす》）を人質に差し出して同じく和睦することになった。

この間、北条家は家康から援軍の要請を受けたものの、秀吉の遠交近攻策によって常陸の佐竹義重などに牽制され、兵を送ることができなかった。

それでも北条家の版図は拡大した。由良国繁《ゆらくにしげ》、長尾顕長《ながおあきなが》兄弟を麾下にしたお陰で、佐野《さの》宗綱《むねつな》を討ち取ることができた。

これにより氏政は異母弟の氏忠《うじただ》を佐野家の養子として送り込み、下野の支配地は広がり、さらに北へと鉾先を向けることができた。

だが秀吉の調略は信濃、上野にも及び、真田昌幸が家康から離反して関白となった秀吉に属すことになった。

激怒した家康は大久保忠世《おおくぼただよ》ら七千の兵を派遣して昌幸の上田城を攻めさせたが、閏八月二日、寡勢の真田昌幸は上田城に徳川勢を誘いこみ、神川《かんがわ》でこれを打ち破った。

この時、氏政は家康から再び援軍を求められたが、結局は出さなかった。

前年の小牧・長久手の合戦に続き、二度目の要請拒否である。東の同盟者、頼りにならず。そう家康の脳裏に刻まれることになろうとは、氏政は思いもよらなかった。


閏八月も九日になると過ごし易い陽気になる。

この日、氏邦は下野《しもつけ》の足利《あしかが》をはじめ、上野《こうずけ》の各地の宿《しゆく》に伝馬次《てんまつぎ》を確認させ、伝達が途切れぬよう注意した上で、上野の諸将にも参陣を命じた。近く、沼田城を攻めるためである。

神川で真田昌幸に蹴散らされた大久保忠世らの徳川勢は、上田城から三里（約十二キロ）ほど南東の佐久郡・八重原《やえばら》に集結し、まずは周辺の支城を攻めるべく小県《ちいさがた》郡の丸子《まるこ》城に攻撃目標を移した。

そのため、一旦は徳川勢を追い散らした真田昌幸だが、敵に備えねばならず、とても上野に援軍を出すことはできなかった。

これを見計らい、北条家は徳川家と歩調を合わせて、上野から真田を排除すべく準備をしていた。すでに氏邦の許にも出陣の下知は出されている。

氏邦は他の北条勢に先駆けて月半ばに上野の厩橋《まやばし》城に入城した。

城には北条綱成《つなしげ》、遠山政秀《とおやままさひで》、木部貞朝《きべさだとも》、小幡憲行《おばたのりゆき》、和田昌繁《わだまさしげ》、高山定重《たかやまさだしげ》、堀内丹後守《ほりうちたんごのかみ》、後閑重政《ごかんしげまさ》・信久《のぶひさ》兄弟が在番を務めていた。

氏邦が主殿に入ると、在番の他に安中七郎三郎《あんなかしちろうさぶろう》、内藤昌月《ないとうまさあき》らの上野衆が参集していた。

皆、氏邦と共に北条本隊の露払いが役目である。他の上州武士たちは、北条本隊に合流する予定になっていた。下野でも版図を広げたせいか、三ツ鱗《みうろこ》の家紋に敵対しようとする者は利根、吾妻《あがつま》郡の僅かな国人たちだけとなっていた。

「よう集まってくれた。この氏邦、礼を申す。されば、これより、羽柴の手先となった真田を討ち、関東の地を他国の者から奪い返すとする。いざ、出陣!」

「おおーっ!」

氏邦の宣言に厩橋城の主殿は響動めいた。徳川勢が信濃の真田昌幸を抑えているので、挟撃される心配はない。勝ち戦で恩賞を得ようと士気は盛んであった。

氏邦は在番を除く上野衆を率い、家臣の猪俣邦憲《いのまたくにのり》を先陣にして威風堂々《いふうどうどう》、八千の軍勢とともに沼田城に向かって厩橋城を出立した。

真田を沼田から追い出せば、治水工事と新田開発を進め、もっと国を富ませることができる。そのためにも早く戦を終らせる。馬上の氏邦は刈り入れの終わった田を眺めながら、熱い思いにかられた。

上野の大半の武士が北条家に恭順の意を示しているので、遮るものはない。ただ、信濃や、吾妻郡の岩櫃《いわびつ》城からの急襲には気をつけねばならなかった。

二十四日、氏邦らは奪われた勢多《せた》郡の津久田《つくだ》城に到着した。城は真田方の下沼田豊前守《しもぬまたぶぜんのかみ》らが守っていたが、大軍襲来の報せを聞き、援軍も得られぬことを知ると、下沼田豊前守らは城を捨てて逃亡した。

これを白井長尾氏の重臣だった吉里備前守《よしざとびぜんのかみ》らが追い、三百ほどを討ち取り、下沼田豊前守と十四歳になる息子の鷲王丸《わしおうまる》を捕らえた。

幸先よく津久井城を奪い返した氏邦らはそのまま北進して、片品《かたしな》川の崖端に築かれている利根郡の森下《もりした》城と阿曾《あそ》砦を目視できる距離に達した。

氏邦は猪俣邦憲と須田加賀守《すだかがのかみ》に二千ずつの兵を預け、邦憲は森下城に、加賀守は阿曾砦に向かわせた。

「以前に落としている城だ。策などはない。かかれーっ！」

猪俣、須田両将の怒号とともに寄手は両城に殺到した。城兵は必死の防戦を試みるも、十倍近い兵の差ではいかんともしがたく、一刻ほどで落城した。

落ち延びられた兵は僅かで、大多数の兵が討死した。

落城後、氏邦は森下城に入り、沼田城攻めの本陣とした。

「いかがいたしますか。このまま勢いに乗って沼田城に仕寄せますか」

諏訪部定勝が氏邦に尋ねた。

「本家の到着を待つが下知だ。抜け駆けせぬよう、諸将にも今一度申し伝えよ」

氏邦は城の北側から沼田城を眺めながら命じた。定勝の言うとおり、一気に総攻めしたいところであるが、このたびは北条家が本気になった出陣である。軍令違反を犯すわけにはいかない。細作を放ちながら、本隊の到着を待っていた。

一方、信濃の上田で敗走した徳川勢は丸子城を攻めた。陥落までは追い込めなかったが、相当の戦果をあげて家康から感状が出された。

また、神川で敗退したという報せを聞いた家康は井伊《いい》直政《なおまさ》ら五千の兵を信濃に向かわせ、二十三日、上田城から二里（約八キロ）ほど南東の長瀬《ながせ》川原《かわはら》に到着した。これで、大久保忠世らの兵と合わせ、一万二千ほどの軍勢になった。

ところが、用意が整った二十四日、突如、家康から退却命令が出た。

上杉景勝《うえすぎかげかつ》の家臣で海津《かいづ》城代の須田満親が、真田の後詰として上田城から一里半（約六キロ）ほど北東の曲尾《まがりお》まで軍勢を進めていたこと。さらに、景勝自身が一日、居城の春日山《かすがやま》城に帰城し、休息する間もなく大軍を率いて城を発ったという噂が流れたためであった。加えて小牧・長久手の戦いで手を結んだ紀州の雑賀《さいか》衆、根来《ねごろ》衆、長宗我部元親《ちょうそかべもとちか》、佐々《さっさ》成《なり》政《まさ》らが悉《ことごと》く秀吉に降ったので、家康は大軍を信濃にとどめおけず、西に備えねばならなかった。

二十六日、井伊直政は丸子、長瀬の民家を焼き払い、順次、兵を退かせた。

大軍が碌《ろく》な軍事行動もせずに引き上げるのを策だと思い、昌幸は追撃しなかった。

報せは森下城の氏邦にも届けられた。

「なにゆえ、徳川は退くのだ。腑甲斐《ふがいな》無き者かな」

共同作戦だったので、真田家を潰せると氏邦は思っていたが、徳川軍の撤退によって上杉勢による挟撃の恐れも出てくる。こうなると真田には何度も煮え湯を飲まされているので不安は拭い去れない。とにかく何度考えても、なぜ寡勢の真田にいつも負けるのかが分からず不気味で仕方ないのだ。

「上野、信濃の国境に細作《さいさく》を張り付かせよ」

氏邦は鳥居《とりい》峠と碓氷《うすい》峠に細作を放たせた。

九月に入って氏直もようやく厩橋城に入城した。城には、長尾《ながお》輝景《てるかげ》、高山定重《たかやまさだしげ》らの上野衆が参集し、その数は武蔵、相模衆と合わせて三万ほどに達した。沼田城を攻めるには充分すぎる兵力である。ただ、下野に在している佐竹義重の動向を見定めているのであろうか、氏直はすぐに腰をあげなかった。

苛立つ氏邦を嘲笑《あざわら》うかのように先に真田方に動きがあった。

五日、景勝は昌幸の次男・源次郎《げんじろう》（のちの信繁《のぶしげ》・幸村《ゆきむら》）とともに人質に取っていた矢沢《やざわ》頼綱《よりつな》の息子・三十郎《さんじゅうろう》（のちの頼幸《よりゆき》）を返し、沼田城に入城させた。

この時、景勝の若き腹心・直江兼続は、三十郎に『毘』旗を持たせた。

沼田城の門櫓《もんやぐら》に『毘』旗が立つ光景を目の当たりにし、北条勢に動揺が走った。

「なにを狼狽えるか。『毘』の旗を恐れるのは十年も昔の話。すでに謙信はこの世になく、景勝は国内すら満足に纏めてはおらぬ。真田得意の小細工にすぎぬ」

上野諸将や家臣たちを安堵させようと言うが、氏邦自身、上杉の旗には驚いている。実際、国内に不安を抱えつつも上杉が他国に出撃するのは謙信時代にも何度もあった。非合法な形で謙信の跡を継いだ景勝が真似たとしても不思議ではない。

だがこの時、越後・揚北《あがきた》の新発田《しばた》重家《しげいえ》が景勝に背いているので、景勝は出陣できなかった。御館の乱の恩賞問題が今なお尾を引いていた。

「上杉独自の思案によってではなく、羽柴の命令ではありますまいか」

二人きりになったところで定勝が話しかける。

「関白とは、左様に偉き者なのか」

「右大臣になった織田信長よりも上かと」

「左様なことを聞いておるのではない。官位や官職など、今まで誰も見向きもしなかったではないか。それゆえの乱世。なにゆえ今さら、宮中のしきたりなど持ち出すのか」

「戦うことに飽きてきたのではありますまいか」

「左様なもの、とうの昔に飽きておるわ。されど武士は弓で語らい、鑓で話すもの」

「仰せのとおり。敵を降さねば所領は増えませぬ。己はいいが、他人はよくないというのが上方の言い分。関東の我らにも押し通そうとしているのではないでしょうか」

「さればこそ、関東は関東で生きていくため、我らは戦っておるのだ。定勝、こたびは是が非でも沼田城を陥落させ、北条家の悲願を達成するのだ」

「御意。されど、名胡桃など、沼田以外の城はいかがいたしますか」

「沼田さえ落とせば、他は何とでもなろう。一極集中。本家の兵を待って殲滅《せんめつ》致す。ただ、細作だけは放っておけ」

氏邦は命じて、氏直の出陣を心待ちにした。

九日、都では関白になった秀吉が豊臣《とよとみ》姓を賜り、ここに豊臣秀吉が誕生した。

十日、氏直は先月氏邦からの遣いを受け、後閑重政ら上野衆から三十挺の鉄砲を借り受け、狙撃手とともに大戸《おおど》城に送り、氏邦の指揮下に入るよう命じた。

氏直自身はまだ動く気配がないが、一応の手は打っていた。

二

厩橋城にいる氏直も本腰を入れて氏邦に合流しようとしていると、十二日、下野の草倉《くさくら》で、佐野家を継いだ氏忠《うじただ》と皆川広照《みながわひろてる》が戦った。

太平山《おおひらやま》城を駆け降りた佐野勢は皆川勢に雪崩れ込み、百二十九人を討ち取った。さらに十六日と十八日の二日で百十二名の敵を斬った氏忠は、一気に皆川城へ突き入ろうとしたところ、皆川に佐竹、宇都宮が加わり、氏忠は逆に劣勢に立たされた。氏直としてはこれを見過ごすことができず、沼田に全軍を投入する決断がつかなかった。

それでも、せっかくの好機を逃してはならぬと、氏直は叔父の氏照を大将にして真田攻めの兵を出立させた。長尾輝景を先陣におよそ二万の軍勢である。

氏照らは岩櫃城と沼田城を分断するため、三国《みくに》街道を北に進み、吾妻郡の中山城に入城した。氏直は沼田街道を北上し、赤城山《あかぎやま》の外輪山《がいりんざん》の一角である鈴ヶ岳《すずがたけ》の麓《ふもと》に本陣を布いた。沼田に迫る兵は三万八千の大軍。色とりどりの旗指物が秋風に靡《なび》いた。

一方、沼田城を預かる矢沢頼綱は豪気なもので、関八州の大敵を引き受けて戦うのは弓矢の冥加《みようが》と勇み立った。城の外には乱杭《らんぐい》を打ち、逆茂木《さかもぎ》を立てて北条勢に備えた。城に籠る兵は周辺の領民も含めて三千ほど。刈り入れが終ったあとなので、兵糧に困ることはない。薪《まき》も充分に積んであったが、援軍のない籠城はいずれ力尽きる。ゆえに先に仕掛けたのは矢沢頼綱であった。

二十一日、矢沢頼綱は金子泰清《かねこやすきよ》と甥の常田図書助《とこたずしよのすけ》に地元の百姓を含めた一千を率いさせ、一里九町（約五キロ）北西の名胡桃《なぐるみ》城に向かわせた。

「名胡桃はすぐぞ。死ぬ気で駆けよ」

城を出た者たちの声を聞いた猪俣勢の物見は、矢沢勢が沼田城を捨てて名胡桃城に逃れると思いこみ、すぐさま片品川の北側、栂野《とがの》にいる邦憲に報せた。

「真田の者は一匹たりとも逃してなるものか。すぐさま追い討ちをかけよ！」

真田家には何度も痛い目に遭わされている。邦憲は昔年《せきねん》の恨みを晴らすために大音声で下知を飛ばした。自身、鐙《あぶみ》を蹴って追撃兵の中段にいる。一千の軍勢は沼田城の西を通過し、同城のすぐ北を流れる薄根《うすね》川まで追い迫った。

ところが猪俣勢が薄根川を渡河し、さらに四釜《しかま》川にほど近い武尊《ほだか》神社のすぐ側に迫った時、後方から喊声があがった。

沼田城の西・榛名《はるな》の森に隠れていた渡辺綱秀《わたなべつなひで》ら五百の伏兵である。

渡辺綱秀らは、雄叫びとともに猪俣勢の後方に襲いかかった。

「焦ることはない。落ち着いて返り討ちに致せ」

邦憲は馬の鼻先を南に向けて指示を出した。だが前を追う金子、常田勢が引き返せば挟撃される。しかも今いる場所は薄根川と四釜川の扇状地《せんじょうち》で、逃げ場は北東しかなかった。

渡辺勢は矢玉を放って殺到した。猪俣勢は兵を反転させて応戦しようとするが、追撃が目的だったので、弓・鉄砲は先方に集中させていた。忽《たちま》ち十数名が倒された。

「弓衆、鉄砲組は何をしておるのだ」

後方にいる邦憲家臣の塚本仁兵衛《つかもとじんべえ》は怒号するが、なかなか飛び道具を持つ者たちは戻らなかった。その間にも猪俣勢は次々に矢玉を受けて屍《しかばね》を晒《さら》した。

ようやく前方から弓衆、鉄砲組が駆け戻り、渡辺勢に矢先、筒口《つつぐち》を向けた時、案の定、金子勢が引き返して、猛襲してきた。

「敵じゃ。敵が戻ってきおった」

先方にも多少は弓・鉄砲衆を残していたが、金子勢は用意周到《よういしゅうとう》、猪俣勢に鏃《やじり》、筒先を向けた。轟音と同時に鉛玉を放ち、矢が放たれた。

途端に断末魔の悲鳴と叫びが扇状地に谺《こだま》する。猪俣勢は南北から挟撃され、まさに壊乱《かいらん》状態である。兵を立て直そうにも、押しまくられて踏み止まれない。

「退け！　川沿いに退け！」

ついに邦憲が退却を命じると、家臣たちは我先にと逃亡した。

「追え！　一人残らず討ち取れ！」

金子泰清、常田図書助、渡辺綱秀は大声で命じ、殺到した。

猪俣勢は散々に追撃され、二百もの犠牲を出して森下城に退いた。

「おのれ矢沢め。出陣だ！」

猪俣敗走の報せを受けた氏邦は激怒して命じた。

「畏れながら、すでに敵は城に退いておりまする。また、この様子では殿が城を打って出ることを想定して、謀《はかりごと》を用意しているに違いなし。今宵中に周辺を隈《くま》無く調べさせ、お屋形様に報せたうえで、氏照様と行動を共にするがよかろうかと存じます」

諏訪部定勝が必死になだめた。

「ちっ、矢沢め」

すぐに城を攻めたいところであるが、定勝の言うとおりになって恥の上塗りをしては今後の士気に関わる。氏邦は舌打ちして堪えた。

氏邦は改めて物見を放ち、沼田城の周囲を調査させながら、氏直本陣と中山城の氏照に使者を送り、沼田城攻めの下知を待った。

翌日になり、氏直からの許可は降りたが、昨晩から降り出した大雨は二十二日にも止まず、利根川や、森下城眼下の片品川、沼田城の北側を流れる薄根川と四釜川も増水した。

とても城攻めなどできる状態ではない。氏邦は天候に足留めされる形となった。

一方、氏邦らが雨の上がるのを待っている頃、矢沢頼綱は北条方の動きを摑み、氏照の軍勢に備えるため、禰津幸直《ねづゆきなお》を利根川西の下川田城に向かわせた。

禰津幸直は沼田城から二十七町半（約三キロ）ほど南の鰍ヶ瀬《かぢがせ》に舟を出して激流と化した利根川を渡り、何なく下川田城に入城した。

二十三日、ようやく雨が上がり、翌二十四日、川の流れが穏《おだ》やかになった。氏邦は中山城の氏照と連絡をとり、出陣の日取りを二十五日と決定した。

氏照は下川田城、氏邦は沼田城を攻めることとし、氏直の本陣から七千の援軍も森下城に到着した。

「お屋形様の名代としてまいりました」

援軍を率いてきたのは北条家筆頭家老の松田憲秀であった。

「御苦労」

氏邦が形ばかりに労うと、お前の命令どおりには動かぬと、憲秀の細い目が無言の主張をしていた。

（お屋形様も、儂と尾張入道の反《そり》が合わぬことは判っておろうに）

長年に亘って衝突してきたこともあり、氏邦としては歓迎はできなかった。それどころか、別の者をよこしてくれればいいのにと、氏直を少々恨んだりもしたが、ようやく得た援軍である。拒むことなどできはしない。うまく活用しなければならなかった。

「明日、城攻めをするはずでございましたな。これに変更はござらぬか」

虎の威を借る狐のごとく、相変わらず憲秀は高飛車なもの言いである。

「ない」

「先陣は決まってござりますのか」

「こたびは大事な戦。井上、黒田、逸見らの秩父衆を先陣にと思うておる」

「畏れながら、お屋形様は猪俣能登守に先陣をと申されてござる」

「なに！　左様な話は聞いておらぬ」

危惧したとおり采配を指図され、氏邦は声を荒げた。邦憲は先の失態で左遷されることを恐れ、憲秀に泣きついたのであろう。それがまた怒りを煽った。

「それゆえ、某がお伝え致したのでござる。能登守は代々北条家に仕えた富永家の出。今後、上野を押さえるにあたり、信のおける能登守に任せたいのでござる」

「大将は儂だ。そちに先陣の者まで差配されては統制がとれぬ」

奉行としての猪俣邦憲の手腕は認めるが、邦憲は戦陣で活躍する類いの武将ではない。憤りを覚えているが、家臣への配慮で、氏邦はあえて口にはしなかった。

「畏れながら、大将はお屋形様でござる。これに背かれては北条の軍法が歪みます」

熱くなる氏邦に対し、憲秀は冷めた口調で諌《いさ》める。憲秀は続けた。

「能登守が敵の策に引っ掛かった先の失態は聞いてござる。ご懸念はお察し致しますが、こたびは一万五千の兵で城攻めを致すのでござる。勝ち戦は揺るぎないはず。されば、この機に名誉挽回の場を与えてやってはいかがでございましょう。そうお怒りにならず、寛大なお心が家臣の忠節を引き出すものにございます」

氏邦の視野が狭いと言うような、その口ぶりが癇気を逆撫でする。それよりも、許せないのは目の前の憲秀だけではなく、鈴ヶ岳の麓に本陣を置く氏直も同じであった。

「下野の陣でも、そちら本家の者たちは……」

現場のことを知りもしないで、あれこれ指図したために大勝利を逃したのだ。氏照に任せておけばよいものを。そう言おうとしたところで、横から定勝が口を挟んだ。

「あいや、しばらく。お屋形様の下知である能登の先陣、お受け致す」

氏直批判は内紛のもと。決戦を明日に控え、騒動は起こすまいという気配りである。

「判って戴けて有り難い。されば、某は後詰に廻りますゆえ、陣立ては氏邦様のよいように采配してくだされ」

言うだけ言うと、憲秀は席を立った。部屋には氏邦と定勝、ほか小姓だけになった。

「そちは誰の家臣なのだ！」

脇息を引っくり返し、氏邦は憤恚《ふんい》をあらわにした。

「出過ぎた真似を致しました。平にご容赦を。某の主は氏邦様お一人にございます」

定勝は床に額を擦りつけて謝罪する。

「されば、なにゆえ、かようなもの言いを受け入れたのだ。お屋形様の下知ならば書があろう。先ほどのことは尾張一人の思案に決まっておるではないか！」

「ご尤もにございます。されど、案山子《かかし》武士であろうとも、敵には充分の脅しにはなります。また、能登守の後ろに真実の先陣を立てれば、戦に支障はありません。あくまでも城攻めの達成。それが我らの悲願であり当所《あてど》（目的）にございます」

「落城させるためには意地も魂も捨てよと申すか」

「御意にございます。武士には勝利こそが全て。他に何も必要ございませぬ」

甘えるなという大人の意見である。定勝の言葉は確かに一理あった。

「……よう止めてくれた。礼を申す。尾張と仲違いしておれば、明日の戦いに響いたであろう。こののちも儂の思案が間違っておれば、遠慮なく申してくれ」

氏邦は労い、明日のことに意識を集中することにしたが、憤《いきどお》りは消えなかった。

三

二十五日辰の刻、猪俣邦憲を先陣にした一万五千の氏邦勢は、滝棚《たきだな》の原と呼ばれる沼田城の南に広がる原野に押し寄せ、城を十重《とえ》二十重《はたえ》に囲んだ。

城に籠る者は女子まで入れて三千ほど。寄手は優に五倍の兵力である。万が一にも氏邦勢が劣勢に立つことはないであろう。

松田憲秀は二重目の包囲軍の中におり、あくまでも手伝い戦に身を擦り減らすつもりはないといった態度であった。氏邦としても戦力には考えていない。城兵から見て動く案山子であれば充分に敵を威圧できる存在であった。

事実、城に籠る女子などは、時折りあげる鬨の声に驚愕し、魂を失ったように顔面を蒼白にして震えていた。それでも矢沢頼綱には策があるのか、兵は鳴りをひそめ、各木戸のあたりに薪を山のように積み上げ、これを焚き立てて待ち構えていた。

からりと晴れた晩秋の朝、氏邦は軍采を振り下ろした。

「かかれーっ！」

号令とともに静寂《せいじゃく》を巨獣の雄叫びにも似た喊声が掻き消し、途端に馬蹄《ばてい》の響きや甲冑《かっちゅう》の摩擦音、地を蹴る音が津波となって沼田城に接近した。すぐに鉄砲の咆哮《ほうこう》が重なり、合戦特有の騒音が城を包みこんだ。爽《さわ》やかな空気を硝煙《しょうえん》が灰色に染め、その間を矢玉が飛び交う。何かに触れれば具足が裂け、胴丸が砕け、血飛沫が宙に飛び散った。

南の大手門の先陣は邦憲に命じたが、西側の滝坂門《たきざかもん》には井上光英《いのうえみつひで》、逸見《へみ》義重《よししげ》、黒沢繁信《くろさわしげのぶ》などの精強な秩父衆を配置して攻めさせた。

城の北側には永年先陣を駆けてきた横地《よこち》忠春《ただはる》ら児玉衆や、高橋左馬助《たかはしさまのすけ》や持田《もちだ》四郎左衛門《しろうざえもん》らの荒川衆を置いた。忠春らは薄根川を押し渡り、城壁をよじ登った。また、城の東から北にかけて上野衆を差配した。まさに黒蟻が甘物《あまもの》に群がるかのように殺到した。

圧倒的に多い寄手は、ほどなく外堀を越えた。中でも上野衆の矢部《やべ》兵部《ひょうぶ》右衛門《えもん》は一番に突き入り、矢沢勢の岡谷平内《おかたにへいない》、上原浅右衛門《うえはらあさえもん》らに襲いかかった。

矢部兵部右衛門は間断なく鑓を繰り出し、激戦のうちに岡谷平内を討ち取った。矢部の活躍に猪俣邦憲も感化され、負けじと内郭に迫る。だが勢いのままに二ノ丸、三ノ丸に乗り込もうとしたところ、城内に籠る領民たちは板を使って炭火で焼いた石を寄手の頭上に投げかけてきた。

焼石は宙を飛ぶごとに真っ赤に燃え、攻兵たちの皮膚を焦がした。さらに、内郭の城壁に達すると、熱湯を撒き、岩を落とし、石を投げ、弓、鉄砲の不足を補っていた。

「矢玉も放たれぬのに、なんで止まりおろうか」

背後の者たちは前が閊《つか》えて文句を言う。寄手の進撃は一時滞《とどこお》った。

寄手の算が乱れた時、大手門が押し開かれ、矢沢勢は二千の兵が全兵一丸となって打って出た。長柄、手鑓を北条勢に向け、怒濤《どとう》の勢いで突撃してきた。

「好機、囲んで討ち取るのじゃ」

邦憲が命じると、矢沢勢の鋒先が邦憲自身に向けられた。矢沢勢は死を恐れぬかのように、真一文字に突進してくる。どこが弱いのか、頼綱は充分に把握しているようであった。

猪俣勢はこれに当たるが、鎧袖一触。簡単に蹴散らされた。

「敵は、たかが二千ぞ。他の者たちはいかがしておる？」

邦憲は周囲の味方に助勢を求める目を向けるが、矢沢勢の横腹を突くよりも自身の身体を抉られる方が早そうであった。

「退け」

敵の攻撃を一身に受け、結局先陣の邦憲は後退を命じた。

これを見て、氏邦の背後を遠巻きにしていた松田勢も退却をはじめた。

「なにをしておるか！　ただ、先陣が僅かに後退しただけというに。戻らせよ」

氏邦は離脱する松田憲秀に使番を走らせたが、松田兵は誰一人留まらなかった。

しかも後詰の退陣は思った以上に城攻めする兵を動揺させた。後方から客観的に見ている味方が危険だと判断した。この戦は勝てない。前線の者たちはそう考えたに違いない。

一人が下がると周囲の者が釣られて退きはじめ、やがて雪崩れを打って逃げだした。そして二千の兵が数千の兵を追撃するという信じられない光景が現実のものとなった。

「戯け！　退くでない。かかれーっ！」

氏邦は声を嗄らして叱咤するが、笛吹けど踊らず。恐怖にかられた猪俣勢に戦意はなく、片品川を渡り、城の南東九町（約一キロ）の糸井《いとい》の原まで逃亡していた。

氏邦らは滝棚の原に取り残される形であった。

「殿、このままでは収集がつきませぬ。城の北に家臣たちもおりますれば、一旦、退いて兵を整え、改めて攻めるがよかろうかと存じます」

定勝が助言するが、氏邦には虚しく聞こえるだけであった。仕方なく退き貝を吹かせ、片品川を渡河した。逆に矢沢頼綱は余裕綽々《しやくしやく》で沼田城へ帰城していった。

この日、矢部兵部右衛門だけが唯一感状を得るに留まった。

四

森下城に戻った氏邦の許に、氏照が下川田城攻めに失敗したことが伝えられた。

「矢沢奴。それもこれも……」

憤ったまま氏邦は主立った者を集めた。

先陣の猪俣邦憲、後詰を離脱した松田憲秀は言うに及ばず、上野衆と直臣たち。

氏照の失敗も耳にしていることもあり、氏邦は腸が煮え繰り返るほど激怒していた。

「尾張、なにゆえの逃亡ぞ。軍律違反も甚だしいわ！」

「これは大将の言葉とも思えませせぬ。狭き地で先陣が崩れましたゆえ、混乱を避けるために後退しただけのこと。また、いちいち確認を取っておっては間に合いませぬゆえ先に動いただけでござる。遣いは氏邦様の許に向かわしましたぞ」

平然と憲秀は言ってのける。まったく罪悪感などないようである。

「事が終ってからの使者など意味がないわ。ましてや、先陣が崩れて退くが問題。後詰とは先陣の崩れを助けるが役目のはず。今日の失態はそちの退却にある」

「聞き捨てなりませぬな。後詰以前に本陣や脇備《わきぞなえ》は何をしておられたのか。先陣の崩れは脇備が支えるが筋。責めを問われるならば、ご自身の家中にございましょう」

「そちの逃亡が全兵の不安を煽り、敗北へと繋がったのが判らぬのか」

「これはしたり。先陣の某が逃げたのならばいざ知らず、後詰の者が陣を移動したからとは申せ、何で全軍の敗北に結びつきましょう。責めの掏《す》り替えは、お止め戴きたい」

「戦とはさまざまなものが絡み合うておるものだ。万全の配置で望もうとも、たった一本の解《ほつ》れた糸を引き抜いたがために、継ぎ目が裂けて敗戦へと結びついたのだ」

「たかだか二、三千の敵に、糸も紐もありますまい。本陣の数のみにて充分に戦えたはず。持ちこたえられなかったは、大将の責任ではござらぬか」

「よう申したの。矢沢の兵がいかに強いか、そちが先陣を駆けて確かめよ」

「お断り致します。お屋形様より、先陣を賜《たまわ》れという命令は受けてござらぬ」

「またも逃げるか尾張。ならば、お屋形様の下知あらば、先陣駆けると申すのだな」

「喜んでお受けいたしましょう。某、大聖寺様の代より、玉縄の入道（北条綱成）殿とは常に先陣を争った仲。城の仕寄せ方を今一度ご披露致しましょう」

氏邦がどう言っても憲秀は屈しなかった。

「殿、それでは我らの名折れ。後詰の兵に先陣を譲る訳にはまいりませぬ」

罵《のの》り合いを見兼ねて、諏訪部定勝が口を挟むが、険悪な空気は変わらない。

確かに憲秀の言い分には一理も二理もあるが、敗走を導いたのが憲秀であることも事実である。何とか罰を喰らわせてやりたいところであるが、できぬもどかしさに氏邦は苛立った。

「畏れながら、今は仲違いしている時ではございませぬ。誰が失態の原因を作ったかではなく、いかにして沼田城の敵を叩くかということかと存じます」

定勝が両者の怒りを鎮めている時に、氏照からの使者が到着した。

「申し上げます。明日、今一度、下川田城に仕寄せますれば、氏邦様には沼田城の兵を外に出さぬようにとの主の口上にございます」

「無論、我らとて明日の城攻めは致す。即刻立ち返り、兄上には、確《しか》と告げよ」

怒りに満ちた声で使者に告げたのち、氏邦は配下に顔を向けた。

「先陣は井上三河守、逸見若狭守、黒沢上野介。猪俣能登（邦憲）は脇備に廻れ。あとは本日と同じ布陣だ。異議のある者は申せ」

憤りを堪えて氏邦は言い放った。諸将にというよりは憲秀に対しての下知である。

氏邦が憲秀を睨むと、憲秀も返してくる。二人の視線が宙で火花を散らしていた。

「汝など帰れ！」

と怒号できたらどれほど胸の空くことか。だが、北条家の家臣の中で最大の兵を動員できる松田憲秀は他の家臣たちとは別格である。そのうえ戦ぶりも勇猛果敢で氏邦よりは上手であるということも認める。氏康の代から北条家に仕えているのはだてではない。ただそれがゆえに、憲秀から馬鹿にされているようで、また腹が立つ。

こたびは憲秀にとっては北条家の一戦かもしれない。誰しも手伝い戦には身が入らぬというのも頷ける。戦の下手な氏邦の下に付けられたのも納得できないことであろう。

だが、西上野支配を任される氏邦にとっては重要な戦いである。しかも、真田には何度も苦汁を舐めさせられている。万が一、憲秀に異論を唱えられた時は、たとえ皆が一目を置く筆頭家老であろうとも、氏直のいる本陣に帰陣させるつもりでいた。

今日、敗北を喫した上で、敵前の森下城からも軍勢が退けば、沼田城の矢沢頼綱を喜ばすだけであろう。とはいえ、戦意のない者を、これ以上戦陣に置いておくわけにはいかない。不退転の覚悟であった。

さすがに氏邦の心中を察したのか、憲秀は無言のままでいた。

「ないようでござるな。されば、明日の戦に備えるようになされ」

氏邦が憲秀といつまでも睨み合っているので、気を利かせて定勝が諸将に告げた。

皆は重苦しい空気から解放されようと、逃げるように部屋を出ていった。憲秀はと言えば、お手並み拝見とばかりに、ゆっくりと席を立った。

だが口許を歪めたその横顔を氏邦は見逃さなかった。

「おのれ尾張め。見ていよ。明日は儂自ら戦陣に立ち、矢沢の首をあげてくれん」

憤恚の炎が込み上がる。その晩、いくら酒を呷っても氏邦は酔えなかった。

翌日、秩父衆と猪俣邦憲の配置を変えて、氏邦自ら前線に出て、総攻めをさせた。ところが、昨日とはうってかわり、矢沢勢は城門を堅く閉ざし、城内から矢玉を打ちかけるのみで、一向に出撃しようとはしなかった。

「ええい、矢沢め臆したか！」

城外から罵倒するが、それでも頼綱は鼻で笑っていることであろう。ただただ、堅く守り、包囲勢の疲れるのをじっと待っていた。

下川田城を攻める氏照は、長尾輝景らの二千を迂回させ、下川田城の南方、子持山《こもちやま》峠から向かわせた。また、昨日同様、権現《ごんげん》峠からは小田原本家の多目《ため》長定《ながさだ》ら二千の兵を、不動《ふどう》峠からは倉賀野《くらがの》秀景《ひでかげ》ら二千の上野衆を下川田城に進めさせた。その上で、氏照本隊は七千の兵とともに、権現峠の東で待機した。敵を三方から攻める策である。

一方、沼田城の矢沢頼綱は、城を包囲された場合には同城から一里ほど北西に位置する名胡桃城の鈴木《すずき》主水《もんど》重則《しげのり》、中山《なかやま》九兵衛《きゅうべえ》を出陣させることを決めていた。

鈴木重則らは沼田城が囲まれていることを知り、さらに下川田城に北条勢が迫っている報せも受けたので救済するために、ふゆ峠へ向かった。

また、上川田城の発知図書助らは北東の雨乞山《あまごいやま》方面に出立した。

さらに下川田城の禰津幸直は子持山峠から攻め寄せる長尾勢に対するため、北東の薄尾《うすお》根《ね》原《はら》に隠れた。そして禰津勢は北条勢の帰途を狙うために南の横子《よここ》の窪地に潜み移り、機を待った。

そうとは知らぬ北条勢は三方から下川田城に接近した。

一番最初に接近したのは子持山峠方面から寄せた長尾輝景ら上野衆であったが、昨日同様、城は蛻《もぬけ》の殻《から》で、猫の子一匹居なかった。

「敵は権現峠に向かったのではないか？」

長尾輝景らは権現峠を目指して信濃への道（国道一四五号）を西に進んだ。

しばらく進むと前方に武装した軍の隊列を発見した。

「敵か？」

長尾勢は臨戦態勢を取って前方の集団に対して身構えた。前方の軍勢も同じである。互いに緊張しながら接近した。

「申し上げます。前方におるは相模の多目殿らにございます」

「なんと。されば敵は？」

遭遇したのは味方で、輝景が安堵したとともに疑念を抱いた時、背後から号砲が轟いた。禰津幸直の兵が横子の窪地、高尾平《たかおだいら》の茂みから両勢に鉄砲を撃ちかけてきたのだ。前日と同じであった。反転して攻撃しようにも、道は細く鑓や太刀では飛び道具相手に勝ち目もない。

「おのれ、またしても！　退け！」

長尾輝景は怒号し、南西の中山城を目指して退却した。

ただ勢いに乗って追撃した禰津勢だが、深追いしすぎた。結果、逆に今度は長尾輝景配下の牧弥六郎《まきやろくろう》ら五十四人が禰津の大将・幸直を首永原《くびながはら》にて取り囲んだ。そこへ、禰津兵の小林文右衛門《こばやしぶんえもん》らが救援し、主の危機を救った。

この戦いの死者は長尾、北条勢が八十余人。一方、禰津勢は死者が十余人、負傷者が三十余人ほどであった。また、多目勢は三十余人が討ち取られた。

「またしても禰津にしてやられたか！　腑甲斐無き者ばかりじゃ。馬曳け！」

報告を受けた氏照は烈火のごとく激怒し、自ら先陣を務める覚悟を見せた。

「お待ちくだされ。敵地にて迂闊《うかつ》な行動は傷口を広げるのみ。今一度、敵の様子を隈無く調べ、その上で策を立てるがよかろうと存じます」

「左様にございます。敵は平気で城を捨てて野に隠れる者たち。我らの思案の外にございます。このままでは恥の上塗りにございます」

氏照の宿老・狩野一庵《かのういちあん》に続き、中山家範《なかやまいえのり》も自重を促した。

「ええい、どいつもこいつも！」

氏照は脇息を蹴り上げて怒りをあらわにする。とはいえ諫言は的を射ている。一千にも満たぬ寡勢に翻弄されているのが腹立たしい限りであった。

いっそ、周辺の野山を全て焼き払いたいところであるが、そのような暴挙をすれば、今北条家に従っている周辺の上野衆が見限る可能性もある。躁心《そうしん》の日々が続いた。

氏照の下川田城攻めが再び失敗したことは、沼田城を囲む氏邦にも知らされた。

「兄上も苛立っていることであろう」

激烈な氏照のこと、憤怒している顔が目に浮かぶ。確かに敵の奇襲による攪乱は見事かもしれないが、それよりも戦に望む北条家全体の姿勢に問題があると氏邦は思う。

小田原本家が乗り出してくれることは有り難いが、いかんせん中途半端である。出先機関である氏邦らを気づかい、援軍を差し向けてくれるのはいいが、ならば全権を任せるべきである。背後にいて、手綱を握られていては動くものも動かない。その最たるものが氏政が補佐としてつけた松田憲秀である。目付のつもりかもしれないが、憲秀は氏邦が成功することを快く思っていない。氏邦にすれば足を引っ張られている感覚だ。

逆に本家の威光を示したいならば、総大将として氏直自身が指揮を執ればいい。ただ、そうできぬ遠慮が若き当主にあるのかもしれない。まだ、氏直には氏政ほどの威厳はなかった。

本家と分家、直臣《じきしん》と陪臣《ばいしん》、これに外様《とざま》が嚙み合わぬまま沼田城の包囲は続いた。

この布陣の最中、さらに北条勢が愚弄される事件が起きた。

沼田城に籠る兵の中に割田下総守重勝《わりたしもうさのかみしげかつ》という豪勇の武士がいる。重勝は吾妻七騎の一人で、配下に忍衆を抱え、自身も膂力《りょりょく》に優れた忍びであった。

重勝は、包囲を続ける北条勢を侮蔑し、揶揄《からか》ってやろうと夜陰、城を抜け出した。

翌日、重勝は鎧《よろい》を着け、鎧の上には蓑《みの》を着て、鎖頭巾《くさりずきん》を冠り、二尺五寸の刀を藁《わら》に巻き、馬大豆《うまだいず》売りの真似をして北条勢の前を売り歩いた。

周囲では二、三十人ほどの北条兵が馬を曳き出し、輪乗《わの》りなどをして遊び惚《ほう》けていた。

「馬大豆は要らんかねえ」

重勝が売り声をかけると、馬係の北条兵たちが集まってきた。

「おい、大豆売り、お前は馬が好きか」

北条兵が聞くと、重勝は耳が遠い振りをする。

「大豆は一斗《と》、十五文《もん》。こっちも商売。それより安くは売らねえ」

「いや、大豆のことではない。お前は馬が好きかと聞いたのだ」

「ああ、馬のことですか。へい、馬喰《ばくろう》をしていたことがございます」

「左様か。されど、かような山中では、名馬や良き鞍を見たことがあるまい。よう見よ」

北条兵は自慢気に笑い、漆黒の駿馬を曳いて来させた。

「おおっ、黒馬に金覆輪《きんぷくりん》の鞍を置くとは、さぞかし名のあるお方の馬でございましょう」

重勝は馬を見て大袈裟《おおげさ》に驚いて見せた。その筋張った足からも、鍛えられた跡が窺える。

「左様、これなる名馬は松田尾張守様の乗り馬じゃ。そち如きがそうそう目にできるものではない。あまり見すぎて目玉を落とすでないぞ」

松田家中の者は得意気な口調で、周辺の者も声を立てて笑っていた。

「松田様といえば、この片田舎にも聞こえた大将。お武家様、冥土《めいど》の土産《みやげ》に一度、跨《また》らせて戴けぬでしょうか。そうしたら、大豆は一斗、十文でお分け致します」

「左様か。されど、手荒に扱うでないぞ。この馬は乗り手を選ぶゆえの」

多少、躊躇《ちゅうちょ》した馬係だが、馬糧《ばりょう》の差額を着服できると、素直に応じた。

「どうどう、優しゅうするゆえ、暴れるでないぞ」

わざとらしく、馬を宥《なだ》めるような口ぶりで重勝は憲秀の馬に跨ると、馬の尻に一鞭《ひとむち》くれた。途端に黒馬は竿立《さおだ》ちとなり、砂塵《さじん》を上げて疾走しはじめた。周囲の松田家臣らは、嘲《あざけ》った目を向けるだけで、敵の忍びが馬を盗みに来たとは夢にも思っていなかった。

重勝は三町（約三百二十七メートル）ほど走るが、追ってくる者がいない。このままではただの馬泥棒になってしまう。そこで重勝は馬首を返して松田家臣に近づき、輪乗りをしながら、大声をあげた。

「よう聞け、北条方の蛆虫《うじむし》どもめ。我こそは真田安房守昌幸が家臣・割田下総守重勝なり。これなる名馬は腑抜けに乗られては迷惑千万。儂に乗って欲しいと申しておる。哀れゆえ馬の申すことを聞いてやることにした。今まで飼葉《かいば》を喰わせてもろうた礼は戦場にて返さんと申してもおる。左様松田殿ならびに大将の藤田殿に申されよ。さらば」

そうして重勝は馬の鼻先を沼田城に向けて馬腹を蹴った。

松田家臣たちは悔しがったが、見えるのは馬脚があげる土煙ばかりであった。

ほどなく氏邦の許にも報せが届けられた。

「戦陣にて馬を盗まれるようでは戦どころではないわ」

このたびの状況では城攻めなどとても無理だと氏邦は溜息をついた。

鈴ヶ岳麓の本陣にいる氏直にもこのことは知れ、氏邦と同じ判断をした。

九月二十九日、氏直は勢多郡の長井坂城に猪俣邦憲を、氏照が在していた吾妻郡の中山城には赤見山城守を残して兵を撤退させた。

仕方なく氏邦も従った。三万八千の大軍を擁しながら、矢沢頼綱ら僅か三千そこその寡勢に蹴散らされた益なき戦であった。北条勢は、ただ汚名を残しただけの出陣であった。惜しむらくは、徳川家が上田城攻めを行った閏八月二日、これに前後して沼田城攻めをしていれば状況も変わっていたのではなかろうか。今となっては後の祭である。

北条家の判断はおよそ二月ずれていた。

五

信濃の援軍なしに北条勢の大軍を敗北させた矢沢頼綱と、上田城にいる昌幸は、さぞかし満足していることであろう。強気に出られたのは上杉家の後ろ楯もあるものの、さらに上杉の背後に大坂城の天下人・豊臣秀吉が控えているからである。

すでに秀吉は中国の太守・毛利《もうり》輝元《てるもと》を従わせ、四国征伐を終了させている。西で残っているのは、もはや九州だけである。

この頃、薩摩《さつま》の島津《しまづ》氏が北進をはじめ、豊後《ぶんご》の大友《おおとも》氏を圧迫し、大友宗麟《そうりん》（義鎮《よししげ》）は秀吉に和睦交渉をしてもらえるよう泣きついてきていた。九州に兵を進めようとする秀吉にとっては、非常に都合のいい口実ができたことになる。

十月二日、秀吉は島津義久《よしひさ》に停戦令を発した。関白となり、天下を預かることになった秀吉が私戦を禁ずる惣無事令《そうぶじれい》の雛形《ひながた》である。

すでにこの時、秀吉は関東をはじめ、奥羽までをも平定することを視野に入れていた。当然のことながら、北条家はこのことを知りはしなかった。

また秀吉は、十七日には真田昌幸に書を出している。

「未だ申し伝えていなかったが、徳法軒道茂《とくほうけんどうも》（秀吉の右筆）に届けられた書状を拝見した。委細は聞いている。その方の進退の儀は、余が引き受けた。いずれの道にも迷惑が及ばぬように申し付けたので安心せよ。小笠原《おがさわら》右近大夫《うこんたいふ》（貞慶《さだよし》）と話し合い、落ち度ないようにという、その覚悟は尤《もっと》もである。さらに道茂に申しておいた」

昌幸が秀吉に忠誠を誓い、援軍を要請したことへの回答である。この書を受けた昌幸は、百万の味方を得た心境に違いない。ますます北条、徳川に対して強気になることであろう。

一方、再び秀吉と家康の間が険悪になっていることは浜松から小田原に齎されているが、北条本家は上野から帰陣すると、版図を東に求め、下総、上総に出陣していた。

氏邦も鉢形城に戻ったが、本家からの要請で下総、上総制圧に参陣する予定であった。まさに腰を落ち着ける暇もないありさまである。

氏邦が鉢形城に帰城した時、風魔の辰太郎が信濃から戻ってきた。

「関白の使者が何度も上田に訪れております。何やら密命を帯びているものと存じます」

「会話などは聞けなんだか」

「申し訳ございませぬ。忍びが数多いる上田城に潜ることは無理にございます」

「左様か。すると、再び秀吉の大兵が東に向くこともある訳か」

「否定できぬかと存じます」

「されば、徳川も気を尖《とが》らせていることであろう。今少しの報せが欲しいものだ。そちが二人おればの。上方の様子は本家にでも聞くしかないの」

「申し訳ございませぬ」

辰太郎は目を伏せて詫びるばかりであった。

ただでさえ真田には翻弄《ほんろう》されている。これに秀吉の意を受けた上杉などが本気で支援してくれば、嘗ての武田の圧迫と同じになる。本家の命令とはいえ、下総、上総に後詰として出陣している場合ではない。氏邦はそのことを小田原に書き送った。

二十九日、返事の代わりに小田原から新たな報せが届けられた。

「万が一、関白家（豊臣家）と対決することになれば徳川に味方すると、昨日お屋形様が重臣ら二十名の誓約書を取り、浜松の家康殿に送ったそうにございます」

使者の話を聞き諏訪部定勝が氏邦に告げる。

「やはりの」

辰太郎の報告どおり、秀吉と徳川との緊張感も高まっているようである。

「もう長久手の勝利は優位にならぬか」

「毛利家を従えて西は四国を討伐し、東は上杉までを配下に加えた関白家。長久手の時とは勢いも力も違います。真田もさらに牙を剥いてくるに違いありません」

「厄介なことよな。本家も長久手の時がごとく、傍観《ぼうかん》はしておれぬの。儂らの出陣は下総ではなく西になるやもしれぬな。また、富士を見ながら一杯飲めそうだの」

「暢気《のんき》なことを申していては困ります。徳川が倒れれば、その次は北条家にございます」

「それゆえ西に出陣すると申しておる。されど、徳川は和睦の印に息子を質に出しておるのであろう。上方と事を構えるということは、質を見殺しに致すのか」

氏邦の顔が曇る。乱世の倣いとは言え、惨い仕打ちだ。病とはいえ氏邦は嫡男を失っているので、子を犠牲にしてまで風下に立ちたくないという感覚は理解できなかった。

「家康殿は織田信長の同盟者でございました。それに比べて、今は関白とは申せ、秀吉は信長の草履取りであった者。昔を知れば、頭が下げられぬのでございましょう」

「されば他の武士と同じだ。やれ平家の、源氏の血を引くと申して家を潰す者の何と多いことか。昔ではなく今が大事。そのことが判らねば、徳川は上方に呑み込まれよう」

「それゆえ踏み止まって戴くために後詰を送ると申しているのでございましょう」

「共倒れにならねばいいがの」

「では、殿はいかがするがよいと申されますか」

「信長と誼《よしみ》を結んだごとく、豊臣と誼を結べばよい。北条家に天下などという望みはない。関東さえ侵されなければ、どこと結んだとてよかろう」

「すると、徳川を切り捨てると？」

「まあ、お屋形様が家康殿の姫を娶《めと》っておるゆえ、あからさまには言えぬがの。秀吉は僅か三年足らずで信長よりも大きくなった。損得で申せば答えは自ずと知れたこと」

「随分と冷めた目で見られますな」

「これも真田や矢沢と干戈を交えているせいよ。まあ、事が己の立場なれば、そうは申してはおれぬ。儂がお屋形様なれば浜松につくであろうが、大御館様の立場なれば、あるいは上方を選んでいるやもしれぬ。小田原城の主と鉢形城の主では視野も違うものだ」

　客観的なことを口にしながら、氏邦は氏照はどう考えているのかと眉を顰めた。

先の使者の口上どおり、氏直は千葉氏の重臣・原若狭入道《はらわかさにゅうどう》（親幹《ちかみき》）に、近く出陣する旨を伝えた。

氏邦は氏直からの命令で、家臣を下総の佐倉《さくら》城に派遣し、千葉氏の重臣たちに北条家の政策を説明させた。

十一月三日、北条家の目が西に向いている間に、上杉景勝は先の戦功を賞して、矢沢頼綱に安中や多野《たの》郡の平《たいら》など上野の地を与え、さらに関東の奏者《そうしゃ》取次役にした。いずれも西上野で氏邦が管轄する地である。

まだ、氏邦の知るところではないが、このようなところにも秀吉の手は伸びていた。

氏邦が出陣の用意をしている最中、徳川家で衝撃的な事件が起こった。十一月十三日、家康の二大宿老の一人・石川数正《いしかわかずまさ》が、秀吉の調略を受けて出奔してしまった。

石川家は源　義家《みなもとのよしいえ》の血を引くと言われ、四代前の親康《ちかやす》の時より松平家に仕えている。数正は家康が駿河の今川家に人質に出された時にも一緒に赴き、桶狭間の戦いから小牧・長久手の戦いまで家康と行動を共にし、本能寺の変後の伊賀越えにも随行している。

猪突猛進な家臣が多い中、石川数正は冷静沈着、文武に長けた貴重な武士なので、長久手の戦い以降、秀吉との交渉役を担っていた。

だが何度も折衝を繰り返しているうちに、石川数正は次第に天下人に上り詰めていく秀吉の力を目の当たりにした。その一方、なまじ長久手の局地戦で勝利を収めているだけに、徳川家の猪武者たちは強気で、徹底交戦を主張するので始末が悪い。

石川数正は両家の間で板挟みとなり悩んだ。さらに自身の息子は於義伊とともに秀吉の許で人質になっている。秀吉は今や嘗て皆が恐れおののいた信長よりも大きな存在であった。秀吉が本気で家康を潰しにかかれば、石川家の未来もない。

かくして、天下人と地方大名を比べ、石川数正は秀吉を選んだのではないか。『三河物語』には小牧の陣より秀吉に内通していたとあるが、おそらく正確には覇城の大坂城を見たあとであろう。正真正銘、難攻不落の城を目の当たりにし、刃向かう気力など湧かなくなったに違いない。

さすがに石川数正出奔は家康を驚愕させた。家康はすぐさま氏直に書で報せてきた。すぐに氏邦にも報せは届けられた。

「徳川は大丈夫なのか？」

率直な氏邦の意見である。氏邦のみならず定勝らも困惑していた。

「厳しいものと思われます。殿の見立ては正しいようでございますな」

氏邦は頷きながら思案する。豊臣秀吉。まだ見ぬ者であるが、すでに真田を使って上野にまで手を伸ばしてきている。

石川数正の出奔があり、家康は信濃に在する井伊直政らに帰国命令を出した。直政らはすぐに従い信濃から撤退した。

喜んだのは真田昌幸で、版図拡大の準備をはじめた。

石川数正出奔後、家康は徳川家の軍事機密が豊臣家に漏洩《ろうえい》したと判断し、武田信玄の国法と軍法に関する書を探して提出するように武田旧臣に命じた。信玄の国政および兵法を取り入れて、より強固な徳川軍団にすると同時に甲信武士の離反を防いだのだ。

この間、氏邦は再び上野群馬郡の箕輪城に入り、真田勢の南下に備えた。

「定勝、北条家が本気になって攻めても、沼田城を落とすことはできまいか」

氏邦は箕輪城の本丸から北方を眺め、呟いた。

「敵の後詰を遮り、刺し違えるつもりで攻めれば、陥落させられるかと存じます」

「刺し違えるか。さすれば我らも三千からの兵を失うの。そこまでして得る城ではないか。されど、真田をそのままにしておけば、我らは上野に釘づけにされる。やはり潰せる時に潰さぬと、あとあと痛手になるのではないか」

「とは申せ、常陸の佐竹も黙ってはおりませぬ。地道に戦い続けることが勝利への近道でございましょう。お焦りにならぬがよかろうかと存じます」

定勝は宥めるが、氏邦は目の上の瘤である真田が鬱陶しくて仕方なかった。

北条本家の氏直は十二月に下野に出陣し、十五日、宇都宮城を攻めたが、攻略には至らず、十九日、陣を引き払って帰途に就いた。

いつ、秀吉が東に兵を進めてくるか判らず、氏直としても、北関東の制覇に没頭していられなくなったというのが現実であった。

第三十二章　悲喜交々

一

天正十四年（一五八六）、新たな年が明けた。

一月十日、北条家は小田原城の大普請につき、各地に人夫の動員をかけた。

武蔵河越の本郷の百姓衆には、人夫三人に鍬《くわ》・簀《あじか》（土をもって運ぶ竹籠）を持って二十日までに必ず小田原に来ること、二十一日から普請を行うことを告げている。上方への備えであった。

昨年の暮れまで上野群馬郡《こうずけぐんま》の箕輪《みのわ》城にいた氏邦は年末、鉢形城に戻って新年を迎えた。居城で正月を過ごすのは二年ぶりのことである。

本丸から城下を眺めると、例年の賑わいは影を潜めるようになっていた。昨年の天候不順に加え、出兵で戦費が嵩み、領内の整備に力を注ぎこめぬせいであろう。

鉢形の地に腰を据えて二十八年目。小田原ほどではないが、片田舎にしては繁栄してきていたはずである。だが、昔に逆戻りしたようで城主としては失望感が否めない。

とはいえ、居城で安穏とはしていられないのが乱世の悩み。真田家の矢沢頼綱《やざわよりつな》が上野で活発に、氏邦麾下の国人衆に切り崩しをかけている。いつまでも箕輪城を空けておくことはできず、近く出立しようと準備をさせていた。

「殿、よろしいでしょうか」

氏邦が居間で文机に向かっていると、正室の大福が部屋に入ってきた。

鉢形城に戻ってから何度も顔を合わせているが、改めて視線を向けるとさすがに大福も目尻に皺が見えるようになった。この数年、他の地に居る機会が多いせいか、気がつかなかった。氏邦と同じ四十四歳である。

(儂も歳を取るはずだ)

大福を見て氏邦も実感する。以前は眠らずに夜襲に備え、翌日、十里ほど馬を駆けさせても疲弊することはなかったが、今では睡眠を取らねば頭が廻らず、また、遠乗りをすると膝が笑う。女子ではないが、歳は取りたくないと愚痴をこぼしそうになる。

大福は一帖《じょう》ほど離れたところに腰を下ろして氏邦を見据える。

「いかがした」

「近く、上野に向かわれるとか。その前にお話ししたきことがございます」

何やら思いつめている様子だ。また、右手で左手の小指を摘《つま》んでいる。言いにくい時のいつもの癖である。

「申せ」

「亀丸のことにございます。以前、申しましたとおり亀丸は仏門に入れます」

意を決した大福の口から出た言葉は、驚くべきことであった。

「戯《ざ》れ言は止めよ。今や男児は亀丸しかおらぬのだぞ」

「戯れ言ではありませぬ。一人しかおらぬ我が子ゆえ、もう、失いとうないのです」

「なんと」

「この鉢形城は呪われております。それゆえ、この城には置いておきたくないのです」

「戯けたことを。時は乱世、血腥《なまぐさ》いことの一つや二つはどこの城にも転がっておる。何《ど》処《こ》の生臭坊主に騙されたか知らぬが、つまらぬ世迷い事は信じぬがよい」

「戦ともなれば、武士である以上、死は覚悟の上かと存じます。されど権謀の上で命を奪われし者や、それを悲しんで死した者の霊は浮かばれませぬ」

「すると、そなたの兄（重連《しげつら》）が、この城に取り憑《つ》いていると申すか」

氏邦は目許を顰《しか》め、くだらぬといった表情で大福を見た。

「兄だけではありませぬ。父や母もでございます。殿が藤田家に入ってからというもの、我が家の者は非業《ひごう》の死を遂げ、また弟（藤田信吉）は遠き越後に追いやられ、一族は崩壊《ほうかい》しております。それゆえ亀丸も、東国丸ほどではありませぬが、病弱でございます」

「そなたは、亀丸を仏門に入れれば、全てが解決すると申すのか？」

「全てとは申しませぬ。されど、浮かばれぬ者たちの霊は鎮められるかと存じます」

「そなたの気持は解らぬではない。特に東国丸を失った辛さは身を引き裂かれるほどであろう。されど、儂は藤田家の当主だ。前にも申したと思うが、死んだ者よりも生きている者の方が大事。死んだ者の霊を鎮めるは坊主の仕事。亀丸がすべきことではない」

「さればこそ申しているのです。東国丸に続いて亀丸が死んでもよいと申されますか」

大福は涙ながらに訴えた。思い込みはかなり強いようであった。

「なにも、この城にいる者全てが死ぬとは限らぬ。いや、いずれ皆、死ぬのだ。目に見えぬものに怯えておっては乱世を生き延びてはゆけぬ。仮に重連の霊が取り憑いていたとすれば、憎き儂の命を奪うはずであろう。つまらぬ迷信を信ずるでない」

「迷信ではありませぬ。戦と同じで弱き者を先に連れて逝くのです。来年は兄の七回忌。それゆえ、その前に仏門に入れれば、兄も成仏致しましょう」

「されば、そなたに問う。亀丸が出家致せば、藤田家の家督はいかがする気だ」

氏邦の質問に大福は躊躇した。そして、少しの間を置いて口を開いた。

「今一度、わたしがお産み致します。それゆえ殿のお胤《たね》を戴きとうございます」

挑むような目ではあるが、服《ふく》よかな顔には恥じらいがあった。

「なんと」

「このような老女と褥を一つにすること、お嫌でございますか」

「た、戯けたことを……誰が嫌だと申したのだ……」

十五歳で婚姻を結んでのち、はじめて大福から要求され、氏邦は狼狽えた。

「ならば、左様なお心づもりを。今宵《こよい》か明日あたりが、身籠りやすい日にございます」

淡々と語る大福であるが、やはり羞恥《しゅうち》を覚えたのか、含羞《はにか》んだ。そして、言い終ると軽く会釈をしたのち、部屋から出ていった。

迫られた氏邦は一人になって安堵した。それにしても、四十四年生きてきて、女子には身籠りやすい日があるなど初めて耳にした。まだまだ判らぬことが世にはたくさんあると身近なところで思い知らされた。

その晩、氏邦は大福と褥を共にした。昼間から妙な気分であったせいか、いつになく昂揚した。久しいということもあってか、非常に新鮮であった。

氏邦の腕の中で身悶《みもだ》えする大福は、しなやかであり妖《あや》しく艶《あで》やかであった。確かに歳相応の肌ではあろうが、そのようなことは感じさせぬほど瑞々《みずみず》しいものであった。

「忝《かたじけ》のうございます」

営みのあとで大福の言った一言がとても印象的であった。照れもあってか、氏邦は無言で大福を腕枕にしているだけであった。


「殿、よろしいでしょうか」

翌日、氏邦が文机に向かっていると、どこからともなく声が聞こえた。

「辰太郎か、入れ」

言うと音もなく風魔の辰太郎は姿を現わした。相変わらず身のこなしは柔らかである。中肉中背、浅黒い顔は引き締まっている。

「いかがであったか、上方の様子は？」

「たいそう華やかなものにございます。関白は自身日輪《にちりん》の子と申すごとく、まさに日の出の勢いにて、この十五日には大坂城に築かれた黄金の茶室を禁中に運び、御上《おかみ》に茶を献じてございます」

「百姓の息子が御上と席を同じくするなど、日本《ひのもと》はじまって以来のことであろう」

「都でも、左様に噂されております。されど、御上さえも屈する実力者とお考え戴く方がよろしいかと存じます」

「左様か。して、秀吉は東に兵を向けそうか。皆、関白の肚裡《とり》を知りたがっておる」

「関白の腹内など、とても拙者ごときが判るはずもございませぬ。また、警戒が厳しゅうて近寄ることも叶いませぬ。されど、これはあくまでも拙者の憶測でございますが、兵を向けるとすれば東ではなく西ではないかと存じます」

「西？　なにゆえだ」

氏邦は怪訝な目を辰太郎に向けた。

「九州からの使者がしきりに関白の許にまいっております」

「西ならば、徳川にしても我らにしても大助かりだ。されど、都を空けて西に行けるのか？　それこそ徳川が恐ろしゅうて腰はあげられまい」

「細かなところまでは判りませぬ。されど、関白は人誑《たら》しの術は誰にも真似ができぬとの噂にございます。おそらく人の内心を読み、また、人心を摑む技に長けておるのではないでしょうか」

「なるほど、家康の家臣・石川数正に返り忠をさせ、帝と同席するぐらいだからの。すると、家康殿を臣下にするということか？」

「そこまでは……。されど、ないとは申せませぬ」

「判った。また頼む」

言うと辰太郎は風のように氏邦の前から姿を消した。

（万が一、兵を西に向けるとすれば、徳川を抛《ほう》っておくはずはなかろう）

氏邦は思案を深める。現実を直視した家康が信長の時のごとく、秀吉の同盟者とはいかなくても、七分三分ほどのつき合いをすれば、西への出兵も可能になる。九州が簡単に征伐されるとは思えないが、平定後に、その鉾先が東に向いた時は恐ろしいものだ。

（やはり、今のうちに誼《よしみ》を結んでおくほうが無難よな）

懸念する氏邦は小田原にこのことを報せたが、氏政の意見は違うようで、あくまでも秀吉に屈するつもりはないようであった。

逆に当事者である家康の方が冷静にものを見ることができるようである。

二十七日、織田信雄が秀吉と家康の和睦を成立させるために三河《みかわ》の岡崎《おかざき》城に赴いた。この時、家康は大筋のところで和議の内容には納得していた。

二

二月になり、氏邦は上野の箕輪城に出立した。

あまり気分は晴れない。氏政からの返書は、秀吉、恐るるに足らずというものであり、本家はその意思どおりに行動している。

十三日、氏直は出羽《でわ》・米沢《よねざわ》の伊達《だて》政宗《まさむね》に今後の親交を約束している。常陸《ひたち》の佐竹義重《さたけよししげ》と下野《しもつけ》の宇都宮国綱《うつのみやくにつな》らを挟撃すると同時に、きたる豊臣秀吉に対して、東国連合を築こうという思惑である。

二十五日、氏政は家臣の小暮下総守に対して、近日、家康と会見することを伝えた。

三月八日、会見に先駆けて氏政は家康に進物を贈った。

九日、氏政と家康の会見は伊豆《いず》の三嶋大社《みしまたいしゃ》で行われた。

内容は両家の絆をいっそう強くすること。真田を同時に攻めること。家康は秀吉の妹の朝日姫《あさひひめ》を正室に迎えるが、人質を取るようなもので、北条家を蔑ろにするものではないというものであった。

北条家は皆、気分よく帰国の途に就いた。

三島、沼津会見の報せはほどなく鉢形城にも届けられた。

「会見はうまくいったか。されどのう……」

冷静な目で見れば、家康は北条家を見限り、関白の豊臣家を選んだだけの話。その上で氏政らは進物を貰って体良くあしらわれたのではないかと氏邦には思えた。

「大御館様は、当然、気づかれてはいようが……」

懸念するが、今氏邦は百姓が田を捨てて逃亡する欠落者の続出に悩まされていた。

昨年に降った大雨の影響で田畑が荒れ、将来に絶望してのことであろう。死をかけて夜陰、脱出する百姓たちの気持は察して余あるが、この者たちが、ただ、他国に逃れるだけならば、百歩譲って多少は目のつぶりようもあろうが、野盗となって領民を襲うことにもなりかねない。とても見過ごすことはできなかった。

氏邦は上野甘楽《かんら》郡の山中《さんちゅう》と武蔵秩父郡の阿熊《あぐま》に取り締まるよう触れを出した。名主《みょうしゅ》や領主の意見を聞き、できうるかぎりのことはするつもりであった。

「定勝、今年一年、年貢の免除はできそうか」

「戦続きで、一年の大半を他国で過ごしておりますれば、厳しき相談にございます」

定勝は正直に回答する。嫌な現実ではあるが、それを定勝が隠さぬことが唯一の救いであった。

「何かよき行《てだて》はないものか。これでまた出陣の触れが出されれば泣き面に蜂ぞ」

「大雨の被害は武蔵の西から北にかけて。昨年見ましたとおり、上野や相模にはさしたる影響はございませぬ」

「軍役を免じて戴くか、もしくは軽減してもらうしかないか。されどのう……」

氏邦は顔を顰《しか》めた。下野から下総にかけての出陣ならば許されるかもしれないが、西上野の真田が行動を起こせば傍観してはいられない。

「真田め」

氏邦は歯嚙みするばかりだ。悔しいことに、沼田周辺は大雨の影響は受けていない。昌幸配下の矢沢頼綱は弱味を見せればここぞとばかり行動を起こすであろう。

「この時期、何としても、我らは戦場に赴《おもむ》かぬようにするしかない。上野衆に対し、真田への警戒を怠らぬよう、今一度申し伝えよ」

敵に攻めさせないことが、今の氏邦にできる唯一の策であった。

「それと、城を留守にしていたせいか、秩父曲輪が荒れております。大工や人夫に払う路銀とてございませぬゆえ、皆に申しつけて、これを修復するしかないと存じますが」

「左様か。致し方ない」

氏邦は十三日、秩父《ちちぶ》孫次郎《まごじろう》とその同心衆に曲輪の掃除および、門、矢倉《やぐら》、土塁、屋敷の破損の修理を命じた。

秩父曲輪の門は二階門と平門《ひらもん》があり、二階櫓《にかいやぐら》も築かれている。秩父衆はみな、弓、鑓を置き、手弁当を下げて作業に当たった。

「恐れながら、領内（大里郡《おおさとごおり》）の荒川《あらかわ》の地が乱れておりまする」

定勝の報告によれば、お膝元では絶えず喧嘩、営利誘拐、人身売買、博打《ばくち》が横行しているとのこと。国が貧してくると、働かぬ者が増え、治安が悪くなるのはどこの地でも見られる光景である。本来ならば、どっしりと腰を据え、領内の整備に勤《いそ》しまねばならぬところであるが、なかなか思い通りにはならなかった。

氏邦は十五日、荒川衆の持田四郎左衛門《もちだしろうざえもん》に取り締まりの強化を命じるだけであった。


三月の下旬、常陸の佐竹義重が下野都賀《つが》郡の鹿沼《かぬま》城、壬生《みぶ》城を攻撃した。これを聞いた氏照は四月になって至急、救援に向かった。

四月三日、大雨の翌日で油断していると判断したのか、危惧していたとおり、沼田城の矢沢頼綱が上野吾妻郡の石津郷《いしづごう》に出陣した。すぐさま齋藤定盛《さいとうさだもり》らが敵に当たった。この時、中沢越後守《なかざわえちごのかみ》の戦功があり、十日、氏邦は感状を送っている。

また、沼田で小山田将監《おやまだしょうげん》が立ち回り、氏直から忠節を賞されている。

矢沢勢の動きが活発となり、上野衆から氏邦出陣の懇願が相次いで寄せられた。

「上野の者たちは、己が力で敵を排除しようという気概はないのか」

氏邦は脇息に拳を振り下ろして憤る。北条家に従った西上野衆を合計しただけでも矢沢勢の倍はいる。にも拘わらず、他人に頼るばかりで、自身で立ち向かおうとはしない。とは言え、要望に応えねば離反者が出てくるので、撥《は》ねつけることはできない。だが、武蔵領内が荒れているので、他国で戦をしている時ではない。苦しい立場である。

「上野には纏める者が無きゆえ、致し方ございませぬ」

「さればこそ、北条家が進出できるということか。藤田家には有り難くはないがの」

愚痴をこぼしつつ氏邦は二千の兵を率いて鉢形城を後にした。

本来、鬱陶しい梅雨が訪れるには、もう半月はかかろうが、この四、五日、予兆を感じさせるように雨が続いている。昨年、洪水の被害で農作物に打撃を受けているので、気がかりである。適度に降ってくれと頼んでも天候と敵は思い通りにはならなかった。唯一の救いはすでに田植えを終らせているということ。上野の田を荒らされぬよう、どんよりと曇る中、旌旗を立てて進軍した。

馬上で揺られながら、氏邦はいかにして矢沢頼綱を城から引きずり出して叩くかということばかりを思案していた。


厩橋《まやばし》城を経由して、氏邦は箕輪城に入城した。

「矢沢の動きはいかに」

挨拶を受けると、氏邦は箕輪城代の内藤昌月《ないとうまさあき》に問う。

「小勢が周辺に出陣しておりますが、さしたる動きはございませぬ」

答えを聞き終り、ならば出陣の要請などするなと怒鳴りたいところである。

武田配下であった時の内藤昌月は、北条家にとって嫌な存在であったが、今では牙を抜かれた虎どころか猫のようになっている。まだ、覇気を失うには早すぎる。氏邦よりも七、八歳は若いはずである。そういえば、以前より痩せたように思えた。

「どこか体でも悪いのでござるか」

「お気づかい痛み入ります。この数日、急に蒸し暑くなりましたゆえ、夜具でも蹴って寝冷えをしたのでございましょう。一杯飲んで寝れば、朝にはすっきりしましょう」

とは言うものの氏邦には単なる風邪の類いには見えなかった。

その夜、宴を簡単に切り上げて、氏邦は居間に風魔の辰太郎を呼んだ。

「細作は放ってあるが、彼奴らでは限りがある。今少し詳しく敵の様子が知りたい」

「承知致しました」

返事とともに辰太郎は足音も立てずに部屋を出ていった。

すでに矢沢方でも氏邦が箕輪城に到着したことは摑んでいるはずである。必ず、なにがしかの動きがあるに違いない。

前回の敗因は味方の軍勢が多かったので行動が鈍く、また、士気が緩んだ隙を突かれたことだと思っている。そのため、このたびは少数で敵に当たるつもりだ。と言っても、さすがに同数で当たるほど愚かではない。それなりに策は立ててきた。

武蔵勢が寡勢だと知れば、矢沢頼綱も城に籠らず出陣してくるに違いない。そこを引き寄せ、伏兵の上野衆に横腹を突かせる作戦であった。

氏邦は西上野衆に使者を放ち、勢多《せた》郡の長井坂《ながいざか》城と津久田《つくだ》城、群馬《ぐんま》郡の白井《しろい》城、吾妻《あがつま》郡の中山《なかやま》城、新田《にった》郡の反町《そりまち》城などに兵を集めるよう指示を出した。氏邦は今度こそ成功すると信じている。

箕輪城に入って二日目の四月十九日、雨が降りはじめ、以後続くようになった。梅雨入りしたようである。単に鬱陶しいだけではなく、体調を崩しやすいので、馬鹿面をして生水を飲む訳にはいかない。また、火薬や鉄砲に使う火縄の縄が湿気《しけ》らぬようにするのが難しい。氏邦はあらゆる面で管理を怠らぬよう徹底させた。

決戦の日をいつにするか思案していたが、その前に沼田で小競り合いが行われた。

二十四日、氏邦方の矢野新三《やのしんぞう》が利根川を押し渡り、矢沢方の関口新五郎《せきぐちしんごろう》をはじめ、多数を討ち取った。また、岸大学助《きしだいがくのすけ》もよく動き、矢野らを助けた。

「重畳至極」

報せを聞いた氏邦はすぐさま、矢野新三らに感状を与えた。小戦闘で氏邦方が勝利していれば、いずれ矢沢頼綱も本腰をあげて出陣するに違いない。その時こそ、練りに練った挟撃策を実行に移す時である。

さらに翌日、朗報が届けられた。猪俣邦憲が吾妻郡の仙人窟陣《せんにんくつじん》城を陥落させたということだ。これで岩櫃《いわびつ》城にいる真田勢への押さえと挑発が可能になる。

「仙人窟陣を？」

喜ばしいことではあるが、氏邦は憂慮する。仙人窟陣城攻略は己の指示ではなく、氏直からの命令であったこと。無論、感状も北条家五代目当主から出された。

相変わらず指揮系統は一つではない。これが元で再び失敗に繋がらねばよいがと、氏邦の危惧するところであった。

四月も末に近づき、氏邦の許には二つの報せが届けられた。

「真実か！　まことに大福は身籠ったと申すか？」

報せを聞いて氏邦は驚きとともに、嬉しさで小躍りしそうであった。

「はい。薬師の見立てでは三月《みつき》とのことでございます。御目出度う存じます」

使者は改めて祝いの言葉を口にした。

「左様か、大福がのう」

正月の会話が思い出される。まさに大福執念の懐妊である。これでいくらかは心の重荷を軽くしてやれるかもしれない。もし、男児が生まれれば、次男の亀丸は大福の主張どおり仏門の世界に帰依《きえ》させてやろう。氏邦はそう決意した。

だが、気がかりもある。何と言っても大福は氏邦と同じ数え年四十四歳。当時としては、かなりの高齢出産になる。お腹の子どころか大福自身の体の心配もあった。

「くれぐれも、大福には体に気をつけるよう申せ。また、薬師をはじめ、奥女中たちには万全を期すよう命じよ。大福には体を冷やすなとな……」

氏邦は何度も注意を与え、使者を鉢形城に返した。

男児さえ生まれてくれれば……。大福と氏邦の希望であった。

もう一つの報せは、本家の氏直が大軍を率いて昨年の雪辱を果たすべく出陣するということである。

（またも本家は同じことを繰り返すつもりか）

氏邦は眉間に皺《しわ》を作って憤《いきどお》る。危機に瀕《ひん》した時は援軍を送らず、展開が有利になった時は戦功を一人占めにするかのように出陣をする。しかも、昨年は大軍で押し寄せて失態を演じている。敵の兵糧が尽きるまで囲み続けるつもりならば、判らぬではないが、単なる総攻めでは、犠牲を出すだけである。勝機は敵を城から引きずり出すことにつきる。だが、逆に氏直は城門を閉ざさせようとしている。とはいえ、本家が腰を据えて攻めようと言っているのに、後詰を断る訳にはいかない。氏邦は憂えるばかりだ。

同じ真田に排除された北条家と徳川家。本家としてはその片方の家康が秀吉と和睦して真田攻めに慎重な態度を示しているので、危機意識を感じているに違いない。そのため、気概を見せて先に真田を片付け、関八州の雄は秀吉に負けぬことを証明し、上方に傾きつつある家康を己が陣営に引き留めようという思案であろう。

その証拠に氏政は二十四日、氏規に家康への礼物を贈り届けることを委任し、翌二十五日には家康へ鷹を贈るため鷹匠等の安全を確保させている。他にも家康への気遣いは充分に行っていた。

だが、小田原の意向を知らぬ氏邦にとっては、自分の作戦を潰されたという感情だけが残った。気持が急に不安の色に包まれていった。

三

四月末日、氏直は大軍を率いて厩橋城に入城した。相模、武蔵、下総、上総の兵三万余。これに東上野の面々も加わる予定なので、氏邦勢も合わせて四万を超える軍勢となろう。

昨年を上回る数である。

五月三日、再び沼田近くの東谷《ひがしや》で戦闘が行われた。この時、氏邦方となる勢多郡の神梅《かんばい》城主の阿久沢《あくさわの》能登守《とのかみ》が周囲を焼き払い、矢沢方についた沼田衆二百余を討ち取り、周囲を押さえたという書が届けられた。

このところ、味方は優勢である。やはり城に籠らせなければ負けぬという自信が高まった。氏邦は早速、阿久沢能登守に感状を送った。

幸か不幸か、この日、本家が派遣した先発隊が箕輪城に到着した。松田《まつだ》憲秀《のりひで》、直憲《なおのり》親子、大道寺《だいどうじ》政繁《まさしげ》など一万五千ほどの軍勢であった。

（またか）

何も筆頭家老の憲秀を先陣にしなくともいいではないか。馬が合わぬことは判っているであろう。氏邦にとっては嫌がらせとしかとれなかった。

「氏邦様、お久しゅうござる。こたびこそは昨年の汚名、晴らしましょうぞ」

会うなり憲秀は、のっぺりした顔に笑みを作って言うが、その窪《くぼ》んだ目を見ていると、思い通りにはさせぬぞと聞こえて仕方ない。

「遠路、祝着至極。入道、期待しておるぞ」

氏邦も社交辞令を口にするが、邪魔するならば帰れと鋭い眼光を返した。

四日、氏邦は自軍を含めた一万七千の軍勢を率いて箕輪城を出立した。連日の雨で道は泥濘《でいねい》と化して足や馬蹄に粘りついてくる。この日も雨であった。

氏邦は先日、沼田城近くの阿曾砦《あそ》、森下城《もりした》の者たちに命じて、片品川に舟橋を架けさせていた。連日、雨が降っているので、水嵩《みずかさ》が増して渡河できないと判断してのことである。

この日は群馬郡にある長尾政景の白井城に宿泊した。

五日、白井城に集まっていた上野衆も加え、二万に膨れあがった軍勢を率い、氏邦は昼すぎ頃、森下城に到着した。

「お待ちしておりました」

出迎えたのは仙人窟陣城を落とした猪俣邦憲であった。

「そちは誰の命令で、この城にまいったのだ」

答えは判っているが、氏邦は問わずにはいれなかった。

「お屋形様の下知にございますが。何か失態でもありましたでしょうか」

邦憲にはまったく悪気はないようである。それがまた気に障る。

「戯け！　そちは誰の家臣なのだ。儂に一言聞くのが筋であろう」

氏邦は一喝し、邦憲の話を聞きもせずに奥の部屋に入った。

「申し訳ございませぬ。この償いは命を賭して働く所存にございます」

邦憲は憲秀にでも慰められたのか、後から再び現れ氏邦の前で平伏した。これがまた氏邦の感情を逆撫でする。

「もうよい。敵情を報せよ」

直視すると腹立たしさが増すので視線を逸らし、氏邦は沼田城についての報告をさせた。

この時氏直はと言えば、勢多郡の赤城《あかぎ》神社を参拝し、戦勝祈願とお祓《はら》いを行ったのち、同郡の五輪《ごりん》峠の近くに本陣を布いていた。

一方、沼田城に籠る矢沢頼綱は、伴淡路守《ばんあわじのかみ》、伊藤備中守《いとうびっちゅうのかみ》らとともに、北条勢が接近したという報せを聞いた。

さすがに家臣領民たちは四万と聞いて不安に顔をこわばらせた。そこで弱気を打ち消すべく、頼綱は皆に向かった。

「こたびも昨年同様、関東の大軍をこの身に受けることは武門の誉れじゃ。また、北条五代繁昌《はんじょう》の氏直と雌雄を決することは願ってもないこと。死して屍を晒したとて、決して恥じることはない。逆に大軍に恐れをなして城に籠っているであろうと関東の兵に思われることが口惜しい。二千足らずの兵ではあるが、四万にもおよぶ多勢に向かわんことは蟷螂《とうろう》の斧と嘲《あざけ》られるやもしれぬ。しかれども、戦は勢いの多少にてするもの。その昔、寄手の祖である北条氏康は、兵八千にて河越に夜襲をかけ、十倍の両上杉（山内《やまのうち》、扇谷《おうぎがやつ》）ならびに古河公方を打ち砕いて関東の太守となった。当城も老若男女を合わせれば五千にはなろう。こたびは我らが氏康となり、その子孫を討ち取ろうではないか」

覇気ある頼綱の言葉に、城兵は闘気ある雄叫びをあげた。寡勢ではあるが、領民の女子まで一枚岩で戦う意思が固まっていた。

頼綱は氏邦に書を出した。

「氏直公におかれましては昨年の秋、遠路わざわざ沼田まで出張して戴き、また、大軍にて城攻めをなされたこと、さぞかしお骨折りのことと存じます。されど、御勝利をあげることもできなかった様子。にも拘わらず、懲《こ》りずに再び今度は八州の大名、小名を打ち揃《そろ》え、貴公のために御案内までつけて、この山中に出向いたこと、誠に御苦労なことでございます。数年の間、御心掛けして戴けたことは大変嬉しく思っております。我らは今年も存分に打ち払うことでございましょう。こちらは寡勢でございますが、早々に御出馬することを心よりお待ちしております。この旨、氏直公にお伝え下さい」

まさに侮蔑《ぶべつ》以外の何ものでもなかった。

「おのれ、矢沢め！」

書を読み終った氏邦は激怒し、握り潰した書を床に叩きつけた。全身の血が頭に上昇したかのように顔が熱い。梳《す》いた髪も逆立つようである。かつてこれほど侮辱《ぶじょく》をされたことはない。以前、滝川一益の使者を受けた時も、このたびほどではなかった。氏直にと書かれているが、氏邦を愚弄《ぐろう》しているのは明らかである。

「失礼致します」

氏邦が投げ捨てた書を拾い、諏訪部定勝は広げて目を通した。

「なんと！」

さすがに、言葉を飲みこんだ。定勝は一呼吸おいて口を開いた。

「これは殿を怒らせる敵の策にございます。愚策に乗らぬよう、ご自重願います」

「判っておるわ！　さればこそ、いかにしてやろうか思案しているところだ！」

定勝の諫言《かんげん》に、氏邦は怒号した。百も承知であるが、憤恚《ふんい》は収まるものではない。

「書には書で返すがよかろうかと存じます。また、殿、御自らが書くこともございませぬ。お許しを戴ければ、某が代筆致しますが」

「面白い。そちが代わりに書くがよい。無礼な書は上に到達しなかったでよい」

憤怒の中で理性を失いつつあった氏邦であるが、瞬時に判断をして、つけ加えた。

「よいか、この無礼な書は、お屋形様に見せるでないぞ」

若い氏直のこと、書を見れば、敵が手ぐすね引いて待っているところへ、憤激して出陣するであろう。犠牲が増えるだけで益するところがない。避けねばならぬことである。

この日、氏邦は矢沢頼綱への書は筆頭家老の定勝に任せ、自身は勢多郡にある赤城明神《あかぎみようじん》の神主に書を送り、上野静謐《せいひつ》の暁《あかつき》には沼田か鉢形のいずれかに一所を寄進する旨を伝えた。この書にはしっかりと花押が書かれている。

翌日、定勝が代筆した返書が矢沢頼綱に届けられた。

「芳《かぐわ》しき墨《すみ》（先の書）を拝見した。貴殿が申すように、我らは近年命令どおり、難所に拘わらず城攻めをした。されど、運がよいことに貴殿の沼田城は堅固でござる。ただ、それだけのこと。書状の趣きは皆に披露したところ、山中の珍しきことゆえ、皆は真剣に取り合うことはござらぬ。一両日は鷹狩等（城攻め）をする予定。静かにしていれば、我らが憤りを覚えることもあるまい。降参するならば早い方がよかろう。さすれば、所領は望みのままに、一族籠城の衆は安堵致そう。なお、従わぬ時は一戦致す所存なり」

頼綱が滋野姓を名乗ったのに対し、定勝も負けずに平《たいら》姓を用いた。あくまでも氏邦が記したものではないので花押は書かれていない。

頼綱が嘲弄《ちょうしょう》してきたのに対し、下世話な書を返すのではなく、あくまでも横綱相撲を取るかのように、見下したような最後通告であった。

果たして頼綱の目にはどう映ったであろうか……。

氏邦は命じた手前、どのような内容の書を送ったのか、意地があるので聞きはしなかった。ただ、どのような書を出そうとも、一戦は避けられず、絶対に頼綱の首級をあげるのだと、肚裡で熱き思いを滾らせた。

四

頼綱からの書では勇猛果敢《ゆうもうかかん》に野戦にて勝負するようなことが綴《つづ》られていたが、城門を開いて打って出てくるような気配はないと細作は一様に口にした。また、風魔の辰太郎からは、とても城内には潜りこめぬということなので、敵の真意は判らなかった。

五月十一日から三日間大雨が続き、風も吹き荒れて嵐の態であった。諸川は大洪水のために増水し、以前に架けた舟橋は押し流されてしまった。これではとても渡河することなどできず、氏邦らは水が引くのを待つより他なかった。

ようやく減水したのが二十五日のこと。空を灰色の雲が覆っているが雨は降っていない。空気が纏《まと》わるように蒸し暑いのは、毎年のことであった。

氏邦は猪俣邦憲に先陣を命じ、武蔵衆も含めた三万の兵で川を押し渡り、沼田城下の南西、滝棚《たきだな》の原に打って出て、城を十重二十重に取り囲んだ。大手をはじめ、各虎口《こぐち》および、その櫓《やぐら》には城兵が緊張した面持ちで守りを固めていた。

氏邦勢が正面の大手門に、西の滝坂門《たきざかもん》には松田親子、東から北にかけて上野衆などが配置された。

さすがに昨年、敗走の原因を作っているので憲秀も後詰として戦を傍観してはいられなかった。汚名を雪ぐと口にしたのは本意かもしれない。

湿気が一段と増してきた。そのうちにまた降り出すかもしれない。雨が降る前に城を落とすのだと、氏邦は軍采を沼田城に向けて振り下ろした。

「よいか、必ず矢沢の素っ首刎《は》ねるのだ。かかれーっ！」

天地を響動《どよ》もす雄叫びが沼田城を包みこみ、同時に四方八方から北条勢が殺到した。

各将指揮の下、竹束《たけたば》を抱えた足軽と鉄砲衆が城に接近し、夥《おびただ》しい筒先が城壁から覗《のぞ》く兵に向けられた。

「放て！」

途端に乾いた轟音が響き、閃光《せんこう》の速さで弾丸が飛び出した。あとには硝煙が残るばかり。

寄手は三段撃ちを真似る将や、合間を大弓で埋める将などさまざまである。

北条勢が弓・鉄砲を放つと城兵は首を竦《すく》め、また狭間から矢玉を返してくる。

「鉦《かね》を鳴らせ、太鼓を打て！」

敵の反撃に対して味方の恐怖心を取り除かんと、氏邦は陣鉦、戦鼓を乱打させた。

氏邦の意思が兵にも乗り移っているのか、臆病風に吹かれる者はいない。寄手は敵の矢玉をかい潜り、城壁に梯子《はしご》を架け、丸太抱えの足軽が城門を打ち破ろうと突撃する。

矢沢勢は城門に迫る兵を弓・鉄砲で狙撃し、城壁に迫る兵には拳大の石を投げ、頭大の石を落とし、熱湯をかけ、火石《かせき》をばら撒いた。老若男女が一丸となって戦った。

それでも奮闘虚しく、東側の虎口の門が上野衆によって破られた。

「申し上げます。東門を破りました」

報せを受け、氏邦は小踊りせんばかりに床几から腰をあげた。

「ようやった。惜しまず兵を入城させよ。中に籠る者は撫で斬りに致せ」

惨い仕打ちであるが、女子とはいえ石を投げて抵抗する以上、兵とみなすしかない。鬼にならねば戦は勝てぬ。先の敵を愚弄する頼綱の書が氏邦から甘さを捨てさせた。

氏邦の下知がなくとも、昔年の恨みと恩賞欲しさで上野衆は突撃する。

上野衆は怒号をあげて三ノ丸に肉迫する。今までは城外で排除されていただけに、鬱積《うっせき》していたものが火の玉と化していた。

三ノ丸と外郭の間には大手の橋と呼ばれる木橋が架けられている。これを渡らねば本郭どころか三ノ丸に辿り着くことはできない。

上野衆は味方を押し除けるように、我先にと橋上を駆けた。ところが百ほどの兵が橋を渡りはじめた時であった。

「今だ。橋を落とせ！」

三ノ丸から矢沢頼綱が号令をかけ、合図の太鼓が打たれた。

雄叫びと共に橋下に隠れていた兵が姿を見せ、橋に繋がれた牛馬が左右に駆けだした。同時に兵も橋に繋いだ綱を引く。

「そーれ。そらそら」

かけ声と一緒に橋は歪みはじめた。そのうちに人の重みに耐えられなくなった橋は、積み木のように崩壊した。

三ノ丸に向かっていた兵たちは橋とともに、五間も下に叩き落とされた。続いて来る兵たちも、いきなり目前の橋がなくなり、次々と空堀の中に落下した。

橋の周囲には鋭利な竹鑓が上を向いて立てられており、何人もの兵が串刺《くし》しとなった。

「それ、矢玉を見舞ってやれ」

頼綱の下知で弓・鉄砲が放たれ、空堀の底でまだ動く者は順に仕留められていった。

さらに、堀に攻め寄せる兵にも遠慮なく弓弦は弾かれ、引き金は絞られた。身を隠すところがないので、矢沢勢が指や手を動かすだけで、上野衆は骸《むくろ》となっていった。

「退け！　退くのだ！」

上野衆の侍大将は咆哮するが、氏邦が遠慮なく後ろから兵を送りこむので、死傷者が続出した。ようやく突撃が停止した時には三百余人の屍が山となっていた。

上野衆は背を見せて退きだした。

「追え！　猪狩りよりも楽なものぞ。城内に入った者は一人残さず討ち取れ！」

頼綱は三ノ丸の西門を開け、一千の兵を繰り出して追撃させた。上野兵が城郭の外に逃れるまでにはさらに手負いが続出した。

実は東の外郭の城門が破られたのも頼綱の策であった。

「申し上げます。上野衆、敵に追われております」

「なに！　なにゆえだ」

「今のところは何とも」

戦目付が報告し終ると、味方が背を向けて退いてくる姿が目撃できた。

「おのれ、何ゆえに」

激怒するが、上野衆の足は止まらない。

「殿、退きませぬと同士打ちをすることになりましょう」

諏訪部定勝が諫言した。一刻の猶予《ゆうよ》もなかった。

「ええい、致し方ないか。退き法螺を」

血を吐くような思いで氏邦は命じた。往年の織田信長や、大坂の陣における伊達政宗《だてまさむね》のように、味方に筒先、穂先を向けて、退く者を討つことまではできなかった。

北条勢は僅か一千の矢沢勢に追撃され、片品《かたしな》川を渡河するはめになった。さらに川で溺れる者まで出る始末で、寄手は五百ほどを失った。

「わざわざ城郭に踏み込みながら、退くとは。腰を据えれば何ということもなかろう」

森下城に戻ったのちに、敗走の真相を知った氏邦は、地団駄踏んで悔しがるが、もはや手後れである。

「まあ、こういう時もございましょう。次に挽回すればいいこと」

松田憲秀がしたり顔で慰《なぐさ》めの言葉をかけるが、目は戦下手めと嘲笑っていた。

五輪峠の近くの本陣で敗報を聞いた氏直はさすがに激怒して、総攻めをしようと、自身は沼田城から二里（約八キロ）ほど東の生越原《おごせはら》に移動した。

氏直は意気込むが、二十六日の夜陰から大雨となり、すぐに片品川は増水して、とても渡河できるものではなくなった。雨はその後も続き、止む気配はなかった。

結局兵糧も乏しくなってきたこともあり、三十日、猪俣邦憲を阿曾砦に残し、北条勢は沼田の地を後にした。

（当初の予定どおり、我らだけならば、矢沢を野戦に引きずり出し、挟み撃ちにできたものを。本家のいらぬ加勢が負け戦にしたのだ）

馬上、雨の中、氏邦は胸の内で愚痴を吐くが、今は何を口にしても言い訳にすらならない。この戦で得たものは矢沢頼綱の侮辱状だけであった。

氏邦らが沼田の陣で片品川の増水に渡河を遮られている五月十四日、秀吉の妹・朝日姫が遠江の浜松城に到着し、婚儀が挙げられた。時に家康四十五歳、朝日姫は四十四歳。誰が見ても望まれた結婚ではなかった。

朝日姫の夫であった佐治日向守《さじひゅうがのかみ》（副田吉成《そえだよしなり》とも）は悲嘆のあまり、自刃して秀吉に無言の抗議をしたという。しかしながら、秀吉が妹を離別させてまでも嫁がせて、家康懐柔に一歩近づいたことは事実であった。

一方、氏邦が上野で戦っている間、氏照は下野で有利に戦を進め、皆川広照《みながわひろてる》を追いこんだ上で和睦を行った。先に伊豆の三島で行われた家康との会見で、氏政は広照に養女を嫁がせることを決め、その旨を氏照に託《たく》していた。北条家が優位であるはずの戦後に、逆にこちらから婚姻を持ちかけたので、皆川家としても満更ではないとの回答が送られてきた。何度敗走させても、また年に何度も攻めてくる北条家の底力に皆川家も辟易《へきえき》させられたようであった。

皆川にも圧力をかけ、佐竹義重を追い詰めようと、氏直は七月の半ば、清水康英《しみずやすひで》親子に出陣の準備をさせた。さらに、宇津木氏久ら東上野衆を館林城近くの利根川端に参陣させた。加えて、氏照には壬生義雄《みぶよしかつ》への加勢として下総猿島《さしま》郡の水海《みずうみ》城の弓鉄砲衆五十人を送らせた。

八月一日には氏直自身も出陣し、佐竹義重、宇都宮国綱と壬生義雄、北条勢が下野の鹿《か》沼鳥居《ぬまとりい》口で戦ったが、双方決め手がなく引き分けに終った。北条家が婚姻の申し入れをしているせいか、皆川勢の佐竹、宇都宮勢へ加勢はなかった。

沼田城攻略に失敗した氏邦はと言えば、下野には出陣しておらず、領内の整備と、奉行のように上野衆への取次などを行っていた。

大福が身籠って七ヵ月。かなりお腹も目立つようになってきた。

「お方、体の方は大事ないか」

氏邦が気づかい、奥の部屋へと足を運ぶと、侍女たちは一斉に平伏をした。

「はい。薬師の見立てでも順調とのこと。ご心配にはおよびませぬ」

いつものごとく大福は淡々と語る。まるで、氏邦には関係ないとでもいうような口調だ。また、目も合わせたくないのか、視線を落としている。

冷たい態度だが、それでも頬は脹よかで血行もよさそうだ。ひとまずは安心である。

「ならば重畳。腹を冷やさぬように致せ」

労《いたわ》った氏邦は座を立とうとした。すると大福が氏邦を見つめて話し掛ける。

「男児が生まれたならば、亀丸を仏門に入れること、偽りではございませぬな」

体こそ距離を置いたまま動かしはせぬが、気持では氏邦に詰め寄る大福である。

「健やかな男児ならばな」

「必ず、殿のお目に適う健やかな男児を産んでみせまする。必ず」

大福は何かに取り憑かれたかのように、繰り返した。

「儂も左様願っておる。身体を大事に致せ」

結局氏邦はそう一言残しただけで大福の部屋を出た。本来ならば、もっと幸福を感じていいはずであるが、これも冷めた夫婦仲のせいで仕方ない。原因は己にあるとはいえ侘《わ》びしい限りである。解決の糸口は男児が生まれることしかないだろう。今のところはそれを願う氏邦であった。

氏邦は領内整備に、北条家全体としては北関東の制覇に力を注ぎこんでいる時、都では天下統一への準備が着々と進められていた。

すでに徳川家に妹の朝日姫を嫁がせている秀吉は、昨年の十一月に出奔させた石川数正を逆に冷遇して家康の怒りを和らげようとしていた。

一方、家康は朝日姫を得ているので、遠慮なく真田昌幸を討つために七月十七日、浜松城を出立した。そして、下旬には甲斐の古府中に着陣した。

報せを受けて驚いたのは秀吉である。秀吉は徳川家との婚姻を成功させるまでは家康への包囲網の一環として真田昌幸を支援し、また、昨年は昌幸の身の安全を保障する書状まで書き送っている。さらに、上杉家にも真田を助けるよう伝えていた。

このまま家康に攻めさせて、真田が潰れても秀吉としてはどこも痛くはないが、その後に続くだろう上杉と徳川の戦は簡単に決着がつきそうもない。大きな不安を残したまま九州征伐に向かう訳にもいかず、そこで石田三成らから上杉景勝に真田援助を止めさせるよう書を出させた。

「真田のこと、以前に殿下が仰せになったごとく、表裏卑怯《ひょうりひきょう》の者にて、成敗をしなければならない。ついては家康の兵が動くことになるが、一切支援をしてはならない。このことについては吉田肥後守《よしだひごのかみ》の口上にて詳しく申し渡す」

秀吉としては、真田は徳川と上杉が開戦する火種ではなく、北条討伐の発火石として使うつもりなので、今は潰す訳にはいかないのである。

さらに秀吉は家康の許に急使を派遣して、真田昌幸ならびに小笠原貞慶《おがさわらさだよし》、木曾義昌《きそよしまさ》を家康の麾下にする口約束を取り付けて説得させた。

こうして一本の矢、一発の玉も発することなく、北信濃の一部を除く信濃の大半が手に入り、家康は真田征伐を止めて二十二日、浜松城に帰城した。

家康としても手放しでは喜べぬであろうが、先に沼田城攻めを失敗している北条家としては無念この上ないところであった。報せは氏邦にも届けられた。

家康が信濃に出陣し、本気で真田攻めをすれば、戦上手の矢沢頼綱も援軍として駆け付けるのではないか。そうなれば、手薄になった沼田城を再び攻められる。他力本願ではあるが、氏邦は多少期待していたので、少々失意に暮れた。現実は甘くはなかった。

例のごとく氏邦は家老の諏訪部定勝と膝をつき合わせていた。

「徳川が真田攻めを止めるとはの。秀吉の妹を娶って家臣にでもなったのか」

「何か密約でもあったのではないでしょうか」

「まあ、左様なところであろう。ますます、我らは沼田城を手に入れにくくなるの」

「いずれ好転致しましょう。氏照様にもご援助戴けるものと存じます」

「兄上か……」

氏邦は溜息をついた。豪気な氏照であるが、下野攻略を楽に進めている訳ではない。

氏照は八月十四日から二ヵ月の間、下総の牛久《うしく》城主・岡見《おかみ》宗治《むねはる》に対して、四度も書を出している。この時、宗治は氏照に従っており、下妻《しもつま》城の多賀谷《たがや》重経《しげつね》と交戦していた。だがちょうど他国衆の離反などが相次ぎ、氏照は宗治にも何度も人質の要求をした。

だが激しく多賀谷勢に攻められている宗治はそれどころではなく、氏照に援軍の要請も出しているが、信のおけぬ岡見に氏照は支援を強化していない。その後、岡見一族の治広《はるひろ》は人質を出したが、宗治は頑《かたく》なに拒み、これが元で岡見氏は滅びてしまう。下野に版図を広げると、逆に下総の一部を失う。氏照も余裕がある訳ではなかった。

昨年の二月、下野の唐沢山《からさわやま》城に入り佐野《さの》家を継ぐことになった氏忠《うじただ》は、ようやく佐野姓を認められるようになった。

というのも北関東制覇を目指す氏政が、実弟の氏規《うじのり》を上野の館林城の城将とし、一定の地域支配をさせるという裏付けがあっての話である。とはいえ、氏規は徳川家との折衝や相模の三浦《みうら》城主や伊豆の韮山《にらやま》城将としての仕事がある以上、常勤することはできず、家老の南条昌治《なんじょうまさはる》を城代として置くことになった。

北条家の下野支配は着々と進み、八月から十一月に亘って佐野家臣たちの人質が続々と小田原城に集められた。

この頃、氏邦は西上野で検地を行いながら、沼田城の攻略ばかりを思案していた。

（下巻に続く）

本書は書き下ろしです。

北条《ほうじょう》は退《ひ》かず(中)

御館《おたて》の乱《らん》と天下争乱《てんかそうらん》

近衛《このえ》龍春《たつはる》

令和7年 2月25日 初版発行

発行者●山下直久

発行●株式会社KADOKAWA
〒102-8177 東京都千代田区富士見2-13-3
電話 0570-002-301(ナビダイヤル)

角川文庫 24548

印刷所●株式会社暁印刷
製本所●本間製本株式会社

表紙画●和田三造

ISBN 978-4-04-115655-1 C0193

角川文庫発刊に際して

角川源義

第二次世界大戦の敗北は、軍事力の敗北であった以上に、私たちの若い文化力の敗退であった。私たちの文化が戦争に対して如何に無力であり、単なるあだ花に過ぎなかったかを、私たちは身を以て体験し痛感した。西洋近代文化の摂取にとって、明治以後八十年の歳月は決して短かすぎたとは言えない。にもかかわらず、近代文化の伝統を確立し、自由な批判と柔軟な良識に富む文化層として自らを形成することに私たちは失敗して来た。そしてこれは、各層への文化の普及滲透を任務とする出版人の責任でもあった。

一九四五年以来、私たちは再び振出しに戻り、第一歩から踏み出すことを余儀なくされた。これは大きな不幸ではあるが、反面、これまでの混沌・未熟・歪曲の中にあった我が国の文化に秩序と確たる基礎を齎らすためには絶好の機会でもある。角川書店は、このような祖国の文化的危機にあたり、微力をも顧みず再建の礎石たるべき抱負と決意とをもって出発したが、ここに創立以来の念願を果すべく角川文庫を発刊する。これまで刊行されたあらゆる全集叢書文庫類の長所と短所とを検討し、古今東西の不朽の典籍を、良心的編集のもとに、廉価に、そして書架にふさわしい美本として、多くのひとびとに提供しようとする。しかし私たちは徒らに百科全書的な知識のジレッタントを作ることを目的とせず、あくまで祖国の文化に秩序と再建への道を示し、この文庫を角川書店の栄ある事業として、今後永久に継続発展せしめ、学芸と教養との殿堂として大成せんことを期したい。多くの読書子の愛情ある忠言と支持とによって、この希望と抱負とを完遂せしめられんことを願う。

一九四九年五月三日

角川文庫ベストセラー

にっぽん怪盗伝 新装版　池波正太郎

火付盗賊改方の頭に就任した長谷川平蔵は、迷うことなく捕らえた強盗団に断罪を下した！　その深い理由とは？　「鬼平」外伝ともいうべきロングセラー捕物帳全12編が、文字が大きく読みやすい新装改版で登場。

近藤勇白書　池波正太郎

池田屋事件をはじめ、油小路の死闘、鳥羽伏見の戦いなど、「誠」の旗の下に結集した幕末新選組の活躍の跡を克明にたどりながら、局長近藤勇の熱血と豊かな人間味を描く痛快小説。

戦国幻想曲　池波正太郎

〝汝は天下にきこえた大名に仕えよ〟との父の遺言を胸に、渡辺勘兵衛は槍術の腕を磨いた。戦国の世に「槍の勘兵衛」として知られながら、変転の生涯を送った一武将の夢と挫折を描く。

英雄にっぽん　池波正太郎

戦国の怪男児山中鹿之介。十六歳の折、出雲の主家尼子氏と伯耆の行松氏との合戦に加わり、敵の猛将を討ちとって勇名は諸国に轟いた。悲運の武将の波乱の生涯と人間像を描く戦国ドラマ。

夜の戦士 (上)(下)　池波正太郎

塚原卜伝の指南を受けた青年忍者丸子笹之助は、武田信玄に仕官した。信玄暗殺の密命を受けていた。だが信玄の器量と人格に心服した笹之助は、信玄のために身命を賭そうと心に誓う。

角川文庫ベストセラー

角川文庫ベストセラー

武田家滅亡　伊東潤

戦国時代最強を誇った武田の軍団は、なぜ信長の侵攻からわずかひと月で跡形もなく潰えてしまったのか？　戦国史上最大ともいえるその謎を、本格歴史小説界の俊英が解き明かす壮大な歴史長編。

山河果てるとも　天正伊賀悲雲録　伊東潤

「五百年不乱行の国」と謳われた伊賀国に暗雲が垂れ込めていた。急成長する織田信長が触手を伸ばし始めたのだ。国衆の子、左衛門、忠兵衛、小源太、勘六の4人も、非情の運命に飲み込まれていく。歴史長編。

北天蒼星　上杉三郎景虎血戦録　伊東潤

関東の覇者、小田原・北条氏に生まれ、上杉謙信の養子となってその後継と目された三郎景虎。越相同盟による関東の平和を願うも、苛酷な運命が待ち受ける。己の理想に生きた悲劇の武将を描く歴史長編。

天地雷動　伊東潤

信玄亡き後、戦国最強の武田軍を背負った勝頼。信長、秀吉ら率いる敵軍だけでなく家中にも敵を抱え苦悩するが……かつてない臨場感と震えるほどの興奮！　熱き人間ドラマと壮絶な合戦を描ききった歴史長編！

西郷の首　伊東潤

西郷の首を発見した軍人と、大久保利通暗殺の実行犯は、かつての親友同士だった。激動の時代を生き抜いた二人の武士の友情、そして別離。「明治維新」に隠されたドラマを描く、美しくも切ない歴史長編。

角川文庫ベストセラー

家康謀殺　伊東　潤

ついに家康が豊臣家討伐に動き出した。豊臣方は自分たちの命運をかけ、家康謀殺の手の者を放った。刺客は家康の輿かきに化けたというが……極限状態での情報戦を描く、手に汗握る合戦小説！

疾《はや》き雲のごとく　伊東　潤

家族を斬って堀越公方に就任した足利茶々丸は、遊女と赴いた秘湯で謎の僧侶と出会う。果たしてその正体とは……関東の覇者・北条一族の礎を築いた早雲。風雲児の生き様を様々な視点から描いた名短編集。

もっこすの城　熊本築城始末　伊東　潤

信長の家臣・木村忠範は、本能寺の変後の戦いで、自らが造った安土城とともに討ち死にした。嫡男の藤九郎は、一家を守るため加藤清正に仕官する。数々の困難を乗り越え、日本一の城を築くことができるのか。

戦国秘史　歴史小説アンソロジー　伊東　潤・風野真知雄・武内　涼・中路啓太・宮本昌孝・矢野　隆・吉川永青

甲斐宗運、鳥居元忠、茶屋四郎次郎、北条氏康、片桐且元……知られざる武将たちの凄絶な生きざま。大注目の作家陣がまったく新しい戦国史を描く、書き下ろし&オリジナル歴史小説アンソロジー！

新選組血風録　新装版　司馬遼太郎

勤王佐幕の血なまぐさい抗争に明け暮れる維新前夜の京洛に、その治安維持を任務として組織された新選組。騒乱の世を、それぞれの夢と野心を抱いて白刃とともに生きた男たちを鮮烈に描く。司馬文学の代表作。

角川文庫ベストセラー

蒼天見ゆ　葉室　麟

秋月藩士の父、そして母までも斬殺された臼井六郎は、固く仇討ちを誓う。だが武士の世では美風とされた仇討ちが明治に入ると禁じられてしまう。おのれは何をなすべきなのか。六郎が下した決断とは？

はだれ雪　(上)(下)　葉室　麟

浅野内匠頭の〝遺言〟を聞いたとして将軍綱吉の怒りにふれ、扇野藩に流罪となった旗本・永井勘解由。若くして扇野藩士・中川家の後家となった紗英はその接待役を命じられた。勘解由に惹かれていく紗英は……。

孤篷のひと　葉室　麟

千利休、古田織部、徳川家康、伊達政宗――。当代一の傑物たちと渡り合い、天下泰平の茶を目指した茶人・小堀遠州の静かなる情熱、そして到達した〝ひとの生きる道〟とは。あたたかな感動を呼ぶ歴史小説！

天翔ける　葉室　麟

幕末、福井藩は激動の時代のなか藩の舵取りを定めきれず大きく揺れていた。決断を迫られた前藩主・松平春嶽の前に現れたのは坂本龍馬を名のる1人の若者。明治維新の影の英雄、雄飛の物語がいまはじまる。

青嵐の坂　葉室　麟

扇野藩は財政破綻の危機に瀕していた。中老の檜弥八郎が藩政改革に当たるが、改革は失敗。挙げ句、弥八郎は賄賂の疑いで切腹してしまう。残された娘の那美は、偏屈で知られる親戚・矢吹主馬に預けられ……。